KB116642

세상의 바보들에게
웃으면서 화내는 방법

세상의 바보들에게
웃으면서 화내는 방법

움베르토 에코의 세상 비틀어 보기
이세욱 옮김

이 책은 실로 꿰매어 제본하는 정통적인 사철 방식으로 만들어졌습니다.
사철 방식으로 제본된 책은 오랫동안 보관해도 손상되지 않습니다.

이탈리아어판 서문

1959년에서 1961년 사이에 나는 루치아노 안체스키가 발행하는 문학 잡지 『일 베리*Il Verri*』의 고정 칼럼 〈디아리오 미니모Diario minimo〉[1] 책임자였다. 당시로서는 그런 칼럼을 기획한다는 것 자체가 용기 있는 행동이었다. 그즈음의 문화 시평은 대단히 진지한 것들이었음에 반해서 〈디아리오 미니모〉는 현대 생활에 대한 해학적인 고찰과 문학적인 패러디와 환상적이고 황당무계한 잡문들로 채워지고 있었기 때문이다. 그 필진에는 발군의 재능을 지닌 이탈리아의 젊은 시인, 비평가, 철학자, 소설가들이 여러 명 포함되어 있었다. 우리 칼럼에는 위에서 말한 것 이외에도 신문 기사를 발췌한다든가 다른 글을 익살스럽게 인용하는

---

[1] 원래는 〈아주 작은 일기〉라는 뜻이지만, 단순한 소재를 가지고 일기 형식으로 쓰는 칼럼을 가리키는 말로 뜻이 확대되었다. 별도의 표시가 없는 주는 모두 옮긴이주이다.

등 다양한 기법을 활용한 글들이 실렸는데, 내가 기억하기로는 여러 기고가들이 그런 글을 내서 우리 칼럼의 내용을 풍부하게 해주었다. 나는 칼럼의 책임자였으므로 누구보다 많은 글을 실었는데, 처음엔 훈계조의 글을 쓰다가 점차 문학적인 파스티슈로 넘어갔다.

1962년 무렵에 시인이자 출판사 편집자인 비토리오 세레니가 내 글들만 따로 모아 몬다도리 출판사에서 단행본으로 출간하자고 요청했다. 『일 베리』의 칼럼은 없어지고 〈디아리오 미니모〉라는 말은 사실상 일정한 형식의 칼럼을 가리키는 용어가 되어 있었으므로 나는 그 말을 내 책의 제목으로 삼기로 했다. 그 책은 1963년에 초판이 나왔고, 1975년에 개정판이 나왔다. 개정판을 내면서 나는 훈계조의 글들(그중의 일부는 한시적인 사건들과 너무 긴밀하게 연결되어 있었다)을 많이 빼버리고 최신작 몇 편을 포함한 파스티슈들을 주로 실었다.

그 첫 번째 『디아리오 미니모』는 여러 판을 거치면서 나름대로 하나의 역사를 만들어 왔다. 여러 대학의 건축학과에서는 그 책에 실린 「포르타 루도비카의 역설」을 연구하라고 학생들에게 요구했고, 어떤 대학의 고전 언어학과에서는 고전학자들이 그리스의 서정 시인을 바라보는 관점과 내 책에 나오는 에스키모인들이 누더기가 된 대중 가요집을 대하는 시각 사이의 차이점을 비교하는 세미나를 열기도 했다. 그런가 하면, 아프리카와 아시아의 인류학자들을 초빙하여 유럽의 도시를 연구하게 하는 단체인 〈트란스쿨트라Transcultra〉를 창립한 파리의 친구들은 자기들의 연구 프로그램을 만드는 과정에서 졸고「포 계곡 사회의 산업과 성적 억압」으로부터 영향을 받았다고 한다. 그 글에서 멜라네시아의 고고학자들은 초창기의 밀라노 사람들을 복잡한 현상학적 요인에 따라서 분석한 바 있다.

하지만 그 작은 책에 실린 것 말고도 나는 그와 비슷한 종류의 글들을 더 써왔다. 그것들은 다른 형식으로 발표되었거나, 내 친구들(주로 공저자이거나 적어도 격려자 정도는 되는 친구들)에게 읽힌 뒤에 서랍 속에 보관되어 있었다. 나는 마치 패러디라는 좁은 길을 계속 걸어가는 것이 별로 진지한 일은 못 된다는 양 그 첫 번째 칼럼집에 대해 거의 변명에 가까운 말을 한 바 있다. 하지만 패러디에 대한 나의 당당한 태도는 변함없이 지속되었다. 나는 그것이 정당한 작업일 뿐만 아니라 신성한 의무라고 확신했다.

30년 가까운 세월이 흐르자 책상 서랍은 버림받은

원고로 가득 찼고, 친구들은 말로만 전해져 오는 이러저러한 작품들이 어떻게 되었느냐고 계속 물어 왔다. 그래서 나는 이제 『디아리오 미니모』 제2권을 세상에 내놓는다. 제1권의 1975년 판 서문을 마무리하면서 썼던 다음과 같은 글이 여전히 유효하다고 확신하면서. 〈패러디의 사명은 그런 것이다. 패러디는 과장하는 것을 두려워해서는 안 된다. 제대로 된 패러디는 나중에 다른 사람들이 웃거나 낯을 붉히지 않고 태연하고 단호하고 진지하게 행할 것을 미리 보여 줄 뿐이다.〉 한 가지 덧붙일 것은 이 책에 실린 모든 글들이 패러디의 성격을 지닌 것은 아니라는 점이다. 개중에는 비판을 하거나 교훈을 전달할 의도가 전혀 없이 그저 순수한 재미를 위해서 쓴 글도 들어 있다. 하지만 그런 글들을 쓴 것에 대해서 이념적으로 나 자신을 정당화할 필요는 느끼지 않는다.

이 서문에는 감사의 말이 들어 있지 않다. 그 이유가 궁금한 독자들은 이 책에 실린 「서문을 쓰는 방법」을 참조하기 바란다.

1992년 1월 5일
밀라노에서

프랑스어판 서문

내가 예전에 프랑스에서 〈파스티슈와 포스티슈 *Pastiches et postiches*〉라는 제목으로 출간한 책에 실린 글들은 주로 패러디였다. 책 제목에 파스티슈[1]라는 말을 넣은 이유가 바로 거기에 있다(제목의 두 번째 단어인 포스티슈[2]는 차마 〈혼성 작품〉이라는 말을 쓸 수가 없어서 겸손의 뜻으로 넣은 것이다).

패러디에 대한 나의 애정은 변함없이 지속되었다. 이 책에 실린 글들 중의 몇 편은 그 장르에 속한다. 그 글들은 지난 몇십 년에 걸쳐서 여러 지면을 통해 발표되었던 것들이다. 첫 번째 작품집에 실렸던 것처럼 어

1 패러디와 파스티슈는 둘 다 모방 작품을 가리키는 말이지만, 본래의 뜻에는 약간의 차이가 있다. 패러디는 어떤 진지한 작품을 해학적으로 (또는 풍자적으로) 개작한 것이고 파스티슈는 어떤 대가의 기법이나 양식을 모방한 것이다.
2 포스티슈는 가발이나 가짜 수염처럼 덧붙인 것, 인공적인 것, 거짓으로 꾸민 것 등을 가리키는 말이다.

떤 문학 잡지에 게재된 것들도 있고 어떤 주간지를 위해 썼던 글들도 있다. 이 패러디들은 내가 첫 번째 책을 낼 때 표명했던 다음과 같은 원칙을 그대로 견지하고 있다. 〈패러디는 나중에 다른 사람들이 진짜로 쓸 것을 미리 쓰는 것이다. 패러디의 사명은 그런 것이다. 패러디는 과장하는 것을 두려워하면 안 된다. 제대로 된 패러디는 나중에 다른 사람들이 웃거나 낯을 붉히지 않고 태연하고 단호하고 진지하게 행할 것을 미리 보여 줄 뿐이다.〉 제3부 「카코페디아 발췌 항목」에 실린 몇 편의 글이 바로 그런 유형에 속한다. 개중에는 현실에 따라잡히거나 뒤떨어진 것도 있는 듯하다.

분명히 말하지만 첫 책에 실린 패러디들은 그 나름의 도덕적 기능을 지니고 있긴 해도 일차적으로는 재미를 주기 위해서 쓰인 것들이다. 그리고 이 책에 실린 글들 역시 그와 똑같은 맥락에서 태어났다. 이는 나 자신을 변호하기 위해서 하는 말이 아니다. 나는 재미를 누릴 권리를 옹호한다. 그 재미가 사고 능력과 언어 능력을 키우는 데에 도움이 된다면 더더욱 그러하다.

하지만 전체적으로 보면 이 새로운 〈포스티슈〉들은 단순한 패러디도 아니고 순전히 재미를 위해서만 쓴 것도 아니다. 물론 나는 이 글들이 재미있게 읽히기를 바란다. 만일 내가 바라는 대로 이것들이 재미있게 느껴진다면, 그것은 거의 모든 글들이 격분한 상태에서 쓰였기 때문일 것이다.

우리는 웃으면서 화를 낼 수 있을까? 악의나 잔혹함에 분개하는 것이라면 그럴 수 없지만, 어리석음에 분노하는 것이라면 그럴 수 있다. 데카르트가 말했던 것과는 반대로 세상 사람들이 가장 공평하게 나눠 가진 것은 양식(良識)이 아니라 어리석음이다. 사람들은 누구나 자기 안에 있는 어리석음을 보지 못한다. 그래서 다른 것에는 쉽게 만족하지 않는 아주 까다로운 사람들조차도 자기 안의 어리석음을 없애는 일에는 관심을 두지 않는다.

이 책의 제1부 「실용 처세법」에 실린 글들은 문화와 일상생활에서 우리가 범하는 어리석음에 대한 분석으로 읽힐 수 있을 것이다. 그런 점에서 이것들은 그 어조가 SF의 어조를 닮았을 때조차도 사실주의적인 글들이다. 사실주의가 현실에 존재하는 것과 눈에 보이는 것을 묘사하는 것이라면 말이다. 다른 사람들의 어리석음은 우리를 화나게 한다. 그러나 그 어리석음에 대해 어리석게 반응하지 않는 유일한 방법은 그 씨실과 날실의 미묘한 짜임새를 음미하면서 그것을 있는 그대로 묘사하는 것이다.

다른 글들을 패러디하고 인용과 재인용을 통해 텍스트 상호 간에 관계를 맺어 주고 사람들이 생각하고 말하는 방식을 재발견하는 일이 언어와 문화를 넘나들며 이루어질 때는 당연히 언어의 문제가 제기된다. 나는 이 글들을 쓸 때도 재미를 위해 썼지만, 나의 번역자와 함께 작업하면서도 대단한 즐거움을 누렸다. 나는 문자 그대로 번역될 수 없는 모든 것들을 그녀와 함께 새롭게 고쳐 썼다. 많은 경우에 그녀는 마치 파스티슈와 포스티슈의 귀신이 붙은 사람처럼 자기 방식대로 새로운 것을 지어내곤 했다. 그때마다 나는 프랑스어로 웃었다.

1997년

움베르토 에코

차례

1부 실용 처세법

여행하기

1부

실용 처세법

이 부에는 1985년 주간지 『레스프레소』에 마련된 〈미네르바 성냥갑 *La Bustina di Minerva*〉이라는 난을 통해 발표된 글들 — 그중에는 여러 차례에 걸쳐 나누어 실었던 것을 개작한 것도 있다 — 과 같은 주간지에 실렸던 다른 기사들을 한데 모았다. 당시의 세상일을 다룬 글들 중에는 이제 와서 읽어 보면 더러 시의성을 잃은 것도 있을 것이다. (예컨대 팩스가 오늘날만큼 널리 퍼져 있지 않던 사정 때문에 그 기계가 무엇인지에 대해 장황하게 설명해야 했던 글처럼.)* 그런 사정을 감안할 수 있도록 글의 말미마다 발표 연도를 밝혀 놓았다.

「서부 영화의 인디언 역을 연기하는 방법」은 이 책에서 처음으로 발표하는 글이다. 내 아이들을 가르치려고 썼던 것인데 당시 어린 아이들을 위한 이야기인지라 서부 영화를 본 성인이라면 누구나 다 아는 내용이다.

* 교정쇄에서 이 대목을 들여다보고 있는데 마침 텔레비전에서 「형사 콜롬보」의 새 시리즈 중 한 편이 방영되고 있다. 극 중에서 우리의 꾀바른 콜롬보 반장은 팩스 앞에서 놀랍고 신기하고 의아스럽다는 듯한 모습을 보인다 — 원주.

여행하기

바퀴 달린 여행용 가방을 쓰러지게 하는 방법

「이놈의 나라엔 뭐 하나 제대로 되는 일이 없어!」 우리는 서로 질세라 앞다투어 그렇게 뇌까린다. 그러다가 자학적인 기질이 발동하면 외국은 모든 점에서 우리보다 낫다고 덧붙이기 일쑤다. 더러는 그런 푸념에도 일리가 없지 않다. 그러나 때로는 이런 생각이 들기도 한다. 합리적인 양식이 인종과 국적과 사회 계층을 막론하고 모든 인류가 골고루 나누어 가진 자질이듯이, 무능력 — 또는 어리석음 — 도 인류의 천부적인 특성이 아닐까 하고 말이다. 몇 해 전에 새로운 여행용 가방이 시중에 나왔다. 비행기 여행자를 위해 특별히 고안된 것으로 바퀴가 달려 있고 손잡이를 잡아 늘일 수 있게 되어 있는 가방이다. 앞에서 끌고 갈 수 있으므로 운반하는 데에 힘이 들지 않고, 탁송 화물로 신고할 필요 없이 기내로 가지고 들어갈 수 있으며, 크기도 수하물 선반에 올려놓을 만하게 되어 있다. 비행기 여행뿐만 아니라 기차 여행을 할 때에도 더없이 좋은 가방이다. 요컨대 그것은 굉장한 발명품이었고, 역마직성(驛馬直星)인 나는 즉시 그 가방을 하나 샀다.

그런데 이내 나는 한 가지 사실을 발견하고 씁쓸함을 느끼지 않을 수 없었다. 그 가방들은 여섯 개의 직사각형으로 둘리고 마주 보는 면들이 똑같이 생긴 평행 육면체의 형태를 이루고 있으며, 여느 여행용 가방들처럼 두 면은 넓고 나머지 네 면은 좁게 되어 있다. 또 늘였다 줄였다 할 수 있는 손잡이와 바퀴들은 상하의 가장 좁은 면에 있다. 여행 짐을 싸다 보면 가방의 바닥에든 위쪽에든 어떤 무거운 물건, 예컨대 책이나 노트북 같은 것을 넣어야 할 때가 있다. 그런 가방을 끌고 가노라면(물론, 비행기나 기차를 놓칠지도 모르는 터라 뛰어서 가노라면), 가방은 어김없이 평형을 잃고 옆으로 쓰러진다. 가방을 일으켜 세우고 뜀박질을 다시 시작할라치면 가방이 다시 쓰러진다. 그렇다고 가방의 평형을 유지하기 위해 느린 걸음으로 걸을 수도 없는 노릇이다. 그러다가는 비행기나 기차를 놓치고 말 것이기 때문이다. 분명히 말하거니와 그것은 어느 회사의 제품을 사용하든 똑같이 나타나는 문제였다.

나는 가방 전문가가 아니라서 그 문제를 가방 탓으로 돌리기보다는 불합리한 방식으로 짐을 싼 나에게 문제가 있는 것으로 오랫동안 생각했다. 그러던 참에 여행용 가방의 새로운 단계가 열렸다. 손잡이와 바퀴가 좁은 면이 아니라 넓은 면에 달린 가방이 나온 거였다. 놀랍디놀라운 일이었다! 이제 가방이 쓰러지는 것을 걱정할 필요가 없다. 아무렇게나 마음 내키는 대로 물건을 집어넣어도 되고 더 이상 기차나 비행기를 놓칠 일도 없다.

그것은 콜럼버스의 달걀만큼이나 간단하면서도 기발한 착상의 쾌거였다. 나는 처음 샀던 가방을 서둘러 헐값에 팔아 버리고 비싼 값을 주고 새것을 샀다. 하지만, 뭔가 손해를 보았다는 기분이 들어서 판매원에게 이렇게 물어보지 않고는 배길 수가 없었다. 「여보시오, 한 가지 물어봅시다. 이 국제적인 기업들은 가방을 만들어 본 경험도 많고 그 연구 부서마다 뛰어난 기술자들과 디자이너들을 두고 있을 거요. 그런데 어떻게 자사 제품의 문제점을 깨닫는 데 2, 3년이나 걸릴 수 있는 거요? 도대체 그런 문제점을 바로 알아채지 못한 까닭이 뭐요?」 판매원은 낸들 알겠냐는 뜻으로 두 팔을 벌렸다. 하긴 지금 내가 같은 질문을 받는다 해도 그런 식으로 대답할 수밖에 없을 것이다. 굳이 대답을 찾는다면 단지 이런 식의 설명만이 가능할 것이다. 즉 대장장이는 처음부터 있는 것이 아니라 쇠를 달구고 벼리면서 되는 것이고, 어떤 완벽한 발명에 도달하기 위해서는 중간 단계와 시행착오의 과정을 거치는 것이 필수적이다. 그러나 결국 2, 3년 동안 가방 디자이너들이 저지른 착오의 대가를 치러야 했던 것이 바로 우리라는 점을 생각하면, 위의 이야기는 우리가 어리석음을 똑같이 공유하고 있다는 주장을 뒷받침하는 사례가 되지 않을까 싶다.

다른 사례가 또 있다. 요즈음 세계 어느 곳을 가보더라도 너무 허름하지 않은 웬만한 호텔이라면 투숙객을 위해 욕실의 세면대 위에 작은 병들을 비치해 놓고 있다. 생김새가 모두 똑같은 그 병들에는 샴푸, 목욕 거품, 보디 크림, 그리고 용도와 용법이 분명치 않은 몇 가지 다른 크림들이 들어 있다. 그런가 하면 욕실에는 아주 똑같이 생긴 작은 상자들도 있고, 거기에는 비누며 샤워 모자, 구두를 닦을 수 있도록 황산에 적셔 놓은 입방체 모양의 스펀지 따위가 들어 있다. 그 병과 상자들에는 호텔이나 제조 회사 이름이 커다란 글씨로 쓰여 있음에 반해, 내용물은 대개 아주 작은 글씨로 옆쪽에 표시되어 있다. 투숙객들이 그것들을 손에 잡을 때는 이미 물에 젖은 알몸으로 안경도 벗고 있기가 십상이다. 또 호텔이 비싸면 비쌀수록 무료 편승 여행을 하는 젊은이들보다는 속절없는 나이 탓에 원시안(遠視眼)이 되어 버린 성인들이 그 제품들을 사용하는 경우가 많다. 그런 점들을 감안해 볼 때, 결정적인 순간에 자기가 지금 잡고 있는 것이 샴푸인지 보디 크림인지, 구두약인지 샤워 모자인지를 가려내기란 불가능한 일이다.

이 사례에서는 그 어떤 핑계도 용납할 수 없다. 그 신안(新案) 제품들은 수년 전부터 유행하고 있는 터라, 그것들을 디자인한 사람들이 호텔에 투숙했다가 구두약을 자기 몸에 문질러 보지 않았을 리가 없다. 그런데 어찌하여 그 비극적인 결함을 고집스럽게 방치하고 있단 말인가? 참으로 불가사의한 일이 아닐 수 없다.

한 가지 더 지적하자면, 샴푸와 목욕 거품을 제외하고 투숙객에게 제공되는 다른 제품들은 네로 황제 시대의 질탕한 잔치판에서 곧바로 걸어 나온 듯한 멍청한 날탕들이 사용하는 경우 말고는 좀처럼 쓰이는 적이 없다. 그에 반해서 빗과 칫솔은 여행자들이 으레 깜박 잊고 챙기지 못하는 물건이라서, 그런 것들을 세면대 위에 놓아 주면 고맙게 여기련만, 일본과 중국의 호텔에서가 아니면 그런 배려를 기대할 수가 없다(그 빗과 칫솔은 플라스틱으로 만들어지고 하루나 이틀 쓰다가 버리도록 되어 있는 것이어서 가격도 그다지 비싸지 않다. 어쨌거나 보디 크림이 담긴 작은 병보다는 싸게 먹힐 것이다).

바보들이 존재한다는 것은 어찌할 수 없는 일이다. 다만, 내가 알고 싶은 것은 위에서 말한 일들을 맡고 있는 바보들의 봉급이 얼마나 될까 하는 것이다.

(1996)

기내식을 먹는 방법

　몇 해 전에 비행기로 암스테르담을 갔다 오다가 막심한 손해를 본 적이 있다. 브룩스 브라더스 넥타이 두 개와 버버리 셔츠 두 벌, 바르델리 바지 두 벌, 본드가에서 산 트위드 재킷 한 벌, 크리지아 조끼 한 벌을 더럽히는 낭패스러운 일을 당했던 것이다.

　그 봉변의 자초지종은 이러하다. 국제 항공편을 이용하면 으레 기내식을 제공받게 된다. 그것이 좋은 서비스라는 점에는 이의가 있을 수 없다. 그런데 누구나 알다시피 좌석은 너무 협소하고 음식을 내려놓는 작은 탁자 역시 비좁은 데다가 더러는 비행기가 흔들리는 경우도 있다. 뿐만 아니라 냅킨은 너무 작아서 옷깃에 찔러 넣으면 배를 가릴 수 없고 배 쪽에 올려놓으면 가슴께가 드러나게 된다.

　또 상식적으로 생각하면 기내식은 먹기가 간편하고

옷을 더럽힐 염려가 없는 것이라야 마땅하다. 그렇다고 반드시 비타민 정제같이 단단하게 압축된 기내식을 제공해야 한다는 얘기는 아니다. 내가 말하는 먹기 간편한 기내식이란 고기를 얇게 저며 빵가루를 입힌 커틀릿이나 석쇠에 구운 쇠고기, 치즈, 감자튀김, 통닭구이 같은 것을 가리킨다. 한편, 옷을 더럽힐 염려가 있는 음식이라 함은 볼로냐식 스파게티, 파르마식 가지 요리, 오븐에서 막 꺼낸 피자, 손잡이 없는 잔에 담아 내놓는 뜨거운 콩소메 따위를 말한다.

그런데 기내식의 전형적인 메뉴에는 다음과 같은 것이 오르기가 십상이다. 바짝 구워서 밤색 소스를 흥건하게 뿌린 고기, 채 썰어서 적포도주에 절인 채소, 토마토소스를 친 쌀밥, 삶은 완두콩. 주지하다시피 완두콩은 잡거나 집기가 어려운 식품인데 — 아무리 뛰어난 요리사라도 완두콩 속에 다진 고기를 넣는 요리를 만들겠다는 생각은 못했을 것이다 — 특히 격식을 차린답시고 숟가락으로 먹지 않고 포크로 먹을 경우에는 완두콩을 집기가 더욱 어려워진다. 중국 사람들은 젓가락을 가지고도 잘만 집어 먹는데 무슨 엄살이냐고 할지 모르지만, 단언컨대 완두콩을 포크로 찍는 것보다는 젓가락으로 집는 편이 한결 수월하다. 혹자는 이렇게 반박할 것이다. 포크는 완두콩을 찍으라고 있는 게 아니라 그러모으라고 있는 것이다라고. 그러나 그건 하나 마나 한 소리다. 모름지기 포크란 완두콩을 그러모으는 척하면서 접시 밖으로 떨어뜨리는 데에 쓰자고 만들어진 것이 아니던가.

완두콩의 문제는 거기에서 그치지 않는다. 기내에서 완두콩을 먹을라치면, 비행기는 기다렸다는 듯이 난기류를 타고 기장은 안전벨트를 매라고 이르기가 일쑤다. 그럴 때면 완두콩은 대단히 복잡한 인체 공학적 계산에 따라 다음과 같은 양자택일의 기로에 놓인다. 즉 옷깃 속으로 들어가거나 바지 지퍼의 오목한 곳으로 굴러 떨어지거나 둘 중의 하나다.

예전의 우화 작가들이 우리에게 가르쳐 주었듯이, 여우에게 물을 대접하되 마실 수 없게 하려면 운두가 높고 좁은 컵에 마시도록 하면 된다. 비행기에서 사용하는 컵은 이와 달리 운두가 낮고 벌어져 있어서 대접이나 진배없다. 그래서 난기류 때문에 비행기가 흔들리는 상황이 아니더라도 어떤 액체를 담든 물리학 법칙에 따라 흘러넘칠 수밖에 없다. 기내식에 딸려 오는 빵은 또 어떤가. 그건 프랑스의 바게트처럼 갓 구워 낸 것조차 이로 물어뜯고 손에 힘을 주고 잡아당겨야 하는 그런 빵이 아니라, 잡기가 무섭게 아주 고운 가루로 산산이 부서지는 특별한 형태의 밀가루 덩어리다. 이 빵가루는 자취도 없이 사라지는 것처럼 보이지만, 겉보기에만 그러할 뿐, 라부아지에의 법칙, 곧 질량 보존의 법칙에 따라 어딘가에 고스란히 남아 있게 마련이다. 그래서 목적지에 도착하여 자리에서 일어설 때쯤이면, 그 빵가루가 엉덩이 밑에 모여 있다가 바지에 달라붙어 버렸음을 알아차리게 된다. 후식으로 나오는 케이크도 문제다. 조각조각 부서져서 엉덩이 밑의 빵가루와 뒤섞이거나 겉에 발라 놓은 것이 이내 손가락에 뚝뚝 떨어지기 십상이다. 그쯤 되면 이미 토마토소스 때문에 더러워질 대로 더러워진 냅킨은 아무 쓸모가 없다.

물론 향기가 밴 촉촉한 물 티슈가 남아 있기는 하다. 문제는 이 물 티슈를 싼 봉지가 소금·후추·설탕 봉지와 잘 구별이 안 된다는 데에 있다. 그래서 샐러드에 소금 대신 설탕이 뿌려지고, 설탕 대신 종이 수건이 커피에 들어간다. 그러면 열전도 재료로 만든 잔에 찰랑거릴 만큼 가득 따라 놓은 뜨거운 커피가 넘치게 되고, 2도 화상을 입은 손에서 커피잔이 빠져 나가면서 허리띠에 엉겨 붙어 있던 고깃국물에 커피가 뒤섞인다. 비즈니스 클래스에서는 스튜어디스가 직접 승객의 배에 커피를 엎지르고는 세계 공용어로 사과하는 일도 생긴다.

그러고 보면 항공 회사의 보급 담당자는 호텔 경영의 전문가들 무리에서 발탁되고 있음에 틀림없다. 커피를 잔에 따른답시고 80퍼센트를 침대 시트에 쏟게 하는 그런 종류의 커피포트만을 고집하는 전문가들 중에서 말이다. 그렇다면 그 이유는 무엇일까? 승객으로 하여금 호사를 누리고 있다는 기분을 갖게 하려는 것, 이것이 가장 그럴 법한 가설이다. 어쩌면 그들은 승객이 할리우드 영화의 어떤 장면들을 마음속에 담고 있을 것으로 상정하고 있는지도 모른다. 예컨대 네로 황제가 수염과 망토를 적셔 가면서 커다란 잔으로 술을 들이켜는 장면이라든가, 중세의 봉건 영주가 레이스 달린 셔츠에 국물을 튀겨 가면서 멧돼지의 허벅살을 뜯고 유녀(遊女)와 포옹을 하는 장면 말이다.

그런데 좌석이 한결 널찍한 일등칸에서 오히려 간편한 음식, 예컨대 러시아 캐비아를 얹은 토스트나 훈제 연어, 기름과 레몬 즙을 친 왕새우 같은 것을 대접하는 까닭은 무엇일까? 루키노 비스콘티[1]의 영화에 나

1 이탈리아의 영화감독이자 연극, 오페라 연출가(1906~1976).

치 거물들이 포도 알 하나를 입에 넣으면서 〈저자를
사살해〉 하고 외치는 장면이 나오기 때문일까? 아마
도 그럴 것이다.

(1987)

호텔이나 침대차의 그 고약한
커피포트를 사용하는 방법

커피의 종류는 참으로 많고 맛있는 커피도 가지가
지다. 나폴리 커피와 에스프레소가 있는가 하면, 터키
커피와 브라질의 카페지뉴, 프랑스의 블랙커피, 아메
리칸 커피도 있다. 이 모두가 서로 다르지만 각기 제
나름의 뛰어난 풍미를 지니고 있다. 아메리칸 커피 중
에는 더러 몹시 뜨겁기만 하고 맛은 지지리 없는 것이
있다. 대개 역의 구내식당에서 사람들을 몰살시킬 목
적으로 사용하는 보온병 재질의 플라스틱 컵에 따라
마시는 펄펄 끓는 고약한 혼합물 말이다. 그런가 하면
가정이나 조촐한 간이식당에서 베이컨을 곁들인 스크
램블드에그와 함께 대접하는 증기 여과 커피는 아주
맛있고 향기가 좋아서 마치 물처럼 마실 수 있다. 다만
그렇게 물처럼 마시다 보면 심장 고동의 이상 급속이
유발될 수 있다. 그런 커피 한 잔에는 이탈리아의 에스

프레소 네 잔보다 많은 카페인이 들어 있기 때문이다.

아메리칸 커피 중에는 위에서 말한 것 말고도 구정물 커피가 있다. 대개 썩은 보리와 시체의 뼈, 매독 환자를 위한 병원의 쓰레기장에서 찾아낸 커피콩 몇 알을 섞어 만든 듯한 이 커피는 개숫물에 담갔다 꺼낸 발냄새 같은 그 특유의 향으로 금방 식별할 수 있다. 이 구정물 커피는 교도소와 소년원뿐만 아니라 열차의 침대칸이나 일급 호텔 등에서도 마실 수 있다.

물론 플라자 마제스틱 호텔이나 마리아 졸란다 앤 브라반테 호텔, 데 잘프 에 데 뱅 호텔 같은 곳에서는 언제라도 에스프레소를 주문해 마실 수 있다. 그러나 커피가 객실에 배달될 즈음이면 이미 식을 대로 식어서 얼음장이 덮여 있기가 십상이다. 이런 낭패를 피하기 위해서, 투숙객들은 유럽식 아침 식사를 주문하고 침대에서 아침을 먹는 즐거움을 누릴 준비를 한다.

유럽식 아침 식사는 롤빵 두 개와 크루아상 한 개, 아주 적은 양의 오렌지 주스, 조가비 꼴의 버터 한 조각, 작은 종지에 담긴 월귤나무 열매 잼과 벌꿀과 살구잼, 차가운 우유 한 컵, 10만 리라의 금액이 적힌 계산서, 그리고 그 고약한 구정물 커피로 이루어진다.

일반 가정에서 쓰는 커피포트는 가느다란 주둥이가

뾰족하게 나와 있어서 커피를 따르기가 쉽고, 뚜껑이 열리는 걸 막아 주는 안전장치를 갖추고 있다. 갓 끓인 향기 그윽한 커피를 컵에다 직접 따를 수 있게 되어 있는 전통적인 커피 끓이개는 더 말할 것도 없다. 그런데 그랜드 호텔이나 침대칸에서 구정물 커피를 줄 때 사용하는 커피포트는 주둥이가 아주 넓게 벌어져 있다. 마치 기형의 펠리컨을 보는 느낌이다. 게다가 뚜껑이 제멋대로 움직이게 되어 있어서 포트를 기울이기만 하면 이내 아래로 빠져 버린다. 이런 두 가지 특성 때문에 이 커피포트에 든 커피를 따르다 보면 절반은 빵과 잼에 엎지르고 나머지 절반은 뚜껑이 벗겨짐과 동시에 침대 시트에 쏟기가 일쑤다. 침대 차량에서는 기차의 흔들림 자체가 커피 쏟는 것을 도와주기 때문에 평범한 재질의 커피포트를 사용한다. 그와 달리 호텔에서 사용하는 커피포트는 자기(瓷器)로 되어 있다. 그래야 별 탈 없이 확실하게 뚜껑이 빠질 것이기 때문이다.

이 고약한 커피포트의 기원과 목적에 관해서는 두 가지 견해가 존재한다. 먼저 프라이부르크 학파의 주장은 이러하다. 호텔에서 그런 커피포트를 사용하는 까닭은 커피를 엎지를 때마다 침대 시트를 갈아 줌으로써 시트 교체가 정말로 잘 이루어지고 있음을 증명해 보일 수 있기 때문이다. 한편, 브라티슬라바 학파의 주장(막스 베버의 『프로테스탄트 윤리와 자본주의 정신』 참조)에 따르자면, 그 고약한 커피포트는 침대에 마냥 누워 게으름 피우는 것을 막아 준다. 커피가 스며든 시트에 몸을 묻고 커피에 젖은 빵을 먹는다는 것은 대단히 불편한 일이기 때문이다.

그 고약한 커피포트를 시중에서 구하겠다는 생각은 하지 않는 게 좋다. 대형 호텔 체인과 침대칸에서 독점적으로 사용하는 물건이니까 말이다. 교도소에서도 구정물 커피를 주지만 그런 커피포트를 사용하지 않고 금속제 식기에 담아 준다. 침대 시트가 커피에 젖으면 탈옥 방지에 문제가 생길 수 있다. 탈옥을 목적으로 시트 여러 장을 묶었을 경우, 시트가 커피로 물들어 있으면 어둠 속에서 눈에 잘 띄지 않을 염려가 있는 것이다.

그 고약한 커피포트 때문에 생기는 피해를 막기 위한 방법으로 프라이부르크 학파는 아침 식사를 가져온 종업원으로 하여금 쟁반을 침대 위에 놓지 말고 탁자 위에 놓게 하라고 제안한다. 브라티슬라바 학파는 이에 반대한다. 시트에 커피를 쏟는 것은 막을 수 있겠지만, 쟁반에서 튀겨 나오는 커피 때문에 파자마에 얼룩이 생기는 것은 피할 수 없다는 것이다(호텔에서 파자마를 매일 갈아 주는 것도 아니지 않은가). 또, 파자마가 더러워지는 문제는 차치하고라도, 탁자 앞에 앉아서 커피를 따르다가 자칫하여 커피가 아랫배와 치골 쪽으로 쏟아지기라도 하면 화상을 입을 우려도 있다. 그러니 그런 방법은 함부로 권할 것이 못 된다는 것이다. 이런 반박에 대해 프라이부르크 학파는 심드렁하게 어깨만 으쓱할 뿐 아무 대꾸가 없다. 솔직히 말해서 그건 고약한 매너가 아닐 수 없다.

(1988)

택시 운전사를 이용하는 방법

우리가 택시에 오르는 바로 그 순간부터 제기되는 문제가 하나 있다. 택시 운전사를 적절하게 상대해야 한다는 것이 바로 그 문제이다. 택시 운전사란 온종일 다른 운전자들과 싸움을 벌이면서 차들이 붐비는 속을 요리조리 헤쳐 나가는 일(보통 사람 같으면 심근 경색이나 정신 착란을 일으키기에 딱 알맞은 일)을 업으로 삼고 있는 사람이다. 그러다 보니 신경이 날카로워지고 사람의 형상을 한 피조물은 무조건 혐오하게 마련이다. 그런 점을 두고 세상 물정 모르는 상류층의 급진주의자들은 택시 운전사들이 모두 파시스트라고 말한다. 이는 그릇된 생각이다. 택시 운전사들은 이데올로기 문제 따위에는 전혀 관심이 없다. 그들이 노동조합의 가두 행진을 싫어하는 건 정치적인 성향 때문이 아니라 시위대가 교통을 마비시키기 때문이다. 극우파가 시위를 한다 해도 택시 운전사들의 비난은 달라지지 않을 것이다. 그들은 좌파든 우파든 오로지 강력한 정부가 들어서기만을 바란다. 자가 운전자들을 모두 총살시키고 아침 6시부터 자정까지 적절한 통행금지를 실시할 정부를 말이다. 그들은 여성을 싫어한다. 그러나 여자라고 다 싫어하는 것은 아니고 단지 밖으로 나돌아다니는 여자를 혐오할 뿐이다. 집에서 살림만 하는 여자들에 대해서는 아주 관대하다.

이탈리아의 택시 운전사는 세 부류로 나뉜다. 첫째는 주행 중에 줄곧 위와 같은 의견을 서슴없이 토로하는 사람이고, 둘째는 몹시 긴장된 표정으로 아무 말도 하지 않고 있음으로써 자신의 인간 혐오증을 드러내는 사람이며, 나머지 한 부류는 다른 승객들을 태우고 가다가 겪은 일을 시시콜콜히 이야기하는 단순한 수다를 통해 자기의 긴장을 푸는 사람이다. 이 마지막 부류의 택시 운전사가 늘어놓는 이야기는 인생의 단면들을 드러내는 것이기는 해도 새겨들을 만한 구석이라고는 전혀 없는 것이 대부분이다. 만일 선술집에서 그런 얘기를 늘어놓는다면, 주인은 집에 가서 잠이나 자는 게 좋겠다면서 그를 밖으로 쫓아내지 않을 수 없을 것이다. 하지만 정작 택시 운전사 자신은 자기 얘기를 매우 놀랍고 신기한 것으로 여긴다. 그래서 그런 택시 운전사를 상대할 때는 이야기 중간 중간에 이런 식의 말들로 장단을 맞춰 주는 것이 좋다. 「원 세상에! 말도 안 돼요. 설마 그런 사람들이 있을라고요. 정말 별일이 다 있군요. 그게 정말 있었던 일이에요?」 그렇게 장단을 맞춰 주는 것은 택시 운전사를 그 우스꽝스러운 자폐증에서 빠져나오게 하는 데에는 별로 도움이 되지 않는다. 그래도 그런 말을 하고 나면 승객의 기분은 한결 좋아진다.

　뉴욕에서 이탈리아 사람이 택시를 타는 경우, 택시 운전 자격증에서 데 쿠투르나토나 에지포지토, 페르쿠오코 같은 이탈리아계 성을 보고 반가운 마음에 자신의 국적을 밝혔다가는 아주 난처한 일을 당할 염려가 있다. 승객이 이탈리아 사람이라는 것을 알게 되면 운전사는 이탈리아어도 아니고 영어도 아닌 잡탕말로 알아들을 수 없는 말을 지껄이기 시작한다. 그러고는 승객이 자기 말을 알아듣지 못하면 얼굴이 벌게지도록 화를 낸다. 그럴 때에는 즉시 자기가 아는 이탈리아어는 자기 고향의 사투리일 뿐이라고 영어로 말해야 한다. 그러면 운전사는 이탈리아에서는 이제 영어가 국어인가 보다라고 생각하면서 성난 마음을 누그러뜨릴 것이다. 뉴욕 택시 운전사들의 성을 보면, 대체로 유대계 아니면 비유대계 둘 중의 하나이다. 유대계 성을 가진 자들은 반동적인 시온주의자들이고, 비유대계 성을 가진 자들은 반유대주의적인 반동주의자들이다. 둘 중의 어느 쪽이든 그들은 단지 주장을 펼치는 데에 그치지 않고, 숫제 군부 쿠데타를 요구한다. 또 그들 중에는 더러 성이 중동계 같기도 하고 러시아계 같기도 해서 유대인인지 아닌지를 가려낼 수 없는 사람들도 있다. 그런 운전사들을 만나면 어떻게 처신해야 할지 감을 잡기가 어렵다. 그런 경우 말썽이 생기는 것을 피하고 싶으면 〈목적지를 바꾸고 싶군요. 7번가와 14번가 모퉁이로 가지 말고 찰턴가로 가시죠〉라고 말하면 된다. 그러면 운전사는 화를 벌컥 내면서 브레이크를 밟고는 차에서 당장 내리라고 할 것이다. 뉴욕의 택시 운전사들은 번호가 붙은 거리는 알아도 이름이 붙은 거리는 어디가 어딘지 모르기 때문이다.

한편, 파리의 택시 운전사들은 길을 도통 모른다. 생쉴피스 광장으로 가달라고 하면 오데옹까지 가서 차를 세우고는 더 이상은 길을 모르겠다며 승객을 내리게 한다. 그러기 전에 벌써 승객은 〈어, 아저씨, 이거왠지……〉 하면서 이따금씩 까다롭게 굴었던 대가로

운전사의 긴 푸념을 들어야 했을 것이다. 그에게 지도를 보라고 권하는 것은 금물이다. 그는 아무 대꾸도 안 하거나 참고 문헌에 관한 정보를 원했다면 소르본 대학의 고문서 전문가에게 문의하지 그랬느냐고 엉뚱한 소리를 할 것이기 때문이다. 아시아계 운전사들은 특별한 부류를 이룬다. 그들은 지극히 친절한 태도를 보이면서 순환 도로를 세 바퀴쯤 돈 뒤에, 북역이든 동역이든 기차가 많기는 마찬가진데 굳이 북역으로 갈 게 아니라 동역에 내려 주면 안 되겠느냐고 묻는다.

내가 아는 한 뉴욕에서는 전화로 택시를 부르는 게 불가능하다. 어떤 클럽에서 호출하는 게 아니라면 말이다. 그와 달리 파리에서는 택시를 전화로 부를 수 있다. 다만 난처한 일은 택시가 오지 않는다는 것이다. 한편 스톡홀름에서는 오로지 전화로만 택시를 부를 수 있다. 그곳 운전사들은 거리에서 배회하는 자를 신뢰하지 않기 때문이다. 다만 전화번호를 알아내려면 돌아다니는 택시를 불러 세워야 하는데, 좀 전에 말했듯이 운전사들이 믿어 주지 않는다는 데에 문제가 있다.

독일의 택시 운전사들은 친절하고 예의가 바르다. 그들은 아무 말 없이 그저 가속 페달만 밟아 댄다. 그렇게 목적지에 다다르면 승객은 하얗게 질린 얼굴로 택시에서 내린다. 그때 그는 비로소 깨닫게 된다. 이탈리아에 쉬러 오는 독일 운전사들이 추월 차선에서도 한사코 시속 60킬로미터로만 달리는 이유를.

포르쉐를 모는 프랑크푸르트의 택시 운전사와 찌그러진 폭스바겐을 탄 리우데자네이루의 택시 운전사가 경주를 벌인다면 누가 이길까? 당연히 리우의 운전사가 이긴다. 여러 가지 이유가 있지만 무엇보다 리우의 운전사는 신호등에 빨간불이 들어와도 멈추지 않기 때문이다. 리우의 택시 운전사가 적색 신호를 무시하는 데에는 그럴 만한 이유가 있다. 빨간불이 들어왔다고 차를 세우면, 그 옆으로 택시처럼 차체가 찌그러진 또 다른 폭스바겐 한 대가 다가 들고 그 안에 타고 있던 사내 녀석들이 차창 밖으로 손을 뻗어서 택시 승객의 손목시계를 낚아챈다.

세계 어느 곳을 가든 택시 운전사를 알아보는 확실한 방법이 하나 있다. 잔돈을 일절 가지고 있지 않은 사람, 그가 바로 택시 운전사이다.

(1988)

세관을 통과하는 방법

어느 날 밤, 나는 한 여인과 사랑의 만남을 가진 뒤에 그녀를 살해했다. 그녀는 나와 정을 통한 많은 여자들 가운데 하나였다. 나는 첼리니[1]의 서명이 들어 있는 값비싼 소금 그릇으로 그녀의 머리를 내리쳤다. 그녀를 살해한 것은 우선 어린 시절에 받은 엄격한 도덕 교육 — 육체의 쾌락에 탐닉하는 여자는 동정받을 자격이 없다라는 가르침 — 에서 영향을 받은 것이고, 그다음으로는 완전 범죄가 주는 짜릿한 전율을 느껴보고자 하는 미학적인 이유에서였다.

나는 영국의 바로크 수상 음악을 CD로 들으면서 시체가 싸늘해지고 피가 응고되기를 기다렸다. 그런 다음 전기톱으로 시신을 동강냈다. 그 작업을 하면서 나

---

1 이탈리아의 조각가, 금은 세공사(1500~1571). 대표작으로는 「퐁텐블로의 님프」(루브르 미술관 소장)가 있다.

는 예의범절과 사회 계약의 토대를 이루는 교양에 경의를 표하는 뜻에서 해부학의 기본 원칙을 충실히 따르려고 노력하였다. 마지막으로 나는 토막 난 시체를 오리너구리 가죽으로 만든 가방 두 개에 나누어 담고, 회색 양복 차림으로 파리행 열차의 침대칸에 올랐다.

기차의 승무원에게 여권을 보여 주고 내가 10만 프랑의 돈을 소지하고 있음을 정확하게 신고하는 서류를 건네준 다음, 나는 두 다리 쭉 뻗고 단잠을 잤다. 자기의 임무를 완수했다는 느낌보다 더 편히 잠들게 해 주는 것은 없다. 세관원들도 나의 안면을 방해하지 않았다. 그들은 어떤 시민이 일등칸을 타고 혼자 여행하면서 자기가 지배 계급에 속해 있음을 사실 그대로 신고하고 그럼으로써 어떤 의심도 사지 않을 위치로 스스로를 끌어올리면 감히 그를 귀찮게 할 엄두를 내지 못하는 듯하다. 더구나 나는 금단 증상이 나타나는 것을 막기 위해 약간의 모르핀과 8~9백 그램의 코카인, 그리고 티치아노의 그림 한 점까지 가져왔던 터라, 내 상황이 한결 마음 든든하게 느껴졌다.

파리에 도착해서 나는 그 처참한 유해를 처치했다. 그 방법에 대해서는 내가 직접 말하기보다 여러분의 상상에 맡기겠다. 퐁피두 센터가 있는 보부르에 가서

에스컬레이터 하나를 골라 가방을 내려놓는 것도 하나의 방법일 수 있다. 그러면 오래도록 아무도 그 가방에 주목하지 않을 것이다. 또 리옹 역의 무인 수하물 보관소에 가방을 처박아 둘 수도 있다. 그곳의 보관함은 암호로 문을 열게 되어 있는데 그 장치가 너무나 복잡하다. 그러다 보니 자기 짐임을 확인하러 오는 사람이 없어서 그대로 방치되어 있는 수하물이 무려 수천 개나 된다. 더 간단한 방법도 있다. 라 윈 서점 앞에 가방을 슬쩍 내려놓은 다음 카페 되 마고Deux Magots의 테라스에 앉아서 잠시 기다리는 것이다. 그러면 2분도 채 지나지 않아 누군가 가방을 훔쳐 가는 자가 있을 것이다. 그 도둑은 제 발로 찾아와서 골칫덩어리를 떠맡는 셈이다. 말은 이렇게 쉽게 하지만 그 일이 내게 엄청난 긴장을 유발했다는 점은 부정하기가 어렵다. 어떤 일이든 예술적으로 완벽하고 정교하게 수행하자면 그런 긴장은 늘 따르게 마련이다.

일을 마치고 이탈리아에 돌아오니 신경이 예민해져 있다는 느낌이 들었다. 그래서 로카르노에 가서 며칠 간 휴가를 보내기로 마음먹었다. 나는 청바지에 악어 로고가 찍힌 폴로셔츠를 입고 이등칸으로 여행하기로 했다. 설명할 길 없는 어떤 죄의식에다 일등칸으로 가면 누군가 나를 알아볼지도 모른다는 막연한 두려움이 가세했기 때문이었다.

스위스 국경에 이르자 극성스러운 세관원들이 나를 성가시게 했다. 그들은 내 짐을 속옷에 이르기까지 샅샅이 뒤졌고, 이탈리아 담배 열 갑을 스위스에 반입했다는 이유로 조서를 작성했다. 또 그들은 내 여권의 유효 기간이 보름 전에 만료되었음을 지적하였고, 마지막으로 내 괄약근의 오목한 곳에서 50 스위스 프랑을 찾아냈다. 그 돈은 출처가 확실치 않은 돈이 되어 버렸다. 신용 기관을 통해 정상적으로 구입했음을 증명하는 공식적인 문서를 그들에게 제시할 수 없었기 때문이다.

결국 나는 1천 와트의 전등 불빛 아래에서 심문을 받고 젖은 목욕 타월로 구타를 당한 뒤에 임시 구금 처분을 받아 독방의 구속 침대에 묶이는 신세가 되었다.

다행히도 내게 묘안이 하나 떠올랐다. 내가 테러리스트들의 비밀 단체인 P2의 창립 단원이고, 이데올로기적인 목적으로 특급 열차에 폭탄 두세 개를 설치한 적이 있으며, 나 자신을 정치범으로 여긴다고 말하자는 기발한 생각이었다. 내가 그 말을 입 밖에 내자마자 그들은 보로메 섬에 있는 그랜드 호텔의 〈복지원〉에

방 하나를 마련해 주었다. 영양 전문가는 나에게 맞는 체중을 되찾기 위해 몇 끼를 거르라고 권했고, 내가 그 권고를 따르자 정신과 의사는 거식증을 내세워 나에게 가택 연금을 얻어 주기 위한 서류를 작성하기 시작했다. 그러는 동안 나는 관할 법원의 판사들에게 익명의 투서를 보내어, 그들이 서로에게 투서를 보내고 있음을 은근히 비치고, 마더 테레사가 전투적인 공산주의자 단체와 관계를 맺고 있다고 비난했다.

일이 잘 풀리면 나는 1주일쯤 지나서 집으로 돌아가게 될 것이다.

(1989)

미국 기차로 여행하는 방법

궤양, 옴, 무릎 피하의 염증, 팔꿈치의 통증, 대상 포진, 에이즈, 분마성(奔馬性) 결핵, 나병 따위에 걸린 몸으로도 비행기 여행을 할 수 있다. 그러나 감기에 걸린 몸으로는 그럴 수 없다. 감기 든 채로 비행기를 타본 사람은 알 것이다. 비행기가 1만 피트 상공에서 갑자기 하강하면 귀에 엄청난 통증이 온다. 머리가 금방이라도 터져 버릴 것 같아서 주먹으로 창을 두드리며 소리를 친다. 차라리 뛰어내리고 싶다고. 낙하산이 없어도 상관없다고. 이런 사정을 잘 알면서도 나는 뉴욕에 볼일이 있어서 감기가 든 채로 비행기를 탔다. 강력한 효과를 지닌 코 스프레이를 휴대하긴 했지만 그것도 소용이 없었다. 뉴욕에 도착했을 때 나는 필리핀의 참호 속에 들어온 듯한 기분이 들었다. 사람들의 입술이 움직이는 것은 보이는데 정말 아무 소리도 들리지 않았다. 병원을 찾았더니 의사는 내 고막에 염증이 생겼노라고 손짓을 섞어 설명한 다음, 항생제를 복용하고 3주 동안은 비행기를 타지 말라고 당부했다. 나는 미국 동부 연안의 세 지역을 방문해야 했기에 결국 기차를 타고 갔다.

미국의 철도 교통을 생각하면 핵전쟁 이후에 달라질 세상의 모습을 떠올리게 된다. 물론 열차가 가긴 간다. 문제는 평원을 가로지르다 갑자기 고장이 난 것도 아니면서 예닐곱 시간씩 늦게 도착한다는 데에 있다. 기차역은 또 어떤가. 거대하고 썰렁하고 휑뎅그렁하다. 술 한잔 마실 데도 없고 악당같이 생긴 자들만 득실거린다. 이리저리 뚫린 지하 통로는 영화 「혹성 탈출」에 나오는 뉴욕의 지하철을 연상시킨다. 뉴욕과 워싱턴을 잇는 노선은 신문 기자들과 상원 의원들이 자주 이용하고 있지만, 일등칸을 타도 이등칸 수준의 편의를 제공하며, 식사도 대학 식당 수준의 뜨거운 음식이 고작이다. 그래도 그 노선은 나은 편이다. 승객이 적은 다른 노선들은 한심하기 짝이 없다. 차량은 불결하고 모조 가죽 좌석에는 여기저기 구멍이 나 있으며 스낵바에서 내놓는 식사는 이탈리아 지방 열차의 재생 톱밥 같은 음식이 오히려 그리워질 정도다(이건 거의 과장이 아니다).

호사스런 침대 차량에서 끔찍한 범죄가 벌어지는 장면을 담은 영화들이 적지 않다. 그런 영화들을 보면 고상하게 생긴 백인 여자들이 「바람과 함께 사라지다」에서 곧장 나온 듯한 흑인 웨이터가 따라 주는 샴페인을 마신다. 이건 터무니없는 거짓이다. 현실은 이와 딴판이다. 미국 열차의 흑인 승객들은 마치 「살아 있는 시체들의 밤」에서 곧장 걸어 나온 사람들 같다. 그리고 백인 차장은 콜라 깡통과 아무렇게나 팽개쳐 놓은 짐, 유전자에 매우 해롭다는 전자레인지의 극초단파에 쏘인 뜨거운 비닐 포장 샌드위치에서 비어져 나온 마요네즈를 잔뜩 묻혀 놓은 신문지 따위를 밟고 비틀거리면서 진절머리가 난다는 듯한 표정으로 통로를 성큼성큼 지나다닌다.

미국에서 기차는 탈 수도 있고 안 탈 수도 있는 선택의 대상이 아니다. 기차는 프로테스탄트 윤리와 자본주의 정신에 관한 막스 베버의 가르침을 무시하고 가난한 사람으로 남는 실수를 범한 죄에 대한 벌이다. 그렇기는 해도 미국 자유주의자들이 최근에 자주 외치는 구호가 〈정치적으로 반듯해야 *politically correct*〉 한다는 것, 곧 차이를 느끼게 하는 말이나 행동을 해선 안 된다는 것이므로, 차장들은 거지(아니, 〈머리와 수염을 범상하게 깎지 않은 사람〉이라고 말해야 하리라)들에게조차 대단히 상냥하다. 펜실베이니아 역에 가면 이리저리 어슬렁거리면서 남의 가방에 눈독을 들이는 자들을 보게 된다. 이들은 부랑배나 소매치기가 아니라 〈비(非)여행자〉일 뿐이다. 로스앤젤레스 경찰의 난폭성에 관한 논쟁은 아직 우리의 기억에 생생하지만, 뉴욕은 이른바 〈정치적으로 반듯한〉 도시다. 아일랜드계로 보이는 경찰관이 부랑배로 추정되는 자에게 다가가서 벙싯 미소를 지어 보이며 거기에서 무얼 하고 있느냐고 묻는다. 그러면 부랑자는 인권을 들먹인다. 경관은 천사처럼 상냥한 얼굴로 바깥 날씨가 아주 좋으니 어쩌니 하고는 기다란 곤봉을 휘두르지 않고 살랑살랑 흔들면서 멀어져 간다.

미국에서 흡연자란 사회적 주변화의 마지막 상징을 버리지 못한 사람이다. 그들은 가난한 사람들 중에 많다. 그래서 열차에 하나 달랑 붙은 흡연 차량에 겁 없이 올라탔을 때, 나는 「서푼짜리 오페라」의 한복판에 들어와 있는 듯한 기분이 들었다. 정장에 넥타이 차림은 나 하나밖에 없고, 나머지는 모두 긴장증(緊張症)에 걸린 괴물이거나 입을 헤벌리고 드르렁거리며 자는 부랑자, 아니면 넋이 나간 것처럼 멍하니 앉아 있는 사람들이었다. 흡연 차량은 열차의 맨 뒤에 달려 있었다. 그래서 열차가 역에 도착했을 때, 그 천민의 무리는 제리 루이스[1] 같은 거동으로 플랫폼을 따라 1백여 미터를 걸어야 했다.

나는 그 철길 지옥에서 살아남아 오염되지 않은 옷으로 복장을 바꾼 다음, 교직원 클럽의 개인 식당으로 저녁을 먹으러 가서, 아주 세련된 언어를 구사하는 지극히 품위 있는 교수들과 자리를 함께했다. 식사가 끝났을 때, 나는 어디 가서 담배를 피우고 싶은데 그럴 수 있는 데가 없느냐고 물었다. 좌중 사이에 잠시 침묵이 흐르고 어색한 미소가 오갔다. 그런 다음, 누군가 문을 모두 닫아 버리자, 한 부인이 핸드백에서 담뱃갑을 꺼냈고, 다른 몇 사람은 내 담뱃갑에서 궐련을 빼어 물었다. 우리는 마치 스트립쇼를 하는 카바레의 어둠 속에서처럼 공모의 눈길을 주고받고 소리를 죽여 가며 웃었다. 그것은 10분간의 감미롭고 짜릿한 위반 행위였다. 나는 사탄이었다. 나는 어둠의 세계에서 와서 죄악의 불꽃으로 그들을 환히 비추고 있었다.

(1991)

1 미국의 코미디언(1926~2017).

미래의 케이맨 제도를 구경하는 방법

　여름에는 여러 가지 사정이 고약하게 겹치는 바람에 휴가다운 휴가를 갖지 못했다. 그랬는데 때아닌 때에 뜻하지 않은 곳을 관광하는 행운을 누리게 되었다. 시시한 신변잡사를 늘어놓는 꼴이 되어 미안하지만 그래도 밝힐 건 밝히고 넘어가야겠다. 재계의 거물도 아닌 내가 카리브해의 그랜드케이맨을 다녀왔으니 말이다. 그 내력인즉슨 이러하다. 나는 11월 몇 주 동안 일 때문에 남미와 북미를 여기저기 돌아다니게 되었다. 그러던 중에 나는 하늘이 주신 놀라운 선물을 발견하였다. 주말이 낀 닷새간의 망중한이 있음을 알게 된 거였다. 나는 카리브해의 섬들 중에서 가기가 별로 복잡하지 않은 본도(本島)를 찾아보고 나서 그리로 도망치듯 떠났다. 그곳은 쿠바에서 남쪽으로 조금 떨어져 있고 자메이카에서 멀지 않은 케이맨 제도의 세 섬 가운데 하나로서 영연방에 속해 있는 작은 나라였다. 거기에서 통용되는 화폐는 케이맨 달러인데, 그 화폐로 물건 값을 지불하는 것은 정말이지 디즈니랜드에 온 듯한 기분을 느끼게 한다.

케이맨 제도는 세 가지 특성을 지니고 있다. 첫째, 뒤에 가서 다시 이야기하겠지만 그곳은 유명한 조세 천국이다. 둘째, 바다가 잔잔하고 맑고 따뜻하며 해수욕을 하면서 아주 빠른 바다거북들과 마주칠 수 있다. 때로는 엄청나게 큰 거북들이 스쳐 지나가기도 한다. 그 거북들은 덩치가 그렇게 큰데도 무섭기는커녕 〈종의 보호를 위한 새로운 선언〉을 주창하고 싶을 만큼 호감을 준다. 셋째로, 섬의 관광 산업은 대부분 해적의 전설에 바탕을 두고 있다.

이 마지막 특성은 위치가 특별하고 사람이 살고 있지 않다는 점 때문에 섬이 일찍이 해적들의 정박지와 작전 기지가 되었다는 사실에서 기인한다. 섬의 관광청은 당연히 그 전설을 철저하게 활용한다. 거대한 슈퍼마켓들에는 어린 관광객들을 즐겁게 해주는 완벽한 해적 분장 세트가 넘쳐 나고, 해적 축제가 수시로 열린다. 비록 규모는 작지만 옛날의 해적선으로 보임 직한 범선이 부두에 닿으면, 한쪽 눈에 검은 눈가리개를 두른 남자들이 갈고리, 장검 등 해적들의 온갖 무기를 들고 배에서 내려, 역시 당대의 의상으로 분장한 삑삑거리는 여자아이들을 납치하고 싸움을 벌인다. 그런 다음, 마지막으로 꽃불이 허공을 수놓고 야외에서 해적들의 춤판이 벌어진다. 춤이 끝나면, 사람들은 거북 스튜와 소금절이 또는 순대처럼 만든 콘크로 배를 채운다. 콘크란 쫄깃쫄깃하고 단백질이 풍부한 오징어의 일종이며 섬사람들은 이것을 다양한 방식으로 요리한다. 이 공연은 가족이 함께 즐기는 구경거리로 권장되고 있으며, 공연에 참가하는 배우들은(해적 놀이가 케이맨 제도의 주민들에게 제공하는 일자리가 얼마나 많은지 상상해 보라) 침입 연기를 하는 동안 맥주 한 잔 마실 권리조차 없다.

그런데 우리 모두가 알고 있다시피, 진짜 해적들은 신의도 법도 모르는 악당이다. 그들은 반지 하나를 빼앗기 위해 남의 손을 자를 수 있고, 강간과 약탈에 혈안이 되며, 불쌍한 뱃사람들을 상갑판 꼭대기에서 바다로 내던지면서 미친 듯이 좋아하는 자들이다. 요컨대 그들은 행실이 나쁜 여자들의 아들이자 남편이자 아비이며, 험상궂고 추저분하고 마늘 냄새와 럼주 냄새를 풍기는 불한당이다. 그러나 세월은 약이고 시간은 모든 상처를 치유한다. 할리우드의 영화쟁이들이 손을 대자 그들은 일약 전설적인 영웅이 되었고, 섬에 관광을 온 가족들에게 매력적이고 모험적인 삶의 본보기로 제시되기에 이르렀다.

이제 케이맨 제도의 처음 특성에 관한 이야기로 돌아가자. 이곳은 〈오프 쇼어 뱅킹〉의 천국이다. 다시 말하면 일체의 조세 규제가 없기 때문에 사람들이 자본을 옮겨 오는 나라이다. 뇌물을 공여하고 공공의 부를 가로채는 현대판 해적들, 〈더러운 손 작전〉으로 떼돈을 모은 뒷거래꾼들, 무기 상인들 등 오늘날의 도덕이 근절해야 할 악한으로 지목하고 있는 자들이 이곳으로 돈을 빼돌리고 있다는 사실을 우리는 재판 관련 기사에서 매일같이 접하고 있다. 그러나 2~3백 년 후에는 어떤 상황이 벌어질까?

세월은 약이고 시간은 모든 상처를 치유하게 될 것이다. 나는 섬에서 전 세계에서 온 사기꾼들이 해안의 외딴 별장들에 숨어 음모를 꾸미는 광경을 떠올렸다. 사기적인 거간꾼들과 금품에 매수된 자들과 검은돈을 세탁하는 자들이 모여 꾸미는 음모를 말이다. 그리고 2백 년 후 섬의 관광청에서 우리 시대의 추잡한 자들을 소재로 한 공연을 기획하게 되리라는 생각도 해보

앉다. 새로운 해적, 보스로 행세하는 자들, 과부 등쳐 먹는 자들, 고아들을 학대하는 자들, 탈세 전문가들, 오프 쇼어 뱅킹의 달인들이 간들거리는 신인 여배우들과 장래의 모델들을 대동하고 헬리콥터를 갖춘 호화 요트에서 내릴 것이다. 그들은 물론 가짜지만 오래 전에 죽은 진짜 인물들과 아주 흡사할 것이다. 그들은 악덕 변호사, 위장 도산(倒産)의 전문가, 배코를 치고 구릿빛으로 태운 가슴에 금사슬을 드리운 채 값비싼 향수 냄새를 풍기는 뇌물 공여자 등으로 분장하고 있을 것이다.

미래의 관광객들은 우리 시대의 그 교수형가마리들을 구경하기 위해 돈을 낼 것이다. 다만, 옛날의 해적들에 대해서는 우리가 모건, 드레이크, 올로네, 플린트 선장, 키다리 존 실버 따위의 이름을 기억하고 있지만, 미래의 공연에 등장할 해적들에 대해서는 성급한 거명을 피해야 할 것이다. 그들은 현재 피의자로서 조사를 받고 있을 뿐 아직 유죄 판결을 받은 것은 아니기 때문이다.

(1995)

신안(新案) 상품을 구입하는 방법

비행기는 끝없이 펼쳐진 평원과 하얀 사막 위를 위
풍당당하게 날아간다. 이 아메리카 대륙은 여전히 자
연과 생생하게 만날 수 있는 순간들을 우리에게 제공
한다. 그런 순간을 맞아 문명을 거의 잊고 있었는데 문
득 내 좌석 앞의 주머니로 눈길이 쏠렸다. 헤드폰을 끼
고 브란덴부르크 협주곡을 들으면서 나는 주머니에
꽂힌 인쇄물들을 뒤적거렸다. 사고가 났을 때 비행기
에서 신속하게 탈출하는 데에 필요한 지침과 기내 상
영 영화 프로그램, 『디스커버리』지 사이에 소책자 하
나가 끼여 있었다. 구매 욕구를 북돋우는 실물 사진과
함께 통신 판매 물품들을 나열해 놓은 책자였다. 그날
이후에도 나는 다른 항공편을 이용하면서 그와 유사
한 소책자들, 예컨대 『미국 여행자』, 『개성이 담긴 선
물』 등을 발견하였다.

그것들은 아주 매력적인 읽을거리다. 그래서 한번 잡으면 거기에 푹 빠져들고 자연을 잊게 된다. 이른바 〈비약을 하지 않는다non facit saltus〉[1]는 너무나 단조로운 자연을 말이다. 문명은 자연을 수정하는 데에 기여하기에 더욱 흥미롭다. 자연은 거칠고 인간에게 적대적임에 반해서 문명은 인간으로 하여금 노력과 시간을 벌면서 행동하게 해준다. 문명은 노동의 굴레에서 육체를 해방시켜 관조(觀照)의 길을 열어 준다.

가령 코 스프레이의 문제를 한번 생각해 보자. 코 스프레이란 다 알다시피 코 막힌 것을 뚫어 주는 에어로졸을 두 손가락으로 눌러 뿜게 되어 있는 작은 약병이다. 그것을 다루기가 얼마나 짜증스러운지는 여러분도 익히 알고 있을 것이다. 그러나 이제 고민은 끝났다. 문제의 약병을 〈바이어럴라이저Viralizer〉라는 이름의 기구(가격 4.95달러)에 끼우면 된다. 그러면 이 기구가 약병을 눌러 호흡기의 은밀한 내부로 에어로졸을 빠른 속도로 분사해 준다. 그러는 동안 두 손으로 이 도구를 잡고 있어야 하는 것은 물론이다. 또 사진으로 판단해 보건대 이 기구를 두 손으로 잡고 있는 것은

---

1 〈자연은 비약하지 않는다〉는 유명한 말은 오래된 철학적 공리로서, 종종 양자 역학의 발견을 비난하기 위해 사용되었다.

마치 러시아제 소총 칼라시니코프를 자기 자신을 향해 쏘고 있는 듯한 느낌을 준다. 그러나 어쩌랴, 얻는 것이 있으면 잃는 것도 있게 마련인 것을.

나는 〈만능 담요〉라는 상품에 충격을 받았다. 나중에 확인해 보면 알게 되겠지만 나는 이 상품이 정말로 그렇게 충격적인 것은 아니기를 바란다. 가격이 자그마치 150달러나 되는 이 담요는 겉으로 보기에는 여느 전기담요와 다를 게 없다. 다만 담요에 닿는 신체 부위에 따라 온도를 다양하게 조절할 수 있도록 전자 프로그램이 갖추어져 있다는 점이 특이하다. 말하자면 이런 것이다. 만일 밤에 잠을 잘 때마다 어깨는 시린데 살에선 땀이 나는 사람이 있다면 만능 담요의 프로그램을 조절해서 어깨 쪽은 따뜻하게 살 쪽은 선선하게 해놓으면 된다. 물론 문제는 있다. 만일 잠버릇이 고약해서 침대에서 이리 뒹굴고 저리 뒹굴고 하다가 머리가 발치에 가 있곤 하는 사람이라면, 자칫하다 변을 당할 염려가 있다. 고환 또는 그 부위에 있는 다른 어떤 것, 곧 남성이냐 여성이냐에 따라 달라지는 거시기가 벌겋게 익어 버릴 것이기 때문이다. 그 담요의 발명자에게 제품의 개선을 요구할 수 있을 것 같지는 않다. 그 사람 스스로 자기 발명품을 사용하다가 이미 시커멓게 타 죽지 않았을까 하는 생각이 드니 말이다.

잠을 자면서 코를 고는 바람에 같이 자는 남자 또는 여자의 잠을 설치게 하는 일이 있을 것이다. 그런 경우에 사용하라고 만든 아이디어 상품이 있다. 〈스노어 스토퍼Snore Stopper〉라 불리는 이 물건은 자기 전에 손목에 차는 일종의 손목시계 같은 것이다. 소리 감응 장치가 내장되어 있어서 코 고는 소리가 조금이라도 나면 이내 그것을 감지하여 전기 자극을 내보낸다. 이 전기 자극이 팔을 타고 올라가다가 어떤 신경 중추에 도달하여 무엇인가의 기능을 방해한다. 정확히 무엇의 기능을 방해하는지는 알 수 없지만 그러고 나면 신통하게도 코 고는 소리가 뚝 그친다. 가격도 단돈 45달러밖에 되지 않는다. 문제는 심장병 환자들에게는 이 기계를 권할 수 없다는 점에 있다. 게다가 이 기계는 무게가 1킬로그램이나 나간다. 따라서 수십 년을 함께 살면서 일심동체가 된 배우자와 잘 때는 사용할 수 있어도 하룻밤 정을 통하는 사이에서는 사용할 수 없다. 1킬로그램이나 되는 기계를 손목에 차고 섹스를 하다가는 뜻하지 않은 말썽이 빚어질 수도 있으니까 말이다.

주지하다시피 미국인들은 콜레스테롤 수치를 낮추

기 위해 조깅을 한다. 그들은 심근 경색으로 죽을 지경이 되어 털썩 주저앉을 때까지 몇 시간 동안 달음박질을 한다. 그런 사람들을 위한 아이디어 상품으로 〈맥박 단련기〉(59.95달러)라는 것이 있다. 역시 손목에 차는 기계인데 집게손가락 끝에 끼우는 고무마개와 줄로 연결되도록 만들어져 있다. 이 기계를 손목에 차고 뜀박질을 하면 심장 혈관계에 이상이 올 경우 경보음이 울린다. 저개발국의 실정을 생각하면 이것은 큰 진보가 아닐 수 없다. 저개발국 사람들은 뜀박질을 하다가 숨이 가쁘면 그냥 멈추어 버린다. 숨이 가쁘면 무리하게 달릴 필요가 없다는 아주 원시적인 이유에서다. 가나의 어린이들이 달리기는 하되 조깅은 하지 않는 이유도 아마 거기에 있을 것이다. 놀라운 일은 조깅을 전혀 하지 않음에도 그들의 혈액 속에는 콜레스테롤이 조금밖에 들어 있지 않다는 것이다. 어쨌거나 〈맥박 단련기〉를 차고 조깅을 하면 안심하고 달릴 수 있다. 게다가 〈나이키 모니터〉라는 벨트까지 가슴과 허리에 두르면 더욱 안심할 수 있다. 두 개의 마이크로프로세서와 도플러 효과를 내는 초음파를 통해 주파한 거리와 속도를 알아내어 전자 음성으로 알려줄 것이기 때문이다. 〈나이키 모니터〉의 가격은 3백 달러이다.

　동물 애호가들에게는 〈바이오 베트 Bio Bet〉를 권하고 싶다. 개의 목에 둘러 놓으면 초음파를 발하여 벼룩을 죽이는 기계이다. 가격은 25달러밖에 되지 않는다. 인체에 사용할 경우 거웃에 기생하는 작은 벌레들을 죽일 수 있는지는 모르지만 통상적인 부작용이 있을 것으로 우려된다. 건전지는 포장 속에 들어 있지 않지만 개로 하여금 저 혼자 나가서 사게 하면 된다.

　〈샤워 밸릿 Shower Valet〉(34.95달러)은 욕실 벽에 걸어 두기만 하면, 김이 서리지 않는 거울과 라디오, 텔레비전, 면도기 걸이, 면도 거품 분사기 등을 겸할 수 있는 상품이다. 광고에서는 이 상품이 아침의 따분한 일상을 〈경이로운 체험〉으로 바꾸어 줄 것이라고 단언하고 있다. 〈스파이스 트랙 Spice Track〉(36.95달러)은 우리가 상상할 수 있는 온갖 양념들을 작은 병에 담아 한데 모아 놓은 전기 제품이다. 서민 가정에서는 양념통을 조리대 위의 선반에 늘어놓고 쓴다. 그래서 그들 깜냥의 진미에 계피 가루라도 뿌릴라치면 손가락으로 집어서 뿌리는 수밖에 없다. 그러나 이제부터는 그럴 필요가 없다. 자판을 두드려 어떤 연산(아마도 터보 파스칼 언어로 된 연산)을 하면 기계가 빙

빙 돌면서 원하는 양념이 눈앞에 나타날 것이다.

사랑하는 사람에게 생일 선물을 주고 싶어 하는 사람들을 위한 아이디어 상품이 하나 있다. 한 전문 회사에 30달러만 보내면 그 회사에서는 선물을 받을 사람에게 그가 태어났던 날의 『뉴욕 타임스』 한 부를 보낸다. 만일 그가 히로시마에 원자 폭탄이 투하되었던 날이나 메시나에 대지진이 일어났던 날에 태어났다면 그건 그의 문제다. 이 상품은 자기가 싫어하는 사람을 모욕하는 데에도 쓸모가 있다. 만일 그 사람이 기념할 만한 일이 전혀 없었던 날에 태어났다면 말이다.

장거리 항공편을 이용할 때에는 2~3달러를 내고 헤드폰을 빌려서 음악이나 기내 영화의 사운드 트랙을 들을 수 있다. 습관적으로 또는 어쩔 수 없이 비행기 여행을 자주 하는 사람들 가운데 에이즈에 대한 공포에 시달리는 사람이 있다면 살균한 헤드폰을 개별적으로 구입해서(19.95달러) 자기 혼자만 쓸 수도 있다. 비행기를 탈 때마다 챙겨야 하는 번거로움만 감수할 수 있다면 말이다.

이 나라 저 나라로 옮겨 다닐 때에는 환율이 어떻게 되는지 알고 싶어진다. 영화 1파운드는 미화 몇 달러에 해당하는지, 독일 마르크와 영국 파운드 간의 환율은 어떻게 되는지, 탈러 한 닢을 사려면 도블론 몇 닢이[2] 필요한지 등등. 이런 경우 가난한 사람들은 연필이나 10달러짜리 소형 계산기를 사용한다. 그들은 신문에 나온 환율 시세를 확인하여 종이에 계산을 하거나 계산기를 두드린다. 그에 반해서 부자들은 20달러짜리 〈통화 환산기〉를 산다. 이 기계는 소형 계산기와 별반 다를 게 없다. 다른 점이 있다면, 아침마다 그날그날의 환율 시세에 따라서 정보를 새로 입력해야 한다는 것과 통화와 관련되지 않은 물음, 예컨대 〈6 곱하기 6은?〉 하는 식의 물음에는 대답할 수 없으리라는 것이다. 값은 두 배이면서 하는 일은 다른 것들의 반밖에 안 된다는 것이 바로 이 환산기의 특징이다.

다음에 소개할 것은 〈매스터 데이 타임〉, 〈메모리 펠〉, 〈루스리프식 타이머〉 등으로 불리는 이른바 기적의 비망록이다. 이 비망록은 호주머니에 들어가지 않는다는 점만 빼면 보통의 수첩과 다를 게 없다. 날짜도 보통 수첩처럼 9월 30일 다음에는 10월 1일이 나오게 되어 있다. 그렇다면 무엇이 다른가? 이 상품을 설명하는 방식에 차이가 있다. 기적의 비망록을 파는 사람들은 이런 식으로 말한다. 1월 1일에 스미스라는 사람

2 탈러는 독일의 옛 은화. 도블론은 스페인의 옛 금화.

을 만나 거의 열두 달이 지난 뒤인 12월 20일에 다시 만나기로 약속을 했다고 치자. 사람의 정신으로는 그렇게 오랜 시간 동안 그런 자질구레한 사항을 기억하고 있을 수 없다. 그렇다면 어떻게 할까? 1월 1일에 기적의 비망록을 펼치고 12월 20일의 페이지에 〈오전 10시, 스미스 씨〉라고 적는다. 그러면 놀랍게도 1년 가까이 그 부담스런 약속을 잊고 지낼 수 있게 될 것이다. 그저 12월 20일 오전 7시에 아침을 먹으면서 비망록을 열어 보기만 하면 기적처럼 그 약속이 생각날 것이다 운운. 그러나 만일 12월 20일에 11시가 되어서야 잠에서 깨어나 점심을 먹으면서 비망록을 들여다보게 된다면 어쩔 것인가? 대답은 간단하다. 만일 당신이 이 기적의 비망록을 사기 위해 50달러를 썼다면 그것은 당신이 매일 아침 7시에 일어나야 한다는 상식쯤은 지니고 있는 사람임을 뜻하는 것이다.

약속 때문에 바쁜 12월 20일 같은 날에 화장실에서 보내는 시간을 절약하고자 한다면 16달러를 주고 〈코털 제거기〉나 〈회전식 털깎개〉를 구입해 두면 좋을 것이다. 18세기에 이런 도구가 나왔더라면 프랑스의 사드 후작이 무척 좋아했을 법하다. 이것을 콧속에 들이밀면 전기의 힘으로 회전하면서 속에 있는 털을 잘라 준다. 가난한 사람들이 보통 가위로 잘라 보려고 애쓰다가 포기하고 마는 털까지 시원하게 잘라 낼 수 있다. 애완용 코끼리를 위한 대형 제품이 있는지는 알아내지 못했다.

〈쿨 사운드〉는 소풍 갈 때 들고 가는 소형 냉장고로서 텔레비전과 합체를 이룬 신안 상품이다. 〈물고기 넥타이〉는 대구처럼 생긴 넥타이로서 재질이 1백 퍼센트 폴리에스테르이다. 〈코인 체인저〉는 미니 동전 지급기로서 신문을 살 때 호주머니를 뒤지는 수고를 덜어 주는 기계다. 그런데 애석하게도 성골함만큼이나 커서 성 알반[3]의 대퇴골이라도 들어갈 만하다. 그렇게 큰 기계에 긴급히 동전을 채워 넣어야 할 때는 어디에서 동전을 구해야 하는지 그 점에 대해서는 아무런 언급이 없다.

품질이 좋은 차는 물을 끓일 그릇과 작은 숟가락만 있으면 타 마실 수 있다. 여과 기구가 있으면 더 좋겠지만 없어도 상관은 없다. 그런데 〈티 매직〉(9.95달러)이라는 기계는 복잡하기 이를 데 없다. 차 한 잔 타는 일을 터키 커피 한 잔 끓이는 것만큼이나 공이 많이 드는 일로 만들고 있다.

3 3세기경에 살았던 영국 최초의 순교자.

나는 간장 질환, 요산 과다증, 위축성 비염, 위염, 무릎 피하 염증, 팔꿈치 염증, 비타민 결핍증, 관절통, 근육통, 발가락 기형 증세, 알레르기성 습진 등 갖가지 질병으로 고생하고 있다. 어쩌면 나병에 걸렸을지도 모른다. 우울증이 없다는 게 그나마 다행이다. 어쨌든 하루도 빼놓지 않고 복용할 약과 복용 시간을 기억해야 하는 신세다. 나는 은으로 된 약통을 가지고 다니는데 아침에 이 약통을 채우는 것을 잊을 때가 많다. 그렇다고 그 많은 약병을 다 갖고 다닐 수도 없다. 그러자면 그것들을 담을 가죽 제품을 구입하는 데에도 수월찮은 돈이 들 것이기 때문이다. 게다가 외발 스쿠터 같은 것을 타고 다닐 때는 약병을 가지고 다니기가 여간 불편하지 않다. 〈태블릿 컨테이너〉라는 상품이 이 모든 문제를 해결했다. 이것은 환자가 고된 하루를 보내는 동안 줄곧 그를 따라다니면서 알맞은 약을 제시간에 먹게 해주는 상품이다. 이보다 한결 세련된 상품으로 〈전자 알약 상자〉(19.85달러)라는 것이 있다. 칸이 세 개밖에 없으므로 동시에 세 가지가 넘는 질병을 앓는 환자들은 사용하기가 곤란할 것이다. 이 상자 안에는 컴퓨터가 들어 있어서 알약 먹을 시간이 되면 신호를 내보낸다.

집 안에 쥐가 있을 때는 〈트랩 이즈〉라는 덫을 사용하면 좋을 것이다. 치즈 조각을 안에 넣고 쥐가 다니는 곳에 놓아두기만 하면 되는 간편한 덫이다. 보통의 쥐덫은 쥐가 안으로 들어가서 스프링에 부딪치면 금속 막대가 쓰러지면서 쥐를 죽이게 되어 있다. 그런데 〈트랩 이즈〉는 둔각 모양으로 만들어져 있고 쥐가 치즈를 건드리지 않으면 작동하지 않게 되어 있다. 따라서 입구에서 멈춘 쥐는 목숨을 보전한다. 그러나 쥐가 치즈를 갉아먹기 시작하면 곧바로 덫이 94도로 회전하면서 셔터가 내려와 쥐를 가두어 버린다. 가격이 8달러밖에 안 되는 이 쥐덫은 속이 환히 들여다보이기 때문에 원한다면 텔레비전에 볼 만한 프로그램이 없는 밤에 생쥐를 관찰하며 시간을 보낼 수도 있다. 아니면 쥐를 들판에 풀어 주거나(환경 보호론자들의 선택) 덫째로 쓰레기통에 버리거나 펄펄 끓는 물에 담가 버려도 된다.

〈나뭇잎 갈퀴〉라는 상품은 일종의 장갑인데 이걸 끼면 손이 아주 기괴한 모습으로 변한다. 마치 방사능에 의한 돌연변이로 거위와 익수룡 사이에서 나온 새의 물갈퀴 달린 발처럼 말이다. 이 장갑은 8만 에이커쯤 되는 정원의 낙엽을 그러모으는 데에 사용된다. 단

돈 12.50달러만 쓰면 정원사나 사냥터 지기에게 줄 급료를 아낄 수 있다(특히 사냥터 지기 때문에 마음고생이 심한 채털리 경에게 이것을 권하고 싶다). 〈타이 세이버〉는 넥타이에 스프레이처럼 뿌려서 보호막을 입히는 데 사용된다. 이것으로 넥타이에 보호막을 입히면 토마토 샌드위치를 먹은 뒤에도 마지막 이식 수술을 끝낸 바너드 박사 같은 몰골을 하지 않고 이사회의 석상에 나갈 수 있다(15달러). 아직도 포마드를 머리에 바르는 사람들이 있다면 그들에게 딱 좋은 상품이다. 보호막을 입힌 넥타이로 이마를 닦아도 될 테니까.

가방에 짐을 너무 많이 넣어서 금방이라도 터질 것처럼 빵빵할 때는 어떻게 할까? 보통의 고지식한 사람이라면 스웨이드 가죽이나 멧돼지 가죽으로 만든 가방을 새로 하나 살 것이다. 그러나 그 때문에 두 손에 가방을 하나씩 들어야 하는 처지가 된다. 따라서 이보다 더 좋은 해결책은 〈가방 확장기〉라는 상품을 구입하는 것이다. 이것을 길마처럼 가방 위에 걸쳐 놓고 남은 짐을 거기에 쌓는다. 그러면 짐 전체의 두께[4]가 2미터가 넘게 될 것이다. 단돈 45달러면 노새 등에 팔을

---

[4] 영어판에서는 이것을 〈둘레 *girth*〉라고 옮김으로써 에코의 과장법을 다소 완화시켰지만, 이탈리아어판에는 분명히 〈2미터 이상의 두께 *spessori di due metri e oltre*〉라고 되어 있다.

없고 여행하는 기분을 맛보게 되는 셈이다.

〈발목 하인〉(19.95달러)이라는 상품은 장딴지에 차는 비밀 주머니로서 그 속에 신용 카드 따위를 숨길 수 있게 되어 있다. 마약 밀매꾼들에게 꼭 필요한 물건이다. 〈운전자용 경보기〉는 운전할 때 귀 뒤에 부착하는 장치이다. 운전자가 꾸벅꾸벅 졸다가 혹은 어떤 다른 이유로 고개를 허용 한도 이상으로 구부리게 되면 경보가 울리게 되어 있다. 광고 사진으로 짐작해 보건대 이 물건은 착용자의 귀를 「스타 트렉」이나 「엘리펀트 맨」에 나오는 인물 또는 안드레오티[5]의 귀처럼 보이게 한다. 만일 이 경보기를 착용하고 있는데 누가 〈나하고 결혼할래?〉 하고 묻는다면, 〈그래〉 하는 대답을 너무 힘 있게 하지 않는 것이 좋다. 자칫하여 고개를 너무 정력적으로 끄덕이다간 초음파 때문에 기겁을 할 염려가 있으니까 말이다.

끝으로 몇 가지 상품을 더 나열하고자 한다. 새 모이 자동 배급기, 자전거 벨이 달린 맥주잔(한 잔 더 마시고 싶을 때 이 벨을 울리게 되어 있다), 안면 사우나, 주유 펌프처럼 생긴 코카콜라 통, 그리고 양쪽 엉덩이

5 줄리오 안드레오티(1919~2013). 이탈리아의 정치가. 엄청나게 큰 귀로 유명.

를 하나씩 걸칠 수 있도록 안장을 이중으로 만든 〈바이시클 시트〉. 이 마지막 상품은 전립선 비대증 환자들에게 이상적이다. 광고에서는 이 상품이 〈*split-end design*(*no pun intended*)〉의 결과라고 말하고 있다. 번역하자면, 이 물건은 〈엉덩이를 둘로 쪼개 준다(우스개로 하는 소리가 아니라 정말로)〉는 얘기다.

비행기를 갈아타기 위해 공항에 머무는 동안 신문·잡지 판매점에서 시간을 보내다 보면 새로운 것을 많이 알게 된다. 최근에 나는 보물 수집가들을 위한 잡지가 여럿 있다는 사실을 알게 되었다. 나는 파리에서 발간되는 『역사 속의 보물』이라는 잡지를 샀다. 프랑스에 묻혀 있을 것으로 추정되는 굉장한 보물들, 지리와 지형에 관한 상세한 정보, 동일 지역에서 이미 발견된 보물들에 관한 정보들을 싣는 잡지였다.

내가 산 그 달 호(號)에는 센강 바닥에서 발견한 보물들이 열거되어 있다. 옛날 주화부터 칼, 화병, 배에 이르기까지 장구한 세월에 걸쳐 강물에 내던져진 갖가지 물건들, 미술 작품처럼 취득하면 말썽이 생길 소지가 있는 그 밖의 많은 보물들이 언급되어 있다. 그런가 하면 중세에 에옹 들 레스투알의 종말론적인 교파가 브르타뉴 지방에 묻었다는 보물, 마법사 멀린과 성배 이야기의 시대에 마법의 숲 브로셀리앙드에 묻힌 보물(단지를 발견했을 때 그것이 성배인지 아닌지를 가려내는 방법에 관한 세세한 지침과 함께), 프랑스 혁명기에 방데의 왕당파가 노르망디에 매장한 보물, 루이 11세의 이발사 올리비에 르 디아블의 보물, 괴도 뤼팽이 소설에서 언급하여 일견 허구처럼 보이지만 실제로 존재하는 보물 등에 관한 이야기도 나온다. 또한, 이 잡지는 『프랑스 보물 가이드』라는 책을 소개하고 있는데 책의 전체적인 내용을 알고 싶은 사람은 웬만한 신문 가게에 가면 26프랑에 사볼 수 있다면서 책의 개요만을 간략히 제시하고 있다. 이 책에는 100분의 1 축적 지도가 74장 들어 있으며, 독자들은 저마다 보물을 찾으러 갈 지역의 지도를 선택할 수 있다고 한다.

땅속이나 물속의 보물을 어떻게 찾아내는지에 관해서 궁금해하는 독자가 있을 것이다. 그런 건 문제될 것이 없다. 위의 잡지는 기사와 광고를 통해 보물을 찾는 사람들에게 꼭 필요한 장비가 무엇인지를 알려주고 있다. 탐지기는 찾는 대상이 무엇이냐에 따라서, 예컨대 황금이냐 금속이냐 여타의 귀중한 물질이냐에 따라서 여러 종류가 있다. 수중 탐사를 하려면 잠수복과

산소마스크, 물갈퀴 및 보석 탐지용 주파수 판별 장치가 달린 기계가 필요하다. 그런 장비의 가격은 보통 수십만 리라이지만, 더러는 1백만 리라가 넘는 것도 있다. 또 이 잡지에서는 특수한 신용 카드의 사용을 권하고 있다. 이 카드를 가지고 있으면, 2백만 리라어치를 구입할 때마다 10만 리라짜리 상품권을 주기 때문에 그 금액만큼 물건을 더 살 수 있다(왜 그런 혜택을 주는지 이유를 모르겠다. 그런 신용 카드를 갖고 다닐 정도라면 그 구매자는 이미 도블론이 가득 든 상자 하나쯤은 찾아낸 사람일 텐데 말이다).

80만 리라를 내면 〈M 스캔〉이라는 장비를 갖출 수 있다. 부피가 커서 다소 거추장스러운 것이 흠이지만, 22센티미터 깊이에 묻혀 있는 동전, 2미터 깊이에 있는 상자, 지하 약 3미터 깊이에 감추어진 금속 덩어리 따위를 찾아낼 수 있는 장비이다. 탐지기의 사용법에 관한 기사에서는 갖가지 탐지기들을 어떻게 잡고 어떤 방향으로 움직여야 하는지를 설명하고 있고, 궂은 날씨는 큰 덩어리를 찾는 데에 유리하고, 건조한 날씨는 작은 물건을 찾는 데 좋다고 알려준다. 〈비치코머[6]

---

6 beachcomber. 해변에서 난파선 잔해 등의 표류물을 줍는 사람을 뜻함.

60〉이라는 탐사기는 바닷가나 광물질이 아주 많은 땅에서 사용하는 것이 바람직하다(만일 동전 하나가 다이아몬드 광맥 옆에 묻혀 있다면 이 탐사기는 변덕을 부리면서 동전을 무시할 수도 있다. 그 점은 누구나 양해할 것이다). 또 어떤 광고에서는 세상에 있는 금의 90퍼센트는 아직 발견되지 않고 땅속에 묻혀 있다면서 〈골드스피어〉라는 조작이 아주 간단한 장비가 바로 그런 금 광맥을 찾기 위해 특별히 고안된 탐사기라고 주장하고 있다. 그보다 훨씬 값이 싼 포켓용 금속 탐지기 〈메틀 로케이터〉는 난로와 고가구를 찾아내는 데에 쓸모가 있다. 3만 리라 미만의 가격으로 살 수 있는 〈AF2〉 스프레이는 찾아낸 동전을 깨끗이 닦고 녹을 제거하는 데 쓰인다. 마지막으로 이 잡지는 더 많은 정보를 원하는 독자들을 위해 다음과 같은 매력적인 제목의 참고 서적들을 제시하고 있다.『프랑스 보물 비사(秘史)』,『땅속에 묻힌 보물을 찾아서』,『실종된 보물을 찾아서』,『언약의 땅 프랑스』,『프랑스의 지하 통로』,『벨기에와 스위스의 보물을 찾아서』등등.

이 대목에서 독자들은 문득 이런 질문을 떠올릴 것이다. 이 잡지의 편집자들은 자기들이 원하기만 하면 그 모든 보물들을 손에 넣을 수도 있을 텐데 어찌하여

브르타뉴의 숲으로 당장 달려가지 않고 자기들 생애의 가장 빛나는 나날들을 글을 쓰며 허비하고 있는 것일까? 거기에는 이런 사정이 있다. 잡지와 책, 탐사기, 물갈퀴, 녹 제거기 등, 위에서 말한 것들은 모두 같은 조직에서 판매하고 있다. 이 조직은 유럽 도처에 체인점을 가지고 있다. 의문은 이처럼 간단히 풀린다. 결국 그들은 자기들 나름의 노다지를 이미 찾아낸 셈이다.

그렇다면 그들의 고객은 누구인가 하는 문제가 남아 있다. 그건 아마도 이탈리아에서 텔레비전의 경품 퀴즈를 맞히려고 애쓰는 사람들, 가구 제조업자들의 선심 공세에 현혹되어 새 가구를 들이는 사람들과 똑같은 사람들일 것이다. 그래도 보물을 찾겠다고 나서는 프랑스 사람들은 숲 속에서 산책이라도 할 수 있으니 다행이다.

(1986)

연어와 여행하는 방법

신문들이 전하는 바에 따르면 두 가지 중대한 문제가 우리 시대를 동요시키고 있다. 컴퓨터 사용의 만연과 제3세계 인구의 가공할 대이동이 바로 그것이다. 맞는 말이다. 나는 경험을 통해 그것이 사실임을 알고 있다.

최근에 짧은 일정으로 여행을 다녀왔다. 하루는 스톡홀름에서, 나머지 사흘은 런던에서 보냈다. 스톡홀름에서 빈 시간을 틈타 훈제 연어를 한 마리 샀다. 엄청난 크기에 비해서 값은 아주 헐했다. 게다가 비닐로 깔끔하게 포장되어 있어서 가지고 다니는 데에도 문제가 없어 보였다. 그런데 일행 중의 한 사람이 내게 이렇게 이르는 거였다. 그것을 가지고 여행할 거라면 찬 곳에 잘 보관해야 한다고. 말이 쉽지, 그게 어디 뜻대로 될 일인가!

다행히도 다음 목적지인 런던에 나의 출판인이 예약해 둔 숙소는 객실마다 미니바가 마련되어 있는 특급 호텔이었다. 그 호텔에 다다랐을 때 나는 마치 의화단의 난이 벌어지는 동안 베이징에서 농성하던 서구 열강의 공사관원들 속에 들어와 있는 듯한 기분이 들었다.

야영을 하듯이 호텔 로비에 옹기종기 모여 있는 가족들, 짐 가방을 베고 누워 담요를 두른 채 자고 있는 여행자들……. 나는 이게 대체 어찌된 사단인가 하고 호텔 직원들에게 물어보았다. 직원들은 말레이시아 사람 몇을 빼고는 모두 인도 사람이었다. 그들의 대답은 이러하였다. 바로 전날 그 큰 호텔에 전산 시스템을 설치하여 결함을 찾아 제거하는 시운전 과정을 거칠 새도 없이 운영을 했는데 두 시간 전에 그만 고장이 나고 말았다. 그 때문에 어떤 객실이 비고 어떤 객실이 찼는지를 알 수 없어서 기다려야 한다는 거였다.

전산 시스템을 수리하는 일은 저녁 무렵에 끝났고, 그제야 나는 내 방을 찾아 들어갈 수 있었다. 나는 연어가 상할까 저어되어 그놈을 가방에서 꺼내 들고 미니바를 찾았다.

보통 호텔에서 미니바라고 부르는 작은 냉장고에는

맥주 두 병과 생수 두 병, 독주가 든 작은 견본병 몇 개, 과일 주스 캔 서너 개, 땅콩 봉지 두 개가 들어 있는 것이 상례이다. 그런데, 그날 내가 투숙한 호텔의 거대한 냉장고에는 위스키, 진, 드램비,[1] 쿠르부아지에,[2] 그랑 마르니에,[3] 칼바도스[4] 따위가 든 작은 견본병 50개, 페리에 생수 4분의 1리터들이 여덟 병, 비텔로아제 두 병, 에비앙 두 병, 샴페인 세 병, 스타우트, 페일 에일, 네덜란드 맥주, 독일 맥주 여러 캔, 이탈리아와 프랑스의 백포도주, 땅콩, 칵테일 크래커, 아몬드, 초콜릿, 앨커 셀처[5] 등이 들어 있었다. 연어를 넣어 둘 자리가 전혀 없었다. 마침 경대의 널찍한 서랍들이 눈에 띄었다. 나는 냉장고를 비워 그 내용물을 모두 서랍 두 개에 옮겨 담고 냉장고에는 연어를 집어넣었다. 그러고는 그것에 더 이상 신경을 쓰지 않았다. 다음 날 외출했다가 오후 4시에 돌아와 보니 연어는 탁자 위에 덩그러니 놓여 있고 냉장고에는 갖가지 고급 제품이

1 게일어 *dram buidheach*(흡족한 기분을 주는 술)이라는 뜻에서 나온 말. 18세기에 위스키와 향초의 추출액으로 만든 술.
2 코냑 상표의 하나.
3 1880년에 프랑스의 마르니에 라포스톨이 코냑과 오렌지 껍질을 섞어서 만든 술.
4 능금주를 증류하여 만든 프랑스 술.
5 미국의 진통·제산제 상표명.

다시 꽉 들어차 있었다. 서랍을 열어 보니 전날 내가 넣어 둔 것들이 고스란히 들어 있었다. 나는 데스크에 전화를 걸어 냉장고가 비어 있는 건 내가 다 먹고 마셔서가 아니라 연어 넣을 자리를 마련하기 위한 것이었음을 객실 담당자에게 알려 주라고 당부했다. 데스크의 답변은 이러했다. 그 정보는 중앙 컴퓨터에 입력해야 한다. 영어를 모르는 종업원들에게는 구두 명령이 통하지 않고 컴퓨터 베이직 언어로만 지시를 내릴 수 있기 때문이다.

나는 다른 서랍 두 개를 열어 냉장고의 새 내용물을 거기에 옮겨 담고 연어를 다시 냉장고에 넣었다.

이튿날 오후 4시에 연어는 다시 탁자 위에 놓인 채 약간 상한 듯한 냄새를 풍기고 있었다. 냉장고는 다시 크고 작은 병들로 가득 채워졌다. 큰 서랍 네 개는 그야말로 금주법 시절의 밀주집 금고를 연상케 했다. 데스크에 전화를 걸었더니 컴퓨터가 다시 고장을 일으켰다고 했다. 벨을 눌러 객실 담당자를 부르자 뒷머리를 묶은 사내가 나타났다. 나는 그에게 내 사정을 설명하려고 애썼다. 그러나 애석하게도 그는 내가 일찍이 들어 본 적이 없는 방언을 쓰고 있었다. 나중에 인류학을 전공하는 한 동료가 설명해 준 바에 따르면, 그 방언은 알렉산드로스 대왕이 록사나와의 혼례를 축하하던 시절에 케피리스탄에서나 통용되었음직한 말이었다.

다음 날 아침 숙박비를 계산하러 내려갔더니 천문학적인 금액이 나를 기다리고 있었다. 내가 이틀 반 만에 뵈브 클리코[6] 수백 리터, 아주 희귀한 몰트 위스키를 포함한 갖가지 위스키 10리터, 진 8리터, 페리에와 에비앙 생수 25리터에다 산펠레그리노 탄산수 몇 병을 마시고, 그것도 모자라서 유니세프의 보호를 받는 모든 어린이를 괴혈병으로부터 지켜 줄 만큼 많은 과일 주스, 영화 「대식(大食)」[7]에 나오는 인물들의 부검을 맡았던 의사가 구토를 할 정도로 많은 아몬드와 호두와 땅콩을 삼켜 버린 것으로 되어 있었다. 나는 사정을 해명하려고 애썼다. 그러나 데스크의 인도인 직원은 구장 잎을 많이 씹어서 시커멓게 된 이빨을 다 드러내고 벌쭉벌쭉 웃으면서 그 모든 것이 컴퓨터에 기록되어 있음을 내게 확인시켰다. 내가 변호사를 불러 달라고 하자, 한 종업원이 망고 한 개를 가져다 주었다.[8]

6 상표명. 오랜 역사를 자랑하는 샴페인의 하나.
7 원제는 La Grande Bouffe. 1973년 이탈리아의 마르코 페레리가 감독하고 마르첼로 마스트로얀니와 필리프 누아레 등이 출연했던 영화.
8 이탈리아어에서 변호사를 뜻하는 〈아보카토*avvocato*〉와 열대 아메

호텔을 잡아 준 나의 출판인은 몹시 화가 났고, 나를 기생충 같은 존재로 여기고 있다. 문제의 연어는 상해서 먹을 수 없게 되어 버렸다. 우리 집 아이들은 내가 술을 좀 적게 마셔야 한다고 난리다.

(1986)

리카산 열매의 하나인 〈아보카도avocado〉의 소리가 비슷하다는 점을 이용한 일종의 언어유희. 즉, 종업원에게 〈아보카토〉를 요구했더니, 그것을 〈아보카도〉로 알아듣고, 그 열매 대신 망고를 가져왔다는 것. 프랑스어에서는 둘 다 〈아보카〉라고 하기 때문에 이 언어유희가 더욱 잘 통한다. 그러나 영어에서는 변호사를 보통 *lawyer*(물론 *advocate*라는 말이 있긴 하지만, 이는 변호사라는 뜻보다는 대변자나 주창자의 뜻으로 쓰인다)라고 하기 때문에 이 대목의 묘미가 사라진다. 아마도 그 때문에 영어판 번역자는 〈변호사 ─ 아보카도 ─ 망고〉의 연상 사슬에서 망고를 빼버리고, 그냥 〈변호사를 요구했더니 아보카도를 가져왔더라〉 하는 식으로 처리했을 것이다. 이해할 사람은 이해하고 무슨 뜻인지 모르는 사람은 웃지 말고 그냥 넘어가라고 말이다.

서로를 이해하기

도둑맞은 운전 면허증을 재발급받는 방법

1981년 5월 암스테르담을 지나오던 길에 그만 지갑을 잃어버렸다(어쩌면 전차 안에서 소매치기를 당했는지도 모른다. 네덜란드에도 소매치기는 있으니까 말이다). 지갑에 돈은 별로 들어 있지 않았지만 갖가지 카드와 신분증이 들어 있었다. 그 나라를 떠날 때가 되어서야 공항에서 신용 카드가 없어졌음을 확인했고, 비로소 지갑을 통째로 잃어버렸다는 사실을 알아차렸다. 탑승을 30분 앞두고 나는 분실 신고를 할 사무실을 찾아 나섰고, 5분이 지나서 공항 경찰대 소속의 한 경관을 만났다. 그는 유창한 영어로 이렇게 설명했다. 지갑을 시내에서 잃어버린 것이므로 자기 관할은 아니지만 신고를 접수하여 보고서를 올리겠노라고. 또 아메리칸 익스프레스에는 사무실의 업무가 시작되는 아침 9시에 자기가 직접 전화를 걸어 주겠노라고. 그렇게 해서 그 분실 사건의 네덜란드 쪽 문제는 10분 만에 잘 처리되었다. 밀라노에 돌아와서 나는 아메리칸 익스프레스에 전화를 건다. 내 카드 번호는 이미 전 세계에 통보되어 있으며 다음 날이면 새로운 카드를 받게 되리라는 대답을 듣는다. 문명이란 정말 대단한 거야, 하는 생각이 절로 든다.

뒤이어 분실된 다른 카드와 문서들의 목록을 만들어 경찰에 신고서를 제출한다. 그 역시 10분 만에 처리된다. 대단하구먼 하고 나는 다시 속으로 탄성을 지른다. 경찰에 관한 한 우리는 네덜란드 사람들을 부러워할 이유가 전혀 없다. 잃어버린 신분증 중에는 프레스 카드도 들어 있었는데 사흘 만에 사본을 발급받을 수 있었다. 그것 역시 대단한 일이다.

그런데 이 일을 어쩌랴. 분실물 중에는 운전면허증도 들어 있었다. 하지만 이것 역시 그리 큰 문제는 아닐 거라는 생각이 든다. 다른 건 몰라도 자동차에 관한 거라면 이탈리아에서는 문제도 되지 않을 것이다. 이탈리아가 어떤 나라인가. 고속도로의 나라, 장차 포드 같은 자동차 왕이 나올 나라가 아닌가. 나는 이탈리아 도로 교통 협회에 전화를 건다. 분실한 운전면허증 번호를 알려 주기만 하면 된다는 게 그들의 대답이다. 그러면 그렇지! 그런데 여기에서 문제가 생겼다. 내 운전면허증 번호를 어디에도 적어 놓지 않았던 것이다. 그 번호는 오로지 잃어버린 내 면허증에만 나와 있다. 내 이름을 보고 번호를 찾아낼 수는 없는지 물었더니 그건 불가능하단다.

나는 자동차를 운전하지 않고는 살 수가 없다. 이건 죽느냐 사느냐의 문제다. 그래서 평소 같으면 절대로 하지 않을 일을 하기로 작정한다. 특혜에 기대어 지름길로 가기로 마음먹은 것이다. 대체로 나는 이런 식의 일 처리를 삼가는 편이다. 내 친구들이나 지인들에게 폐를 끼치고 싶지 않고 나 자신이 나를 성가시게 하는 사람들을 싫어하기 때문이다. 게다가 내가 살고 있는 곳은 밀라노이다. 이곳에서는 시청에서 발급하는 어떤 서류가 필요하다고 해서 시장에게 전화를 걸 필요가 없다. 해당 창구 앞에 줄을 서는 편이 한결 빠르기 때문이다. 이곳의 공무원들은 일을 신속하게 처리하는 편이다. 그러나 자동차와 관련된 문제에서는 누구나 마음이 좀 급해지게 마련이다. 나는 마음을 굳히고 로마 도로 교통 협회의 고위 인사에게 전화를 걸었다. 그의 도움으로 밀라노 도로 교통 협회의 고위 인사와 접촉했고, 그 인사는 다시 자기 여비서에게 가능한 한 모든 수단을 강구해 보라고 지시했다. 그런데 애석하게도 그 착한 부인이 할 수 있는 일은 적어도 너무 적었다.

그녀는 나에게 몇 가지 정보를 주면서 자동차 임대 회사 아비스의 영수증에는 면허증 번호가 기재되어 있을 터이니 옛날에 받아 놓은 영수증이 있는지 찾아보라고 권한다. 그녀의 도움으로 예비적인 절차를 신속하게 마무리하고 나는 그녀가 이르는 대로 해당 관청, 곧 경찰청의 면허국으로 간다. 거대한 홀이 고약한 냄새를 풍기는 사람들로 북적거린다. 한결같이 절망에 빠진 얼굴들이다. 세포이의 반란을 다룬 영화에서 본 뉴델리 역의 광경이 떠오른다. 보온병과 샌드위치를 든 신청자들이 장사진을 치고 있다. 그들 사이에서 이런 끔찍한 이야기가 들려온다. 「나는 리비아 전쟁[1] 때부터 이렇게 기다리고 있는 거요.」 그렇게 기다리다가 마침내 창구에 도달하면 때맞춰서 창구가 닫힌다. 나 역시 그런 일을 겪었다.

어쨌거나 이틀이나 사흘 동안 줄을 서서 기다리는 도리밖에 없다. 그 과정에서 어떤 일이 벌어지는지 겪어 본 사람은 다 알 것이다. 한참을 기다려 창구 앞에

1 이탈리아의 리비아 침공은 1911년에 일어났다.

이를 때마다 맞지 않는 서식을 작성했다거나 금액이 맞지 않는 인지를 붙였다는 소리를 듣고 다시 줄을 서기가 일쑤다. 하지만 어쩌랴, 세상일이 다 이런 식으로 돌아가는 것을. 기다리다 보면 차례는 오게 마련이었고, 모든 걸 제대로 갖추어 서류를 내밀자 〈잘됐어요. 2주 후에 다시 오세요〉라는 창구 직원의 말이 떨어진다. 당분간은 〈택시!〉를 외치며 다닐 수밖에 없다.

2주 후, 기다리다 지쳐 아예 혼수상태의 환자처럼 누워 버린 사람들을 성큼성큼 건너뛰어 창구에 도달했더니, 직원이 뜻밖의 소리를 한다. 아비스 영수증에서 찾아 적은 면허 번호가 틀린 번호라는 것이다. 아비스에서 영수증에 번호를 기입할 때부터 실수가 있었거나, 영수증 사본을 만들 때 쓴 먹지에 결함이 있었거나, 문서가 너무 오래되어 훼손되었기 때문이란다. 잘못된 번호로 신청한 이상 일에 진척이 있을 리 없다. 「하긴 내가 알려 주지 못하는 번호를 당신이 지어낼 수는 없는 노릇이지요. 그러나 에코라는 이름을 찾아보면 문제의 그 번호를 찾아낼 수 있지 않겠소?」 그렇게 물어보았지만 천만의 말씀이란다. 애써 찾아볼 생각이 없는 것인지, 업무가 너무 과중하기 때문인지, 운전면허와 관련된 문서가 번호순으로 보관되어 있는 탓인지 정확한 이유는 모르겠지만, 그건 불가능하단다. 「운전면허를 취득한 곳에 가서 알아보세요. 여기 알레산드리아[2]로 나와 있네요. 면허 따신 지가 아주 오래되었군요! 그곳에 가면 면허 번호를 알아낼 수 있을 거예요.」

그러나 알레산드리아에 갈 시간이 없다. 자동차로 가는 게 아니라면 더더욱 갈 수가 없다. 그래서 두 번째 〈지름길〉을 이용하기로 하고, 지방 재정 부서의 고위 인사가 된 동창에게 전화를 걸었다. 그는 알레산드리아의 교통국에 전화를 해달라는 나의 부탁을 받아들여, 교통국의 고위 인사에게 직접 전화를 걸었다. 교통국의 답변인즉슨, 그런 종류의 정보는 검문 경찰관들에게가 아니면 알려 줄 수 없다는 것이다. 하긴, 내 운전면허 번호가 여기저기 누출되어 도나캐나 다 알게 된다면 우리 체제에 위험이 미칠 수도 있다. 그 위험이 어떤 것인지는 독자들도 알아챘을 것이다. 가령 그 번호가 카다피나 KGB의 손에 들어간다고 생각해 보라. 그들은 이게 웬 횡재냐며 좋아할 것이다. 따라서 나의 면허 번호는 극비 사항이 될 수밖에 없다.

나는 과거의 기억을 더듬어서 행정부 어느 부처의

2 이탈리아 북서부 피에몬테 지방에 있는 도시. 움베르토 에코의 고향.

고위 인사가 된 또 다른 동창생을 떠올리고 그에게 연락을 취했다. 이번에는 교통국의 고위 간부들에게 직접 문의하는 것을 피해 달라고 부탁한다. 이건 위험이 따르는 일이며 자칫하면 국회 조사 위원회에 불려 갈 수도 있다는 점을 그 이유로 내세운다. 고위 인사보다는 하급 직원을 물색하는 편이 낫겠다는 것이 내 생각이다. 정 안 되면 야간 경비원이라도 매수해서 밤중에 몰래 문서 보관실에 들어가게 할 수도 있을 것이다. 그 친구는 다행히도 교통국의 중급 직원 하나를 찾아낸다. 이 직원은 매수할 필요가 없는 사람이다. 내가 기고하는 『레스프레소』지의 열성적인 구독자인 그는 문화에 대한 각별한 애정으로 자기가 가장 좋아하는 칼럼니스트인 나를 위해 그 위험한 일을 하기로 결심한 것이다. 이 대담한 영웅이 무얼 어떻게 했는지는 모르지만, 다음 날 나는 내 운전면허 번호를 손에 넣게 되었다. 내가 그 번호를 말하지 않더라도 독자들은 양해하리라 믿는다. 나도 처자식을 생각해야 되지 않겠는가.

내 면허 번호(다음에 또 분실하거나 도난당할 경우에 대비해서 나는 이 번호를 도처에 적어 놓고 비밀 서랍 속에도 감추어 놓았다)를 가지고 나는 다시 교통국으로 간다. 줄을 서서 기다리는 관문을 새로이 통과하고, 그 번호가 적힌 신청서를 창구 직원에게 자랑스럽게 내민다. 그는 미심쩍다는 표정으로 신청서를 살펴보다가, 도저히 사람의 미소라고 할 수 없는 기괴한 웃음을 지으며, 머나먼 세월 저편의 1950년대에 알레산드리아의 관계 당국이 내 면허 번호를 밀라노의 관계 당국에 알려 주느라고 보냈던 문서의 번호도 기재해야 한다고 일러 준다.

동창생들에게 다시 전화를 건다. 예의 그 운수 나쁜 중급 직원은 이미 많은 위험을 무릅썼음에도 다시 모험에 뛰어든다. 그는 여남은 가지의 위법 행위를 저지르고 경찰이 독점하고 싶어 하는 정보 하나를 빼내어 마침내 내게 그 문서의 번호를 전해 준다. 나는 그 번호도 여기에서 말하지 않을 생각이다. 낮말은 새가 듣고 밤말은 쥐가 듣는다고 하지 않던가.

나는 다시 교통국으로 가서 며칠 동안 줄을 서서 기다린 끝에 2주 후에 마법의 문서 하나를 발급해 주겠다는 약속을 얻어 낸다. 면허증을 분실한 게 5월 1일인데 6월이 시작되고도 벌써 여러 날이 지나서야 마침내 나는 그 문서를 손에 넣는다. 그러나 그것은 내가 운전면허증을 재발급해 달라고 요청했음을 증명하는 문서이다. 분실된 면허증에 관한 언급은 어디에도 없다. 말하자면 이 서류는 교습자를 동반하고 운전 연습을 하는 사람들에게 면허를 취득하기 전에 교부하는 허가증과 다를 게 없는 것이다. 그 서류를 어떤 교통 경찰관에게 보여 주면서 이걸 가지고 운전을 해도 되느냐고 물어 본다. 그의 솔직한 대답에 나는 기가 죽고 만다. 그는 내게 이렇게 경고한다. 이런 서류를 가지고 운전하다 자기에게 걸리면 세상에 태어난 걸 후회하도록 만들어 주겠다고.

아닌 게 아니라 세상에 태어난 것이 조금씩 후회스러워지기 시작한다. 다시 면허국으로 가서 며칠을 보낸 끝에 새로운 사실을 알게 된다. 내가 받은 서류는 식사 전에 아페리티프와 함께 먹는 비스킷에 지나지 않으며 당장 운전을 할 수 있으려면 다른 문서가 필요하다. 면허증을 분실하고 나서 관계 당국으로부터 내가 예전에 정말 면허를 소지하고 있었음을 확인받고, 새 면허증을 발급받기 전까지 운전할 수 있는 권리를 얻었음을 명시한 문서 말이다. 그런데 내가 운전면허증을 가지고 있었다는 것은 모두가 아는 사실이다. 네덜란드 경찰이 알고 이탈리아 경찰이 안다. 면허국 역시 알고 있음에도, 그 점에 관해 분명히 말하기를 거부하면서 뜸을 들이고 있다. 사람들이 알고 싶어 하는 대상이란 이미 알고 있는 사실에 국한된다는 사실을 명심하는 게 좋다. 어떤 문제를 놓고 아무리 곰곰이 생각한다고 하더라도, 그들은 현재 그 문제에 대해서 알고 있는 것 이상을 결코 알아내지 못한다. 하지만 인생이란 어차피 그런 것이 아니겠는가. 6월 하순에 여러 차례 그들을 찾아가서, 약속했던 제2의 문서가 어떻게 되었는지를 묻는다. 그걸 만들기까지 여간 손이 많은 가는 게 아닌 듯하다. 기꺼이 그들의 해명을 받아들일 준비가 되어 있다. 그들은 나한테 이런저런 서류와 사진을 요구한다. 어찌나 요구하는 게 많은지 이번에 만드는 문서는 겉으로 내비치는 무늬를 넣고 직인을 찍은 품이 여권과 비슷하다는 느낌이 든다.

이미 엄청난 금액의 택시비가 호주머니에서 빠져나간 다음인 6월 말, 나는 또 다른 지름길을 모색한다. 그래, 언론사에 편지를 쓰는 거야. 어떤 자비로운 사람이 나타나 나를 도와줄지도 모르잖아. 공공의 이익을 위해 내가 여행을 계속해야 한다는 그럴싸한 명분도 있으니까 말이지. 밀라노의 두 언론사(『레푸블리카』와 『에스프레소』) 편집국의 중재로 나는 도청 홍보실과 접촉하는 데에 성공한다. 그러자 기적 같은 일이 벌어진다! 어떤 우아한 부인이 내 문제를 해결해 주겠다고 나선 것이다. 그 부인은 전화기를 잡을 생각도 하지 않고, 용감하게도 직접 면허국으로 가더니, 속인들의 출입이 금지된 신성한 장소로 들어간다. 오랜 옛날부터 그곳에 놓여 있던 서류 더미의 미로 사이로. 나는 밖에 남아 있었으므로 안에 들어간 그녀가 어떤 일을 벌였는지는 알 도리가 없다. 다만 소리를 죽인 고함과 서류 더미 무너지는 소리가 들리고 문 밑 틈새로 자욱한 먼지가 새어 나올 뿐이다. 마침내 그녀가 아주 얇은 종이로 된 노란 서식을 보란 듯이 들고 나온다. 주차 단속원이 자동차 앞유리 와이퍼에 끼우는 종이와 비슷하게 생긴, 19cm×13cm 규격의 서류이다. 사진은 붙어 있지 않다. 펜 글씨로 작성된 서류인데 잉크 얼룩이 지저분하게 묻어 있다. 아마도 끝이 잘 갈라지는 펜촉에 때와 찌꺼기가 많은 잉크를 묻혀서 쓴 탓에 그러잖아도 잉크가 잘 번지는 종이에 더 많은 얼룩이 생긴 모양이다. 거기에 내 이름과 사라져 버린 면허증의 번호가 적혀 있다. 인쇄체로 쓰인 문서의 내용은 이러하다. 이 문서는 〈상기한〉 면허증을 대신하며, 그 기한은 금년 12월 29일까지로 한다(이 기한이 뜻하는 바를 독자들은 이해했을 것이다. 만일 내가 알프스 지방의 구불구불한 커브 길을 돌다가, 그것도 집에서 멀리 떨어진 곳에서 폭풍설을 만나 헤매고 있다가 갑자기 그 날짜가 닥치면 어쩔 것인가? 결국 그 날짜는 교통경찰이 나를 체포하여 고문을 할 수 있는 빌미를 마련해 놓고 있는 것이다).

그 문서 덕택에 이탈리아에서 다시 운전을 할 수 있는 자격이 생긴 것은 분명하다. 하지만 내가 만일 국경을 벗어나 그것을 제시한다면, 고지식한 외국 경찰관을 난처한 입장에 빠뜨릴지도 모른다. 어쨌거나 중요한 건 내가 다시 운전을 하게 되었다는 사실이다. 이야기를 간단하게 줄이자면 12월이 되어서도 면허증은 재발급되지 않았다. 나는 다시 힘을 내어 임시 운전 허가증을 갱신하기로 하고 도청 홍보실에 재차 도움을 청한다. 그 결과, 일단 반납했던 문서를 돌려받는다. 문서에는 내가 직접 써넣을 수도 있었을 내용이 서툰 글씨로 첨가되어 있다. 문서의 유효 기간을 이듬해 6월까지 연장한다는 내용이다(이번에는 내가 바닷가에서 헤매게 될 때 무면허 운전 혐의로 나를 체포하기 위해서 선택된 날짜이다). 물론 그 날짜까지 면허증이 재발급되리라는 보장은 없다. 면허국 직원은 진짜 면허증이 나오려면 시간이 한참 더 걸릴지도 모르므로 그 날짜가 되면 잊지 말고 문서의 유효 기간을 또다시 갱신해야 할 거라고 일러 준다. 면허국에서 줄을 서서 기다리다가 우연히 만나게 된 같은 처지의 동료들이 갈라진 목소리로 알려 준 바에 따르면 2, 3년이 지나도록 면허증을 재발급받지 못하고 있는 사람들이 더러 있다고 한다.

그저께 예의 그 문서에다 1년마다 새로 붙이는 인지를 붙였다. 인지를 파는 담배 가게의 주인은 인지에다 소인을 찍지 말라고 귀띔했다. 그러면 새 면허증이 나오더라도 인지를 다시 살 필요가 없으리라는 거였다. 하지만 나는 인지에 소인을 찍지 않음으로써 스스로를 범죄자로 만들었다는 생각이 든다.

이쯤에서 나는 세 가지 점을 지적하고자 한다. 첫째, 나는 두 달 만에 임시 운전 허가증을 얻었는데, 이는 지위와 학연으로 내가 누리고 있는 특권을 이용하여 전국적으로 배포되는 한 일간지와 한 주간지를 비롯한 여섯 군데 공공 또는 사설 기관의 고위층 인사들을 동원할 수 있었기에 가능한 일이었다. 만일 내가 식료품점 주인이나 종업원이었다면, 지금쯤 자전거를 사야 했을지도 모른다. 이탈리아에서는 진짜 면허증을 재발급받으려면 루치아노 파바로티[3] 정도는 되어야 한다.

둘째, 지금 내가 지갑 속에 고이 넣고 다니는 이 문서는 사실은 마음만 먹으면 얼마든지 위조할 수 있는 무가치한 것이다. 이탈리아에는 신원을 확인하기 어려운 운전자들이 수도 없이 돌아다니고 있다고 보면 틀림없다. 한마디로 말해 불법의 대량화 또는 합법의 허구화이다. 세 번째로 지적할 것은 이런 것이다. 우선 독자들은 이탈리아의 운전면허증이 어떻게 생겼는지 머릿속에 그려 보기 바란다. 이것은 두세 쪽의 질 나쁜 종이와 한 장의 사진으로 이루어진 작은 책자처럼 되어 있다. 이것은 『프랑코 마리아 리치』 같은 호화로운 잡지들처럼 일급 인쇄소에서 제작된 것도 아니고 숙련된 기술자들이 손으로 찍어 낸 것도 아니다. 아무 인쇄소에서나 얼마든지 찍어 낼 수 있는 것이다. 구텐베르크 시대 이래로 서구 문명은 그런 인쇄물을 짧은 시간에 수도 없이 찍어 내는 능력을 보유해 왔다(중국인들은 나무에 글을 새긴 목판으로 아주 빠르게 찍어 내

---

3 이탈리아어 원문에는 프리메이슨 지부 P2(Propaganda due)의 수장 리초 젤리로 되어 있다. 리초 젤리는 1982년 암브로자노 은행 총재 로베르토 칼비가 자기 재산을 횡령했다 해서 마피아를 시켜 그를 목졸라 죽이게 했고, 그 때문에 체포되었다가 탈주한 뒤 5년 후에 다시 잡혀 들어갔으나 두 달 만에 건강상의 이유로 풀려났던 인물. 영어판 번역자는 마피아 냄새가 물씬 나는 나는 이 인물을 루치아노 파바로티로 바꾸었다.

는 인쇄술을 이미 오래전에 발명한 바 있다).

얼마 안 있으면 이런 인쇄물을 수천 부씩 만들어 거기에 죄지은 일이 없는 무고한 운전자의 사진을 붙여 자동판매기로 대량 유포하는 사태가 발생할지도 모른다. 그렇게 되면 무슨 엄청난 비밀이라도 지닌 것처럼 젠체하던 면허국의 꼴이 어떻게 될까?

붉은 여단의 테러리스트들이 가짜 면허증을 몇 시간 만에 수십 장씩 만들어 낼 수 있다는 건 널리 알려진 사실이다(진짜보다 가짜를 인쇄하기가 더 어렵다는 점을 생각할 때 이건 놀라운 능력이 아닐 수 없다). 사정이 이러하니 만일 면허증을 잃어버린 뒤에 가짜 면허증을 손에 넣을 생각으로 어둑한 술집을 드나들면서 붉은 여단의 단원을 만나려는 시민이 생겨나는 걸 원치 않는다면, 해결책은 단 한 가지뿐이다. 개전의 정을 보이는 붉은 여단의 단원들을 면허국에 고용하는 것이다. 이들은 노하우도 가지고 있고 시간도 펑펑 남아도는 사람들이다. 건전한 노동을 통해 이들을 사회에 다시 동화시키면 일거에 감방을 텅텅 비게 만들 수도 있다. 감방에 가둬 놓고 강제로 무위도식을 하게 하면 절대 권력에 관한 위험한 망상에 다시 빠져 들 수도 있는 사람들을 사회적으로 유익하게 만들고, 새 면허증을 기다리다 지쳐 버린 운전자들과 주유 업자들 모두에게 도움을 주자는 것이다.

그런데 어쩌면 이건 너무 순진한 발상일지도 모르겠다. 이 운전면허증 사업에 외국의 어떤 세력이 마수를 뻗치고 있을지도 모르기 때문이다.

(1982)[4]

---

4 독자들에게 다음과 같은 사실을 알리게 되어 영광스럽고 기쁘다. 이 글이 발표된 후에 이탈리아 정부는 행정 절차를 간소화했다. 그래서 몇 년 전 내가 또다시 외국에서(이번엔 네덜란드가 아니다) 지갑을 털렸을 때에는 경찰이 도둑을 잡아 내 면허증을 돌려주기도 전에 새 면허증을 발급받았다. 그래서 나는 이제 운전면허증을 두 개 가지고 있다(이건 완전히 불법이다). 하지만 솔직히 말해서 나는 그 사실을 경찰에 신고할 엄두가 나지 않았다. 경찰이 내 면허증을 두 개 다 압수해 버리지나 않을까 두려웠기 때문이다—원주.

재산 목록을 작성하는 방법

이탈리아 정부는 대학의 자치를 보장하기 위해 모든 조치를 취할 준비가 되어 있다고 주장한다. 대학의 자치 제도는 중세에 창시되었고, 중세에는 이 제도가 오늘날보다 더 잘 운영되었다. 오늘날의 미국 대학들은 아마도 그 완벽함의 명성은 다소 과장된 것이겠지만 아주 높은 수준의 자치권을 향유하고 있다. 그런가 하면 독일의 대학들은 지방 정부에 의존하고 있지만, 지방 정부는 중앙 집권화한 그 어떤 행정부보다 까다롭게 굴지 않으며 교수 임용과 같은 여러 가지 문제들에 대해서 대학의 결정을 형식적으로 승인할 뿐이다. 그런데 이탈리아에서는 만일 어떤 학자가 연소(燃素)[1]는 존재하지 않는다는 사실을 알아냈다고 하면,

---

1 산소가 발견되기 전까지 가연성의 주요소로 생각된 원소. 영어로는 플로지스톤이라고 한다.

그는 〈연소의 공리(公理)〉라는 제목의 강의를 맡고 있을 경우에 한해서만 자기 이론을 주장할 수 있다. 그 용어가 이미 정부의 목록에 올라가 있는 이상, 이탈리아 대학 전체와 대학 교육 협의회, 교육부, 그리고 지금 이름이 생각나지 않는 몇몇 기구들 간에 끈질긴 협상이 오가지 않으면 그 강의 제목을 수정하기란 불가능하다.

모름지기 연구라는 것은 어떤 사람이 어느 날 이제껏 알려지지 않은 새로운 길을 언뜻 보았을 때, 그에 대한 신뢰와 지원이 아주 신속하게 결정되어야만 진전이 있게 된다. 그런데 이탈리아에서는 비피테노에 있는 의자 하나를 옮기려면, 키바소·테론톨라·아프라골라·몬텔레프레·데치모마누[2] 등과 같은 기초 자치 단체들의 의견을 물은 뒤에 로마에서 결정을 내려야 한다. 그러다 보니 막상 의자를 옮기고 보면 그것이 더 이상 쓸모가 없어지고 난 뒤이기가 십상이다.

임시 계약으로 강의를 맡는 객원 교수들은 마땅히 위대한 명성과 탁월한 전문성을 지닌 외부의 학자들이어야 한다. 그런데 대학에서 강의 승인 요청서를 올

2 여기에 나열된 행정 구역들은 대학이 없는 벽촌들이다 ─ 프랑스어 판 옮긴이주.

리고 정부의 승인이 떨어질 때까지 기다리다 보면 학기는 벌써 다 끝나 가고 겨우 몇 주의 강의만 남아 있기가 일쑤다. 상황이 이렇게 불확실한 터라 노벨상 수상자를 초빙한다는 것은 꿈도 꿀 수 없고 고작해야 학장의 실직한 처제 정도를 끌어들일 수 있을 뿐이다. 대학의 연구 활동 역시 하잘것없는 문제를 해결하느라고 시간을 허비하게 하는 관료주의 때문에 부진을 면치 못한다. 나는 한 대학의 학과장이다. 몇 년 전에 학과 재산의 재고 목록을 만들라는 지시가 떨어진 적이 있었다. 물건 하나도 빼놓지 말고 꼼꼼하게 기재하라는 지시였다. 그 일을 맡을 수 있는 직원은 하나뿐이었는데, 그 여직원조차 이미 과중한 업무에 시달리고 있던 형편이었다. 그러나 해결책이 없지 않았다. 30만 리라를 주기로 하고 한 사설 업체에 그 일을 맡길 수 있었던 것이다. 우리에게는 그만한 돈이 있었다. 하지만 그 돈은 재산 목록에 들어갈 수 있는 물품을 구입하는 데에만 써야 하는 기금의 일부였다. 자연히 하청을 주어서 만든 재산 목록 그 자체가 재산으로 분류될 수 있는가 하는 문제가 생겨났다.

나는 논리학자들로 위원회를 구성했다. 논리학자들은 그 일로 사흘 동안 각자의 연구 활동을 중단해야 했다. 재산 목록도 재산이 될 수 있는가라는 질문에서 그들은 〈표준 집합들의 집합〉이라는 역설과 비슷한 것을 찾아낸 다음 이렇게 결론을 내렸다. 재산을 분류하여 목록을 만드는 것은 하나의 행위이지 물건이 아니므로 재산 목록에 들어갈 수 없다. 그러나 그 행위의 결과로 작성된 재산 목록은 물건에 속하므로 재산으로 분류될 수 있다. 그래서 나는 재산 목록을 작성한 사설 업체에 행위가 아니라 그 결과물에 대해서 비용을 청구하라고 부탁했고 그 결과물을 재산 목록에 올렸다. 나는 뛰어난 학자들이 각자의 연구에 정진하는 것을 방해한 셈이지만, 그 덕분에 교도소에 가는 일을 면했다.

두세 달 전에는 이런 일도 있었다. 수위들이 나를 찾아와서 화장실의 휴지가 다 떨어졌다고 보고했다. 나는 화장지를 새로 구입하면 그만 아니냐고 그들에게 말했다. 그러자 여 사무원이 이런 점을 일깨워 주었다. 우리에게 남아 있는 돈은 재산으로 분류될 수 있는 물품을 구입하는 데에만 쓰도록 되어 있는 기금뿐이며, 화장지는 재산으로 분류될 수 있는 물건이긴 한데, 여러 가지 이유로(그 이유를 이 자리에서 낱낱이 밝히지는 않겠다) 한번 쓰고 나면 다시는 못 쓰게 되고 그렇게 되면 재산 목록에서 빠지게 된다는 거였다. 나는 생물학자들로 위원회를 구성하여 사용한 화장지를 재산 목록에 넣을 수 있는 방법이 있는가 하고 물어보았다. 그들의 대답은 이러했다. 한번 사용한 화장지를 재산 목록에 넣는 것은 가능하다. 하지만 그렇게 하자면 인건비가 매우 많이 들 것이다.

이번에는 법학자들로 이루어진 위원회를 소집했다. 그들이 내게 마련해 준 해결책은 이러하다. 일단 화장지를 사들여 재산 목록에 올린다. 그런 다음 그것을 학문적인 목적을 위해 화장실에 배분한다. 화장지가 없어지면 재산 목록에 올라 있는 물품을 절취한 혐의로 성명 불상의 범인을 고소한다. 그러나 애석하게도 이 방법에는 난점이 하나 있다. 그런 고소장을 이틀에 한 번씩 되풀이해서 써야 한다는 것이다. 감사실에서 나온 한 조사관은 도대체 학과를 어떻게 관리하기에 신원을 알 수 없는 자들이 그렇게 쉽게 주기적으로 잠입할 수 있는가 하고 비아냥거린다. 내가 범인으로 의심을 받지만 나에게는 명백한 알리바이가 있다. 그들이 나를 체포하는 일은 없을 것이다.

문제는 내가 그런 우스꽝스러운 문제들을 해결하느라고 이 나라를 위해 쓸모 있는 연구를 하고 있는 학자들을 방해했을 뿐만 아니라 직원들의 시간을 빼앗고 전화를 걸고 인지(印紙)를 삼으로써 국민의 세금을 낭비했다는 것이다. 그러나 국가의 돈을 낭비했다는 이유로 비난을 받은 사람은 아무도 없다. 그 낭비가 법률에 따라 행해지는 한.

(1986)

사용 설명서를 따르는 방법

이탈리아에서 카페의 설탕 그릇 때문에 수난을 겪어 보지 않은 사람이 누가 있으랴. 찻숟가락으로 설탕을 그릇에서 퍼내려는 순간, 뚜껑이 기요틴처럼 뚝 떨어져 내려서 숟가락을 떨어뜨리게 하고 주위에 설탕을 흩뿌리게 하는 그 고약한 설탕 그릇 때문에 말이다.

그럴 때 그런 물건을 발명한 자는 마땅히 교도소에 보내야 한다고 생각하지 않은 사람이 누가 있으랴. 하지만 수난을 겪은 사람들의 저주와는 반대로, 그 발명자는 천국과도 같은 아름다운 해변에서 자기 범죄의 달디단 열매를 즐기고 있을 것이다. 미국의 유머 작가 셀리 버먼이 이런 얘기를 한 적이 있다. 그런 설탕 그릇을 발명한 자들은 머지않아 안쪽에서만 문이 열리는 대단히 안전한 자동차를 발명하게 될 거라고.

나는 여러 해 동안 여러 가지 면에서 성능이 아주 뛰

어난 차를 운전해 왔다. 다만 한 가지 이 차는 재떨이가 운전자의 왼쪽에 놓여 있다는 점에서 문제가 있었다. 독자들도 인정하겠지만, 운전자는 왼손으로 핸들을 잡고 오른손은 변속 기어와 갖가지 조종 장치를 위해 비워 둔다. 따라서 운전을 하면서 흡연을 하는 경우에는 ─ 이건 아주 나쁜 습관이라는 점을 인정하지 않을 수 없다 ─ 오른손으로 담배를 피게 마련이다. 그렇게 오른손으로 담배를 피운다고 할 때, 왼쪽 어깨의 왼쪽에 있는 재떨이에 재를 떠는 것은 일련의 복잡한 동작을 요구한다. 무엇보다 도로에서 시선을 돌려야 한다는 것이 문제다. 만일 이 자동차가 시속 180킬로미터로 달릴 수 있다면, 잠시 한눈을 팔면서 재떨이에 재를 떠는 행위는 대형 트럭과의 항문 성교라는 죄악을 저지르는 행위로 이어질 수 있다. 이런 기가 막힌 아이디어를 생각해 낸 자는 진짜 살인 전문가였다. 그는 많은 사람들의 죽음을 야기했다. 그러나 그는 사람들이 흡연에 기인한 암으로 죽게 하기보다는 외부 물체와의 충돌을 통해 장렬하게 죽을 수 있게 했다.

나는 문서 작성 소프트웨어에 남다른 열정을 지니고 있다. 80만 리라에서 1백만 리라 정도를 주고 워드 프로세싱 프로그램을 하나 구입하면 디스켓과 매뉴얼과 보증서 등이 들어 있는 작은 상자를 받게 된다. 프로그램의 사용법을 배우려면 제품을 만든 회사의 강사에게 도움을 청하거나 매뉴얼을 참조하면 된다. 그런데 회사에서 파견하는 강사는 대개가 위에서 말한 설탕 그릇의 발명자로부터 교육을 받은 듯한 사람이다. 그래서 그가 집 안으로 발을 들여놓자마자 그를 향해 권총을 쏘는 편이 좋을 것이다. 그 때문에 20년 정도의 징역형을 선고받게 되겠지만(변호사가 똑똑하다면 그보다 형기가 짧을 것이다), 그게 오히려 시간을 버는 길이다.

매뉴얼의 경우도 문제가 있기는 마찬가지다. 그것을 참고하려고 펼쳐 드는 순간부터 골치가 아파질 테니까 말이다. 이 점에 있어서는 어떤 종류의 프로그램을 위한 어떤 매뉴얼이든 차이가 없다. 프로그램의 매뉴얼은 대개 플라스틱 상자에 담겨 있는데 그 모서리가 날카롭기 때문에 아이들의 손이 미치지 않는 곳에 놓아두어야 한다. 이 상자의 내용물을 어렵사리 꺼내 보면 꽤나 두툼한 책자들을 마주하게 되는데, 이것들은 마치 철근 콘크리트로 제본을 한 것처럼 책장을 넘기기가 어렵고 너무 무거워서 거실에서 서재로 옮기기가 쉽지 않을 정도이다. 책자마다 제목이 붙어 있기는 하지만 어느 걸 먼저 읽어야 할지 알 수 없게 되어 있다. 가학 취미가 비교적 덜한 회사에서는 대개 두 권으로 된 매뉴얼을 제공하지만, 가장 변태적인 회사에서는 네 권짜리를 주기도 한다.

언뜻 보면 첫째 권은 초심자를 위해 내용을 차근차근 일러주는 책이고, 둘째 권은 숙련자를 가르치기 위한 책이며, 셋째 권은 전문가용이라고 생각하기 쉽다. 그러나 천만의 말씀이다! 세 권에는 각기 다른 내용이 실려 있다. 초보자로서 당장에 알아야 할 내용은 전문가를 위한 책자에 들어 있고, 전문가에게 필요한 정보는 초보자를 위한 책자에 들어 있다. 더군다나 향후 10년간 사용자가 매뉴얼의 내용을 늘려 갈 것이라고 예상한 듯, 3백 장가량이나 되는 종이를 마음대로 끼웠다 뺐다 할 수 있도록 루스리프식으로 묶어 놓았다.

루스리프식 서류철을 다루어 본 사람이라면 잘 알 것이다. 페이지를 넘기기가 어렵다는 점은 차치하고라도 몇 차례 넘기다 보면 고리가 일그러져서 바인더가 터지고 종잇장이 온 방바닥에 흩어지는 일이 벌어진다. 정보 찾는 일을 업으로 삼고 있는 사람들은 이른바 책이라고 하는 물건을 다루는 데에 미립이 나 있다. 그런 책들 중에는 더러 단면에 색칠을 한다든가 반달

모양의 홈을 파서 원하는 정보를 즉시 찾을 수 있도록
되어 있는 것들도 있다. 사전이나 전화번호부처럼 말
이다. 프로그램 매뉴얼을 만드는 사람들은 이런 아주
인간적인 관행이 있다는 것을 전혀 모르기 때문에 수
명이 여덟 시간도 채 안 되는 한심한 책자들을 제공하
는 것이리라. 이런 매뉴얼의 문제를 해결하는 합리적
인 방법은 하나밖에 없다. 책자들을 해체해서 문헌학
자의 지도를 받아 여섯 달 동안 연구한 뒤에 네 장의
파일 카드(네 장이면 충분하다)에 요약한 다음 원본을
폐기하는 것이다.

(1985)[1]

1 1985년의 상황은 이러했다. 그 뒤로 소프트웨어 제작자들은 매뉴얼
을 50면가량 되는 소책자로 바꾸었다. 그런 소책자들에는 쓸 만한 정보
가 전혀 실려 있지 않다. 그건 아마도 이제 문서 작성 프로그램을 따로 구
입하는 사람이 아무도 없기 때문일 것이다. 그런 프로그램은 컴퓨터를 살
때 판매자가 직접 설치해 준다. 그리고 일체의 사용법 설명은 프로그램
내의 〈도움말〉에 들어 있다. 그 〈도움말〉과 관련해서 나는 11년이 지난
뒤에 글을 썼다 — 원주.

진실을, 오로지 진실만을 말하는 방법

우리는 여러 가지 경우에 갖가지 이유로 거짓말을 한다. 선거 운동 중에는 으레 거짓말이 남발된다. 사람들은 어떤 생각을 종합하고 단순화하기 위해, 또는 일을 더욱 빨리 진행시키기 위해서 거짓말을 하며, 때로는 악의를 품고 더러는 확고한 신념 때문에 거짓말을 하기도 한다(바로 이 신념 때문에 거짓말을 하는 경우가 가장 비극적이다. 거짓말을 하는 사람 처지에서 보면 실제로 거짓말을 하는 것이 아니기 때문이다. 그는 정보가 부족한 탓에 참이 아닌 것을 말할 뿐이다). 어쨌거나 거짓말은 어디에나 있게 마련이며 그렇게 거짓말을 하며 사는 게 인생이라면, 이 주제에 대해서는 더 이상 할 얘기가 없을 것이다. 그러나 진실을, 모든 진실을, 오로지 진실만을 이야기하는 사람이 그리워질 때가 더러는 있지 아니한가?

다행히도 지적인 작업에 종사하는 두 부류의 사람들이 투명성과 솔직성을 향한 우리의 그 간절한 욕구를 충족시키면서, 〈너희는 그저 예 할 것은 예 하고 아니요 할 것은 아니요라고만 하여라. 그 이상의 말은 악에서 나오는 것이다〉라는 복음서의 가르침을 우리가 따를 수 있다는 것을 입증해 보이고 있다. 그 첫째 부류는 우리가 이탈리아 말로 〈귀여운 거짓말〉이라고 부르는 것을 작성하는 사람들이다. 여기에서 말하는 거짓말이란 의미론적으로 보면 하나의 아이러니가 되겠지만, 바로 모든 의약품의 포장에 동봉된 사용 설명서를 가리킨다(우리는 그것들이 일러 주는 바가 얼마나 참된 것인지를 곧 알게 될 것이다). 두 번째 부류는 컴퓨터 프로그램의 도움말을 만드는 사람들이다.

의약품 사용 설명서 작성자들은 무엇인가를 말해야 할 때는 자기가 알고 있는 모든 것을 말해야 하며, 더도 말고 덜도 말고 오로지 자기가 아는 것만을 말해야 한다는 것을 아주 어려서부터 터득한 사람들임에 틀림없다. 그런 사람들이 작성한 설명서이기에, 〈투약을 금해야 할 환자〉를 열거하는 대목에서 우리는 이런 문구를 흔히 접하게 된다. 〈이 약의 성분 중 어느 하나에 과민증이 있는 환자〉, 달리 말해서, 만일 이 약을 먹자마자 바닥에 쓰러져 입에 게거품을 물고 뇌전도(腦電圖)의 오르내림이 잦아드는 사태가 발생한다면, 이 약의 투여를 중단해야 한다는 뜻이다.

하지만 말해야 할 것을 다 말하지 않는 것은 때로 거짓말의 근원이 된다. 그런 점을 잘 아는 터라 사용 설명서 작성자들은 아무것도 감추지 않고 모든 것을 다 말하고 싶어 한다. 예컨대 이런 식이다. 〈통계학적인 연구를 통해 입증된 바에 따르면, 이 약은 다음과 같은 부작용을 일으킬 수 있습니다. 목마름증, 두통, 구토, 현기증, 관절증, 설사, 결막염, 홍반, 경련성 대장염, 신장통, 알츠하이머병, 황열, 급성 복막염, 실어증, 백내장, 대상 포진, 노년의 여드름, 남성 환자의 생리, 크라우스 엘더만 증후군, 주그마,[1] 히스테론 프로테론.[2]〉

이제 소프트웨어의 도움말 작성자들에 관한 이야기로 넘어가자. 컴퓨터를 사용하다가 어떤 문제에 봉착했을 때, 특히 사용자가 초심자이거나 새로운 프로그램을 처음으로 사용하는 경우, 해당 제품의 제작자가

---

1 병명이 아니라 수사학 용어. 동사 하나를 무리하게 두 개의 주어 또는 목적어에 연결하거나 형용사 하나로 두 개의 명사를 억지로 수식하는 것을 가리킨다.
2 이것 역시 병명이 아니라 수사학 용어이다. 담화에 나타나는 두 요소의 논리적 순서를 뒤집어서 표현하는 것을 가리킨다.

제공하는 사용 안내서는 도움이 되지 않는다는 것을 우리는 잘 알고 있다. 우선 어디에 처박혀 있는지 모를 그것을 찾아 책상 위로 옮겨다 줄 누비아 출신의 노예가 있는 것도 아니고, 설령 그것이 이미 책상 위에 놓여 있다 하더라도, 〈A115〉 쪽이 하필 〈W18〉 쪽 다음에 나오는 영문을 알 수 없는 사태에 직면하기가 십상이다. 프로그램 제작자와 상관없는 출판사들에서 펴내어 아주 비싼 값으로 파는 매뉴얼의 경우도 도움이 안 되기는 마찬가지다. 그런 책들은 독자를 모두 바보로 여기고 만든 듯, 〈시작〉 버튼을 누르면 예전의 만년필로는 만들 수 없었던 예쁜 이미지들이 화면에 가득 펼쳐질 것임을 설명하느라고 무려 10쪽을 할애한 것이거나, 쪽수가 8백에 달하고 색인에는 온갖 잡다한 것을 자세하게 나열해 놓았음에도 유독 당신이 찾는 항목만 빠져 있는 그런 종류의 것이다.

그러니 결국 믿고 의지할 거라고는 도움말, 즉 대개 물음표 모양으로 되어 있는 아이콘을 마우스로 누를 때 나타나는 화면밖에 없다. 예컨대, 당신이 사용하고 있는 프로그램에 〈개체 삽입〉 기능이 있다는 것을 해당 메뉴를 보고 알았다고 하자. 당신은 개체라는 것이 무엇인지, 그리고 그것을 적절한 곳에 삽입하려면 어떻게 해야 하는지 궁금하게 여길 것이다. 그러나 걱정할 게 없다. 도움말을 작동시키면 다음과 같은 대답이 나타난다. 〈문서에 개체를 삽입하는 기능입니다.〉 어쩌면 당신은 도움말 작성자가 모든 진실을 다 말하지 않았다고 생각할지도 모른다. 만일 당신이 그런 의혹을 품는다면 나는 이렇게 그 도움말 작성자를 역성들 것이다. 그는 진실을 말했다, 그 기능은 정말로 설명된 바를 행한다라고. 다만 문제는 당신이 받은 그 대답이 당신의 질문에 대한 답이 아니라, 대략적으로 보아 당신의 질문에서 물음표만 제거한 꼴이라는 점에 있다.

도움말의 다른 예를 들어 보자. 〈연결〉이라는 기능이 무엇인지 궁금해서 도움말을 참조하면 이런 대답이 나온다. 〈개체를 연결시켜 주는 기능입니다.《접속》참조.〉 〈접속〉 기능이란 또 무엇인가 하고 찾아보면, 〈연결 문서에 접속하는 기능입니다〉라는 설명을 만나게 된다. 〈에러 125〉 같은 유형의 긴급성을 띤 메시지가 나타났을 때도 도움말은 대단히 유용하다. 도움말은 당신에게 이렇게 일러 줄 것이다. 당신은 〈에러 125〉를 범했으며, 작업을 계속하기 전에 그 에러를 제거해야 한다라고.

그런 도움말 작성자를 양성하자면 아주 어릴 적부

터 특수한 학교에서 준비 교육을 시켜야 할 것이다. 예컨대 이런 식의 명제를 꾸미면서 논리 훈련을 하는 학교에서 말이다. 〈모든 독신자는 독신자이다〉, 또는 〈에파미메니데스는 뜀박질을 하거나 뜀박질을 하지 않는다〉, 〈모든 동물은 동물이다〉, 〈오늘 날씨는 비가 내리거나 비가 내리지 않는다〉, 〈코르불리데스가 배중률(排中律)을 진술한다면, 코르불리데스는 배중률을 진술하는 것이다〉, 〈만일 사람은 누구나 죽음을 피할 수 없다면, 사람은 누구나 죽음을 피할 수 없는 것이다. 그러므로 사람은 누구나 죽음을 피할 수 없다〉 등등.

(1996)

수입이 많은 직업을 선택하는 방법

　세상에는 매우 인기가 높고 수입이 아주 많은 직업들이 있다. 그런 직업을 선택하기 위해서는 우선 그 직업에 종사하기 위해 준비할 것이 무언지를 알아야 한다.

　고속 도로 진입로를 가리키는 표지판들을 도시 지역에 설치하는 일을 전문으로 하는 사람을 예로 들어 보자. 그 표지판들은 도심과 고속도로의 차량 정체를 해소하는 것을 그 기능으로 삼고 있다. 그 표지판들을 따라갔다가 녹초가 된 채 변두리 공장 지대의 위험하기 짝이 없는 막다른 길에 들어서고 보면, 그 점을 이내 깨닫게 된다. 사실 표지판을 세워야 할 자리에 제대로 세우기란 결코 쉬운 일이 아니다. 아둔한 사람이라면 표지판을 이런 곳에 세우려 할지도 모른다. 즉 어디로 가야 할지 판단을 내리기 힘든 여러 갈래로 길이 갈라지는 분기점 같은 곳, 따라서 도움을 받지 못할 경우에는 길을 잃기 딱 알맞은 지점 말이다. 그러나 천만의 말씀이다. 표지판 세우는 일을 직업으로 삼고 싶은 사람들은 그런 식으로 생각을 하면 안 된다. 표지판은 가야 할 길이 눈에 빤히 보이는 곳, 모든 운전자들이 직감으로 제 길을 찾아갈 수 있는 곳에 세워야 한다. 운전자를 반대 방향으로 보낼 수 있도록 말이다. 이 일을 제대로 해내려면 도시 계획, 심리학, 게임 이론 따위에 상당한 조예가 있어야 한다.

매우 유망한 직업이 또 있다. 가정용 전기 제품이나 전자 제품에 첨부되는 사용 설명서를 작성하는 일이다. 이 설명서의 목적은 제품의 설치를 불가능하게 하는 데에 있다. 컴퓨터를 살 때 따라오는 두꺼운 매뉴얼 같은 것이어서는 곤란하다. 그런 매뉴얼도 제품의 설치를 방해하는 기능을 어느 정도 수행하긴 하지만 제작비가 너무 많이 드는 것이 흠이다. 이런 일을 하고 싶어 하는 사람들이 모델로 삼아야 할 것은 약품의 사용 설명서이다. 약품은 우선 학술적인 이름을 지니고 있다는 특징이 있다. 이런 이름은 약의 성격을 분명하게 알려 주는 역할을 하기 때문에 경우에 따라서는 약을 사려는 사람들을 난처하게 만들기도 한다. 예컨대,

〈프로스타탄〉,[1] 〈메노파우진〉,[2] 〈피아톨락스〉[3] 같은 이름의 약이 그러하다. 약품의 사용 설명서는 그와 달리 우리의 목숨이 달려 있는 경고문을 난해한 문장으로 작성한다는 데에 그 특징이 있다. 가령 이런 식이다. 〈부작용 없음. 다만 어떤 성분에 대해서는 예기치 않은 치명적인 반응이 나타날 수 있음.〉

한편 가전제품의 사용 설명서는 하나 마나 한 설명을 장황하게 늘어놓는 것이 특징이다. 그런데 너무 뻔한 이야기다 싶어 건너뛰며 읽다 보면 진짜 필요한 정보를 놓치기가 십상이다. 예를 들면 이런 식이다.

〈PZ40을 설치하려면 우선 상자를 뜯어 제품을 꺼내야 합니다. 상자를 열어야만 PZ40을 꺼낼 수 있습니다. 상자는 뚜껑의 두 날개를 서로 반대 방향으로 젖히면 열립니다(아래 그림 참조). 개봉 작업을 하는 동안에는 뚜껑이 위를 향하도록 하여 상자를 수직 상태로 두십시오. 뚜껑이 아래를 향하게 되면 상자를 개봉하는 과정에서 PZ40이 바닥으로 빠질 염려가 있습니다. 상자의 위쪽은 《위》라는 표시가 나타나 있는 부분입니다. 첫 시도에서 뚜껑이 열리지 않을 때는 다시 한

1 이탈리아어로 prostata는 전립선이라는 뜻.
2 이탈리아어로 menopausa는 폐경이라는 뜻.
3 이탈리아어로 piattola는 사면발니라는 뜻.

번 시도하십시오. 상자가 열리면 안에 있는 알루미늄 뚜껑을 제거하기 전에 빨간 띠를 뜯어내십시오. 그렇게 하지 않으면 용기가 파열됩니다. 주의! PZ40을 꺼낸 뒤에는 상자를 버리셔도 됩니다.〉

괜찮은 직업을 또 하나 소개하고자 한다. 여름에 시사 주간지나 교양 주간지에 실리는 심리 테스트를 입안하는 일이 바로 그것이다. 예를 들면 이런 식의 테스트를 만드는 것이다.

1. 다음 두 가지 중에서 어느 것을 고르시겠습니까?

  1) 사리염[4] 한 잔

  2) 오래 묵은 코냑 한 잔

2. 다음 두 사람 중에서 누구와 휴가를 보내고 싶으십니까?

  1) 나병에 걸린 팔순 노파

  2) 이자벨 아자니[5]

3. 다음 두 가지 중에서 어느 쪽이 더 마음에 드십니까?

  1) 살을 따끔거리게 하는 불개미로 온몸이 뒤덮

---

4 황산 마그네슘. 설사약으로 쓰인다.
5 영어판에는 이자벨 아자니 대신 데미 무어가 들어가 있다.

이는 것

    2) 오르넬라 무티[6]와 하룻밤을 보내는 것

  위의 질문에 대해서 모두 1)번을 고르셨다면, 당신은 기발한 착상을 잘 하고 발명의 재주가 있으며 독창적인 사람입니다. 하지만, 성적으로는 약간의 불감증이 있는 것 같군요.

  위의 질문에 대해서 모두 2)번을 고르셨다면, 당신은 악당입니다.

  어떤 일간지의 건강란에서 선탠에 관한 테스트를 본 적이 있다. 그 테스트는 모든 질문에 대해서 A, B, C 세 가지의 대답을 제시하고 있었다. 그중에서 A번에 나온 대답들이 걸작이다.

  1. 햇볕에 노출되면 피부가 어느 정도로 빨개집니까?
    A. 심하게
  2. 당신은 얼마나 자주 일광욕을 하십니까?
    A. 햇볕에 노출될 때마다

---

6 이탈리아의 여배우(1955~). 영어판에는 클라우디아 시퍼가 대신 들어가 있다.

3. 홍반이 생긴 지 48시간이 지나면 피부가 어떤 색깔이 됩니까?

　　A. 아주 빨갛다

　진단. 만일 여러 차례 A라고 대답했다면 당신의 피부는 극도로 예민하며 일광에 의한 홍반이 생길 가능성이 많습니다.

이런 식의 테스트도 생각해 봄 직하다.

　1. 당신은 여러 번 창밖으로 떨어진 적이 있습니까?
　2. 만일 그렇다면 그 때문에 여러 차례 골절을 경험했습니까?
　3. 골절의 결과로 매번 영구적인 장애가 생겼습니까?

　위 질문들에 대해서 만일 당신이 두 번 이상 〈예〉라고 답했다면, 당신은 바보이거나 청각에 장애가 있어서 질문을 제대로 듣지 못한 것입니다. 만일 아래쪽에서 장난치기 좋아하는 어떤 사람이 어서 내려오라고하거든, 창밖을 내다보지 않도록 하십시오.

(1991)

반박을 반박하는 방법

반박 편지

편집국장께, 귀지의 최근 호에 실린, 알레테오 베리타[1] 기자의 〈로마력 3월 15일[2]엔 아무것도 보지 못했다〉라는 기사와 관련해서, 감히 다음과 같은 점을 밝히고자 합니다. 먼저 제가 율리우스 카이사르가 암살당하는 현장에 있었다는 것은 사실이 아닙니다. 동봉한 호적 초본을 보면 금방 아시겠지만 저는 1944년 3월 15일에 파르마에서 태어났습니다. 다시 말해서 그 불행한 사건이 일어난 뒤로 많은 세기가 흐르고 난 뒤에 태어났다는 것입니다. 게다가 그 범죄에 대해서는 저 자신도 늘 반대하는 입장을 견지해 온 바 있습니다. 베리타 씨는 아마도 제가 해마다 친구들을 모아 놓

1 진리, 진실의 뜻.
2 율리우스 카이사르는 기원전 44년 로마력 3월 15일에 원로원에서 암살되었다.

고 44년의 3월 15일을 기념한다고 말한 것을 곡해했을 겁니다.

제가 브루투스라는 사람에게 〈우리 필리피[3]에서 만납시다〉라고 말했다는데, 그것 역시 사실과 완전히 다릅니다. 분명히 말씀드리지만, 저는 브루투스라는 사람과 그 어떤 접촉도 한 적이 없습니다. 어제까지만 해도 그 이름조차 몰랐으니까요. 다만 전화를 통해 간단한 인터뷰를 하는 과정에서 베리타 씨에게 도로 교통의 책임자인 필리피 씨를 다시 만나야겠다고 말한 적은 있습니다. 하지만 그것은 자동차 교통에 관한 대화를 나누던 중에 나온 얘기였습니다. 그 대화의 전후 맥락을 생각해 볼 때, 제가 〈나는 율리우스 카이사르라는 그 재앙*pazzo*, 그 반역자*traditore*를 없애기 위해 자객*assassini*을 고용하고*ingaggiando* 있습니다〉라고 말했을 리가 없습니다. 저는 단지 이렇게 말했을 뿐입니다.

〈나는 율리우스 카이사르 광장*piazza*의 교통*traffico* 혼잡을 없애기 위해 보좌관*assesseur*을 독려하고 *incoraggiando* 있습니다.〉

3 마케도니아의 도시. 기원전 42년 안토니우스와 옥타비아누스가 브루투스와 카시우스를 이긴 곳.

감사와 존경의 뜻을 전하면서 이만 마칩니다.

프레치소 스멘투치아[4]

알레테오 베리타의 답변

스멘투치아 씨의 반박 편지에서 분명히 확인할 수 있는 것은 율리우스 카이사르가 44년 3월 15일에 암살되었다는 사실을 그가 전혀 부인하고 있지 않다는 것이다. 또한 스멘투치아 씨가 해마다 친구들을 모아 놓고 44년 3월 15일을 기념하고 있다는 사실도 확인할 수 있다. 내가 기사를 통해 널리 알리고자 했던 것이 바로 그 기이한 습관이었다. 스멘투치아 씨는 아마도 축배를 들면서 그날을 기념할 만한 개인적인 이유가 있을 것이다. 하지만 이런 우연의 일치가 기이하다는 점은 그도 인정하리라고 생각한다. 또한 그는 전화 인터뷰에 응하여 장시간에 걸친 대화를 나누던 중에 이런 말을 했다는 걸 기억할 것이다. 「카이사르의 것은 카이사르에게 돌려주어야 한다는 것이 제 생각입니다.」 그런데 스멘투치아 씨와 아주 가까운 믿을 만한 소식통이 확인해 준 바에 따르면, 카이사르가 받은 것은 다름이 아니라 몸의 스물세 군데에 맞은 칼이다.

4 〈완벽한 반박〉이라는 뜻의 가상적인 인명.

그렇다면 결국 그 스물세 방의 칼침을 놓은 자는 누구인가? 그 점에 대해서 스멘투치아 씨는 자기의 반박 편지에서 일관되게 대답을 회피하고 있음을 지적하고자 한다. 필리피에 관한 정정(訂正)은 고심의 흔적이 역력하지만, 그의 이야기를 기록해 놓은 수첩이 지금 내 눈앞에 있거니와 거기에는 분명히 스멘투치아 씨가 〈필리피 씨와 만납시다〉가 아니라 〈필리피에서 만납시다〉라고 말했다고 적혀 있다.

그가 율리우스 카이사르에 대해서 위협적인 발언을 했던 것도 사실이다. 내 수첩에는 분명히 이렇게 적혀 있다. 〈나는 율리우스 카이사르…… 없애기 위해 자……을 ……하고 있습니다.〉 지지받을 수 없는 것을 어설픈 말장난으로 아무리 강변한다고 해도, 자기의 막중한 책임에서 벗어날 수는 없는 것이며, 그런 얕은 수작으로 언론의 입에 재갈을 물리는 것은 더더욱 불가능한 일이다.

(1988)

〈맞습니다〉라는 말로 대답하지 않는 방법[1]

우리의 구어(口語)에 범람하는 판에 박은 말을 상대로 한 싸움이 맹위를 떨치고 있다. 주지하다시피 〈맞습니다〉도 그런 말 중의 하나다. 요즈음엔 너 나 할 것 없이 동의의 뜻을 전달하기 위해 〈맞습니다〉 또는 〈맞아요〉라고 대답한다. 그 말이 널리 사용되게 된 데에는 초창기의 텔레비전 퀴즈 프로그램에서 정답임을 나타내기 위해 영어의 〈*That's right*〉나 〈*That's correct*〉를 모방했던 것도 한몫했다. 따라서 〈맞습니다〉라고 대답한다고 해서 그것을 꼭 어법에 맞지 않는다거나 예의에 어긋난다고 말할 수는 없다. 다만 그 말을 사용하는 사람이 텔레비전을 통해서 말을 배운 사실을 스스로 드러낸다는 점이 문제가 될 뿐이다. 〈맞습니다〉라고 말하는 것은 마치 어느 세제 회사의 경품으로 받

1 〈맞습니다〉는 이탈리아어 〈*esatto*〉를 옮긴 것.

은 것임을 누구나 뻔히 아는 백과사전을 자기 집 거실 서가에 버젓이 진열해 놓는 것과 같다.

그 말에서 벗어나기를 바라는 독자들을 돕자는 뜻에서, 여기에 사람들이 대개 〈맞습니다〉나 〈맞아요〉라고 대답하는 질문이나 단언들의 목록을 제시하고, 동의를 표시하기 위해 바꿔 쓸 수 있는 말들을 각 문장 뒤의 괄호 안에 넣기로 한다.

나폴레옹은 1821년 5월 5일에 죽었습니다. (훌륭하십니다!)

실례합니다만, 여기가 가리발디 광장인가요? (네.)

여보세요, 마리오 로시 선생님 댁인가요? (누구시지요?)

여보세요, 저는 마리오 비안키입니다. 마리오 로시와 통화할 수 있을까요? (바로 접니다.)

제 셈이 맞는다면, 제가 아직 1만 리라를 더 드려야 하지요? (예, 1만 리라입니다.)

뭐라고 하셨지요, 의사 선생님, 에이즈라고요? (정말 가슴 아프지만 사실입니다. 미안합니다.)

〈누가 이 사람을 모르시나요?〉라는 방송에 전화해서 실종된 사람을 만났다고 알려 주셨지요? (그걸 어떻게 아셨어요?)

경찰입니다! 로시 씨이십니까? (카를라, 짐 꾸려!)

아니, 자기 팬티 안 입었잖아! (그걸 이제 알아차렸어?)

몸값으로 10억 리라를 요구하는 겁니까? (이렇게 카폰을 갖추고 돌아다니려면 그 정도는 있어야 되지 않겠소?)

보아하니, 당신 10억 리라짜리 부도 수표에 서명을 하고 나를 보증인으로 내세운 거 아니야? (당신의 예리한 통찰력에 감탄하지 않을 수 없어.)

벌써 탑승이 끝났나요? (저기 하늘에 작은 점 보이시지요?)

뭐라고? 너희들 지금 날 바보 취급하는 거야? (그야말로 정곡을 찌르는군.)

독자들은 나에게 물을 것이다. 어떠한 일이 있어도 〈맞다〉라고 대답하지 말라고 권하는 것인가?

맞다.

(1990)

말줄임표를 사용하는 방법

「포르노 영화를 식별하는 방법」에서 살펴보았듯이 (이 책에서는 뒤쪽에 수록되어 있다), 포르노 영화와 단지 에로틱한 사건을 묘사하는 영화를 구분하는 방법은 간단하다. 가령 자동차를 타고 한 장소에서 다른 장소로 이동하는 장면이 있다고 할 때, 관객이 납득할 수 있는 정도나 줄거리 전개상 필요한 정도 이상으로 등장인물들이 많은 시간을 소비한다면 그게 바로 포르노 영화이다.

전문적인 작가와 아마추어 작가(때로는 아마추어가 유명해질 수도 있다)를 구분하는 데에도 그와 비슷한 과학적 기준을 적용할 수 있다. 문장 중간에 말줄임표를 넣는 방식이 바로 그 기준이다.

작가들이 문장을 말줄임표로 끝내는 것은 이야기가 계속될 수도 있음을 나타내기 위해서이고(《이 점에 대해서는 아직 해야 할 이야기가 많이 있을 듯하다. 그러나……〉 하는 식이다), 문장 중간이나 문장과 문장 사이에 말줄임표를 넣는 것은 글의 일부가 생략되었음을 알리기 위해서이다(〈나는 어떤 미지의 여인에 관한 그 이상하고 선연한 꿈을 자주 꾼다. …… 그 여인은 전적으로 똑같은 사람도 아니고 전적으로 다른 사람도 아니다〉 하는 식이다). 그에 반해서 비전문가들은 자기들이 사용하고자 하는 수사법이 지나치게 대담하다 싶을 때 말줄임표를 넣는다. 예컨대 〈그는 몹시 화가 나 있었다. 마치…… 한 마리 황소 같았다〉 할 때처럼 말이다.

작가란 언어를 그 한계 너머로 이끌어 가려는 사람이다. 그래서 그는 아무리 대담한 비유를 사용한다 할지라도 다음과 같이 그것에 책임을 진다.

적시는 건 햇살이요, 말리는 건 강물이다.
그런 기적은 자연에 한 번도 일어난 적이 없다.

우리 모두가 동의하듯이, 바로크 시대의 뛰어난 시인인 아탈레는 이 2행시에서 과장법을 사용하고 있지만 어조를 완화하려고 애쓰지는 않았다. 그와 달리, 비전문가라면 아마 이런 식으로 썼을 것이다. 〈적시는 건…… 햇살이요, 말리는 건…… 강물이다.〉 마치 〈이 말에 너무 신경 쓰지 마세요. 농담을 하고 있는 것이니까요〉라고 애교를 떠는 거나 다름없다.

작가는 다른 작가들을 염두에 두며 글을 쓰지만, 아마추어는 자기 이웃이나 직장 상사를 의식하며 글을 쓴다. 그래서 아마추어는 그들이 자기 글을 이해하지 못할까 혹은 그들이 자기의 대담성을 용납하지 않을까 저어한다(대개는 부질없는 걱정이지만 말이다). 아마추어는 말줄임표를 마치 통행 허가증처럼 사용한다. 다시 말해서 그는 혁명을 일으키고 싶어 하면서도 경찰의 허가를 받고 혁명을 하려는 사람과 다름이 없다.

기존의 문장에 말줄임표를 넣어서 변형한 예를 간단하게 몇 가지 들어 보기로 한다. 말줄임표가 얼마나 해로운지를 보여 주고, 만일 작가들이 소심했더라면 우리 문학의 꼴이 어떻게 되었을지를 말해 주는 예들이다.[1]

---

1 에코는 물론 이탈리아 문학에서 예문을 골랐지만, 영어판과 프랑스어판의 번역자들은 각자 자기 언어권의 독자들을 염두에 두고 번역이 아닌 반역을 꾀한다. 말하자면 이탈리아 문학 대신 영문학과 프랑스 문학에서 예문을 취한 것이다. 번역자의 자유는 어느 정도까지 허용될 수 있는

〈인간은 자연에서 가장 약한 하나의…… 갈대일 뿐이다. 그러나 인간은…… 생각하는 갈대이다.〉

〈이 장미는 모든 장미들이 경험하는 것을 경험했다. 어느 날 아침의…… 공간을.〉

〈너에 대한 기억은 내 안에서 마치…… 성체 현시대(聖體 顯示臺)처럼 빛난다.〉

〈나의 술잔은 한바탕의…… 웃음처럼 부서졌다.〉

〈4월은 가장…… 잔인한 달이다.〉

〈나는…… 셔터가 열린 카메라이다.〉

〈우리네 인생길의…… 한 고비에서…….〉

〈그 치폴라라는 수도사는 키가 작고 머리털이 불그스름하며 얼굴에 늘 희색이 도는, 세상에서 가장 훌륭한…… 도적이었다.〉

〈한 해가…… 아주 서서히 죽어 가고 있었다.〉

이렇듯 말줄임표를 넣는 것은 비유적인 표현의 대담성에 대한 두려움을 보여 주면서, 어떤 표현이 겉으로 드러나는 문자 그대로의 것이 아니라 수사학적 비유일 뿐임을 알아채게 하는 구실을 한다. 한 가지 예를 들어 보자. 1848년의 『공산당 선언』은 다 알다시피 이

가 하는 문제를 생각하게 하는 대목이다. 이 책에서는 이탈리아어판과 두 번역본에서 두루 예문을 골라 제시하기로 한다.

렇게 시작된다. 〈하나의 유령이 유럽을 배회하고 있다.〉 이 첫 구절이 멋지고 훌륭하다는 것은 여러분도 인정할 것이다. 만일 마르크스와 엥겔스가 〈하나의…… 유령이 유럽을 배회하고 있다〉라고 썼다면 어땠을까? 그것까지는 그런대로 괜찮았을 것이다. 고작해야 공산주의가 유령처럼 무시무시하고 실체를 포착할 수 없는 존재라는 사실을 곧이곧대로 믿지 않게 하는 효과를 가져왔을 테니 말이다. 그랬더라면 아마도 러시아 혁명은 50년쯤 앞당겨졌을 것이며, 러시아 황제의 동의를 얻지 못할 까닭도 없었을 것이고, 어쩌면 마치니마저도 혁명에 동참했을지 모를 일이다.

그러나 마르크스와 엥겔스가 이렇게 썼더라면 어찌 되었을까? 〈유럽에 하나의 유령이…… 출몰하고 있다.〉 그랬다면 여러 가지 의문이 생겨났으리라. 유령이 나온다는 것일까 안 나온다는 것일까? 그 유령은 어느 한곳에 머물러 있는 것인가? 그렇다면 거기가 어디인가? 아니면 유령이 본디 그렇듯이 어느 한곳에 죽치며 시간을 허비하지 않고 순식간에 나타났다 사라지곤 하는 것일까? 한발 더 나아가서, 만일 두 사람이 이런 식으로 썼다고 가정해 보자. 〈하나의 유령이 출몰하고 있다…… 유럽에.〉 그랬다면 그들은 자기들이 과장하고 있다는 뜻을, 유령은 그저 독일의 트리어[2]라는 도시에 나타날 뿐이니 다른 곳 사람들은 마음 푹놓고 잠을 자도 된다는 뜻을 그 말줄임표에 담으려고했던 것이 아닐까? 아니면 벌써 아메리카 대륙뿐만 아니라 호주에서까지 유령이 나오고 있다는 사실을 넌지시 일깨우고자 했던 것일까?

〈사느냐…… 죽느냐, 그것이 문제로다.〉

〈사느냐 죽느냐…… 그것이 문제로다.〉

〈사느냐 죽느냐, 그것이…… 문제로다.〉

셰익스피어가 이렇게 말줄임표를 넣었다고 상상해보라. 후대의 연구가들이 시인이 숨긴 의도를 알아내기 위해 얼마나 고심했을지.

〈이탈리아는 그 토대를…… 노동에(아무렴!) 두고있는 공화국이다.〉

〈이탈리아는 말하자면, 노동에 토대를 둔 하나의…… 공화국이다.〉

〈이탈리아는 하나의 공화국으로서…… 그 토대를(???) 노동에 두고 있다.〉

〈이탈리아…… 라는 나라는(만일 그것이 존재한다면) 노동에 토대를 둔 공화국일 것이다.〉

2 카를 마르크스의 출생지.

이탈리아는 말줄임표의 존중에 토대를 둔 공화국
이다.

(1991)

서문을 쓰는 방법

출판사를 통해 발간될 수도 있고 대학 출판부의 총서에 포함되어 그 대학의 후광을 입으며 출간될 수도 있는 에세이나 철학 논문, 학술 기사 모음 등에 붙일 서문을 작성함에 있어, 이제는 학계의 예절을 존중하지 않을 수 없게 되었다. 본고의 목적은 어떻게 하면 바로 그 예의범절에 맞게 서문을 작성할 수 있는가를 설명하자는 것이다.

다음의 문단들에서 나는 왜 서문을 써야 하는지, 어떤 내용을 담아야 하는지를 총괄적인 방식으로 이야기할 것이다. 또 감사의 말은 어떤 식으로 써야 하는지도 보여 줄 것이다. 품격 높은 전문가라면 마땅히 감사의 말도 능숙하게 작성할 줄 알아야 한다. 때로는 집필을 마치고 나서 아무에게도 신세를 지지 않았다는 생각이 들 수도 있다. 설령 그게 사실일지라도 누구에게

든 빚을 졌다고 꾸며대야 할 일이다. 빚을 지지 않고 이루어진 연구는 의심을 살 염려가 있다. 그래서 어떤 식으로든 누군가 감사의 말을 바칠 사람을 찾아야 하는 것이다. 이런 식으로 말이다.

내가 이 칼럼을 쓰게 된 것은 오랫동안 학술 출판에 관계해 온 값진 경험 덕분이다. 또 내가 학술 출판과 친숙한 관계를 맺게 된 것은 이탈리아 공화국의 교육부와 토리노 대학, 피렌체 대학, 밀라노 과학 기술 대학, 볼로냐 대학, 그리고 뉴욕 대학, 예일 대학, 컬럼비아 대학 덕택이다.

만일 사비나 양의 귀중한 협력이 없었더라면 나는 이 기고를 제대로 해내지 못했을 것이다. 새벽 두 시경이면 담배꽁초와 찢어 버린 종이가 산더미처럼 쌓이는 내 작업실이 아침 여덟 시가 되면 그녀 덕분에 깔끔한 모습을 되찾았으니 말이다. 바르바라와 시모나, 가브리엘라에게 각별한 감사의 말을 전한다. 내 관심사와 동떨어진 갖가지 주제의 학술 대회에 참가하라고 대서양 건너편에서 전화가 올 때마다 그들은 내가 방해를 받지 않고 집필에 몰두할 수 있도록 애써 주었다.

내 아내의 한결같은 도움이 없었다면 이 칼럼을 쓰

는 것이 불가능했을 것이다. 아내는 존재의 중요한 문제들에 한없이 집착하는 한 학자의 기분과 무절제를 용케도 견뎌 왔고 지금도 잘 견디고 있다. 세상만사의 덧없음을 일깨우는 그녀의 충고를 들으면 어두웠던 마음이 다시 밝아지곤 한다. 말로는 스코틀랜드산 최고급 몰트위스키를 준다면서 언제나 사과 주스를 내게 주었던 그녀의 그 고집스런 배려는 나의 작업에 믿어지지 않을 만큼 엄청난 공헌을 했다. 이 글이 미약하나마 명징함을 간직하고 있다면 그건 바로 그녀의 배려 덕분이다.

우리 아이들도 내가 일을 해나가는 데 필요한 애정과 에너지와 자신감을 줌으로써 내게 큰 힘이 되었다. 나의 일에 대해서 보여 준 아이들의 철저하고 초연한 무관심에 감사한다. 그 덕택에 나는 포스트모던한 사회에서 지식인은 어떤 역할을 해야 하는가라는 문제와 씨름하면서 이 칼럼을 마감할 수 있었다. 우리 아이들에게 고마워할 것이 또 있다. 그들과 가장 친하게 어울려 다니는 녀석들의 머리 모양은 나의 감성과 배치되는 미적 기준을 따르고 있다. 나는 우리 집 복도에서 그 녀석들과 마주치기보다는 차라리 서재에 홀로 틀어박혀 이 칼럼을 쓰고 싶었다. 그 완고한 의지가 내게 늘 많은 도움이 되었음은 물론이다.

이 글이 발표될 수 있었던 것은 카를로 카라촐로, 리오 루비니, 에우제니오 스칼파리, 리비오 자네티, 마르코 베네데토 및 〈레스프레소〉사의 여타 임원들이 경제적 지원을 아끼지 않은 덕분이다. 밀비아 피오라니 경리부장에게 특별히 감사의 말을 전하고 싶다. 그녀는 다달이 거르지 않고 도움을 줌으로써 나의 연구가 중단되지 않도록 해주었다. 나의 이 변변치 않은 칼럼이 많은 독자들을 만나게 된다면, 그것은 영업부장 귀도 페란텔리의 덕택이다.

본고를 작성하면서 올리베티사의 도움을 받았다. 그 회사가 있었기에 내가 M21이라는 컴퓨터를 마련할 수 있었으니 말이다. 소프트웨어 회사 마이크로프로와 그 회사의 프로그램 워드스타 2000에 특별히 고마움을 표하고 싶다. 나의 원고를 인쇄할 때는 오키다타 마이크로라인 182라는 프린터를 사용하였다.

조반니 발렌티니, 엔초 골리노, 페르디난도 아도르나토, 그들의 애정 어린 고집과 격려가 없었더라면, 나는 아마 다음 몇 줄의 글과 위의 문장들을 작성할 수 없었을 것이다. 그들은 내게 애정 어린 독촉 전화를 걸어 『레스프레소』지가 곧 인쇄에 들어갈 것이니 무슨

수를 써서라도 내 칼럼의 주제를 찾아내야 한다는 사실을 일깨워 주곤 했다.

물론, 내게 도움을 준 이들을 거명한다고 해서 그들에게 어떤 학문적인 책임이 있다는 뜻은 전혀 아니다. 이 글은 물론이고 지난 칼럼과 앞으로 발표될 칼럼에 어떤 결함이 있다면, 그것은 순전히 나의 허물로 돌려져야 마땅하다.

(1987)

미술 전시회의 도록에 서문을 쓰는 방법

    다음에 제시하는 지침은 전시회 카탈로그의 첫머리에 미술가와 그가 전시하고자 하는 작품을 소개하는 글을 쓰는 이들(이하에서는 서문 집필자라 부르기로 한다)과 관련이 있다. 따라서 미리 일러두거니와 전문 잡지에 실리는 미술사적인 평론을 쓰는 사람에게는 이 작성법이 쓸모가 없다. 이렇게 단정하는 데에는 여러 가지 이유가 있지만 그 첫째가는 이유는 그런 평론을 읽어 주는 사람들은 주로 다른 평론가들이고 비평의 대상이 된 미술가가 그 글을 읽는 경우는 드물다는 점에 있다. 비평의 대상이 된 미술가는 그 미술 잡지의 정기 구독자가 아니거나 이미 2세기 전에 세상을 떠난 사람이기가 십상인 것이다. 한마디로 말해서 그런 평론들은 현대 미술 전시회의 카탈로그에 실리는 서문과는 정반대의 경우라 할 수 있다.

서문 집필자가 되려면 어떻게 해야 할까? 불행하게
도 세상에 그보다 쉬운 일이 없다. 지적인 직업 — 핵
물리학자와 생물학자 같은 직업이 아주 제격이다 —
에 종사하고 자기 명의로 된 전화를 가지고 있으며 약
간의 명성을 누리고 있는 사람이라면 누구나 자격은
충분하다. 명성이 어느 정도이어야 하는가는 이런 식
으로 가늠하면 된다. 먼저 지리적인 규모에 있어서는
해당 전시회의 영향권을 넘어서는 지명도라야 한다.
예컨대, 인구 7만 명 이하의 도시에 국한되는 전시회
라면 도(道) 단위의 지명도면 될 것이고, 도 단위의 영
향력을 지닌 전시회라면 전국적인 지명도가, 산마리
노와 안도라 공국을 제외한 주권 국가의 수도에서 열
리는 전시회라면 세계적인 지명도가 필요할 것이다.
다음으로, 명성의 깊이라는 측면에서는 전시 작품을
구매할 가능성이 있는 사람들보다 교양의 폭이 좁은
수준이라야 한다. 만일 아마추어 미술가들의 전시회
라면 『뉴요커』지의 기자에게 서문을 맡길 필요가 없
다. 그것은 오히려 해롭기까지 하다. 그보다는 해당 지
역 학교의 교장 선생님을 필자로 모시는 편이 한결 바
람직하다. 물론 자격이 있다고 누구나 서문 집필자가
되는 것은 아니다. 전시회를 열고자 하는 미술가의 연

락을 받아야 한다. 그러나 그것은 별로 문제될 것이 없다. 자기 작품을 전시하려는 작가의 수가 서문 집필자가 될 가능성이 있는 사람들의 수보다 많기 때문이다. 위에서 말한 조건을 갖추었다면 서문 집필자의 반열에 오르는 것은 숙명이나 다름없게 된다. 당사자가 원하든 원하지 않든 상관이 없다. 작품 전시를 희망하는 미술가가 마음을 굳혔다면, 잠재적인 서문 집필자는 그 임무를 피할 길이 없다. 다른 대륙으로 이주하지 않는 한 말이다.

서문 집필자는 일단 요청을 받아들였으면 다음에 제시한 수락의 동기 중에서 하나를 자기 것으로 선택하여야 할 것이다.

1. 금품 수수(이는 아주 드문 경우이다. 미술가의 처지에서 보면 이보다 돈이 덜 드는 동기도 얼마든지 있기 때문이다).

2. 성적인 보상.

3. 우정(우정의 발로라는 점에서는 일견 같아 보여도 그것의 해석은 두 가지로 나뉜다. 즉 진정한 호의일 수도 있고 차마 거절하지 못한 것일 수도 있다).

4. 해당 미술가의 작품에 대한 찬미.

5. 작품 한 점을 선물로 받음(이는 바로 앞의 동기와는 맥락이 다르다. 정말 작품을 좋아해서가 아니라 하나의 재산으로 생각하며 작품을 선물로 받고 싶어 할 수도 있으니까 말이다).

6. 자기 이름을 미술가의 이름과 연결시키고 싶은 욕망(풋내기 지식인이 서문을 쓸 경우 이는 그에게 굉장한 투자가 아닐 수 없다. 미술가는 이후에도 무수히 찍어 낼 전시 도록의 참고 문헌을 통해 그 지식인의 이름을 국내외에 마냥 유포할 것이니까 말이다).

7. 한 유파나 어떤 화랑의 비약적인 발전에 이념적으로, 미학적으로, 또는 상업적으로 기여하고 싶은 욕구.

사심이 없는 서문 집필자일수록 벗어나기 어려운 것이 이 마지막 동기인데, 이런 동기에서 서문을 쓰고자 할 때가 가장 까다롭다. 사실 문학이나 영화, 연극의 경우에는 평론가들이 어떤 작품에 찬사를 바치건 혹평을 가하건 그 작품의 운명에는 거의 영향을 미치지 못한다. 문학 평론가의 호평은 책의 판매량을 고작해야 수백 부 정도 증가시킬 수 있을 뿐이다. 영화 평론가가 어떤 코믹 포르노를 아무리 저질이라고 매도

해도 그 영화를 보겠다고 엄청난 수의 관객이 몰려드는 것을 막을 재간은 없다. 연극 평론가의 경우에도 사정은 마찬가지다. 그와 달리 전시 도록의 서문 집필자는 미술가의 작품 시세를 전반적으로 높이는 데에 기여한다. 하기에 따라서는 열 배나 값이 오르게 할 수도 있다.

그런 점 때문에 서문 집필자가 맞게 되는 상황은 결코 녹록하지 않다. 문학 평론가는 자기가 모르는 작가를 혹독하게 폄하할 수 있다. 그리고 일반적으로 작가는 평론가들이 발표하는 글들을 감독할 권리가 없다. 미술가의 경우는 사정이 전혀 다르다. 카탈로그의 제작비를 대는 것도 제작을 감독하는 것도 그다. 그가 서문 집필자에게 〈주저하지 말고 엄격한 태도를 보여 달라〉고 아무리 말해도, 집필자의 입장에서는 그 말을 액면 그대로 받아들일 수가 없다. 쓰는 것 자체를 거절 ─ 이건 앞에서 보았듯이 불가능한 일이다 ─ 하지 않을 바에는 너그럽게 쓰게 되는 것이 인지상정이다. 그렇지 않으면, 뜻을 헤아리기 어렵도록 모호하게 쓰는 방법이 있다.

만일 서문 집필자가 자기의 품위도 지키면서 미술가와 우정을 유지하고 싶다면, 그렇게 요령부득하게 얼버무리는 것이 카탈로그 서문의 핵심적인 요소이다.

화가 프로슈티니¹의 전시 도록에 서문을 쓰는 경우를 가상해 보자. 그는 30년 전부터 한결같은 그림을 그리고 있다. 황토색 바탕의 한가운데에 파란 이등변 삼각형이 있고, 그 삼각형의 밑변은 화폭의 아래쪽 가장자리와 평행을 이루고 있으며, 빨간 부등변 삼각형이 파란 삼각형의 밑변에 대해서 남동쪽 방향으로 기울어진 채 투명하게 포개져 있는 그림이다.

서문 집필자는 먼저 이런 점을 염두에 두어야 할 것이다. 즉, 프로슈티니가 1950년에서 1980년에 이르는 시기를 역사적으로 구분하여 거기에 맞게 차례대로 자기 작품에 제목을 붙였다면, 다음과 같은 방식이 되었으리라는 것이다. 「구성」, 「둘 더하기 무한」, 「E=mc²」, 「아옌데, 아옌데」, 「칠레는 멈추지 않는다」, 「아버지의 이름」, 「리좀」, 「개인」. 그렇다면 이 화가를 훌륭하게 소개하기 위해 서문 집필자는 어떤 방법을 취할 수 있을까? 서문 집필자가 시인이라면, 더할 나위 없이 쉬운 방법을 생각할 수 있다. 즉 다음과 같은

---

1 프랑스어판에서는 이 화가 이름이 가공의 인물 외젠 들라크루트로 바뀌어 있다.

시를 화가에게 바치는 것이다.

　다채로운 블랙홀 탓에
　몸살을 앓는 우주,
　그것의 긴 선형 자취.
　화살처럼(아, 잔인한 제논이여!) 비상하는
　또 하나의 투창.

　이런 방법은 서문 집필자와 프로슈티니, 화랑 주인, 구매자 등 모두의 위신을 높여 준다.
　작가들에게만 어울리는 다른 해결책이 있다. 공개 서한의 형식을 취하는 것이다. 형식에 구애받지 않고 자유분방하게 활용할 수 있는 방법이다. 말하자면 이런 식이다.

　친애하는 프로슈티니, 당신이 그린 삼각형들을 볼 때마다 나는 우크바르[2]에 가 있곤 합니다. 그것을 증언해 줄 이가 있습니다. 바로 호르헤 루이스입니다……. 피에르 메나르[3]라는 사람은 시대를 달리하여 재창조

2 호르헤 루이스 보르헤스(1899~1986)의 단편 소설 「틀뢴, 우크바르, 오르비스 테르티우스」에 나오는 상상적 지명.
3 보르헤스의 단편 「피에르 메나르, 『돈키호테』의 저자」에 등장하는,

된 형태라는 해석을 제시하면서 당신을 일컬어 라만차의 돈키호테가 아니라 라만차의 돈피타고라스라는 말을 하고 있습니다. 180도를 이룬 욕망. 언젠가는 우리가 필연성으로부터 벗어날 수 있는 날이 올까요? 6월의 어느 날 아침, 햇볕 바른 시골 마을에서 전신주에 매달린 빨치산의 시체를 본 적이 있습니다. 청소년기에 나는 온갖 규칙의 실질적인 내용에 의심을 품고 있었습니다…… 운운.

학문에 종사하는 서문 집필자에게는 일이 한결 수월하다. 그림이라는 것도 따지고 보면 현실의 한 요소라는 확신 — 사실 이것은 올바른 확신이다 — 에서 출발하여, 현실의 심오한 측면들을 언급하기만 하면 되는 것이다. 그가 무슨 말을 하든 그것은 거짓말이 되지 않을 것이다. 일례를 들어 보자.

프로슈티니의 삼각형은 그래프이자 구체적인 위상을 지닌 명제 함수이며 교차점이다. 한 교차점 U에서 다른 교차점으로 건너가려면 어떻게 해야 하는가? 주지하다시피 평가 함수 F가 필요하다. 만일 우리가 관

『돈키호테』와 똑같은 소설을 쓰려고 한 인물.

찰하는 각각의 다른 교차점 V를 놓고 볼 때, F(U)가 F(V)보다 작거나 같게 나타난다면 교차점 U에서 점감하는 교차점을 만들기 위해 U를 전개한다. 그러면, 하나의 완전한 평가 함수가 F(U)≤F(V)라는 조건을 만족시키게 될 것이고, 좌표에서 A와 B 사이의 거리를 D(A,B)라 할 때, D(U,Q)는 D(V,Q)보다 작거나 같게 될 것이다. 미술은 수학적이다. 화가 프로슈티니의 메시지가 바로 이것이다.

언뜻 생각하기에 이런 식의 글은 추상 회화에는 통할 수 있어도 모란디[4]라든가 구투조[5]의 그림에는 어울리지 않을 것처럼 보일지 모른다. 그러나 그 생각은 옳지 않다. 모든 것은 서문을 쓰는 학자의 능력에 달려 있다. 참고삼아 말하자면, 모란디의 그림을 설명하기 위해 르네 톰의 파국 이론[6]을 은유적으로 과감하게

4 이탈리아의 화가(1890~1964). 관조적인 시심(詩心)이 깃들인 섬세하고 절제된 화풍의 작품, 특히 정물화를 많이 남겼다.

5 이탈리아의 화가(1911~1987). 이 책의 프랑스어판에는 이 화가 대신 프랜시스 베이컨이, 영어판에는 노먼 록웰이 들어가 있다.

6 수학에서, 어떤 체계를 통제하는 하나 또는 그 이상의 변수가 지속적으로 변화됨에 따라 그 체제가 겪게 되는 급격한 변화의 방식들을 연구하고 분류하기 위해서 사용하는 일련의 방법들을 가리킨다. 파국 이론은 일반적으로 위상 기하학의 한 분야로 간주된다. 변수와 그것이 변함으로써 나타나는 반응이 곡선이나 면으로 표현되기 때문이다.

적용하는 것이 가능하다. 즉, 모란디의 정물화가 평형의 마지막 한계에 놓인 형태들을 표현하고 있다는 것을 파국 이론으로 입증할 수 있다는 얘기다.

그것을 넘어서는 순간, 병(甁)들의 본래 형태가 스스로를 넘어, 스스로와 적대하며, 초음파의 충격을 받은 수정처럼 금이 가면서 정점(頂點)으로 감겨들게 되는 임계점, 모란디의 매력은 바로 그러한 한계 상황을 형상화할 줄 알았다는 데에 있다.

거기다가 정물(靜物)을 뜻하는 영어 〈스틸 라이프〉를 가지고 말놀이를 하는 것도 가능하다.

〈스틸〉은 앞의 동작이나 상태가 여전히 계속되는 경우에 사용된다. 그렇다면 그것은 언제까지 계속되는가? 〈스틸〉에도 한계가 있다. 말하자면, 〈스틸 언틸〉이다……. 〈여전히 계속되는 것〉과 〈그 이후의 것〉 사이의 차이, 그것의 신비한 매력…… 운운.

정치적 격동기였던 1968년부터 1972년 무렵까지는 서문 집필자들에게 정치적 해석이라는 또 다른 해결책이 있었다. 계급투쟁, 상업화함으로써 타락한 객체의 불순함, 모든 것을 상품화하는 사회에 대한 반항으로서의 예술, 교환 가치가 되기를 거부하면서 대자본에 착취당하는 노동자 계급의 창조적 재능을 수용한 프로슈티니의 삼각형, 황금시대로 돌아가기 혹은 유토피아의 예고, 노래하는 미래에 대한 꿈 하는 식으로 말이다.

이제까지 제안한 방법들은 모두 아마추어 서문 집필자에게 해당되는 것들이다. 사실 전문적인 미술 평론가가 처한 상황은 그보다 한결 절박하다. 그는 작품에 대해서 말하되 어떠한 가치 판단도 표현하면 안 된다. 편의적인 해결책으로는 미술가가 당대의 지배적인 세계관에 조응하면서, 혹은 요즈음에 하는 말로 〈유력한 형이상학〉과 조화하면서 작품 활동을 했다는 것을 보여 주는 방법이 있다. 유력한 형이상학은 그 어떤 것을 막론하고 지금 여기에 존재하는 것을 설명하는 수단이 된다. 그림이란 두말할 나위 없이 지금 여기에 존재하는 것들에 속해 있다. 그리고 그림은 아무리 졸렬한 것이라 해도 다른 무엇보다 지금 여기에 존재하는 것을 표현한다(추상화조차 예외가 아니다. 추상화는 존재할지도 모르는 것이나 순수한 형태의 세계에 존재하는 것을 그린다). 만일 유력한 형이상학이 모든 존재는 에너지일 뿐이라고 주장한다면, 프로슈티니의 작품이 에너지라고 주장하는 것, 그의 작품이 에너지를 형상화하고 있다고 단언하는 것은 거짓말이 되지 않는다. 기껏해야 명약관화한 사실을 말하는 것이 될 뿐이다. 하지만 그렇게 명약관화한 사실을 말하는 것이야말로 평론가 자신을 곤경에서 구하고 프로슈티니와 화랑 주인과 구매자를 즐겁게 하는 길이다.

그렇다면 남은 문제는 바로 그 유력한 형이상학, 그 대중적인 인기 때문에 누구나 한 번쯤은 인구에 회자되는 것을 들어 보았을 그것의 실체를 규명하는 일이다. 물론 〈존재는 지각된 것이다esse est percipi〉라고 주장하는 버클리에 동조해서 〈프로슈티니의 작품은 지각된다. 따라서 그것은 존재한다〉라는 식으로 말하는 것도 하나의 방법일 수 있다. 하지만 그런 식의 형이상학은 별로 유력한 것이 아니기 때문에 프로슈티니는 물론이고 카탈로그의 독자들은 그런 주장이 너무나 뻔한 것을 말하는 것으로 느낄 우려가 있다.

만일 프로슈티니의 삼각형들이 1950년대 말쯤에 그려진 것이라면, 그래서 평론가들이 사르트르와 메를로퐁티의 영향력(그리고 무엇보다 후설의 권위)에 기댈 수 있었다면, 그 삼각형들은 이렇게 규정되었을지 모른다. 〈기하학의 순수한 형태들마저도 레벤스벨트[7]의 한 양상이 되게 하면서 지각될 수 있는 현실을 넘어서서 본질의 경지로 나아가려는 지향성, 그런 지향성의 행위 자체를 형상화한 것〉이라고 말이다. 또 그 시기에는 형태 심리학의 용어를 활용한 변주도 잘 통했을 것이다. 프로슈티니의 삼각형은 게슈탈트[8]적인 함의를 지닌다라고 주장했더라면 아무도 이의를 제기하지 않았을 것이다. 모든 삼각형은 그것이 삼각형으로 규정될 수 있는 한 게슈탈트적 함의를 지니는 것이니까. 1960년대에 만일 우리가 프로슈티니의 삼각형들에서 어떤 구조, 곧 레비스트로스가 친족 구조에서 밝혀낸 〈패턴〉에 대응하는 것을 식별해 냈더라면, 그는 더욱 인기 있는 화가가 되었을 것이다. 또 구조주의와 1968년 5월 혁명에 기대어 이런 식으로 말할 수도 있었다. 즉 마오쩌둥의 모순론 — 음양 원리에 헤겔 변증법의 정·반·합을 도입한 것 — 에 의거해 보면, 프로슈티니의 두 삼각형은 주요 모순과 부차적인 모순 사이의 관계를 분명하게 드러낸다라고 말

7 *Lebenswelt*. 생활 세계. 후설 후기 현상학의 주요 개념.
8 *Gestalt*. 〈모양, 형태〉를 뜻하는 독일어. 〈경험의 통일적 전체〉를 뜻함.

이다. 프로슈티니의 삼각형뿐만 아니라 모란디가 그린 병(瓶)들에도 구조주의적인 잣대를 적용하는 것이 가능할 것이다. 예컨대 심층의 병과 표면의 병을 대립시키는 식으로.

1970년대 이후로는 평론가들의 선택이 한결 자유롭다. 파란 삼각형을 빨간 삼각형이 가로지른 형상은 어떤 욕망, 즉 끝내 자기와 동일한 것이 될 수 없을 또 다른 자아를 추구하는 욕망의 발현이다. 그런 점에서 프로슈티니는 차이를, 더 정확히 말해서 같은 것 속에 있는 다른 것을 형상화한 화가이다. 동일성 속의 차이는 예컨대 동전의 앞면과 뒷면의 관계에서 찾아볼 수 있다. 그러나 프로슈티니의 삼각형들은 잭슨 폴록[9]의 그림 같은, 또는 항문(블랙홀)에 좌약을 삽입하는 것 같은 내측 파열의 경우와 동일시되기에도 적합할 것이다.

더 나아가 우리는 프로슈티니의 삼각형들 속에서 사용 가치와 교환 가치의 상쇄를 발견할 수도 있다. 그

9 미국의 화가(1912~1956). 멕시코의 벽화 작가들과 피카소를 사숙하고, 아메리카 인디언 문화와 초현실주의적인 자동주의의 영향을 받은 뒤, 1947년 무렵 액션 페인팅을 실행했다. 그의 행동 회화는 드리핑(캔버스를 바닥에 놓고 물감을 뿌리는 것)과 구별되는 것으로 추상적인 표현주의의 한 표본이다.

의 삼각형들은 「모나리자」의 미소에 표현된 것과 같은 〈같음 속의 다름〉— 그 미소는 비스듬하게 보면 여자의 음부처럼 보일 수 있다. 어쨌거나 그것은 〈벌어져 있음〉을 표현하고 있다 — 을 교묘하게 형상화하고 있다. 그렇게 보면 그것들은 서로를 무화(無化)시키면서 물고 물린 채 〈파국적으로〉 돌고 도는 품이 마치 질에 꽉 물려 질과 일체가 되어 버린 남근의 내측 파열을 형상화한 것처럼, 혹은 남근의 좌절을 형상화한 것처럼 보일지도 모른다.

결론적으로 서문 집필자의 금과옥조는 이렇게 요약될 수 있다. 즉 작품을 묘사하되, 그 묘사가 다른 그림들에 적용되는 것은 물론이고 사람들이 식료품점의 진열창을 보면서 하는 경험에까지 두루 적용될 수 있도록 해야 한다는 것이다. 만일 서문 집필자가 〈프로슈티니의 그림들을 보면, 형태를 지각한다는 것은 결코 감각에 주어지는 데이터를 무기력하게 있는 그대로 수용하는 것이 아님을 알게 된다. 프로슈티니는 우리에게 이렇게 말하고 있다. 해석과 변형이 아닌 지각은 없다라고. 그리고 느껴진 것에서 지각된 것으로 넘어가는 과정은 사물 그 자체의 살 속에서 의도적으로 잘라 낸 압샤퉁[10]들을 재구성하는 것으로서 하나의 행

위이자 실천이며 세계 속에 존재하기이다〉라고 쓴다
면, 독자들은 프로슈티니의 진실을 인정하게 될 것이
다. 그의 진실이 식료품점에서 볼로냐산 소시지와 러
시아식 샐러드를 구별하는 메커니즘과 일치하기 때문
이다.

그러고 보면 실행 가능성과 효율성이라는 기준 말
고도 서문 집필자가 염두에 두어야 할 기준이 하나 더
있는 셈이다. 다음과 같은 도덕성의 기준이 바로 그것
이다. 이럴 수도 있고 저럴 수도 있고 방식은 여러 가
지이지만, 중요한 것은 진실을 말하는 것이다.

(1980)

부록

나는 안토니오 포메즈의 회화 작품을 소개하기 위
해 포스트모던한 인용 규칙을 따라 실제로 다음과 같
은 글을 쓴 바 있다(참조. 안토니오 포메즈, 『루오폴로
에서 나에 이르기까지』, 스투디오 안눈차타, 밀라노,
1982).

안토니오 포메즈(그의 삶을 전반적으로 다룬 전기로는

10 *Abschattung*. 음영, 윤곽을 뜻하는 독일어.

다음의 책을 참조할 것. G. 페디치니, 『포메즈』, 밀라노, 1980, 특히 60~90면)의 회화(〈회화〉의 개념에 대해서는 다음의 책들을 참조할 것. 첸니노 첸니니, 『회화론』; 벨로리, 『예술가들의 삶』; 바자리, 『미술가 열전』; P. 바로치 편, 『16세기 미술론』, 바리, 1960; 로마초, 『회화 예술론』; 발디누치, 『조형 예술에 대한 토스카 방언 어휘』; 판 호흐스트라턴, 『호혜 미술파(派) 입문』, 1678, VIII, 1, 279면 이하; L. 돌체, 『회화에 관한 대화』; 추카리, 『회화의 개념』)에 관한 신선한 직관(참조. B. 크로체, 『표현의 과학과 일반 언어로서의 미학』, 바리, 1902; H. 베르그송, 『저작집』, 파리, 1963; E. 후설, 『현상학과 현상학적 철학의 이념』, 덴하흐, 1950)을 독자(〈독자〉의 개념에 대해서는 다음을 참조할 것. D. 코스트, 「독자의 세 가지 개념과 문학 텍스트 이론에 대한 이들 개념의 기여」, 『오르비스 리테라룸』, 34호, 1980; W. 이저, 『독서 행위』, 뮌헨, 1972; W. 이저, 『함축된 독자』, 뮌헨, 1976; U. 에코, 『소설과 독자』, 밀라노, 1979; G. 프랭스, 「독자 연구 입문」, 『시학』 14호, 1973; M. 노이고르, 「독자와 비평」, 『드그레』 21호, 1980)들에게 주기 위해서 나는 더없이 순수하고 일체의 선입견(참조. J. 피아제, 『어린이의 심리에 나타나는 세계의 표상』, 파리, 1955; G. 카니자,『시각의 문법』, 볼로냐, 1981)이 배제된 형태(참조.
W. 쾰러,『게슈탈트 심리학』, 뉴욕, 1947; P. 기욤,『형태 심리학』, 파리, 1937』)로 하나의 분석(참조. H. 퍼트넘, 「분석적인 것과 종합적인 것」,『정신과 언어와 현실』제2권, 케임브리지, 1975; M. 화이트 편,『분석의 시대』, 뉴욕, 1955)을 시도해야 할 것이다. 그러나 이 포스트모던(참조. 참조.((참조.(((참조. 참조.))))))한 세계(참조. 아리스토텔레스,『형이상학』)에서 그것은 참으로 어려운 일이다. 사정이 그러하기 때문에 나는 아무것(참조. V. 장켈레비치, 『알 수 없는 그 무엇과 거의 아무것도 아닌 것』, 파리, 1981)도 하지 않기로 한다. 그저 침묵(참조. 비트겐슈타인, 『논리 철학 논고』7)을 지킬 뿐이다. 죄송하지만, 다른(참조. J. 라캉,『에크리』, 파리, 1966) 기회(참조. S. 말라르메, 『무릇 주사위 던지기에 우연이 따르지 않는 법은 없다』/참조. 비올레 르 뒤크,『오페라 옴니아』)가 생기면 그때 가서 써야겠다.

축구 이야기를 하지 않는 방법

나는 축구에 반대하지 않는다. 반대하고 말고 할 하등의 이유가 없다. 물론 축구 경기장에는 가지 않지만, 거기에 무슨 특별한 이유가 있는 것은 아니다. 밤에 밀라노의 중앙역 지하 통로에 가서 잠을 자지 않는 이유나 저녁 6시 이후에 뉴욕의 센트럴 파크에서 배회하지 않는 이유와 다를 게 없다. 하지만 텔레비전을 통해 멋진 경기를 보는 경우는 더러 있다. 그럴 때면 나는 한눈을 팔지 않고 재미있게 본다. 그만큼 나는 그 품위 있는 경기의 모든 장점을 인정하고 높이 평가하는 셈이다. 요컨대 나는 축구를 싫어하지 않는다. 다만 축구 팬들을 싫어할 뿐이다.

그 이유를 그릇되게 지레짐작하지 말았으면 좋겠다. 내가 축구광들에 대해서 품고 있는 감정은 롬바르디아 동맹[1] 지지자들이 제3세계로부터 온 이민자들에 대해서 품고 있는 감정과 비슷하다. 그들은 이렇게 말한다. 〈나는 인종 차별을 하지 않는다. 그들이 나돌아다니지 않고 자기들 집에 머물러 있는다면 말이다.〉내가 축구 팬들에 대해서 하려는 얘기도 그런 식이다. 나는 그들을 싫어하지 않는다. 그들이 자기네 집에서만 열광한다면 말이다. 여기에서 내가 말하는 〈자기네 집〉이란 그들이 평일에 모이는 장소(술집, 클럽, 가정 따위)와 일요일마다 모이는 경기장을 뜻한다. 그런 곳에서라면 무슨 일이 벌어지건 내가 상관할 바 아니고, 설령 훌리건들이 몰려와 난동을 부린다 한들 그리 나쁠 것이 없다. 그들이 일으키는 사건 때문에 신문 읽는 재미가 쏠쏠해지기도 하니까 말이다. 그리고 고대 로마의 원형 경기장에서 그랬던 것처럼 어차피 싸움판이 벌어질 바에는 피 흘리는 것을 보아야 관객의 직성이 풀리게 마련이다.

내가 축구광들을 좋아하지 않는 까닭은 그들이 이상한 성격을 지니고 있기 때문이다. 그들은 다른 사람들이 축구에 열광하지 않는 까닭을 이해하지 못하며, 누구를 만나든 그 사람을 자기네들과 똑같은 축구광

1 1984년에 결성된 이탈리아의 극우파 정당. 지도자는 움베르토 보시. 1991년에는 북부 동맹으로, 1994년에는 연방 북이탈리아 연맹으로 개칭.

으로 간주하고 한사코 축구 얘기를 늘어놓는다. 독자의 이해를 돕기 위해 그들의 태도와 비슷한 예를 들어 보고자 한다. 나는 리코더를 연주할 줄 안다(나의 연주 솜씨는 갈수록 나빠지고 있다. 루치아노 베리오가 공개적으로 천명한 바에 따르자면 그렇다. 어쨌거나 한 대가가 그토록 많은 관심을 가지고 나의 연주를 계속 들어 주었다는 것은 여간 기쁜 일이 아니다). 이제 내가 기차를 타고 있다고 가정하고, 맞은편에 앉은 승객과 대화를 나누기 위해 이런 물음으로 말문을 연다고 치자.

「프란스 브뤼헌[2]이 최근에 CD를 냈는데, 그거 들어 보셨어요?」

「실례지만, 뭐라고 하셨지요?」

「〈눈물의 파반〉 말입니다. 제가 보기에는 초입 부분이 너무 느린 것 같더군요.」

「죄송하지만, 무슨 말씀을 하시는 건지 모르겠군요.」

「판 에이크에 관해서 얘기하고 있는 거예요. (또박또박한 말투로) 블록플뢰테[3] 말이에요.」

---

2 네덜란드 출신의 정격 음악 연주자 겸 지휘자, 리코더 연주자.
3 리코더의 독일식 이름.

「음…… 저는 그 방면에는 당최…… 그게 활로 켜는 악기인가요?」

「아하, 이제 알겠네요. 그러니까 그 분야에 대해서는 아시는 게 전혀…….」

「그래요. 문외한입니다.」

「그거 참 재미있군요. 그래도 수제품 쿨스마를 손에 넣으려면 3년을 기다려야 한다는 것 정도는 아시겠지요? 그런 점에서 보면 흑단으로 만든 뫼크가 낫습니다. 시중에 나와 있는 것 중에서는 최고죠. 가젤로니[4]에게서 직접 들은 얘기입니다. 그건 그렇고, 〈데르드러 둔 다프너 도버르〉[5]의 5번 변주 정도는 들어 보셨겠지요?」

「금시초문인데요. 사실 저는 파르마에 가는데…….」

「아하, 알겠어요. C보다는 F로 연주하는 것을 좋아하시는군요. 어떻게 보면 그 편이 더 듣기가 좋지요. 말이 나왔으니 얘긴데요, 뢰이예[6]의 소나타 하나를 찾아냈는데, 그게 어떤 곡이냐 하면…….」

4 이탈리아의 플루트 연주자. 영어판에는 골웨이로, 프랑스어판에는 랑팔로 되어 있다.

5 Deirdre Doen Daphne d'Over.

6 플랑드르 지방 겐트 출신의 음악가 가족. 장(1680~1730), 자크(1685~1746), 장바티스트(1688~?) 삼형제 모두가 플루트를 위한 소나타를 남겼다.

「뢰이…… 뭐라고요?」

「그 곡보다는 텔레만[7]의 환상곡들을 한번 연주해 보
셨으면 해요. 해내실 수 있겠어요? 설마 독일식 운지
법을 사용하시지는 않겠지요?」

「아시다시피, 저는…… 독일에 관해서라면…… 독
일의 BMW는 대단한 차죠. 그래서 독일인들을 존경
하기는 합니다만…….」

「알겠어요, 무슨 말씀인지. 바로크식 운지법을 사용
하시는가 보군요. 좋습니다. 다만, 〈세인트 마틴 인 더
필즈〉[8] 사람들은…….」

이런 식이다. 내가 하고자 하는 말이 독자들에게 제
대로 전달되었는지 모르겠다. 어쨌거나 독자들은 나
와 마주 앉은 그 불운한 승객이 더 이상 참지 못하고
열차의 비상 제동 장치를 잡아당긴다 해도 그의 심정
을 이해하리라고 믿는다. 그런데 우리가 축구광을 만
날 때도 바로 그런 상황이 벌어진다. 가장 고약한 경우
는 택시 운전사가 축구광일 때다.

「비알리 경기 하는 거 봤어요?」

「아뇨. 내가 안 볼 때 나왔나 봐요.」

7 독일의 작곡가(1681~1767).

8 Academy of St Martin in the Fields. 네빌 매리너가 1959년 창설한
악단.

「오늘밤 경기 보실 거죠?」

「아뇨.『형이상학』Z권 작업을 해야 돼요. 스타게이라 사람 아리스토텔레스 말이에요.」

「좋아요. 그 경기를 보면 내 말이 옳은지 그른지 알게 될 거예요. 내가 보기에 판 바스턴은 90년대의 마라도나가 될 재목이에요. 그렇게 생각하지 않아요? 판 바스턴도 그렇지만 하지도 눈여겨봐야 돼요.」

그의 얘기를 중단시키려고 하는 것은 부질없는 짓이다. 그건 벽에 대고 지껄이는 거나 진배없다. 그는 내가 축구에 전혀 관심이 없다는 사실을 무시하고 있는 게 아니다. 그는 축구에 전혀 관심이 없는 사람이 세상에 존재할 수 있다는 사실 자체를 이해할 수 없는 사람이다. 문제의 심각성은 거기에 있다. 설령 내가 눈이 세 개 달리고 후두부의 초록색 비늘에 안테나 두 개가 솟아 있는 외계인이라 해도 사정은 달라지지 않을 것이다. 그는 도대체가 다양성에 대해서는 생각조차 할 수 없는 사람이다. 그에게는 〈존재 가능한 세계들〉의 상이성과 비교 불가능성에 대한 개념이 없다.

위에서는 택시 운전사를 예로 들었다. 그러나 대화의 상대방인 축구광이 지배 계층에 속하는 자라 해도 사정은 마찬가지다. 그런 광기는 궤양과 같은 것이라서 가난한 사람들뿐만 아니라 부자들도 걸릴 수 있는 병이다. 그런데 참으로 이상한 일이 있다. 인간은 누구나 똑같다는 것을 그토록 확고부동하게 믿고 있는 자들이 다른 지방에서 온 축구광을 보면 때와 장소를 가리지 않고 얼굴에 주먹을 날리려고 드니 말이다. 대상을 가리지 않는 이런 보편적인 쇼비니즘을 대하면 탄성이 저절로 나온다. 마치 극우 연맹의 지지자들이 이렇게 지껄이는 소리를 들을 때처럼. 〈아프리카인들이 우리에게 오도록 내버려 둬라. 그래야 놈들에게 본때를 보여 줄 수 있을 테니.〉

(1990)

스펙터클 사회에서 살기

TV 사회자가 되는 방법

스발바르 제도의 학술원에서 몇 해 동안 봉가족을 연구하라고 나를 파견했을 때, 나는 아주 재미있는 경험을 했다. 봉가족은 〈미지의 땅〉과 〈행복한 제도〉 사이에서 하나의 문명을 활짝 꽃피우고 있는 부족이다.

봉가인들은 우리가 가진 것을 거의 비슷하게 가지고 있다. 다만 그들은 정보의 철저함에 유달리 집착한다는 점에서 우리와 다르다. 그들은 전제와 암시와 함축의 기법을 모른다.

몇 가지 예를 들어 보자. 우리는 말을 하며, 그러기 위해서 낱말을 사용한다. 그러나 우리는 자기가 말을 하고 어떤 낱말을 사용하겠다고 미리 상대방에게 알려 줄 필요를 느끼지는 않는다. 그런데 봉가인들은 다른 봉가인에게 말을 걸 때 이런 식으로 말문을 연다. 「내 얘기 잘 들어요. 나는 이제 말을 할 것이고 낱말들을 사용할 거예요.」 우리는 집을 짓고 나면 방문객에게 동 이름과 번지와 건물의 이름과 호수를 일러 준다. 그런데 봉가인들은 우선 집집마다 〈집〉이라고 써 붙이고 별도의 표시판을 이용하여 벽돌과 초인종을 지시하며 문에는 〈문〉이라고 써놓는다. 봉가인의 집을 찾아가 초인종을 누르면, 그는 〈자, 제가 문을 열고 있습니다〉라고 말하면서 문을 열고 인사를 한다. 봉가인이 저녁 식사에 초대를 해서 가보면 그는 나에게 의자를 권하면서 이렇게 일러 준다. 「이건 식탁이고요, 이건 의자입니다.」 그런 다음 자신감에 찬 목소리로 이렇게 덧붙인다. 「이제 가정부를 소개하겠습니다. 로지나입니다. 로지나는 당신이 드시고 싶어 하는 것이 무엇인지 물어보고 그 음식을 식탁에 가져다줄 겁니다.」 식당에서도 똑같은 상황이 벌어진다.

극장에 가서 봉가인들을 관찰해 보면 아주 재미있다. 객석의 불이 꺼지면 배우 하나가 무대에 나타나 이렇게 말한다. 「이제 막이 오릅니다.」 막이 오르면 「햄릿」이나 「상상병 환자」[1] 등을 공연하기 위해 배우들이 무대에 등장한다. 먼저 배우들의 진짜 이름과 그들이 맡은 인물의 이름이 하나하나 소개된다. 연극이 시

1 몰리에르의 희극.

작된다. 배우들은 자기의 대사가 끝나면 이렇게 알린다.「내 대사가 끝났습니다. 잠깐 휴지(休止)가 있겠습니다.」몇 초가 흐른 뒤에 다른 배우의 대사가 이어진다. 1막이 끝나면 배우 하나가 무대 앞에 나와 알린다.「이제 막간의 휴식이 이어지겠습니다.」

그들의 쇼 공연도 인상적이었다. 우리 사회의 쇼처럼 그들의 쇼도 촌극과 노래와 2인 개그와 춤 따위로 구성되어 있었다. 다만 이런 점에서 차이가 있었다. 우리 사회에서는 두 개그맨이 나와 사람들을 웃기고 그중의 하나가 해학과 풍자가 섞인 짤막한 노래를 부르고 나면, 아름다운 아가씨들이 등장하여 춤을 선사하고, 그것이 끝나면 배우들의 촌극이 이어진다. 그런데 봉가인들의 쇼에서는 배우들이 먼저 〈곧 두 개그맨이 나와 여러분들에게 웃음을 선사하겠습니다〉라고 알려 주며, 그것이 끝나면 〈이제 이중창이 이어지겠습니다. 아주 경쾌하고 발랄한 노래일 겁니다〉라는 말이 나오고, 노래가 끝나면 두 사람 중의 하나가 〈다음은 아름다운 아가씨들이 나와서 춤을 보여 드리겠습니다〉라고 소리친다. 나를 놀라게 했던 게 또 한 가지 있다. 봉가인들의 극장에서는 막간에 광고판들이 막 위에 나타난다. 그것은 우리 사회의 경우도 마찬가지지만 그들의 극장에서는 배우 하나가 막간이 시작된다는 것을 알린 뒤에 어김없이 이렇게 덧붙이곤 했다. 「이제 광고 시간입니다.」

나는 무엇 때문에 봉가인들이 정보의 정확성에 그토록 집착하는 걸까 하고 오랫동안 생각해 보았다. 혹시 그들은 너무 고지식하고 아둔한 게 아닐까? 그래서 상대방이 〈저 인사드릴게요〉라고 말하지 않으면, 그가 자기들에게 인사하고 있다는 것을 깨닫지 못하는 것이 아닐까? 그 생각에도 어느 정도 일리가 있는 건 사실이었다. 그러나 정작 중요한 이유는 다른 데에 있다는 생각이 들었다. 봉가인들은 공연을 숭배하는 사회 속에서 살고 있다. 그래서 그들은 모든 것을 공연으로 변형시키고 있다. 암시적인 것, 함축적인 것까지 다 드러내야 직성이 풀리는 사람들인 것이다.

거기에 머무는 동안 나는 그들 덕분에 박수갈채의 역사를 재구성하는 데에 성공했다. 예전에 봉가인들은 두 가지 동기에서 박수를 쳤다. 멋진 공연을 보고 만족해서이거나 뛰어난 인물에게 칭찬과 존경의 뜻을 표하기 위해서였다. 가장 우렁찬 박수를 받는 사람이 사람들의 사랑과 존경을 가장 많이 받는 사람이었다. 예전에 어떤 극장 주인들은 자기네 연극이 훌륭한 작품이라는 인상을 주기 위해 관객 사이에 돈으로 매수한 하수인들을 배치하여 박수를 칠 하등의 이유가 없는 장면에서도 박수를 치게 했다. 봉가인들이 텔레비전 쇼를 처음으로 방영하던 시절에, 프로듀서들은 스태프의 친척 두세 사람을 스튜디오에 초대해 놓고, 시청자들이 볼 수 없는 불빛 신호를 보내 그들로 하여금 이러저러한 순간에 박수를 치게 했다. 봉가인들은 그런 비결을 금세 터득한 셈이었다. 우리 사회 같으면 그런 박수갈채는 금방 들통이 나서 신용이 완전히 땅에 떨어졌을 텐데, 봉가인들의 경우에는 그렇지 않았다. 시청자들 역시 박수를 치고 싶어 했고 자원자들이 떼를 지어 텔레비전 스튜디오로 몰려들었다. 그들은 방청석에 앉아 손뼉을 치는 대가로 돈을 내라 해도 기꺼이 낼 준비가 되어 있었다. 일부 극성스러운 시청자들은 박수 부대를 위한 특강을 듣기까지 했다. 이렇게 박수에 얽힌 사연이 모두에게 알려지자, 이제는 사회자가 중요한 순간마다 직접 나서서, 〈여러분, 아주 힘찬 박수를 보내 주십시오〉라고 소리치기 시작했다. 그러나 얼마 지나지 않아서 방청객들은 사회자가 시키지 않아도 스스로 알아서 박수를 치기에 이르렀다. 사회자가 초대 손님에게 직업이 뭐냐고 묻고, 질문을 받은 사람이 〈저는 시립 동물 수용소에서 가스실을 담당하고 있습니다〉라고 대답하기만 하면 열렬한 박수갈채가 터져 나왔다. 때로는 우리 사회에서 페트롤리니 같은 사람이 무대에 나타났을 때 그러듯이, 사회자가 〈안녕하십니까〉라고 말하기 위해 〈안녕 — 〉하고 입을 벌리자마자 박수갈채가 울려 퍼지기도 했다. 또 사회자가 〈목요일이면 언제나 그랬듯이, 오늘도 우리는 이렇게 한자리에 모였습니다〉라고 덧붙이면 방청객들은 박수 치는 것만으로는 성이 안 차는지 자지러지게 웃어 대기까지 했다.

이렇듯 박수는 봉가인들의 TV 방송에서 빼놓을 수 없는 것이 되었다. 심지어 광고에서조차 모델이 〈살 빼는 알약 피프를 사세요〉라고 소리치면 우렁찬 박수 소리가 터져 나왔다. 시청자들은 광고를 찍는 스튜디오에 박수 칠 사람이 없다는 걸 잘 알고 있었다. 그럼에도 박수는 필요했다. 박수가 없으면 그 광고가 부자연스럽게 느껴질 것이고, 그렇게 되면 시청자들이 채널을 바꿔 버릴 염려가 있기 때문이었다. 봉가 사람들은 텔레비전이 실제의 삶을 가식 없이 있는 그대로 보여 주기를 원한다. 연기를 하는 배우가 아니라 시청자들과 닮은 방청객들이 보내는 박수는 텔레비전이 세계를 향해 열린

창문임을 말해 주는 유일한 증거이다. 이즈음에 봉가인들은 오로지 배우들만 박수를 치는 프로그램을 준비하고 있다. 그 프로그램의 제목은 〈TV 진실〉이 될 거라고 한다. 이제 봉가인들은 현실에 견실하게 뿌리를 내리고 있다는 느낌을 갖기 위해 TV 시청 시간 이외에도 때와 장소를 가리지 않고 박수를 친다. 그들은 장례식에서도 박수를 치는데, 그것은 기뻐서도 아니고 망인에게 칭찬과 존경의 뜻을 표하기 위해서도 아니다. 단지 다른 그림자들 속에서 스스로를 그림자로 느끼지 않기 위해서, 스스로를 TV 화면에서 본 이미지처럼 생생하게 살아 있는 실제적인 존재로 느끼기 위해서이다. 어느 날 내가 한 봉가인의 집에 들렀을 때였다. 그 집의 친척 하나가 들어서면서 말했다. 「할머니가 방금 트럭에 치였어요.」 그러자 집 안에 있던 사람들이 모두 일어나서 손뼉을 쳤다.

봉가인들이 우리보다 열등하다고 말할 수는 없을 것 같다. 오히려 어떤 봉가인은 자기들이 세계를 정복하게 되리라고 내게 장담하기까지 했다. 그것은 결코 헛된 망상이 아니라 현실성이 있는 계획이었다. 나는 조국에 돌아오자마자 그 점을 깨달았다. 귀국한 날 저녁에 TV에서 어떤 쇼 프로그램을 보았다. 사회자는 자기 프로그램의 진행을 도와줄 여자들을 소개하고 나서, 자기가 개그를 하나 들려주겠다고 했다. 개그가 끝나자 그는 이렇게 소리쳤다. 「자, 이제 춤을 보여 드리겠습니다.」 또 어떤 프로그램에서는 한 저명인사가 심각한 정치 문제를 놓고 다른 저명인사와 토론을 벌이다 말고 이렇게 말하는 거였다. 「잠시 광고 방송이 있겠습니다.」 그런가 하면 어떤 사회자들은 방청객을 소개하기도 했다. 자기를 찍고 있는 카메라맨을 소개하는 사회자도 있었다. 그때마다 방청석에서는 요란한 박수갈채가 일었다.

아연한 나는 놀란 마음을 가누고 담백한 요리로 잘 알려진 한 프랑스 식당에 저녁을 먹으러 가기로 했다. 웨이터가 내 앞에 상추 세 장을 가져다 놓으며 말했다. 「이것은 롬바르디아산 상추로 만든 샐러드입니다. 피에몬테산 향초를 아주 잘게 썰어서 뿌리고 바닷소금으로 간을 했으며 발삼 향이 나는 가정용 식초에 절여서 움브리아산 올리브로 짠 햇기름을 친 것이지요.」

(1987)

텔레비전에서 동네의 바보를 알아보는 방법

차이의 존중을 사회의 근간으로 삼기로 결정한 문명에서 희극은 어떤 상황을 맞고 있는가? 전통적으로 희극은 불구자나 소경, 말더듬이, 난쟁이, 뚱뚱보, 백치, 일탈자, 평판이 나쁜 직업, 열등 민족으로 간주된 겨레 등에 의지해서 소기의 목적을 이루어 왔다.

그런데 이제 그 모든 것이 금기가 되어 버렸다. 오늘날에는 감히 무고한 천민이나 천덕꾸러기를 흉내 내려고 해서는 안 된다. 그 사람을 모욕하는 것이기 때문이다. 몰리에르가 다시 태어난다고 해도 더 이상 의사들을 조롱하지는 못할 것이다. 자기들의 명예를 훼손했다 해서 의사 단체들이 일제히 들고일어나 아우성을 칠 테니까 말이다. 〈셔츠 입은 검둥이〉[1]를 맛보는

---

[1] 식후 과일 직전에 먹는 단 음식의 하나로 초콜릿의 겉을 크림으로 덮은 것.

것도 안 될 일이고, 〈폴란드 사람처럼 취해〉[2] 있는 〈터키 사람 머리〉[3]에게 〈꼬마 검둥이〉[4] 말을 해서도 안 된다.

사정이 그러하다 보니 텔레비전의 코미디는 풍자의 대상을 텔레비전의 다른 방송물들에서 구할 수밖에 없는 위기를 맞게 되었다. 방송사 간에 암묵적인 합의가 이루어지기라도 한 듯 각각의 프로그램은 다른 프로그램의 풍자와 조롱을 불러일으키기 위해 만들어진 듯한 인상을 주었고, 이 방송 저 방송의 우스꽝스러운 장면들을 편집해서 다시 보여 주는 프로그램이 유일하게 허용된 코미디가 되었다. 그런가 하면 전통적으로 볼 때 대담하게 자기 스스로를 조롱할 수 있는 자들은 스스로 강하다고 느끼는 부류의 사람들이므로, 스스로에게 채찍을 가하는 것이 바야흐로 힘의 과시가 되어 가는 판국이다. 그 결과 희극의 실행 여부가 계급을 가르는 새로운 장벽이 되었다. 즉 옛날에는 마음 놓고 노예를 비웃는 데서 주인임이 인정되었지만 오늘

2 〈폴란드 사람처럼 취하다〉는 프랑스어 표현은 곤드레만드레가 되도록 취한다는 뜻.
3 끊임없이 타인의 비난과 조롱의 표적이 되는 사람을 뜻하는 프랑스어 표현.
4 한정사와 굴절 어미 같은 문법적인 요소들이 빠지거나 잘못 사용되는 초보적이고 부정확한 프랑스어.

날에는 마치 노예들만이 주인을 조롱할 수 있는 권리를 지닌 것처럼 보인다.

그러나 드골의 코나 아니엘리의 주름살이나 미테랑의 송곳니를 아무리 웃음거리로 만든다 해도 놀림을 당하는 그들이 놀리는 자들보다 언제나 더 강한 쪽이 될 것임을 우리는 직감으로 알고 있다. 그런데 희극은 성향 자체가 잔인하고 냉혹하다. 희극은 정말로 멍청한 백치를 원한다. 그를 조롱함으로써 우리로 하여금 그의 치유할 수 없는 결함에 비추어 우리의 우월성을 확인할 수 있게 하기 위함이다.

결국 하나의 해결책이 필요했고 사람들은 그것을 찾아냈다. 동네의 백치를 희화(戲化)거리로 만들기는 불가능하다. 그것은 반민주적인 행위가 될 것이기 때문이다. 좋다. 그렇다면 그에게 발언권을 주고 생방송에 나가서 자기를 직접 소개하도록 권유하는 것은 어떨까? 그것은 완전히 민주적이다. 실제의 마을에서처럼 예술적 표현의 매개물은 생략해도 된다. 사람들은 술주정뱅이를 흉내 내는 배우를 보고 웃는 것이 아니라 알코올 중독자에게 직접 술값을 내주고 그의 타락을 비웃는다.

성패는 판가름 났다. 동네 백치의 남다른 특성 가운

데 하나가 노출증 환자라는 점, 그리고 무엇보다 자기들 자신의 노출 욕구를 충족시키기 위해서 동네 백치의 역할을 기꺼이 떠맡으려는 사람들이 많다는 점을 상기하면 결과를 짐작하기란 어렵지 않다. 옛날 같으면 한창 위기를 겪고 있는 어떤 부부의 남우세스러운 반목을 제삼자가 백일하에 폭로했을 경우 그 부부는 아마도 명예를 훼손당했다며 소송을 제기했을 것이다. 하지만 시절이 변하여 부부가 자기들의 추잡한 싸움을 공공연하게 재현하는 것을 받아들이거나 그런 특전을 간청하기에 이른 마당에, 도덕을 운위할 자 그 누가 있으랴!

그리하여 우리는 이제 이론적인 틀의 놀라운 전도(顚倒)를 목격하게 된다. 즉, 무해한 얼간이를 조롱하던 희극적인 인물은 퇴장하고 자기의 박약성을 스스로 드러내며 아주 행복해하는 정신박약자를 직접 등장시켜 스타를 만든다. 누구도 불만이 없다. 바보는 자기를 드러내서 좋고, 방송사는 배우에게 보수를 지급할 필요 없이 쇼 프로그램을 만들어서 좋고, 우리는 다시금 우리의 가학증을 충족시키면서 타인의 어리석음을 조롱할 수 있어서 좋다.

이제 우리의 텔레비전 화면에 부쩍 자주 등장하게

된 사람들은 남이 알아들을 수 없는 말을 떠벌리면서 스스로 자랑스러워하는 문맹자, 같은 처지의 동료들을 〈남색쟁이〉라고 부르면서 즐거워하는 동성애자, 초로에 접어들어서도 퇴색한 매력을 뽐내려 하는 도화살(桃花煞) 긴 여자, 음조가 맞지 않는 노래를 전문으로 하는 가수, 〈인간 잠재의식의 순환 회귀적 소멸〉 따위의 현학적인 주장을 늘어놓으며 유식한 티를 내는 여자, 오쟁이를 지고도 희희낙락하는 사내, 미치광이 학자, 아무도 알아주지 않는 천재, 자비로 책을 내는 작가, 다음 날 그 일이 항간의 화제가 되리라는 생각에 행복해하면서 뺨을 때리고 맞는 기자와 사회자 등이다.

동네의 백치가 매우 즐거워하면서 스스로를 드러내면, 우리는 아무런 양심의 가책 없이 웃을 수 있다. 이제 바보를 비웃는 것은 다시금 차이를 존중하는 태도, 이른바 〈정치적으로 반듯한〉[5] 태도가 되었다.

(1992)

---

5 영어의 *politically correct*를 직역한 이 말은 차이를 열등함이나 배제의 이유로 느끼게 함으로써 타인에게 상처를 줄 염려가 있는 것을 일체 배격하고자 하는 주장과 행동을 일컬을 때 쓰인다.

텔레비전에서 교수형 생중계를 보는 방법

    미국에서 집행한 마지막 교수형을 텔레비전에서 볼 수 있을까 했는데 관계 당국이 생중계를 거부해서 유감이다. 만일 생중계가 이루어졌다면 사형수를 교수대에 매다는 것은 미국 동부 연안의 시간으로 낮 12시에 행해져야 했을 것이다. 그러면 뉴욕에서는 점심시간 동안 그 광경을 볼 수 있었을 것이고, 중서부 지방에서는 아침 겸 점심을 먹을 시각에, 또 오전 9시가 되는 캘리포니아에서는 수영장 가장자리에서 아침 식사를 하면서 그것을 지켜볼 수 있었을 것이다. 우리 이탈리아에서라면 저녁 6시라서 직장인들이 시청하기에 어려움이 있었겠지만 저녁 뉴스 시간대에 재방송을 마련하면 문제가 없었을 것이다.

    어쨌거나 중요한 것은 사람들이 식탁에 앉아 있을 때 방영하는 것이다. 목뼈 부러지는 소리, 뱃살의 부들거림, 허공에서 버둥거리는 다리, 이 모든 것이 음식을 삼키는 시청자들에게 영향을 미쳐야 한다는 얘기다. 전기의자로 처형하는 경우에는, 시청자들 집집마다 계란 프라이를 하려고 레인지에 올려놓은 팬에서 버터가 지글거리는 것과 거의 때를 같이하여 사형수의 지지직거리는 소리가 나야 할 것이다. 가스로 처형하면 볼 만한 구경거리가 될 것이 확실하다. 사전에 사형수에게 한바탕 숨을 깊이 들이마시라고 일러두면, 그것만으로도 벌써 텔레비전으로 보여 주기에 아주 적합한 광경인 데다가 곧이어 격렬한 요동까지 벌어질 테니 말이다. 독극물을 주사하는 방법은 되도록 피하는 것이 좋을 듯하다. 생중계의 이점을 살릴 수 없기 때문이다. 구경거리가 시작되는가 싶더니, 금세 〈더 이상 볼 거 없습니다. 자, 다들 돌아가세요〉 하는 식이 되기 십상이다. 그런 경우라면 차라리 라디오로 중계를 하는 편이 나을 것이다.

지금이 때가 어느 땐데 그 따위 이야기를 하느냐고 핀잔을 줄 독자들도 있을지 모르겠다. 하긴 엉클 픽수가 도널드를 목 졸라 죽이고 싶다고 말하는 것은 폭력을 부추길 염려가 있다 해서 디즈니 이탈리아가 자사의 만화가들에게 그런 대사를 애니메이션에 넣지 말라고 지시하는 판국에 나의 제안은 대중의 지지를 얻기 어려운 것으로 보일 수도 있다.

비디오 시장이 번창하면서 가공할 무기를 사용해서 머리뼈를 부수어 골을 벽에 흩뿌리고 헤모글로빈의 급류를 분출시키는 살인 장면을 대수롭지 않게 다루는 영화들이 제작되기에 이르렀다. 참으로 유감스러운 일이 아닐 수 없다. 옛날 영화에도 인디언이나 일본군이 납으로 된 장난감 병정처럼 쓰러져 죽는 장면들이 있긴 했지만, 그런 영화들은 유산을 물려받기 위해서 아버지 어머니를 죽이겠다는 생각을 관객에게 갖게 하지는 않았을 것이다. 혹자는 그 시절에도 세상을 떠들썩하게 한 살인 범죄가 있지 않았는가 하고 반박할 것이다. 물론 있었다. 하지만 그때의 살인은 치정에 의한 것이지 모방에 의한 것은 아니었다.

사정이 그러하다면, 순진한 사람들을 혼미에 빠뜨릴 수 있는(또는 정신력이 약한 사람들을 비정상적인 행동으로 이끌 수 있는) 허구적인 게임과 실제로 벌어진 사건을 이야기해야 하는 의무 사이에는 분명한 구별이 있어야 한다. 나는 살인 용의자가 아직 법원의 심판을 받지 않은 상황에서 그에게 신문의 머리기사를 할애하는 그릇된 관행에는 찬성하지 않는다. 하지만 어떤 자가 아이들을 납치하여 목졸라 죽이려고 어딘가에서 배회하고 있다면, 사람들에게, 특히 아이들에게 그 사실을 알려 줄 필요가 있다고 생각한다. 그래야 사람들이 경각심을 가질 테니 말이다. 만일 그 사실을 제때에 알려 주지 않으면 나중에 가서 때늦은 후회를 하게 될지도 모른다.

사형과 관련해서 세상 사람들은 두 부류로 나뉘어져 있다. 나처럼 그것을 반대하는 사람들이 있는가 하면 그것의 필요성을 옹호하는 사람들도 있다.

반대자들은 만일 비위가 약한 사람들이라면 사형 집행 장면이 방영될 때 텔레비전을 꺼도 된다. 그러나 그런 사람들일지라도 죽음을 애도하는 일에는 참여해야 할 것이다. 그 시간에 한 사람이 죽음을 당하고 있다면, 식구들끼리 기도를 올리든 파스칼의 책을 큰소리로 낭독하든 자기들 나름의 방식으로 동참하는 것이 마땅한 이치다. 그들 역시 그 시간에 야비한 행위가 저질러지고 있음을 알아야 하는 것이다. 그리고 만일 반대자들이 텔레비전을 끄지 않고 지켜본다면, 그들은 단지 사형에 반대한다고 말하는 것에 그치지 않고 어떤 식으로든 그 야만적인 제도를 폐지하는 일에 더욱 적극적으로 나서야겠다고 생각하게 될 것이다. 마치 텔레비전에서 뼈만 앙상하게 남은 아프리카의 어린이를 보고 양심의 가책을 느낄 때처럼 말이다.

그러면 사형을 옹호하는 사람들은 어떻게 해야 하는가? 그들은 당연히 사형 집행 장면을 보아야 한다. 예상컨대 그들은 이렇게 반박할 것이다. 〈나는 충수염 수술이 정당하다는 것은 인정할 수 있지만 그렇다고 식사 중에 텔레비전을 통해 그 수술 장면을 지켜보고 싶은 생각은 추호도 없다〉라고. 하지만 우리는 지금 누구도 반대하는 사람이 없는 외과 수술에 관한 이야기를 하고 있는 것이 아니다. 우리가 문제로 삼고 있는 것은 인간 생명의 의미와 가치, 그리고 정의란 무엇인가 하는 것이다. 따라서 그런 식의 반박은 통하지 않는다.

만일 당신이 사형에 찬성하는 사람이라면 당신은 마땅히 사형수가 버둥거리고 껄떡거리고 지지직 타들어가고 소스라치고 움찔거리고 콜록거리다가 저의 더러운 영혼을 하느님께 되돌리며 숨을 거두는 장면을 보아야 한다. 옛날에는 사람들이 더 솔직했다. 그들은 처형 장면을 지켜보기 위해 표를 샀고, 죽어 가는 사형수를 보면서 미친 듯이 좋아했다. 당신 역시 사형이라는 최고의 정의를 지지한다면 먹고 마시면서, 아

니면 무엇이든 당신이 하고 싶은 일을 하면서 〈좋아해
야〉 마땅하다. 사형의 정당성을 인정한다면 마치 그
제도가 존재하지 않는 것처럼 행동해서는 안 될 일
이다.

혹자는 이렇게 반문할 것이다. 〈내 아내가 임신 중
인데, 충격을 받고 자연 유산이라도 하게 되면 어쩌란
말인가?〉 하고. 가톨릭교회의 새로운 교리는 사형을
법제화할 권리가 국가에 있음을 인정하고 있다. 또 유
산을 금하되 인공적인 경우에만 금지한다고 말하고
있다. 만일 당신이 허공에서 다리를 버둥거리는 어떤
사내를 보다가 유산을 한다면 그것은 죄가 되지 않
는다.

(1993)

셰틀랜드의 가마우지[1]를 가지고
특종 기사를 만드는 방법

나는 우리의 가마우지를 공항 귀빈실에서 만났다. 어떤 젊고 매력적인 여인이 고급스러운 청색 안락의 자를 더럽히지 말아 달라고 가마우지에게 부탁했다. 그래서 나는 가마우지가 앉을 의자를 내 바바리코트로 보호하겠다고 그녀에게 제안했다. 가마우지가 내 코트를 깔고 앉으면 석유와 바닷물이 잔뜩 묻어서 더 이상 못 입게 되리라는 것을 알고 있었지만, 『레스프레소』지에서 옷값을 변상해 주리라는 생각에 마음을 놓았다. 설마 이런 특종을 낚았는데 나 몰라라 하지는 않겠지……. 가마우지는 나에게 고맙다고 인사를 했

---

1 1993년 1월, 스코틀랜드 북방의 섬 셰틀랜드 앞바다에서 유조선이 침몰하여 원유 8만5천 톤이 유출되는 사고가 일어났다. 1천5백 마리가 넘는 새가 바다 오염 때문에 죽었다. 이때 온몸이 검은 원유에 젖은 채 죽어가는 가마우지 사진이 환경 파괴에 경종을 울리는 이미지로 널리 보급되었다.

다. 그로써 서먹한 분위기가 가시고 말문이 열렸다. 그
날의 인터뷰를 정리하면 다음과 같다.

나 만나서 반갑습니다, 가마우지 씨. 여기서 만나다
니 뜻밖입니다. 셰틀랜드에 있을 거라고 생각했거
든요.

가마우지 내일 거기로 돌아갑니다. 가고 싶지 않아도
가야 해요. 이름을 들어 본 적이 없어서 정확히 어딘
지는 모르지만 내가 있던 곳과 다른 장소에서 간단
한 촬영이 있는데 그 대가로 최고 수준의 보수를 받
기로 했거든요. 아마 유조선이 파도에 휩쓸려서 석
유가 바다로 쏟아져 들어갈 조짐을 보이는가 봅니
다. 텔레비전 방송사들은 석유가 쏟아질 때에 대비
해서 만반의 준비를 갖추고 싶어 하는 거고요. 그리
고 나는 계약을 맺고 있기 때문에 어쩔 수 없이……
정말이지 고약한 직업이에요.

나 잠시도 쉴 겨를이 없겠군요.

가마우지 쉬긴 어떻게 쉬겠어요? 신문을 보셔서 잘 아
시겠지만 한쪽에는 전쟁, 다른 쪽에는 폭풍, 그러니
바다가 어마어마한 쓰레기장으로 변할 수밖에요.
그러다 보니, 매일같이 〈가마우지 씨, 포즈를 취해

주세요. 자, 슬픈 표정 지으시고……〉 하는 소리에 묻혀 삽니다. 갈수록 점점 심해져요.

나 그런데 이 업계에 다른 가마우지들은 없습니까?

가마우지 이게 그다지 쉬운 일은 아닙니다. 내 부모님은 이 일을 하다가 돌아가셨어요. 이 일이 싫어서 달아난 가마우지들은 숲 속에서 밤만 되면 울어요. 이건 한낱 비유로 말하는 게 아니에요. 그들은 언덕이든 산이든 다른 환경에 적응하려고 애쓰고 있어요. 그런 곳에서는 물고기를 찾기가 어렵지요. 기껏해야 이따금씩 송어 한두 마리가 걸려들 뿐이지요. 나는 불운하게도 이 일에서 빠져나가질 못했어요. 보세요, 내가 얼마나 피곤하게 사는지. 이젠 더 이상 어쩔 수가 없어요. 이 액체 때문에 눈알이 빠지도록 아파도 말이에요. 더럽더라도 이 일에서 떠나지 말고 이걸 잘 이용하는 게 낫겠다 싶어요. 사람들이 돈은 많이 주니까 나는 그저 하겠다고 마음만 먹고 있으면 돼요. 한 달 전에는 에스파냐의 갈리시아에 있었어요. 그때 거기에 무슨 일이 있었는지는 신문에서 보셨을 거예요. 오늘은 셰틀랜드로 가야 해요. 내일 내가 어디에 있게 될지는 하느님만이 아세요. 한마디 더 하자면 나는 이 일을 걸프전 이전에 시작했어요.

나 걸프전 때 찍은 사진들이 당신에게 영광과 성공을
가져다주었지요.

가마우지 그렇습니다. 나의 본격적인 경력은 거기에
서 시작되었습니다. 그전에는 사람들이 나를 촬영
해 놓고도 편집 과정에서 잘라 버리곤 했어요. 걸프
전과 함께 상황이 달라지기 시작했지요. 하지만 매
일같이 촬영을 한다는 건 정말 힘겨운 일이에요. 그
것도 매번 깃털에 석유를 훅 끼얹고 찍어야 하니 말
이에요. 이런 얘기는 하고 싶지 않지만 그렇게 하는
게 건강에 좋을 리가 없어요. 얼른 거금을 모아서 떠
나야 해요. 어쨌거나 나는 곧 만성적인 환자가 될 거
예요. 나중에 가면 모두가 알게 되겠지요. 이제 살날
도 얼마 남지 않았는데, 그 짧은 여생이나마 편안하
게 지내고 싶어서, 어디 뱃길에서 멀리 떨어진 곳에
작은 섬이 있는지 찾아볼 생각이에요.

나 그런데 그들이 당신을 쓰지 않고 갈매기나 물개나
펭귄 따위를 고용할 수도 있을 것 같은데요. 예를 들
어 해수 요법 센터에서 쓰는 진흙 같은 걸로 그들을
조금 분장시켜서 말입니다. 그건 잘 안 통할까요?

가마우지 안 되지요. 그건 말도 안 됩니다. 그 사람들

진짜 프로예요. 그들이 하는 얘기가 뭐냐 하면, 동물을 분장시키면 자연스러움을 완전히 잃게 된다는 거예요. 마치 루키노 비스콘티 감독이 영화를 만드는 태도와 비슷한 데가 있어요. 비스콘티 감독은 영화 속에 보석함이 나오면 설령 배우가 그것을 열어보는 장면이 없다 할지라도 그것을 보석으로 가득 채워 놓아야 직성이 풀리는 사람이었다더군요. 그것도 불가리 가게의 최고급 보석으로 말이에요. 어쨌거나, 꼭 그런 이유가 아니더라도 우리 가마우지들은 크기가 텔레비전 화면에 잘 맞는다는 장점도 지니고 있습니다. 그들은 나를 클로즈업해서 찍을 수 있고 시청자들은 나의 모든 것을 볼 수 있지요. 코끼리를 찍는다고 한번 생각해 보십시오. 그들은 어쩔 수 없이 롱숏 장면으로 가야 할 겁니다.

나 차라리 사람을 쓰는 게 유리할 수도 있을 텐데요. 예컨대 아이라든가 이미 망가질 대로 망가져서 자신을 팔지 않을 수 없는 사람들 중 아무나 하나를 써도 되지 않겠어요?

가마우지 농담하지 마세요. 아직도 사람이 사람을 감동시킬 수 있다고 생각하세요? 그건 벌써 오래전 얘기예요. 오죽하면 유니세프에서까지 자기네 일을 도와 달라고 나에게 제의하겠어요? 그들은 아프리카의 굶어 죽어 가는 아이들을 보여 주려고 노력했어요. 눈에는 파리 떼가 달라붙어 있고 배가 공처럼 잔뜩 부풀어 있는 아이들을 말이에요. 하지만 그런 모습은 사람들에게 혐오감을 줘요. 사람들은 얼른 채널을 돌려 버리지요. 동물은 그와 달리 사람들로 하여금 측은한 마음을 갖게 해요.

나 아까 얘기대로라면 석유 산업 분야에서 떠날 생각을 하고 있는 듯한데……

가마우지 아니, 아니에요. 그쪽이 벌이가 아주 좋아요. 사람들은 늘 에너지를 필요로 할 것이고 그러는 한 바다는 늘 오염되어 있을 거예요. 다행히도 오염된 바다는 갈수록 많아질 테고요. 유조선이 좌초하고 유정(油井)이 폭격을 당해야만 내가 살아갈 수 있어요. 하지만 그렇게 살아간다는 게 어떤 것인지 잘 아실 거예요. 일단 텔레비전에 한번 나오기 시작하면 여기저기서 오라고 불러요. 아메리칸 익스프레스, 베네통 등에서 광고를 찍자고 부르고, 국회에서 부르고…… 정말 갈수록 활동 범위가 넓어져요. 내년 8월 15일 연휴에 고속도로를 이용하지 말라고 사람들을 설득하는 광고에도 나를 쓰고 싶어 하는 사람들이 있을 정도예요.

나 하지만 부서진 자동차나 불에 탄 시체들 사진을 쓰면 될 텐데 그것만으로는 부족하다고 생각하나 보죠?

가마우지 정말 아무것도 모르는 바보처럼 왜 그러세요? 한 가족이 시커멓게 타 죽은 걸로는 사람들의 관심을 끌지 못해요. 그렇지만 예를 들어 그 가족이 탄 차가 유조차를 들이받아 석유가 길바닥에 쏟아지고, 마침 가마우지 한 마리가 그곳을 지나다가 온몸에 기름 칠갑을 했다고 생각해 보세요. 그쯤 되면 사람들은 그 광고에 담긴 메시지에 대해서 거듭 생각하게 될 거예요. 제가 이런 일을 해서 돈을 많이 버는 건 사실이지만 돈이 전부는 아니에요. 내 일은 일종의 사회 참여이고, 하나의 사명이기도 하지요.

예의 젊고 매력적인 여인이 다가와서 가마우지에게 위스키를 권했다. 가마우지는 그 권유를 거절했다. 「아마도 나의 미각은 아직 독한 술에 익숙해져 있지 않을 겁니다. 이 술은 석유 맛이 날 것 같군요.」 누군가 이제 비행기를 탈 시간이 되었다며 가마우지를 불렀다. 가마우지는 머리를 숙인 채, 반질반질한 바닥에 금방이라도 미끄러져 넘어질 듯한 조마조마한 걸음걸이로 기름 자국을 남기며 멀어져 갔다. 그가 마지막으로 한 번 더 나를 돌아다보았다. 나는 이렇게 소리쳤다.

「고맙습니다. 특히 전 세계의 어린이들을 대신해서 감사드려요.」

(1993)

유명인을 만났을 때 반응하는 방법

몇 달 전 뉴욕에 있을 때의 일이다. 거리를 걷고 있는데 아주 낯익은 사내 하나가 눈에 띄었다. 사내는 내 쪽으로 걸어오고 있었다. 그런데 아무리 머리를 쥐어짜 봐도 그의 이름이나 그를 알게 된 경위가 생각나지 않았다. 뜻하지 않은 상황에서 만난 낯익은 얼굴은 마치 문맥을 벗어난 낱말처럼 혼동을 준다. 자기 나라에서 사귄 사람의 얼굴을 외국에서 마주친다든가, 외국에서 알게 된 얼굴을 자기 나라에서 보게 되는 경우에 그런 혼동을 자주 경험하게 된다. 하지만 그날 내 쪽으로 걸어오고 있던 그 남자는 너무나 낯이 익은 사람이어서 걸음을 멈추고 그에게 인사를 건넨 다음 몇 마디 이야기를 나누어야 할 것만 같은 생각이 들었다. 그러면 그는 〈아, 움베르토, 요즈음 어떻게 지내?〉 하면서 〈전에 얘기했던 그 일은 잘 처리되었어?〉라고 물을지도 모를 일이었다. 그럴 경우에 나는 어떻게 하지? 못 본 척 할까? 그러기엔 너무 늦었다. 그는 아직은 길 건 너편을 바라보고 있지만 곧 내 쪽으로 눈길을 돌릴 참 이었다. 차라리 내가 선수를 치는 편이 낫겠다는 생각 이 들었다. 그래, 먼저 인사를 건네자. 그의 목소리와 처음 나눈 몇 마디 이야기를 통해 그가 누구인지를 다 시 짐작해 보는 거야.

우리 둘 사이의 거리는 이제 두 발짝밖에 되지 않았 다. 그를 향해 만면에 웃음을 머금고 손을 내밀려는 찰 나, 문득 그가 누구인지 생각이 났다. 그는 다름 아닌 앤서니 퀸이었다. 물론 우리는 전에 한 번도 만난 적이 없었다. 나는 만면에 지으려던 미소와 악수하려고 내 밀던 손을 재빨리 거두고 눈길을 허공으로 비끼며 그 를 스쳐 지나갔다.

나중에 가서 그 일을 놓고 곰곰이 생각해 본 끝에, 나는 그때의 내 행동이 아주 정상적인 것이었다고 결 론을 내렸다. 그전에도 비슷한 경험을 한 적이 있었다. 레스토랑에서 찰턴 헤스턴을 보았는데 나도 모르게 〈안녕하세요〉 하고 인사를 건네고 싶은 충동을 느꼈 던 것이다. 그들의 얼굴은 우리 기억에 깊이 새겨져 있 다. 스크린 속의 그들과 더불어 허다한 시간을 보낸 탓에 그들의 얼굴은 친척의 얼굴만큼이나, 때로는 그 이상으로 친근한 느낌을 준다. 우리가 설령 매스컴 전문가로서 이미지의 현실적인 효과에 대해서 토론하고, 현실 세계와 가상 세계 사이의 혼동 및 그런 혼동을 겪는 사람들에 대해서 의견을 개진할 수는 있다 해도 그런 증후군에서 결코 벗어날 수는 없다. 그런데 문제는 그런 혼동보다 더 고약한 일이 생긴다는 데에 있다.

미디어에 얼굴이 많이 팔린 사람들이 고백하는 이야기를 들은 적이 있다. 그들은 일정 기간에 걸쳐 TV에 자주 출연했던 사람들이다. TV 스타들을 말하는 것이 아니라, 거리에 나가면 남들이 알아볼 만큼 꽤 오랫동안 토크쇼 같은 프로그램에 출연했던 사람들의 얘기다. 그들은 모두 불쾌했던 경험을 토로했는데 그 내용이 한결같다. 우리는 대체로 개인적으로 친분이 없는 사람과 마주치면 그의 얼굴을 빤히 쳐다보지도 않고 그를 손가락으로 가리키지도 않으며 그가 듣는 데서 그에 대해 큰소리로 지껄이지도 않는다. 그것은 무례할 뿐만 아니라 도가 지나치면 공격적인 행동이라고 볼 수도 있기 때문이다. 그런데 평소 같으면 어떤 술집에 온 손님을 손가락으로 가리킨다는 것은 엄두도 못 내고 친구의 새로 산 넥타이를 가리킬 때조차도 손가락질 같은 건 안 할 사람들, 그런 점잖은 사람들이 잘 알려진 얼굴들을 대하면 완전히 딴판으로 행동한다.

대중에게 신기한 동물 취급을 당했다는 유명인들의 얘기는 이러하다. 담배 가게에서든 식료품점에서든, 또는 기차를 타거나 레스토랑의 화장실에 갈 때든 그들이 지나갈 때면 사람들은 이렇게 소리친다. 「너 봤지. 저거 아무개야.」 「아니, 못 봤는데. 확실해?」 「확실하다마다. 분명히 아무개야.」 그러면서 사람들은 이러저러한 이야기를 떠벌린다. 그 아무개가 자기들의 얘기를 들을 수 있는 거리에 있건만, 마치 그가 이 세상에 존재하지 않는다는 듯이 전혀 아랑곳하지 않고 떠들어 댄다.

이들은 미디어라는 가상 세계에나 존재하는 줄 알았던 주인공이 갑자기 현실 세계에 등장한 것을 보고 혼란을 느낀다. 그러나 그를 실재하는 인물로 선뜻 받아들이기보다는 마치 그가 여전히 가상 세계에 속한다는 듯이 행동한다. 그가 자기들 앞에 있는 것이 아니라 스크린이나 잡지 속에 있기라도 한 것처럼 자기들 멋대로 지껄이는 것이다.

그건 마치 내가 거리에서 만난 앤서니 퀸을 상대로 이런 짓을 하는 거나 다를 게 없다. 즉, 앤서니 퀸의 멱

살을 잡고 공중전화 부스로 끌고 간다. 그런 다음 친구에게 전화를 걸어서 이렇게 소리친다. 「내가 누구를 만났는지 알아? 한번 맞혀 봐! 바로 앤서니 퀸이야. 그런데, 이자는 영화 속에서 어떻게 걸어 나왔는지, 꼭 진짜 사람 같아.」(그러고 나서는 앤서니 퀸을 옆으로 밀쳐 버리고 내가 하던 일로 돌아간다.)

처음에 매스미디어는 우리로 하여금 가상 세계를 현실로 믿게 했다. 그러더니 이제는 현실을 가상으로 여기게 한다. TV 화면이 현실을 많이 보여 주면 보여 줄수록 우리의 일상은 점점 더 영화처럼 되어 간다. 이런 식으로 가다 보면 우리는 몇몇 철학자의 주장과 비슷한 이런 식의 생각을 하게 될지도 모른다. 세계에는 오로지 우리만이 존재하며 우리 이외의 다른 모든 것은 신이나 악마가 우리의 눈앞에 투사한 영화일 뿐이라고.

(1989)

포르노 영화를 식별하는 방법

　여러분은 포르노 영화를 본 적이 있는가? 이미 숱하
게 본 사람도 있을 거고 그런 것과는 담쌓고 사는 사람
도 있을 것이다. 여기서 포르노 영화란 약간의 에로티
시즘을 담고 있는 영화들을 말하는 것이 아니다. 「파
리에서의 마지막 탱고」 같은 영화는 많은 사람들의 눈
에 지나치게 외설적으로 보였을지언정 결코 포르노는
아니다. 내가 말하는 포르노 영화란 시종일관 관객의
욕정을 자극하는 것을 유일한 목표로 삼고 있는 영화,
섹스 장면이 자극적이라면 여타의 것은 아무래도 좋
다는 식으로 구성된 영화이다.

　법관들은 어떤 영화가 순전한 포르노인지 아니면
어떤 예술적 가치를 지니고 있는지를 판단해야 하는
경우가 종종 있다. 신앙이나 미풍양속이나 여론의 측
면에서 보면 때로는 진짜 탁월한 예술 작품들이 졸렬

한 작품들보다 더 위험할 수도 있다. 그렇기 때문에 나는 예술은 모든 것을 용서한다고 생각하는 사람들의 주장에 전적으로 동조하지는 않는다. 게다가 나는 포르노를 보는 것에 동의하는 성인들은 달리 볼 만한 게 없다면 그것을 즐길 권리가 있다고 믿는다. 그렇지만 법관들의 입장은 다르다. 그들은 심판을 내려야 한다. 어떤 영화가 미학적인 개념이나 이상을 표현하기 위해 만들어진 것인지(비록 외설적인 장면을 담고 있을지라도), 아니면 오로지 관객의 욕정을 자극하기 위해서 만들어진 것인지를 판단해야 하는 것이다.

그런데 어떤 영화가 포르노인지 아닌지를 판별할 수 있는 기준이 하나 있다. 쓸데없이 늘어지는 공백 시간이 얼마나 되느냐 하는 것이 바로 그것이다. 예를 들어 불후의 걸작 영화 「역마차」는 도입부와 중간의 몇 장면과 끝 부분을 제외하고 대부분의 장면이 역마차 속에서 전개된다. 그런데 이런 역마차 여행이 없다면 이 영화는 아무런 의미도 지니지 못할 것이다. 또 안토니오니 감독의 영화 「정사(情事)」는 쓸데없는 공백 시간만으로 이루어진 작품이다. 배우들은 이리저리 오가고 이야기하고 어디론가 사라졌다가 다시 나타나곤 하지만 특별한 일은 전혀 벌어지지 않는다. 이 영화는 그저 아무 일도 일어나지 않는다는 것을 말하고 있을 뿐이다. 평가야 사람에 따라 다를 수 있지만 바로 그 점을 말하려는 것이 이 영화의 분명한 목적이다.

이와 달리 포르노 영화는 관객을 영화관에 끌어들이고 비디오테이프를 판매하기 위해 사람들이 성교하는 장면, 남자와 여자가, 남자와 남자가, 여자와 여자가, 여자와 개나 말과(남자가 암말이나 암캐와 교접하는 장면이 나오는 포르노는 전혀 없다. 그건 왜 그럴까?) 성교하는 장면을 보여 준다. 여기까지는 그래도 참아 줄 만하다. 그런데 이놈의 포르노에는 쓸데없는 공백 시간이 너무 많다.

예를 들어 어떤 포르노 영화에 질베르토라는 사내가 질베르타라는 여자를 겁탈하기 위해 코르두시오 광장에서 부에노스아이레스 대로까지 가는 장면이 나온다고 할 때, 이 영화는 질베르토가 빨간 신호등을 하나하나 거치면서 차를 타고 이동하는 과정을 낱낱이 보여 준다.

포르노 영화에는 이런 사람들이 득실거린다. 차에 타서 별다른 이유 없이 그냥 먼 거리를 달리는 사람들, 호텔 접수대에서 숙박계를 작성한답시고 터무니없이 시간을 허비하는 남녀, 엘리베이터를 타고 자기 방으로 올라가기까지 마냥 능장을 부리는 남자, 온갖 종류의 달착지근한 술을 이것저것 홀짝거리며 속이 비치는 얇은 잠옷을 입은 채 한참 시시덕거리다가 결국엔 자기들은 레즈비언보다 돈 후안 같은 남자를 더 좋아한다고 서로에게 고백하고 마는 여자들. 조금 거칠고 단순한 말로 요약하자면, 포르노 영화를 보기 위해서는 교통부의 지루한 광고 같은 장면을 참고 견뎌야 한다는 것이다.

영화를 그런 식으로 만드는 데에는 명백한 이유가 있다. 만일 질베르토가 앞으로 뒤로 옆으로 쉬지 않고 질베르타를 겁간하는 영화를 만든다면, 배우들은 육체적으로, 제작자는 경제적으로 견딜 수가 없을 것이다. 게다가 그런 영화는 관객들에게도 심리적으로 엄청난 부담을 줄 것이다. 관객들이 부담 없이 볼 수 있는 영화를 만들려면, 강간이라는 불법 행위가 정상적인 배경에서 나타나야 한다. 정상적인 것을 표현하기가 얼마나 어려운가는 예술가라면 누구나 다 아는 바이다. 일탈 행동이나 범죄, 강간, 고문 따위를 표현하는 건 오히려 아주 쉬운 일이다.

이렇듯이 포르노 영화는 불법 행위를 그리는 데 꼭 필요한 정상적인 상황을 관객들이 느낄 수 있을 만큼 표현해야 한다. 그래서 만일 질베르토가 버스를 타고 A 지점에서 B 지점으로 가야 한다면, 실제로 그가 버스를 타고 A 지점에서 B 지점까지 가는 장면을 낱낱이 보여 주어야 하는 것이다.

입에 담기 어려운 천한 장면들만을 보고 싶어 하는 사람들이 있다면 그들은 그런 시간 낭비에 짜증을 낼지도 모른다. 하지만 그건 그릇된 생각이다. 한 시간 반 동안 오로지 그런 장면들만 본다면 아무도 견뎌 내지 못할 것이다. 쓸데없는 공백 시간이 필요한 까닭이 바로 거기에 있다.

요약하자면 이렇다. 영화관으로 들어가라. 만일 배우들이 A 지점에서 B 지점으로 이동하면서 여러분이 원하는 것 이상으로 늑장을 부린다면 당신이 보고 있는 것은 포르노 영화이다.

(1989)

연극이 어떻게 시작하고
어떻게 끝나는지를 아는 방법

내게는 연극 같은 추억이 하나 있다. 토리노 대학 장학생으로 기숙사에서 먹고 자며 공부하던 때의 이야기이다. 그 시절에 대해서는 감사하는 마음으로 가득 찬 행복한 추억도 있지만 참치와 관련된 진절머리 나는 기억도 있다. 토리노 대학의 식당은 한 시간 반 동안만 문을 열었다. 그러다 보니 처음 30분 동안만 그날의 특선 요리를 먹을 수 있었고, 그 시간이 지나면 먹을 것이라곤 참치밖에 남아 있지 않았다. 나는 언제나 늦게 식당에 도착했기 때문에 여름 방학 때나 일요일이 아니면 어쩔 수 없이 참치를 먹어야 했다. 결국 그 4년 동안에 나는 참치로 만든 음식을 무려 1,920끼나 먹었다. 그러나 내가 이야기하고자 하는 연극 같은 추억은 그것이 아니다.

학생 신분인 우리는 가진 돈이 별로 없었다. 그럼에

도 우리는 영화와 음악과 연극을 늘 갈망했다. 그러던 차에 카리냐노 극장에서 싼값에 연극을 볼 수 있는 방법을 찾아냈다. 즉 연극 시작 10분 전에 극장에 도착한 다음 박수 부대 대장(그의 이름이 뭐였더라?)에게 다가가서 그의 손에 1백 리라를 슬쩍 쥐여 주는 거였다. 그러면 그는 우리를 들여보내 주었다. 이를테면 우리는 돈을 받는 게 아니라 오히려 돈을 내는 박수 부대원이었던 셈이다.

그런데 애석하게도 대학은 자정이 되면 가차 없이 문을 닫았다. 그래서 자정까지 기숙사에 돌아가지 못한 학생들은 밖에서 밤을 보내곤 했다. 점호가 있는 것도 아니고 자리를 지켜야 할 의무가 있는 것도 아니어서 외박은 얼마든지 가능했다. 원하는 학생은 장장 한 달 동안이나 대학에 발을 들여놓지 않아도 무방했다. 하지만 밖에서 밤을 보내기가 현실적으로 곤란했던 우리는 자정 10분 전에 극장을 떠나 우리의 목표 지점을 향해 숨 가쁘게 질주해야 했다. 그런데, 연극은 자정 10분 전에도 끝나지 않기가 십상이었다. 결국 나는 4년에 걸쳐 모든 세기의 걸작 연극들을 두루 관람하긴 했지만, 모두 마지막 10분이 잘려 나간 작품들만 본 셈이다.

그런 사정 때문에 나는 오이디푸스가 그 끔찍한 비밀이 드러났을 때 어떻게 행동했는지, 작가를 찾아가는 그 여섯 인물은 어떻게 되었는지, 오스발 알빙은 페니실린의 도움으로 치유되었는지, 햄릿은 결국 사는 쪽이 죽는 쪽보다 낫다는 것을 깨닫게 되었는지를 모르는 채로 살았다. 또 나는 폰자 부인이 누구인지, 소크라테스가 독약을 마셨는지, 오셀로가 두 번째 밀월 여행을 떠나기 전에 이아고의 따귀를 때렸는지, 상상 환자가 치유되었는지, 모두가 자네타초와 함께 술을 마셨는지, 밀라 데 코드로스는 어떻게 끝났는지를 모른다. 이런 식으로 모르는 게 많아서 상심하고 있는 사람은 이 세상에 나 하나뿐이지 싶었다. 그러던 차에 우연히 파올로 파브리라는 친구를 만나 이런저런 이야기를 나누다가, 그 친구가 나의 경우와는 앞뒤가 바뀐 문제로 상심하고 있다는 것을 알게 되었다. 학창 시절에 그는 토리노 모 대학의 극장에서 검표원 노릇을 했다. 그런데 지각하는 관객들이 많았기 때문에, 그는 늘 2막이 시작될 때쯤에야 극장 안에 들어갈 수 있었다. 뒤늦게 극장에 들어간 친구는 리어 왕이 누더기를 걸치고 눈이 먼 채로 품에 코델리아의 시체를 안고 방황하는 장면을 보면서도 도대체 무슨 일이 생겼기에 그

두 사람이 그런 비참한 처지에 놓이게 되었는지를 알지 못했다. 그리고 밀라가 불꽃이 아름답다고 부르짖는 소리를 들었을 때는 대체 무엇 때문에 한 처녀의 감정이 그토록 고양되어 있는지를 이해해 보려고 머리를 쥐어짜기도 했다. 또한 그는 햄릿이 왜 그토록 좋은 사람으로 보이는 숙부에게 원한을 품게 되었는지를 이해할 수 없었고, 아내에 대한 오셀로의 행동을 보면서는 그토록 고운 아내가 어쩌다가 베개 위에 있지 않고 베개 밑에 깔리는 신세가 되었는지를 궁금하게 여겼다.

요컨대 우리는 서로의 속내 이야기를 털어놓았고 각자 몰랐던 부분을 알게 되는 경이로운 노년이 우리를 기다리고 있음을 깨달았다. 우리는 시골집의 계단에 앉아서, 또는 공원의 벤치에 앉아서, 각자 연극의 시작 부분과 끝 부분을 서로에게 들려주며 여러 해를 보내게 될 것이다. 그러면서 앞부분의 사건들이나 대단원의 카타르시스를 새로이 알게 될 때마다 놀라움을 금치 못하며 탄성을 질러 댈 것이다. 이런 식으로 말이다.

「원 세상에! 그래서 그가 뭐라고 했지?」

「〈어머니, 저에게 태양을 주세요!〉라고 했지.」

「아하, 그래서 그의 신세가 엉망이 된 거로구먼.」

「그래 맞아. 그런데 앞에서 그에게 무슨 일이 있었던 거지?」

그의 물음에 내가 몇 마디를 일러 주자 그가 소리친다.

「저런, 그 집안 참 별나구먼. 이제 어떻게 된 건지 알겠어…….」

「이제 오이디푸스가 어떻게 되었는지 얘기 좀 해봐.」

「간단해. 어머니는 목을 매고 그는 스스로 자기 눈을 멀게 하지.」

「안됐군. 하지만 결국 그건 그의 잘못에서 비롯된 거야. 사람들은 온갖 방법을 동원해서 그에게 진실을 일러 주려고 했잖아.」

「맞아. 그런데 어째서 그는 그것을 깨닫지 못했지? 그 점이 늘 궁금하더라고.」

「그의 입장에서 생각해 보라고. 역병이 돌기 시작했을 때 그는 이미 왕이었고 행복한 부부 생활을 하고 있었는데…….」

「그런데 자기 어머니를 아내로 맞으면서도 그 사실을 전혀…….」

「당연히 전혀 몰랐지! 그게 바로 이 작품에서 가장

중요한 대목이지.」

「프로이트의 환자 얘기 같아. 자네가 오이디푸스라
도 그들의 얘기를 곧이듣지 않을 거야.」

이런 식으로 이야기를 나누다 보면 우리 두 사람은
만족을 느끼게 될까? 아니면 몰랐던 것을 아는 것보다
더 중요한 어떤 것을 잃게 되지는 않을까? 이미 판이
벌어진 뒤에 들어왔다가 남들이 어떻게 될지를 알지
못한 채 판을 떠나야 하는 것이 인생이라면 우리는 바
로 그 인생처럼 연극을 경험한 셈이다. 혹시 우리는 그
런 특권을 누린 자의 풋풋함을 잃게 되는 것은 아
닐까?

(1988)

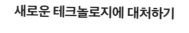

새로운 테크놀로지에 대처하기

어떤 소프트웨어의 종교를 알아보는 방법

새로운 종교 전쟁이 우리의 현대 세계를 은밀하게 변화시키고 있다. 나는 오래전부터 그것을 확신해 왔다. 그리고 내가 그런 생각을 다른 사람들에게 이야기할 때마다 이내 좌중의 공감을 얻게 된다는 사실도 깨달았다.

오늘날 세상 사람들은 크게 두 부류로 나누어져 있다. 그 점에서는 당신도 예외일 수 없다. 한편에는 매킨토시 지지자들이 있고, 다른 편에는 MS-DOS로 운용되는 PC를 지지하는 사람들이 있다. 그런데 내가 보기에 매킨토시(이하에서는 맥으로 줄여 부르기로 한다)는 가톨릭이고 도스는 프로테스탄트이다. 이게 무슨 말이냐 하고 어리둥절해할지도 모를 독자들을 위해 더 풀어서 이야기해 보겠다. 맥은 예수회의 〈연구 방법ratio studiorum〉이 깃들어 있는 반개혁적인 가톨릭이다. 맥은 까다롭지 않고 사근사근해서 누구나 쉽게 접근할 수 있다. 신자가 따라야 할 절차를 차례차례 일러 줌으로써 신자로 하여금 어렵지 않게 하늘의 왕국, 아니 문서 인쇄라는 마지막 순간에 도달할 수 있게 한다. 가톨릭의 교리 문답이 그러하듯이 계시의 핵심이 간결하고 알기 쉬운 표현으로, 그리고 화려한 아이콘으로 분명하게 제시되어 있다. 그래서 지시하는 대로 따라 하기만 하면 누구나 구원받을 수 있게 되어 있다.

그에 반해서 도스는 프로테스탄트, 더 정확히 말해서 칼뱅파 프로테스탄트이다. 즉, 성서를 자유롭게 해석할 수 있는 길을 열어 고민스러운 판단을 요구하고 세심한 해독을 강제하며, 누구나 다 구원에 다다를 수 있는 것이 아님을 분명히 일깨운다. 이 프로그램에 대한 일련의 개인적인 해석 행위가 없으면 컴퓨터 시스템을 작동시킬 수 없다. 사용자는 쾌남아들의 자유분방한 공동체에서 홀로 떨어져 나와 자기 내면의 강박 관념에 갇힌다.

위와 같은 견해에 대해 혹자는 이런 식으로 반박할 것이다. 윈도가 나옴으로써 도스의 세계를 맥의 반개혁적인 관용에 접근시켰다고. 맞는 말이다. 윈도는 영국 국교식의 분립이며, 대성당 안에서 화려한 의식을 거행하는 것과 같다. 그러나 도스로 되돌아갈 가능성, 그럼으로써 기이한 판단에 근거하여 많은 것들을 변화시킬 가능성은 여전히 남아 있다. 그런 식으로 가면 언젠가는 여자와 동성애자들도 사제직에 오를 수 있게 될 것이다.[1]

당연한 얘기지만, 맥의 가톨릭적 성격과 도스의 프로테스탄트적 성격은 사용자들의 문화적이고 종교적인 입장과는 아무런 관련이 없다. 내가 알아낸 바로는 세상의 고뇌를 다 짊어지고 사는 듯한 엄격한 시인이며 스펙터클 사회의 공공연한 반대자인 프랑코 포르티니도 맥 신자이다. 그런 점에서 보면 둘 중의 어떤 시스템을 사용하든 결국 사용자의 내면에는 이렇다 할 변화가 야기되지 않는다고 생각하는 것이 옳다. 그런데 정말 우리는 도스 신자이면서 동시에 전통주의적인 가톨릭일 수 있는 것일까? 만일 셀린[2]이 오늘날에 글을 썼다면 그는 워드로 썼을까, 아니면 워드퍼펙트나 워드스타로 썼을까? 또 만일 데카르트가 다시 태

---

1 누가 봐도 앵글로 가톨릭적인 윈도 95가 나옴으로써 오늘날의 신학적인 판도가 한결 더 복잡해졌음은 물론이다 ─ 원주.
2 프랑스의 작가(1894~1961). 대표작으로 소설 『밤의 종말에의 여행』(1932)이 있다.

어났다면, 그는 자기의 경쟁자였던 파스칼의 이름을 딴 프로그래밍 언어, 즉 파스칼 언어로 프로그램을 짤 수 있었을까?

그리고 컴퓨터 운용 환경이 어떤 것이든 우리 시스템의 운명을 은밀하게 결정하는 기계 언어, 그것은 무엇에 비유할 수 있을까? 그것은 결국 구약과 탈무드와 카발라 같은 것이 아닐까? 아 여기에도 유대인의 로비가 작용하고 있는 것인가!

(1994)

인터넷에서 섹스를 찾는 방법

　알 만한 사람은 다 아는 얘기지만 초보적인 네티즌 들은 인터넷에서 섹스와 관련된 것을 찾고자 할 때 대 개 『플레이보이』와 『펜트하우스』의 사이트에 접속하 는 것으로 시작한다. 그러다가 최신 〈플레이메이트〉 의 전면 누드 사진을 클릭하여 한두 번 재미를 보고 나 면 그 일을 그만둔다. 모니터 화면이 아무리 크고 해상 도가 아무리 뛰어나다 한들 간편하고 만족스럽기로 말하면 차라리 그 잡지들을 사서 보는 것만 못하다는 것을 알게 되기 때문이다. 그런데 문제는 그런 초심자 들의 주변에 기막힌 사진을 인터넷에서 가로챘노라고 떠벌리는 자가 언제나 한 명쯤은 있다는 데에 있다. 그 래서 순진한 초심자는 자기가 훌륭한 인터넷 〈항해 자〉임을 증명하기 위해서라도 다시금 섹스 사냥을 시 도하게 된다.

어느 날 밤, 은유에 관한 참고 문헌 목록과 하이퍼텍스트[1] 이야기용(用) 프로그램들 및 어쩌다 인터넷에 올려진 『순수 이성 비판』의 영어 번역본 사이를 항해하다 지쳐서, 나는 그림 사냥에 나서기로 하고 웹 크롤러에 들어가 섹스 관련 사이트를 검색했다. 웹 크롤러는 2천 88개의 주소를 확인해 냈지만, 내게 제공된 것은 1백 개뿐이었다. 웹에 횡행하는 무질서가 자못 심한 터라 진짜 주소와 사기성이 농후한 가짜 주소를 구별하기가 여간 어렵지 않다. 매력적인 제목들이 내 눈길을 끌었다. 〈쾌락의 정원〉, 〈성인을 위한 X등급 사진〉, 〈으으으음, 벌거벗은 여인들이여!〉, 〈북반구의 섹스 여신들〉 하는 식의 제목들이었다. 하나같이 내가 주문만 하면 아주 진한 포르노 사진을 보여 주겠노라고 약속하고 있었다.

나는 이리저리 클릭을 하다가, 마침내 〈크레이머의 코너 에로티카〉에 들어갔다. 거기로부터 다시 〈베리 핫 링크스〉에 접속할 수도 있고, 〈플레이보이〉나 〈펜트하우스〉 및 〈웹에 오른 베이브들〉로 들어갈 수도 있게 되어 있다. 나는 먼저 〈톱 모델〉이라는 사이트를 열

---

1 어떤 자료를 참고할 때, 미리 설정된 길을 따라 한 문서에서 다른 문서로 건너뛸 수 있게 하는 기술 혹은 시스템.

었다. 거기에는 예의 크레이머라는 사람이 제공하는 사진과 정보가 들어 있다. 그가 가장 좋아하는 모델들의 별로 노출이 심하지 않은 사진과 그녀들의 신상에 관한 정보이다. 나는 신디 크로포드를 클릭해서 그녀에 관한 것을 모두 알아냈다. 거의 『기독교인의 간증』이라는 잡지에 나오는 고백을 읽은 느낌이다.

나는 속았다는 느낌에 화가 나서, 이번에는 〈베리 핫 링크스〉를 시도한다. 그러자 그것은 나를 〈플레이보이〉와 〈서부 캐나다의 게이와 레즈비언의 잡지〉라는 사이트로 이끈다(후자는 다짜고짜로 자기 사이트에는 사진이 한 장도 없음을 알려 온다). 하는 수 없다. 이제 남은 것은 〈웹에 오른 베이브들〉뿐이다. 그리로 들어가자 50여 베이브(여러 가지 뜻이 있지만 주로 〈소녀〉나 〈아가씨〉를 뜻하는 말)들의 주소가 나온다. 그 베이브들은 저마다 〈촉엥 청〉 같은 매혹적인 이름과 자기의 홈페이지를 가지고 있다. 옳거니! 이 인형들을 보러 가자. 뭔가를 확실하게 보여 줄 것 같지 않은가.

나는 아무 생각 없이 마우스 포인터가 닿는 대로 제니퍼 아몬이라는 베이브를 클릭했다. 그녀의 홈페이지가 머리만 나온 사진 한 장과 함께 나타났다. 제니퍼

아몬은 음란한 여자가 아니었다. 음란하기는커녕 성적인 매력도 별로 없는 평범한 여자였다. 그녀는 오벌린 칼리지라는 아주 평온한 직장에서 프로그래머로 일하고 있음을 밝힌 다음 자기가 가진 전문 직업 자격들을 일일이 열거하고 있었다. 나아가서 그녀는 자기의 샴 고양이가 8월 15일 낮 12시 28분에 죽었음을 알려 주고, 만일 내가 UD를 통해서 그녀의 홈페이지에 들어왔다면 조 랑이라는 사람에게 인사를 하라고 요구했다. 섹스는 그야말로 언감생심이었다. 이 제니퍼라는 여자는 자기의 직업적 성공을 위해 광고를 하는 것이거나, 아니면 외로움을 덜기 위해 함께 이야기 나눌 사람을 찾고 있는 거였다.

크레이머라는 이 고약한 작자가 도대체 무슨 장난을 치고 있는 거지? 나는 분을 참지 못하고 그의 사이트로 돌아가서 그의 이력을 클릭하고 비밀을 알아낸다. 그의 나이는 28세. 보스턴 대학을 졸업하고 저지 시티의 한 은행에서 일하고 있다. 한가로운 시간에는 내가 본 것과 같은 〈웹 페이지〉들의 설계를 도와주는 일을 한다. 그는 손님을 끌어들이기 위해, 에로 관련 사이트에 접속하는 것을 도와주고 아름다운 여자들의 아주 정숙한 사진 몇 장을 제공한다. 그러고는 방문자들로 하여금 〈아가씨〉들을 만나도록 유도한다. 그 여자들은 논다니나 야한 계집들이 아니라 행실 바른 처자들이다.

나는 실망을 느끼며 1백 개의 섹스 관련 사이트를 소개하는 처음의 주소 목록으로 다시 돌아간다. 나를 의자에서 벌떡 일어나게 할 만큼 관심을 끄는 것이 하나 있다. 댄 몰딩이라는 사람의 사이트다. 그는 내게 이렇게 예고하고 있다. 만일 내가 젖가슴과 엉덩이와 여체의 다른 부위들 및 하이퍼포르노를 실컷 보고 싶어 하는 사람이라면, 자기 사이트에서 행복한 시간을 갖게 되리라고. 나는 즉시 그 사이트에 접속한다. 그러나 내가 마주친 것은 포르노 사진이 아니라 나를 추잡한 색골 취급하면서 부끄러운 줄 알라고 훈계하는 메시지다.

댄 몰딩은 미국 서부 유타 주에 사는 엄격한 도덕주의자(십중팔구는 모르몬교 신자)이다. 그는 나같이 인터넷을 통해 포르노를 퍼뜨리거나 찾는 사람들 때문에 정보망이 혼잡해진다면서 한바탕 설교를 늘어놓는 것으로 허두를 뗀다. 그리고는 애인은 물론이고 친구조차 없는 진짜 병자가 아니고서야 어떻게 컴퓨터에서 섹스를 찾을 수 있겠느냐고 꾸짖은 다음, 사랑하는 일가친척이 있느냐고 내게 묻는다. 그러더니 만일 내 할머니가 이 사실을 아시면 심장 마비로 돌아가실 거라고 악담을 서슴지 않는다. 그는 신부나 목사나 랍비를 찾아가 내 죄를 고백하라고 권고한 다음, 마지막으로 나 같은 사람이 정신적인 도움을 받을 수 있는 웹 사이트들의 목록을 제시하고, 포르노에 빠진 자들의 속죄를 위해 특별히 마련된 서비스가 있음을 알려 준다. http://www.stolaf.edu/people/bierlein/noxxx.html이 바로 그것이다.

그의 결론은 이러하다. 〈다음의 이메일 주소로 내게 연락하라. 그대처럼 내 그물에 걸려들 만큼 어리석은 자들, 한마디로 인생의 낙오자들이 내게 보내온 편지들이 많이 있다. 그대에게 그 편지들을 보여 주고 싶다.〉

새벽 세 시였다. 그날의 섹스 사냥은 나를 우울하게 만들었다. 나는 컴퓨터를 끄고 잠자리에 누웠다. 꿈에서 나는 양들과 아기 천사들과 유순한 일각수들을 보았다.

(1995)

가벼운 커뮤니케이션의
승리에 대비하는 방법

세 번째 천년기에는 가벼운 커뮤니케이션이 결정적인 승리를 구가하게 될 것이다. 크라브 백워즈는 『목신의 은하』라는 저서에서 그렇게 단정하고 있다. 주지하다시피 목신은 피리의 발명자, 아니면 냉정하게 말해서 휘파람, 곧 세상에서 가장 간단한 악기의 발명자다. 무거운 커뮤니케이션은 1970년대 말에 이르러 위기를 맞게 된다. 그때까지 커뮤니케이션의 주된 수단은 텔레비전이었다. 어느 집에서나 크고 거추장스러운 상자 하나가 거실을 떡 차지하고 앉아 어슴푸레한 실내에 음산한 빛을 뿌렸고, 시끄러운 소리를 내 이웃집에 폐를 끼치곤 했다. 또 그것을 시청하는 사람들은 프로그램이 일방적이고 억압적으로 방영되는 동안 최면에 걸린 듯이 그 앞에 머물러 있어야 했다. 타인(여자, 소수 민족, 주변인, 이질적인 존재들, 외계인 등)의

사생활에 관련된 이야기들이 어떻게 끝날지를 궁금해하는 그 원초적인 욕구에 사로잡힌 채 말이다.

가벼운 커뮤니케이션의 첫걸음은 리모컨의 발명이었다. 텔레비전 시청자들은 그 원격 조종 장치 덕분에 소리를 낮추거나 차단할 수 있었고, 색깔을 변화시키거나 제거할 수 있었으며, 특히 채널을 아무 때나 바꿀 수 있었다. 또 시청자들은 프로그램의 연속적인 질서에 대한 감각을 잃기 시작했고, 그런 변화를 기민하게 간파한 제작자들은 자기들 프로그램에 어떤 총체적인 의미를 담아야 할 필요를 더 이상 느끼지 않게 되었다. 그럼으로써 마치 정치 토론처럼 의미 없는 짤막한 담화의 연속(또는 중복)으로 이루어진 프로그램들이 방송의 전형이 되었다. 그런 방송에 출연하는 사람들은 자기가 방금 말한 것이나 상대방이 앞서 말했던 것을 꼭 염두에 두어야 한다고 느끼지 않는다. 그렇듯 정치 토론을 닮은 수십 개의 프로그램들을 넘나들 수 있게 됨으로써 시청자들은 텔레비전 화면을 마주하고 자유롭게 창의력을 발휘하는 단계에 진입하였다.

한편 예전의 텔레비전은 어떤 사건을 생중계함으로써 시청자들로 하여금 그 사건의 순차적인 전개를 놓치지 않고 따라가도록 강요했다. 그런 생중계에서 시청자들을 해방시킨 것은 녹화기였다. 녹화기는 텔레비전을 영화처럼 볼 수 있게 하는 진보를 가져왔을 뿐만 아니라, 비디오테이프를 거꾸로 되돌릴 수 있게 함으로써 시청자로 하여금 사건의 진행 순서를 따라 전개되는 이야기와의 수동적이고 억압적인 관계에서 완전히 벗어나게 했다.

백워즈의 주장에 따르면 이 단계에서 시청자들은 텔레비전을 보면서 휴대폰을 사용하기 위하여 소리를 차단하고, 영상의 단속적인 전개에 걸맞도록 신시사이저로 연주하는 자동 피아노의 사운드 트랙으로 원래의 소리를 대체하기 시작했다. 그런가 하면 방송사 측에서는 청각 장애자들을 돕기 위한 것이라면서 장면을 설명하는 자막을 넣어 줄거리에 토를 달아 주는 것을 습관화하였다. 그래서 두 남녀가 조용히 입을 맞추는 장면이 나오면 〈사랑해〉라는 뜻의 자막이 화면 밑에 나타나곤 했다. 시청자가 여러 프로그램을 결합하여 한 화면에서 동시에(어떤 프로그램은 무성으로, 그리고 흑백으로) 볼 수 있게 되면서 텔레비전은 제 수준의 가벼움에 한껏 도달하였다.

가벼운 커뮤니케이션의 다음 단계는 동작을 제거하는 것이었다. 그 과정은 먼저 인터넷에서 시작되었다.

인터넷 이용자는 선명도가 낮은 부동의 영상을 대개는 단색으로 받을 수밖에 없었다. 소리는 전혀 필요로 하지 않았다. 정보가 화면에 글자로 나타나기 때문이었다.

인터넷과 특별히 관련된 가벼운 커뮤니케이션의 요소가 또 하나 있다. 네티즌들은 자기가 원하는 사이트에 접속하지 못하고 다른 사이트, 그리고 또 다른 사이트로 이끌리곤 했다. 그렇게 끝없이 사이트를 전전하다 보면, 자기가 애초에 무엇을 찾고자 했었는지를 기억하지 못하게 되고, 그럼으로써 일체의 한정된 틀로부터 벗어나게 된다. 그야말로 커뮤니케이션의 즐거움을 위한 커뮤니케이션, 실용주의적이고 이데올로기적인 목적이 배제된 커뮤니케이션이다.

그런데 가벼운 커뮤니케이션은 영상마저도 철저하게 제거하는 단계를 거쳐야 했다. 영상 없는 텔레비전이 만들어진 것이다. 그 텔레비전은 부피가 아주 작은 일종의 상자갑 같은 것으로 리모컨을 전혀 필요로 하지 않았다. 수상기에 달린 특별한 장치를 직접 조작해서 채널을 바꿀 수 있기 때문이었다.

가벼운 커뮤니케이션의 마지막 단계는 금세기의 마지막 10년 동안 시작된 전달 경로의 단순화였다. 그때까지 방송은 공기를 통해서 전해졌고 그에 따른 기능 장애도 적지 않았다. 그랬는데 케이블 TV와 인터넷이 전화선을 통해 방송을 전달하는 새로운 시대를 열었다. 그리고 그 〈유선 전신〉의 발명자가 무선 전신의 개척자 마르코니[1]를 기리는 상을 받았다는 사실을 우리는 기억하고 있다.

(1996)

---

1 이탈리아의 물리학자(1874~1937). 헤르츠파(波)를 이용한 단거리 교신 및 대서양 횡단 교신을 세계 최초로 실현시켰다.

전보를 휴지통에 버리는 방법

　예전에는 아침마다 우편물을 받으면서 봉인한 편지는 뜯어 보고 봉인하지 않은 편지는 그냥 휴지통에 버리곤 했다. 오늘날엔 사정이 바뀌어 봉하지 않은 편지를 보내던 사람들이 봉투를 단단히 봉해서 보낸다. 심지어는 등기 속달로 보내기까지 한다. 뭔가 급하고 중요한 편지인가 싶어 서둘러 뜯어 보면 시시껄렁한 초대장이 들어 있을 뿐이다. 게다가 개중에는 매우 정교하게 만들어진 봉투들도 있는데 그것들은 도대체 어떻게 봉했는지 페이퍼 나이프도 먹히지 않고 이빨이나 칼로 뜯으려 해도 안 된다. 풀 대신에 치과용 접착제 같은 강력한 순간접착제를 사용하는 모양이다. 그나마 다행인 것은 할인 판매 광고물을 뜯어 보지 않고 버릴 수 있는 길이 아직 남아 있다는 점이다. 그런 광고물들은 겉봉에 금빛 글자로 〈무료 제공〉 따위의 말을 새겨 놓았기 때문에 내용물을 쉽게 짐작할 수 있다. 내가 아주 어렸을 때 어른들은 내게 이렇게 가르치셨다. 누가 뭔가를 공짜로 주겠다고 하거든 경찰을 불러야 한다고.

상황은 개선될 기미를 보이지 않는다. 예전에는 전보가 오면 궁금증을 느끼며, 때로는 손을 부들거리면서 펼쳐 보곤 했다. 미국에 사는 숙부가 갑작스럽게 세상을 떠났다는 식의 나쁜 소식을 담고 있는 경우가 많았기 때문이다. 그런데 오늘날에는 별로 중요한 것을 전달하는 것도 아니면서 아무나 전보를 보낸다.

오늘날의 전보는 세 가지 유형으로 분류할 수 있다. 첫째는 노골적으로 명령하는 유형. 〈아스프로몬테 지방의 루피너스 재배에 관한 중요한 학술회의가 산림청 차관 주재하에 모레 열리오니 참석해 주시기 바랍니다. 전보 받으시는 대로 지체 없이 도착 시간을 텔렉스로 알려 주십시오.〉(뒤이어 대문자 약자들과 전화번호의 목록이 두 장에 걸쳐서 나오는데 당연한 일이겠지만 다행히도 그 거들먹거리는 발신자의 서명은 빠져 있다.) 두 번째, 넌지시 압박하는 유형. 〈사전에 동의하신 대로 선생님께서 하지(下肢) 마비 코알라의 구제에 관한 회의에 참석하실 것임을 확인하고자 합니다. 바로 팩스로 연락 주십시오.〉(물론 사전 동의 따위는 없었다. 동의를 요청하는 편지가 뒤늦게 올지는 모르겠다. 그러나 편지가 도착할 때쯤이면 전보는 이미 휴지통에 버려진 뒤라, 아무 의미가 없어진 편지 역시 휴지통으로 던져질 것이다.) 세 번째, 수수께끼처럼 알쏭달쏭한 유형.〈정보 공학과 악어에 관한 토론회는 이미 아시는 바와 같은 이유로 연기되었습니다. 새 날짜의 유효성 여부를 확인해 주시기 바랍니다.〉(새 날짜라니 무슨 소리지? 유효성은 또 무슨 유효성? 이것도 휴지통 행이다.)

요즘 들어서는 전보 대신〈오버 나잇 익스프레스〉라는 속달 우편이 많이 이용된다. 이 우편물은 보내는 데 비용이 턱없이 많이 들 뿐만 아니라 개봉을 하려면 철조망 절단기 같은 것이 필요하고, 개봉을 했다 하더라도 스카치테이프의 장벽을 넘어야만 비로소 내용물을 볼 수 있다. 사람들이 이 우편을 이용하는 것은 순전히 속물 근성 때문이다[프랑스의 사회학자 모스가 연구한〈관례적인 소비 의식(儀式)〉과 유사하다]. 결국에 가서 보면 이 우편물에 담긴 것은〈안녕〉이라고 휘갈겨 써놓은 명함만 한 편지일 뿐이다(그런데도 겉봉은 쓰레기봉투만큼이나 크고 모든 사람이 하이드

씨처럼 팔이 긴 건 아니기 때문에 그 짤막한 편지를 찾느라고 많은 시간을 허비하게 된다). 대개 이 우편물에는 반신 우표가 동봉되는데 그 경우 발신자는 이런 식의 은근한 협박을 가하고 있는 거나 다름없다. 〈그대에게 해야 할 말을 전하기 위해서 나는 엄청난 거금을 들였다. 이 우편물의 배달 속도는 내가 그대의 답장을 얼마나 고대하고 있는가를 말해 준다. 이렇게 반신 우표를 동봉했는데도 답장을 하지 않는다면, 그대는 아주 못된 사람이다.〉 이런 식의 건방진 행동은 벌을 받아 마땅하다. 나는 이제 속달 우편이 오더라도 내가 전화를 통해 수령하겠다는 뜻을 명백하게 밝힌 것들만 뜯어 보고 나머지는 휴지통에 버린다. 하지만 그렇게 해도 골칫거리는 남는다. 그 우편물들 때문에 내 휴지통이 늘 넘쳐 나기 때문이다. 그럴 때마다 나는 비둘기들이 서신을 날라 주었다던 시절을 그리워한다.

전보와 속달 우편은 이따금 수상 결정 소식을 전해 주기도 한다. 이 세상에는 누구나 받고 싶어 하는 훈장이나 상들(예컨대 노벨상, 황금 양털 훈장, 가터 훈장, 카포다노 복권 등)이 있는가 하면, 수여자 측에서 그저 받아만 달라고 애원하는 시시풍덩한 상도 많다. 새로운 구두약, 사정을 지연시키는 콘돔, 철분을 함유한 생수 따위를 시장에 내놓으면서 광고의 일환으로 상을 제정하는 사람들이 있다. 그 경우 심사 위원회를 구성하는 건 더할 나위 없이 쉬운 일이지만 수상자를 찾아내기란 결코 만만한 일이 아니다. 해당 분야의 풋내기 젊은이에게 상을 주기로 한다면 문제는 간단히 해결되겠지만 그랬다가는 신문과 TV에서 관심을 보이지 않는다. 따라서 수상자는 적어도 카를로 루비아[1] 정도는 되어야 한다. 만일 루비아가 자기에게 수여되는 모든 상을 받으러 다닌다면 더 이상 연구 활동을 할 수 없게 될 것이다. 따라서 수상 결정을 알리는 전보는 명령적인 어조를 띠어야 하며, 수상을 거부할 경우 심각한 불이익이 있을 것임을 암시해야 한다. 이런 식으로 말이다. 〈다음과 같은 사실을 통지하게 되어 기쁩니다. 오늘 밤 지금으로부터 30분 후에 귀하께《황금 멜빵》상이 수여될 것입니다. 심사 위원회의 공정하고 일치된 표결을 얻어 내기 위해서는 귀하의 참석이 필수적입니다. 만일 귀하께서 참석하지 않으시면 유감

---

1 이탈리아의 물리학자(1934~). 1984년 노벨 물리학상 수상. 영어판에는 이 사람 대신 마더 테레사가, 프랑스어판에는 프랑스 작가 클로드 시몽이 들어가 있다. 〈만일 마더 테레사가 자기에게 수여되는 모든 상을 받으러 다닌다면 캘커타의 사망률이 치솟을 것이다〉(영어판), 〈만일 클로드 시몽이 자기에게 수여되는 상을 모두 받으러 간다면 글쓰기와는 영영 이별하게 될 것이다〉(프랑스어판).

스럽게도 다른 후보자에게 명예가 돌아갈지도 모릅니다.〉 이 전보는 수신자가 의자에서 벌떡 일어나면서 이렇게 소리칠 거라고 전제하고 있다. 「안 돼! 안 돼! 그 상은 내 거야! 내 거란 말이야!」

아, 한 가지 빠뜨린 것이 있다. 우리에게 배달되는 우편물 중에는 쿠알라룸푸르에서 〈조반니〉라는 자가 보내는 우편엽서들도 있다. 도대체 무얼 하는 조반니일까?

(1988)

휴대폰을 사용하지 않는 방법

휴대폰 사용자들을 조롱하는 것은 당신 자유이다. 그러나 그 조롱이 정당한 것이 되기 위해서는 먼저 그들이 다음 다섯 가지 부류 중에서 어디에 속하는가를 알아야 한다. 첫째 부류는 장애자들이다. 이들은 장애의 정도가 심하지 않다 하더라도 의사나 응급 구조대와 언제라도 연락을 취할 수 있어야 한다. 이런 점에서 휴대폰이라는 구원의 도구를 그들에게 제공한 과학기술은 찬사를 받을 만하다. 두 번째로는 직업상의 막중한 책무 때문에 어떠한 긴급 사태에도 즉각 대응해야 하는 사람들을 들 수 있다(소방서장, 시골 의사, 갓죽은 사람의 장기를 기다리는 이식 전문의 등). 이들에게 휴대폰은 싫어도 지니고 다녀야 하는 필수품이다.

세 번째 부류는 내연의 커플이다. 이들에게 휴대폰

의 등장은 역사적인 사건이다. 마침내 가족이나 비서
나 심술궂은 동료들의 방해를 받지 않고 내연의 파트
너와 은밀하게 통화할 수 있는 길이 열렸기 때문이다.
전화번호를 그녀와 그(또는 그와 그, 그녀와 그녀일
수도 있다. 이 밖의 다른 결합이 가능한지 나로서는 잘
모르겠다) 두 사람만 알고 있으면 아무런 문제가 없
다. 위에서 말한 세 부류의 사람들은 비난을 받거나 조
롱을 당할 이유가 없다. 앞의 두 부류로 말하자면, 설
령 그들이 레스토랑이나 영화관이나 장례식장에서 전
화를 받는다 해도 우리는 그것을 용납한다. 내연 관계
에 있는 남녀들로 말하자면 그들은 대개 아주 조심스
럽기 때문에 다른 사람들에게 폐를 끼치는 일이 없
다.[1]

그런데 다음 두 부류의 사람들은 휴대폰을 사용하
는 것이 위험한(남보다 자기 자신들에게 더 위험한)
자들이다. 우선, 방금 헤어진 친족이나 친구와 하찮은
화제를 놓고 계속 대화를 나눌 수 없는 조건에서는 어
디에 간다는 것을 상상조차 할 수 없는 자들이 있다.

[1] 나는 휴대폰을 사용해도 좋은 사람들의 범주에서 내연의 커플을 삭
제하지 않으면 안 되는 처지에 놓여 있다. 오늘날엔 어떤 남편이나 아내
가 휴대폰을 산다고 해서 그 사실만으로 그들이 혼외의 관계를 맺기 시작
했다고 볼 수 없기 때문이다 — 원주.

이들을 무조건 비난할 수는 없다. 만일 그들이 그렇게 하지 않고는 혼자 있는 시간을 보낼 수 없고 그 시간에 자기들이 하고 있는 일에 관심을 가질 수 없는 사람들이라면, 또 만일 그들이 회자정리(會者定離)의 철칙을 도저히 받아들일 수 없고 자기들의 공허함을 깃발처럼 흔들고 다녀야 직성이 풀리는 자들이라면 그들은 정신과 의사의 치료를 받아야 한다. 그들은 우리를 성가시게 하지만 우리는 그들의 내면이 얼마나 삭막한가를 이해하고 우리 자신이 그들과 다르다는 점에 감사하면서 그들을 용서해야 한다(우리 자신이 그들과 닮지 않았다 해서 악마적인 기쁨에 사로잡히면 안 된다. 그건 오만과 무자비함의 소치일 수도 있다). 그들을 우리의 고통받는 이웃으로 인정하고 그들이 우리의 한쪽 귀를 시끄럽게 하거든 다른 쪽 귀도 마저 내밀도록 하자.

마지막 부류에 들어가는 사람들은 대단히 복잡하고 지극히 긴급한 업무 때문에 자기들에게 전화가 끊임없이 걸려 온다는 것을 공공연하게 과시하고 싶어 하는 자들이다(사회 계층의 밑바닥에 있는 가짜 휴대폰 구입자들도 여기에 포함된다). 기차 안이나 공항이나 레스토랑에서 우리의 귀를 따갑게 하는 그들의 대화를 들어 보면 그 내용은 대개 미묘한 금전 거래나 납품 되지 않은 금속 형재(型材), 재고품 넥타이에 대한 할인 요구 따위와 관련된 것들이다. 전화를 하는 당사자가 생각하기에는 한결같이 록펠러 같은 사업가들이 나눌 만한 이야기이다.

하지만 상류층 행세는 아무나 하는 것이 아니다. 계급 구분이라는 것은 아주 잔인한 메커니즘이다. 졸부는 아무리 많은 돈을 벌게 된다 하더라도 조상 대대로 물려받은 무산 계급의 촌티를 쉽사리 벗어 버릴 수 없다. 그래서 그는 생선용 포크와 나이프를 사용할 줄도 모르며, 자기의 페라리 뒤 유리창에 원숭이 인형을 매달아 둘 것이고, 전용 제트기의 계기판에는 성(聖) 크리스토포루스[2]의 조각상을 올려놓을 것이다. 또 모국어인 이탈리아어를 하면서 〈매니지먼트〉 같은 영어 단어를 서툰 발음으로 섞어 쓸 것이다. 그 때문에 그는 게르망트[3] 공작부인 같은 고상한 사람들에게서는 절대로 초대를 받지 못한다(그는 다리만큼이나 긴 요트

2 어린 예수를 업고 Christo-phoros 개울을 건넜다는 기독교의 전설적인 인물 크리스토포루스(영어로는 크리스토퍼, 프랑스어로는 크리스토프)는 전통적으로 여행자들의 수호자였으나 오늘날엔 자동차 운전자들을 지켜 주는 성인으로 간주되고 있다.
3 프루스트의 『잃어버린 시간을 찾아서』에 나오는 귀부인.

를 가지고 있는 자기 같은 사람이 왜 초대를 받지 못하는지 모르겠다며 속을 끓일 것이다).

이런 사람들은 정작 록펠러 같은 사업가에게는 휴대폰 따위가 필요 없다는 사실을 알지 못한다. 록펠러 같은 사람은 대규모의 유능한 비서진을 갖추고 있기 때문에 자기 할아버지가 임종을 맞고 있다는 소식 같은 것도 운전사가 와서 귓속말로 전해 준다. 진짜 힘 있는 사람은 걸려 오는 전화를 일일이 받지 않는다. 늘 회의 중이라서 전화를 직접 받을 수 없는 자, 그가 바로 힘 있는 자이다. 경영진의 말석이라도 차지한 사람에게는 성공의 두 가지 상징인 개인 화장실 열쇠와 〈이사님은 지금 회의 중이십니다〉라고 대답하는 여비서가 있게 마련이다.

이렇듯 휴대폰을 권력의 상징으로 과시하는 자는 오히려 자기가 말단 사원의 한심한 처지에 놓여 있음을 만인 앞에서 고백하는 셈이다. 한창 섹스를 하고 있다가도 상사가 부르면 차렷 자세를 취해야 하고, 먹고 살기 위해 밤낮으로 채권자들을 쫓아다녀야 하며, 딸아이가 처음으로 영성체 성사를 받는 날 예금 잔액이 부족하다는 이유로 은행으로부터 박해를 받는 처량한 신세임을 스스로 드러내고 있는 것이다. 결국 휴대폰을 보란 듯이 남들 앞에서 사용하는 것은 위와 같은 사실을 전혀 모르고 있음을 보여 주는 것이고 자기가 사회의 주변으로 밀려나 있음을 시인하는 것이다.

(1991)

팩스를 사용하지 않는 방법

팩스는 정말 훌륭한 발명품이다. 팩스가 뭔지 아직 잘 모르는 사람들을 위해 간단하게 설명하자면, 이 기계는 편지를 집어넣고 수신자의 번호를 누르면 몇 초 만에 수신자가 편지를 받을 수 있게 해준다. 또 편지뿐만 아니라 그림이나 설계도, 사진, 전화로 불러 주기가 불가능한 계산서 따위도 보낼 수 있다. 만일 문서를 호주로 보낼 경우 그 비용은 동일한 통화 시간의 국제 전화 요금과 같다. 마찬가지로 밀라노에서 사로노로 보낼 때에도 시외 전화 요금만 들이면 된다. 밤중에 밀라노에서 파리로 보낼 경우라면 1천 리라 정도가 든다. 이탈리아처럼 우편 행정이 원활하지 않은 나라에서는 팩스가 모든 문제를 해결해 준다. 누구든 개인적인 용도에 맞는 팩스를 적정 가격, 즉 1백만 리라에서 2백만 리라 사이의 가격으로 구할 수 있다. 일시적인 기분에 따라 구매하기에는 엄청난 가격이지만, 일 때문에 여러 도시의 사람들과 연락을 주고받아야 하는 사람에게는 그다지 비싼 것이 아니다.

그런데 애석하게도 테크놀로지는 한 가지 냉혹한 법칙을 따른다. 어떤 혁명적인 발명품이 널리 퍼져 누구나 이용할 수 있게 되면 더 이상 제 기능을 발휘할 수 없게 된다는 것이 그 법칙이다. 누구에게나 동일한 서비스를 제공한다는 점에서 테크놀로지는 본래 민주적이다. 하지만 소수의 부자들이 이용할 때만 그것이 제 기능을 발휘한다. 가난한 사람들까지 그 신기술의 혜택을 받기 시작하면 기능에 이상이 생긴다. 자동차의 예를 들어 보자. 예전에는 A 지점에서 B 지점까지 가는 데 기차로 두 시간이 걸렸는데 자동차가 나타나면서 같은 거리를 한 시간에 달릴 수 있게 되었다. 당연히 자동차는 매우 비쌌다. 그러다가 자동차 가격이 내려가고 너도나도 차를 몰고 다니게 되면서 도로가 매우 혼잡해졌다. 그러자 기차가 오히려 더 빠르게 되었다. 자동차의 시대인 오늘날에 대중교통 수단을 이용하라고 권한다는 것이 얼마나 불합리한 일인지 생각해 보라. 하지만 사실이 그러한 걸 어찌하랴. 특권의식을 버리고 지하철이나 버스를 이용하면 특권층보다 먼저 목적지에 다다를 수 있다.

자동차의 경우에는 오늘날 같은 위기의 단계에 도달하기까지 수십 년이 걸렸다. 그런데 한결 민주적인 (값이 훨씬 싼) 팩스는 채 1년도 안 되어 포화 상태에 이르렀다. 그래서 요즈음엔 팩스보다 우편으로 문서를 보내는 편이 더 나은 상황이 되었다. 예전에는 리미니에 사는 사람이 시드니에 있는 아들에게 소식을 전할 경우 한 달에 한 번 편지를 쓰고 일주일에 한 번 전화를 거는 게 고작이었다. 이제는 팩스가 있기 때문에 갓 태어난 아기의 첫 사진도 즉시 보낼 수 있다. 어떻게 그런 유혹을 뿌리칠 수 있겠는가? 게다가 요즘 세상에는 우리가 전혀 관심을 갖지 않는 것들을 전달하고 싶어서 안달하는 사람들이 갈수록 늘어나고 있다. 더 현명하게 투자하는 방법, 자기들에게 후원금을 보냄으로써 행복을 얻는 방법, 모든 것이 완벽하게 갖추어진 주방을 저렴한 가격에 꾸미는 방법, 전문적인 잠재 능력 개발 강좌에 참여하여 자아를 활짝 꽃피우는 방법 따위를 알려 주고 싶어 하는 자들 말이다. 그들은 우리에게 팩스가 있다는 것을 알게 되는 순간부터(유감스럽게도 전화번호부라는 게 있다) 당신이 요구하지도 않은 정보를 앞다투어 마구 보낼 것이다.

그 결과 아침마다 팩스가 간밤에 쌓인 용지에 묻혀 있는 것을 보게 된다. 물론 우리는 읽어 보지도 않고 그것들을 휴지통에 던져 버린다. 그런데 만일 그들이 쓸데없는 정보를 보내느라고 우리의 전화선을 장악하고 있는 그 시간에 정작 중요한 정보를 우리에게 알려 주려는 사람이 있다면 어찌할 것인가? 예컨대 당신의 친척 하나가 당신이 미국의 숙부로부터 1천만 달러를 상속받게 되었으며 그러기 위해서는 아침 8시까지 공증인을 만나야 한다는 사실을 알리고 싶어 한다고 치자. 그는 당신의 팩스 회선이 통화 중이라서 그 소식을 전달할 수가 없다. 결국 당신에게 연락을 하려면 우편을 이용하는 수밖에 없다. 바야흐로 팩스는 쓸데없는 메시지들의 전달 경로가 되어 가고 있다. 그건 오늘날 자동차가 시간이 남아도는 사람들의 특권, 도저히 빠져나갈 수 없는 교통 체증의 한가운데에서 모차르트나 살레르노[1]를 들으며 몇 시간 동안 꼼짝 못하고 있어도 상관없다고 생각하는 사람들을 위한 느린 교통 수단이 된 것과 비슷하다.

끝으로 한 가지 덧붙이자면, 팩스는 남을 성가시게 하는 행위를 고무시키는 새로운 요소를 지니고 있다.

1 사브리나 살레르노(1968~). 이탈리아의 팝가수, 모델.

지금까지는 남을 귀찮게 하려면 거기에 드는 비용(전화 요금, 우표 값, 집으로 쳐들어가는 경우에는 택시비)을 모두 자기가 냈다. 그런데 이제는 당하는 쪽에서도 비용을 분담해야 한다. 팩스 용지 값을 내야 하기 때문이다.

그렇다면 어떻게 대응할 것인가? 나는 상단에 다음과 같은 표어가 적힌 팩스 용지를 인쇄하게 하려고 생각한 적이 있다. 〈불필요한 팩스는 쓰레기를 늘릴 뿐입니다.〉 그러나 이것으로는 충분하지 않다. 그래서 독자들에게 좋은 방법 하나를 알려 주고자 한다. 우선 팩스의 전선을 뽑아 놓으라. 당신에게 문서를 보내려는 사람은 일단 전화를 걸어서 팩스를 전원에 접속해 달라고 부탁할 것이다. 하지만 이렇게 되면 당신의 전화통에 불이 날지도 모른다. 따라서 팩스를 보내고자 하는 사람으로 하여금 편지로 그 사실을 알리게 하는 편이 나을 것이다. 그가 편지를 보내오면 이런 식으로 답장하라. 〈당신의 팩스를 그리니치 표준시로 월요일 5시 5분 27초에 보내십시오. 4분 36초 동안만 내 팩스를 접속시켜 놓겠습니다.〉

(1989)

시간을 알지 못하는 방법

지금 나는 어떤 물건에 관한 설명을 읽고 있다. 이것은 십팔금의 이중 케이스에 33가지 기능을 갖춘 회중시계(파텍 필립 직경 89)이다. 이 시계를 소개하고 있는 잡지는 가격 표시를 빠뜨렸다. 지면이 부족했던 탓이 아닌가 싶다(리라로 표시하기가 번거로웠으면 그냥 달러로 백만 단위만 적어 놓아도 되었을 텐데). 나는 깊은 좌절감을 느끼면서 그것 대신 5만 리라짜리 신형 카시오 회중시계를 사기로 한다. 페라리 자동차를 미치도록 갖고 싶지만 그것을 살 수 없다는 것을 알기에 자명종 라디오를 사면서 마음을 달래는 사람과 심정이 비슷하다. 어쨌거나 회중시계를 가지고 다니려면 적당한 조끼도 한 벌 있어야 할 것이다.

하지만 회중시계를 지니고 다니지 않고 책상 위에 계속 놓아둘 수도 있을 것이다. 또 날짜와 요일, 월, 연도, 세기, 윤년, 서머 타임, 내 마음대로 선택한 외국 도시의 시간, 기온, 항성시, 달의 위상, 해뜨는 시각과 해지는 시각, 시차, 황도 상에서의 태양의 위치 등을 알아내면서 몇 시간을 보낼 수 있을 것이다. 뿐만 아니라 성좌도가 움직이는 모습으로 완벽하게 제시되기 때문에 우주의 무한함을 느끼며 전율할 수도 있을 것이고, 크로노미터와 날짜 지시 장치를 원점으로 되돌릴 수도 있을 것이며, 내장된 자명종을 이용하여 휴식 시간을 결정할 수도 있으리라. 이 회중시계를 가지고 할 수 있는 일은 이 밖에도 더 있다. 건전지의 상태를 보여 주는 특별한 바늘이 있어서 건전지를 얼마나 더 쓸 수 있는지를 가늠할 수 있을 것이고, 원한다면 현재의 시각도 알아낼 수 있으리라. (하지만 굳이 현재의 시각을 알고 싶어 할 이유가 어디에 있겠는가?)

이 경이로운 작은 물건을 손에 넣게 된다면, 나는 지금 시각이 몇 시 몇 분임을 알아내는 것에는 전혀 관심을 갖지 않게 될 것이다. 그보다는 매일 일출과 일몰을 지켜볼 것이고(어두운 방 안에서도 그것이 가능할 것이다), 주위의 온도를 알게 될 것이며, 별자리를 따져 하루의 운세를 점칠 것이다. 또 낮이면 파란 성좌도를 보면서 별을 꿈꿀 것이고 밤이면 부활절까지 며칠이 남았는지를 따지며 생각에 잠길 것이다. 이 시계를 들여다보고 있노라면 우리는 더 이상 외부의 시간에 관심을 두지 않게 될 것이다. 영겁의 찰나적이고 부동적인 이미지로 느껴지던 시간이 현동적인 영겁으로 느껴지면서, 외부의 시간은 그저 이 마법의 거울 같은 시계가 만들어 낸 환영처럼 보일 것이기 때문이다.

내가 이런 얘기를 하는 데에는 그럴 만한 이유가 있다. 몇 달 전부터 수집용 시계를 특집으로 다루는 잡지들이 부쩍 늘어나고 있다. 한결같이 광택지에 4도 인쇄로 화려하게 편집된 잡지들로서 가격도 꽤나 비싼 편이다. 그 잡지들을 보면 정말로 시계의 구매자들을 겨냥하고 만든 것인지 아니면 동화를 읽는 기분으로 보라고 만든 것인지 의아한 생각이 든다. 이런 잡지가 늘어난다는 것은 정확한 시간을 알려 주는 것에 사활을 걸었던 기계식 시계가 싸구려 전자 시계에 밀려 쓸모가 없어짐에 따라 위에서 말한 장난감 같은 시계들을 수집하는 사람들이 점점 많아지고 있다는 것을 뜻하는 것이리라. 사람들은 이제 시간을 알기 위해서가 아니라 진열하고 완상하기 위해서, 또 일종의 투자로 생각하면서 시계를 사들이는 모양이다.

분명히 말하지만, 현대 과학 기술의 걸작인 그 시계

들은 결코 시간을 알려 주기 위해서 만들어진 것이 아니다. 좌우상하로 대칭을 이룬 눈금판에 갖가지 기능이 정교하게 배분되어 있는 것은 사실이지만, 그 기능이 너무 많아서 지금이 5월 24일 3시 20분이라는 것을 알아내기 위해서는 수많은 바늘들의 움직임을 주의 깊게 관찰하면서 그 결과를 일일이 수첩에 적어야 한다. 한편 일본의 셈 많은 전자 기술자들은 자기들의 실용 감각이 시대에 뒤떨어졌음을 부끄럽게 여기면서, 기압과 고도와 바다의 수심을 알려 주는 미세한 눈금판들과 크로노미터, 카운트다운용 계시 장치, 온도계, 데이터 뱅크, 세계 전 지역의 현지 시각을 알려 주는 장치, 여덟 개의 경보 장치, 환율 계산기, 자명종 따위를 갖춘 더욱 복잡하고 정교한 시계를 만들겠다고 한다.

이런 시계들은 오늘날의 정보 산업처럼 너무 많은 것을 알려 주려고 하다가 아무것도 전달하지 못할 염려가 있다. 또 이런 시계들은 무엇을 알려 주기보다는 그저 내부적인 기능을 파악하는 데에만 모든 관심을 쏟게 하는 특징을 지니고 있다. 본말의 전도가 극에 달한 어떤 여성용 시계들은 바늘도 거의 눈에 보이지 않는 데다가 대리석 눈금판엔 시간도 분도 표시되어 있지 않다. 그래서 만일 누가 시간을 물어 오면, 고작해야 정오에서 자정 사이라고 말할 수 있을 뿐이다. 아마도 이 시계를 고안한 자는 은연중에 이런 생각을 했을 것이다. 〈이 시계는 별로 할 일이 없는 여자들을 위한 것이다. 그런 여자들에게 자기 자신의 허영심을 말해 주는 물건을 바라보며 감탄하는 것보다 더 좋은 일이 뭐가 있겠는가?〉 하고 말이다.

(1988)

정치적으로 반듯한 사람이 되기

전염병에 걸리지 않는 방법

아주 오래전의 일이다. 자기가 게이임을 숨기지 않던 어떤 TV 탤런트가 여자처럼 예쁘장하게 생긴 청년을 노골적으로 유혹하면서 이렇게 말했다. 「너 여자들하고 자니? 그게 암을 유발한다는 걸 모르고 있구나?」 그 농담은 여전히 사람들의 기억에 남아 있어서 밀라노의 텔레비전 방송국 복도에 가면 아직도 그 얘기를 떠올리는 자들이 더러 있는 모양이다. 그런데 이제는 그런 얘기를 농담으로 할 때가 아닌 듯하다. 최근에 마트레 교수의 글에서 이성 간의 성관계가 암을 유발한다는 주장을 읽었다. 하마터면 큰일 날 뻔했네 하고 말할 사람이 있을지 모르겠다. 하지만 나는 한발 더 나아가서 이렇게 덧붙이고 싶다. 이성 간의 성관계는 죽음을 유발한다라고. 이건 삼척동자도 다 아는 바이지만, 이성 간의 결합은 아이를 생기게 한다. 그리고 누구든 태어나면 언젠가는 죽게 마련이다.

민주주의적인 관점이 결여되어 있던 에이즈 공포증 환자들은 동성애만을 문제 삼곤 했다. 하지만 이제는 이성애자들 역시 그들의 경계를 받는 처지가 되었다. 이로써 우리 모두는 다시 평등해진 것이다. 우리는 그동안 이 문제에 너무 무관심했었다. 그런데 빙의(憑依) 망상증이 회귀한 듯한 이 에이즈 공포증이 우리의 권리와 의무에 대해 더욱 엄격한 의식을 갖도록 우리를 일깨우고 있다.

에이즈는 보기보다 훨씬 심각한 문제이며 단지 게이들만 걸리는 병이 아니다. 과도한 경각심을 불어넣어 민심을 불안하게 만들고 싶은 생각은 없지만, 질병에 감염될 위험성이 높은 다른 경우들을 다음과 같이 알려 주고 싶다.

자유직업 종사자들과 정치인들

뉴욕의 전위적인 극장에 자주 출입하는 것을 삼가라. 잘 알려져 있다시피, 영어권 배우들은 대사를 할 때 음성학적인 이유로 침을 많이 튀긴다. 그들이 역광을 받고 있을 때 옆얼굴을 잘 살펴보면 그 점을 금방 알 수 있다. 실험적인 연극을 공연하는 작은 극장은 더욱 조심해야 한다. 관객들 모두가 배우들이 튀기는 침의 사정권 안에 있기 때문이다. 국회의원들은 마피아와 일체 관계를 맺지 말아야 한다. 마피아와 관계를 맺었다가는 대부의 손에 입맞춤하는 것을 피할 수 없게 된다. 나폴리의 마피아와 결탁하는 것은 더더욱 삼가야 한다. 그들에겐 서로 피를 나누는 의식이 있기 때문이다. 가톨릭계를 출세의 발판으로 삼고자 하는 정치인들은 성찬식을 피하는 것이 좋다. 사제의 손가락을 통해서 병원균이 입에서 입으로 옮겨질 가능성이 있기 때문이다. 고해 성사 때의 위험에 대해서는 더 이상 이야기하지 않겠다.

일반 시민

일반 시민들 중에도 감염의 위험성이 높은 사람들이 있다. 먼저 충치 환자의 경우가 그러하다. 사람들이 누누이 지적하는 바이지만, 치과 의사와 접촉하는 것은 위험하다. 다른 사람들의 입안을 뒤적거리던 손가락을 당신의 입안에 집어넣기 때문이다. 기름에 오염된 바다에서 수영하는 것 역시 위험하다. 오염된 물을 마셨다가 내뱉은 사람들의 침이 기름에 섞여 있기 때문이다. 하루에 담배를 네 갑 이상 피우는 사람은 이것

저것 만지던 손으로 담배의 필터 부분을 만진다. 그래서 병원균이 자연스럽게 호흡기 속으로 들어가게 된다. 기업의 구조 조정에 따른 실업자가 되지 않도록 노력해야 한다. 해고당하면 온종일 손톱을 씹으며 시간을 보내게 된다. 사르데냐 섬의 양치기나 테러리스트들에게 납치되지 않도록 조심해야 한다. 그 납치범들은 대개 여러 사람을 납치하는 동안 똑같은 복면을 쓰기 때문이다. 볼로냐 역에서는 기차를 타지 않는 것이 좋다. 테러리스트가 설치해 놓은 폭발물이 터질 경우에 사방으로 마구 퍼져 나가는 피와 살점으로부터 스스로를 지키기가 어렵다. 핵탄두 미사일의 공격을 받을 가능성이 있는 지역에는 절대로 가지 말라. 버섯구름이 피어오르는 것을 보는 순간, 〈세상에 이럴 수가!〉라고 중얼거리면서 씻지도 않은 손을 입으로 가져갈 염려가 있다.

다음과 같은 사람들 역시 감염의 위험에 노출되어 있다. 십자고상(十字苦像)에 입 맞추며 죽어 가는 사람, 사형 선고를 받은 사람(단두대의 칼날이 사용 전에 소독되어 있지 않은 경우), 종교 단체에서 운영하는 고아원의 아이들(성미가 고약한 수녀들은 잘못을 저지른 아이의 한쪽 발을 침대에 묶어 놓고 바닥을 핥게 하는 벌을 주므로).

제3세계 거주자들

아메리카 인디언들은 아주 심각한 위기에 처해 있다. 잘 알다시피 담뱃대를 입에서 입으로 옮기는 행위가 소멸의 위기를 야기한 것이다. 중동 사람들과 아프가니스탄 사람들은 낙타의 핥음질을 당할 위험이 있다. 이란과 이라크의 사망률이 아주 높은 것은 그런 이유에서이다. 아르헨티나의 이른바 〈실종자〉들은 고문자들이 그들의 얼굴에 침을 뱉을 경우 병에 감염될 우려가 매우 크다. 캄보디아 사람들과 레바논의 난민들은 〈피의 목욕〉(대량 학살이라는 뜻)을 가급적 피해야한다. 의사 열 명 가운데 아홉 명이 그것을 피하도록 권할 것이다(그것을 해도 좋다고 생각하는 나머지 한 의사의 이름은 멩겔레[1]이다).

남아프리카 공화국의 흑인들은 백인들이 거드름을 피우며 자기들 발밑에 침을 뱉을 때 질병에 감염되지 않도록 조심해야 한다. 사실 침 세례를 피하기란 결코 쉬운 일이 아니다. 어느 나라를 막론하고 정치범들은

---

1 요제프 멩겔레(1911~1979)는 30만 명의 유대인을 학살한 죄로 종전 후 주요 전범으로 분류되었으나 남미로 도피하여 재판을 받지 않고 죽었다.

심문자들이 다른 피심문자의 잇몸을 후려친 손으로 그들의 잇몸을 때리려고 할 때 맞지 않도록 최대한 조심해야 한다. 전염병과 기근 때문에 고통받는 사람들은 배고픔을 달래기 위해 종종 침을 삼키는데, 그것을 삼가야 할 것이다. 주위의 불결한 공기와 접촉했던 침이 소화기에 들어가면 병에 감염될 염려가 있기 때문이다.

관계 당국과 언론은 나중에 해결해도 될 문제들을 놓고 입씨름이나 하고 있지 말고, 바로 위와 같은 위생 교육 캠페인에 매진해야 할 것이다.

(1985)

시가를 피우면서
모종의 메시지를 보내는 방법

　참 알다가도 모를 일이다. 흡연에 맞서 가열찬 투쟁이 전개되고 있는 아메리카에서 시가의 인기가 날이 갈수록 높아지고 있으니 말이다. 그리고 바로 어제 나는 통신 판매 카탈로그에서 밀수품인 아바나산(産) 시가 애호가들을 위한 아이디어 상품들을 발견하였다. 크기가 시가의 재를 떨기에 딱 알맞은 재떨이부터 갖가지 모양의 시가 통 및 쓸모는 별로 없어도 고급스러운 선물로는 손색이 없는 그 밖의 많은 물건들에 이르기까지 그 종류가 무려 수십 가지나 되었다.

　모든 사회적 현상은 해석이 가능하다. 그런데 개중에는 다른 해석에 앞서 그냥 분명한 메시지로 받아들여야 하는 현상들이 더러 있다(유행이 그런 현상의 전형적인 예이다). 사람들의 사회적 행동 중에는 어떤 의도를 전달하기 위해 이용하는 상징적인 행동이 있기 때문이다.

어떤 사회적인 현상을 설명함에 있어서, 상징적인 행동을 배제하게 되면 남는 것은 실용성과 관련된 설명뿐이다. 그러나 아메리카에서 시가가 유행하는 현상에 대해서는 그런 기능적인 설명이 전혀 통하지 않는다. 가령 사람들이 여전히 담배를 피우고 싶어 하기 때문에 그런 현상이 생기는 것이라고 주장한다고 치자. 물론 사람들의 흡연 욕구가 여전하다는 것은 틀린 말이 아니다. 그러나 그것으로는 사회가 시가를 피우는 사람들에게는 관대하고 궐련을 피우는 사람들에게는 관대하지 않은 까닭을 설명할 수가 없을 것이다.

궐련을 피우는 사람들은 이제 공공건물 앞의 보도에 한데 모여서 흡연을 해야 하는 신세가 되었다. 물론 그렇게 모여 있으면 그들 사이에는 즉각적인 연대감이 형성된다 — 건물 밖으로 나가서 담뱃갑을 꺼내면 이내 다른 흡연자가 공모의 미소를 머금으며 인사를 건네고 라이터 불을 내민다. 다른 사람들은 그들에게 관심을 보이지 않는다. 더러 그들에게 경멸의 눈길을 보내는 사람들은 있지만, 그들이 공공건물 밖에서 흡연을 하는 한 남에게 해가 될 것은 전혀 없다는 것이 사람들의 대체적인 생각이다(그러나 어떤 나라에서는 주간에 거리에서 흡연하는 것을 금지하는 법안을 강구하고 있다). 그런데 시가를 피우는 사람들의 사정은 전혀 다르다. 그들은 저녁 식사가 끝날 즈음에 또는 파티 도중에 전리품을 자랑하듯 당당하게 시가를 꺼내어 입에 문다. 그들의 행동에 눈살을 찌푸리는 사람은 아무도 없다. 또 만일 궐련을 피우고 싶은 사람이 있다면, 우리의 주인공이 시가를 꺼낼 때까지 기다리는 것이 유익하다. 말하자면, 흡연 행위에 대해 아무도 이의를 제기하지 않으리라는 것을 확인한 연후에 우리 주인공을 따라 해야 한다는 것이다. 어찌하여 이런 차별이 생긴 것일까? 가장 흔히 내세우는 이유, 즉 시가는 연기를 삼키지 않기 때문에 몸에 덜 해롭다는 주장은 별로 설득력이 없다. 연기를 들이마시지 않고 뱉어 내는 것은 간접흡연의 피해를 줄이기는커녕 오히려 실내 공기를 더욱 심하게 오염시키기 때문이다. 그렇다면 진짜 이유는 무엇일까?

내가 보기에 가장 설득력 있는 설명은 다음과 같다. 먼저 보건 당국에서 국민 건강을 위한 캠페인의 일환으로 궐련과의 투쟁을 선포했다. 그러자 궐련은 죽음의 상징이 되었고, 그 캠페인은 상류층 사람들 사이에 즉각적인 반향을 불러일으켰다. 이제 최고급 레스토

랑에서는 아무도 담배를 피우지 않지만 싸구려 술집
엔 여전히 담배 연기가 자욱하다. 대학교수와 은행가
와 고소득 샐러리맨 등은 담배를 끊었지만(자기 집에
서는 몰라도 공공장소에서만큼은), 흑인과 중산층 이
하의 여성, 노인, 거지 등은 여전히 담배를 피우고
있다.

그렇듯이 궐련을 피우는가 피우지 않는가 하는 것
은 개인적인 차이를 넘어서서 사회 계층적인 차이가
되었다. 이제 가난한 사람들과 소수파의 것이 되어 버
린 궐련은 예전에 씹는담배가 갔던 길을 뒤따라가고
있다. 요즈음엔 담배를 씹는 사람이 없다. 그것이 건강
에 나쁘기 때문이 아니라 침을 계속 뱉어야 하고 입에
서 역겨운 냄새가 나는 것을 감수해야 하기 때문이다.
스칼라 극장의 특석에서 턱시도를 입은 남자가 담배
를 씹고 있는 광경을 상상할 수 있겠는가? 말도 안 된
다. 그런 일은 있을 수가 없다.

궐련과는 달리 시가에는 프롤레타리아적인 속성이
전혀 없다(냄새가 역겹고 모양은 흉하지만 오랜 전통
을 자랑하는 우리의 맛 좋은 시가 토스카노를 제외하
고). 시가는 비싸고 시간과 돈을 요구한다. 서민들은
시가 하면 대개 대기업가나 정치인을 연상한다. 시가

를 남에게 선물하는 경우가 더러 있지만, 그것은 특별한 경사를 축하하기 위한 것이다. 친구에게 퀄런 한 개비를 달라고 하듯이 시가 한 대를 빈다는 것은 생각도 할 수 없는 일이다. 만일 어떤 사람이 당신에게 〈담배 한 대만 주시오〉라고 말한다면, 당신은 군소리 없이 담배 한 개비를 그에게 내밀 것이다. 때에 따라서는 한 갑을 통째로 주기도 할 것이다. 그러나 당신이 그렇게 선심을 쓴다고 해서 남들이 당신을 넉넉하고 인심 좋은 사람으로 보아 주지는 않는다. 그런데 만일 어떤 사람이 자기 시가 통을 열어 당신에게 아주 비싼 시가 네 대를 선물한다면, 당신은 마치 자기의 에메랄드 반지를 빼서 남에게 주는 옛날의 어떤 세도가를 보고 있는 듯한 기분이 들 것이다.

위에서 말한 것이 바로 상류층 사람들이 시가를 피우는 이유이고 사회가 시가를 관대하게 용인하는 이유이다. 설령 시가를 피우다가 건강을 해친다 할지라도 그것은 품격 높은 자살 행위일 뿐, 가난뱅이들이 퀄런을 피우다가 개죽음을 당하는 것과는 전혀 다른 것이다.

마지막으로 결코 간과할 수 없는 사실 하나를 덧붙이고자 한다. 청교도의 나라, 위생과 보건의 나라, 수

많은 질병과 죽음이 찾아올 것임을 알리는 보건부의
불길한 경고문을 세계에서 가장 먼저 담뱃갑에 새겨
넣은 나라 미국에서 반흡연 투쟁이 한창 고조되어 있
는 이때에, 이게 도대체 어찌된 일인가? 세상에, 그 나
라에서는 약국에서 담배를 팔고 있다. 참 알다가도 모
를 나라이다.

(1996)

〈빨간 모자〉라는 동화를 다시 쓰는 방법

　〈정치적으로 반듯한〉 태도가 한 시대를 풍미함에 따라 전래 동화를 새로운 관점에서 다시 쓰려는 사람들이 나타났다. 동화에는 어떠한 유형의 약자를 빗댄 내용이 들어가도 안 되고, 어떠한 소수 집단을 모욕하는 표현이 있어도 안 된다는 것이 그들의 생각이다. 그들의 주장에 따르면「백설 공주와 일곱 난쟁이」의 난쟁이는 이제부터 〈비표준적인 신장의 성인〉으로 불러야 한다. 그런 요구에 부응하는 뜻에서 나는 재미 삼아「빨간 모자」라는 동화를 재해석한 다음, 모든 인물들의 종교적·정치적·성적 선택을 아주 철저하게 존중하면서 그것을 다시 썼다. 이야기가 〈정치적으로 반듯한〉 분위기에서 전개되도록 공간적 배경은 미국으로 설정했다. 미국에서도 숲이 무성하여 야생 동물이 많이 서식하는 지역이다. 내가 다시 쓴 이야기는 다음과 같다.

　행복하게도 아직 청소년기에 도달하지 않은 빨간 모자라는 소녀가 어느 날 아침 위험을 무릅쓰고 숲 속으로 들어간다. 소녀는 〈자연 보호 협회〉의 회원이라서 버섯도 딸기도 따지 않는다. 소녀는 또 〈동물의 세계와 완전하고 대등하게 교류하기 위한 모임〉의 회원이기도 하다. 그래서 그저 늑대와 같은 야생 동물들을 어서 만났으면 좋겠다고 생각한다. 다행히 소녀는 늑대 한 마리를 만난다. 그 늑대는 〈인간 성애자 동물들의 모임〉에 가입해 있다. 그 단체는 동물들과 인류 구성원들 사이의 자유로운 성관계를 권장하는 것을 목적으로 삼고 있다.

　늑대와 소녀는 근처의 모텔에서 만나기로 약속한다. 늑대는 그곳에 가서 화려한 잠옷을 입고 소녀를 기다린다. 그런데 늑대와 소녀가 만나는 광경을 나무 그늘에 숨어 지켜본 사람이 있었다. 바로 소녀의 할머니이다. 할머니가 가입한 단체에 대해서는 말하지 않겠다. 다만, 할머니가 소아 성애와 근친상간, 식인 풍습을 지지하고 채식주의를 반대하는 사람이라는 점만 밝히고자 한다. 한시라도 빨리 어린 손녀와 만나고 싶

은 마음에 할머니는 모텔로 가서 늑대를 잡아먹고 늑
대로 변장한다. 할머니는 〈동물 분장자 협회〉의 회원
이기도 하다.

빨간 모자는 달뜬 마음으로 모텔에 다다라서 늑대
가 기다리고 있는 방으로 간다. 그러나 소녀가 맞닥뜨
린 것은 할머니이다. 할머니는 즉시 소녀를 추행한 다
음 잡아먹는다. 할머니는 씹지 않고 통째로 삼킨다. 앞
에서 깜박 잊고 이야기를 못했는데, 사실 할머니는 위
생과 식이 요법을 중요시하는 어떤 종교 단체에 속해
있다. 그 단체는 동물의 고기를 씹는 것은 정결하지 못
한 행동이자 죄악이라고 주장하면서 고기를 그냥 삼
키라고 명령한다. 그런 것을 명령한다는 게 잘 믿기지
는 않지만, 음부 폐쇄를 명령하거나 수혈을 금지하는
것보다는 그래도 나은 것 같다.

빨간 모자는 이제 할머니의 내장 속에 들어 있다. 그
때 한 사냥꾼이 나타난다. 그는 여느 사냥꾼과는 달리
동물을 죽이지 않는다. 그런 점에서 그는 비(非)수렵
인이다. 그는 어떤 과격한 환경 운동 단체의 회원이다.
그 단체는 동물의 고기를 먹는 사람들을 죽이라고 요
구한다. 그는 자기가 맡은 역할 때문에 전국 라이플총
협회에도 가입해 있다. 그 단체는 모든 시민의 무기 소

지를 허가하는 헌법의 한 수정 조항에 근거하여 결성되었다. 그 비수렵인은 할머니가 늑대를 잡아먹음으로써 동물의 생명을 존중하지 않았음을 확인하고 총을 쏘아 죽인다. 그런 다음 할머니의 배를 가른다(그는 장기 기증 촉진 협회의 회원으로 활동하고 있기도 하다). 그리하여 빨간 모자는 할머니 배 속에서 무사히 빠져나온다. 늑대도 물론 빠져나오겠지만, 내 이야기에서 늑대는 이제 등장하지 않는다.

빨간 모자의 엄마는 아이가 무사히 돌아온 것을 기뻐하며 아이를 껴안고 입을 맞춘다. 엄마는 그 슬픈 사건을 잊게 하려고 애쓰면서 아이에게 밝은 미래를 열어 주겠다고 약속한다. 그러던 차에 예의 그 비수렵인이 사냥 반대의 기치를 내건 아주 인기 있는 TV 프로그램의 사회자가 된다. 어린 딸을 둔 어머니들 중에는 자기 아이를 텔레비전 사회자에게 데려가고 싶어 하는 사람들이 많다. 텔레비전 사회자와 자기 딸이 다정한 친구 사이가 되기를 바라면서 말이다(그런 관계는 억대 출연 계약의 전조가 된다). 딸아이를 유명한 사회자에게 소개시킬 때 어머니들의 마음이 얼마나 많은 희망으로 가득 차는지 우리는 잘 알고 있다.

그런데 그 비수렵인은 우리가 이미 앞에서 본 것처

럼 도덕적인 기질이 아주 강한 사람이라서 빨간 모자
와 친구가 되는 것을 거절한다. 사실 그는 숲 속의 로
빈과 친하게 지내는 동성애자이기도 하다.

어머니와 딸은 자기들이 무시당한 것에 너무나 화
가 나서 앙갚음을 하기로 한다. 그녀들은 비수렵인이
할머니를 죽일 때 파이프 담배를 피웠다는 것을 기억
해 내고 경찰에 그를 고발한다. 그녀들이 제시한 그의
범죄 혐의는 흡연, 악습 교사(教唆), 환경오염, 발암 물
질 유포, 살인 미수 등이다.

미국의 그 주에서는 사형 제도가 아직 시행되고 있
다. 비수렵인은 전기의자 처형을 선고받는다. 교황은
형의 감면을 요청하는 감동적인 서한을 보낸다. 그러
나 이탈리아의 우체국을 통해 보낸 그 서한은 몇 달 늦
게 미국에 도착한다. 게다가 전기 쇼크는 공기를 오염
시키지 않기 때문에 처형에 반대하고 나서는 사람이
아무도 없다. 결국 비수렵인은 죽었고 다른 사람들은
모두 아주 행복하게 살았다.

(1996)

서부 영화의 인디언 역을 연기하는 방법

아메리카 인디언들의 미래는 아주 뻔하다. 야심에 찬 젊은 인디언이 출세할 수 있는 길은 오직 서부 영화에 단역 배우로 출연하는 것뿐이다. 그래서 우리의 젊은 인디언 친구가 〈서부 영화의 인디언〉이라는 확실한 배역을 얻고, 그럼으로써 단역 배우들의 만성적 문제인 불완전 고용에서 벗어날 수 있도록 여기 몇 가지 지침을 제시하고자 한다.

공격하기 전

1. 결코 서둘러 공격하지 말라. 공격하기 며칠 전에 눈에 잘 띄는 연기 신호를 보냄으로써 멀리에 있는 적의 눈길을 끌어야 한다. 그래야만 역마차나 요새의 사람들에게 기병대에 전갈을 보낼 시간을 줄 수 있다.

2. 되도록 작은 무리를 지어 인근의 산등성이에 모

습을 드러내라. 보초는 아주 외딴 산봉우리에 배치
하라.

3. 이동할 때는 아주 뚜렷한 흔적을 남겨야 한다. 예
컨대 이런 것이다. 말발굽 자국, 야영지의 꺼진 불, 어
느 부족에 속하는지를 알려 주는 깃털과 부적 등.

역마차를 공격할 때

4. 역마차를 공격할 때는 적이 쏘는 총의 사정거리
를 벗어나지 않도록 언제나 가까이에서 마차를 따라
가야 한다. 아니면 그보다 더 좋은 방법으로 아예 마차
와 나란히 달려도 된다.

5. 그대의 야생마는 마차를 끄는 말들보다 빠를 게
분명하지만 마차를 앞지르는 일이 없도록 고삐를 당
겨야 한다.

6. 역마차를 세우고자 할 때는 한 사람씩 달려들어
야 한다. 그래야 마부에게 채찍질을 당하고 말들에게
짓밟힐 수 있을 테니 말이다.

7. 떼를 지어서 역마차의 진로를 막아서는 안 된다.
그랬다가는 마차가 정말로 즉시 멈추어 버릴 염려가
있다.

외딴 농가나 짐수레들을 공격할 때

8. 야간에는 절대로 공격하지 말라. 백인 농부들은 야간 공격을 전혀 예상하지 않는다. 인디언은 오직 낮에만 공격한다는 전통을 고수하라.

9. 그대의 위치를 적이 알 수 있도록 줄기차게 코요테 울음소리를 내라.

10. 만일 백인이 코요테 울음소리를 내거든, 맞히기 쉬운 표적이 되도록 즉시 고개를 쳐들어야 한다.

11. 원무를 추듯이 빙글빙글 돌면서 공격할 때는 적에게 한 사람씩 차례대로 사살되도록 원을 좁히지 말고 계속 돌아야 한다.

12. 모든 인원이 한꺼번에 공격에 가담하지 말고, 일부는 그냥 구경만 하고 있다가 적의 공격을 받고 쓰러지는 동료들이 생기면 그들을 대신해서 들어가라.

13. 그대는 안장 없이 말을 타지만 말에서 떨어질 때는 반드시 마구(馬具)의 어딘가에 발이 걸리도록 해야 한다. 그래야 총에 맞은 다음 말에 질질 끌려가는 연기를 할 수 있다.

14. 부정직한 밀매꾼에게서 산 성능이 나쁜 총을 사용하라. 그대는 총을 다루는 법을 잘 모른다. 총알을 새로 장전할 때는 되도록 오래오래 뜸을 들여야 한다.

15. 적의 원군이 올 때까지 계속 짐수레들 주위를 빙빙 돌아라. 기병대가 나타나면 맞서 싸우러 달려가지 말고 가만히 기다리고 있다가 교전이 시작되자마자 뿔뿔이 흩어져야 한다. 그래야만 한 사람씩 따로따로 기병대의 추격을 당할 수 있다.

16. 외딴 농가를 공격하려 할 때는 염탐을 하러 밤에 사람을 하나 보내라. 그는 불빛이 환한 창가로 다가가서 집 안의 백인 여자를 오랫동안 관찰해야 한다. 창유리에 바싹 갖다 댄 그의 얼굴이 여자의 눈에 띌 때까지. 여자가 비명을 지르고 사내들이 부리나케 밖으로 달려 나오기 전에는 도망을 치지 말아야 한다.

요새를 공격할 때

17. 우선 밤중에 적의 말들을 풀어 주어야 한다. 말을 훔치려 해서는 안 되고 초원에 흩어지게 해야 한다.

18. 공격 시에는 한 사람씩 차례차례 성벽을 타고 넘어가야 한다. 성벽을 넘을 때는 먼저 무기를 삐죽 내민 다음 머리를 천천히 치켜 올린다. 그리고 백인이 그대의 존재를 알아차리고 명사수에게 신호를 보낸 뒤에 몸을 일으켜 세운다. 총에 맞았을 때는 요새의 안쪽으로 떨어지지 말고 뒤로, 요새 바깥쪽으로 떨어져야

한다.

19. 먼 거리에서 총격전을 벌일 때는 산꼭대기에 자리를 잡고 있다가 총에 맞으면 앞으로 굴러 떨어지면서 아래의 바위에 부딪쳐야 한다.

20. 일대일로 결투가 벌어지면 신중하게 적을 겨누면서 마냥 뜸을 들여야 한다.

21. 결투 시에 권총을 사용하면 승부가 너무 빨리 결정되므로 칼이나 창만을 사용해야 한다.

22. 공격을 당한 백인들이 요새를 빠져 나갈 경우에는 사살된 적의 무기를 수거하지 말고 오로지 손목시계만 빼앗아 그 째깍거리는 소리에 귀를 기울이며 늑장을 부려라. 또 다른 적이 나타날 때까지.

23. 적을 사로잡았을 경우 그를 바로 죽이면 안 된다. 말뚝에 묶어 두거나 텐트 안에 결박해 두어라. 밤이 오고 달이 뜨면 다른 백인들이 포로를 구하러 올 것이다.

24. 어떤 경우에든 멀리서 기병대의 나팔 소리가 울리면 적의 나팔수를 쓰러뜨리려고 노력하라. 기병대의 나팔 소리에 화답하여 요새의 나팔수가 성벽의 가장 높은 곳에 우뚝 서 있을 테니 말이다.

그 밖의 다른 경우

25. 인디언 마을이 습격을 당할 경우에는 공포에 사로잡힌 채 이리저리 내달으며 무기를 찾아야 한다. 그러나 각본에 따라 무기는 찾기 어려운 장소에 있기가 십상이다.

26. 밀매꾼이 파는 위스키의 품질을 검사하라. 위스키 대 황산의 비율이 1 대 3이 되도록 주의해야 한다.

27. 기차가 지나갈 때는 인디언들을 추적하는 백인이 타고 있음을 확인한 다음, 말을 타고 기차와 나란히 달리면서 총을 머리 위로 치켜들고는 괴성을 내질러 인사를 건넨다.

28. 칼을 들고 백인을 뒤에서 덮치는 경우에는 그가 다치지 않도록 칼을 쥐어야 한다. 그래야 육박전이 벌어질 수 있기 때문이다. 백인이 몸을 돌릴 때까지 기다려야 한다.

(1975)

동물에 관해 말하는 방법

　세상일에 별로 관심이 없는 사람은 잘 모르겠지만 얼마 전 뉴욕에서 이런 일이 벌어졌다.

　센트럴 파크의 동물원. 북극곰 우리를 둘러싸고 있는 연못 근처에서 아이들이 놀고 있다. 한 아이가 다른 아이들에게 연못 속에 뛰어 들어가 곰들 주위로 헤엄칠 수 있으면 어디 한번 해보라고 말한다. 그 아이는 친구들이 옷을 벗기만 하고 물속에 들어가는 것을 망설이자 벗어 놓은 옷을 감추어 버린다. 아이들은 어쩔 수 없이 물속에 뛰어든다. 그 서슬에 평온한 모습으로 꾸벅꾸벅 졸고 있던 커다란 곰 한 마리가 화들짝 놀란다. 곰은 제 주위에서 아이들이 첨벙거리며 성가시게 굴자 화가 나서 앞발 하나를 뻗어 아이들을 후려친다. 그러더니 정신을 잃고 쓰러진 두 아이를 잡아 여기저기에 살조각을 흘리며 어적어적 씹어 먹는다. 경찰이 달려오고 시장까지 현장에 나타난다. 그 곰을 죽이느냐 마느냐를 놓고 논란이 벌어진다. 곰에게는 잘못이 없다는 결론이 나온다. 세상을 떠들썩하게 하는 기사들이 신문에 등장한다. 문제의 아이들은 공교롭게도 모두 라틴 아메리카계의 이름을 가지고 있었다. 푸에르토리코 출신의 유색인들로서 이 도시에 온 지 얼마 되지 않은 아이들인 모양이다. 게다가 가난한 동네에서 떼를 지어 몰려다니는 악동들이 흔히 그렇듯이, 무모한 행동을 다반사로 하는 아이들이라는 것이다.

그 아이들의 행동을 놓고 여러 가지 해석이 나온다. 한결같이 아이들을 엄격하게 비판하는 내용들이다. 특히 〈자연 도태〉 운운하는 냉소적인 반응이 지배적이다. 곰 옆에서 헤엄을 칠 만큼 어리석은 아이들이었기 때문에 그런 행동을 해서 죽음을 자초했다는 것이다. 정상적인 사람이라면 다섯 살만 되어도 곰의 아가리로 뛰어드는 그런 무모한 짓은 안 했을 거라는 얘기다. 이 사건을 사회적인 측면에서 바라본 해석은 이러하다. 가난하고 교육을 충분히 받지 못한 극빈층은 경솔하고 충동적이라는 점에서도 사회의 최하층이라는 것이다. 이 대목에서 문득 이런 의문이 든다. 교육을 충분히 받지 못했다는데, 도대체 무슨 교육을 말하는 것일까? 아무리 가난한 아이라도 곰이 사람을 잡아먹고 사냥꾼들이 곰을 죽인다는 것쯤은 텔레비전에서도 보고 학교 수업 시간에 책에서도 읽지 않았을까?

내 생각엔 오히려 아이들이 텔레비전을 보고 학교를 다녔기 때문에 물속에 뛰어든 것이 아닌가 싶다. 어쩌면 그 아이들은 바로 그 학교와 대중 매체 때문에 희생된 것인지도 모른다. 우리의 떳떳하지 못한 마음이 반영된 그릇된 학교 교육과 방송 프로그램 때문에 말이다.

인간은 언제나 동물에게 무자비했다. 그러다가 스스로 못됐다는 것을 깨닫게 되면서 동물을 다르게 대하기 시작했다. 모든 동물을 사랑한다고는 할 수 없지만(여전히 태연자약하게 동물의 고기를 먹고 있으니까 말이다), 적어도 동물에 대해서 나쁘게 말하지는 않게 되었다. 대중 매체와 학교와 공공 기관은 인간이 다른 인간을 상대로 저지른 많은 잘못에 대하여 어떤 식으로든 변명을 해야 하는 처지에 놓여 있다. 그럴 때 동물의 선량함을 떠벌리는 것은 심리적이고 윤리적인 관점에서 많은 도움이 된다. 그래서 제3세계 어린이들이 죽어 가는 것은 못 본 척하면서도 선진국의 아이들에게는 잠자리와 토끼는 물론이고 고래와 악어와 뱀까지 존중하라고 가르치는 것이다.

그런 교육 행위 자체가 옳지 않다는 것은 아니다. 다만 그런 교육을 위해 선택한 방법에 문제가 있다. 동물의 생존권을 존중한답시고 동물을 인격화하고 아이들의 친구 같은 존재로 만드는 것이 문제라는 얘기다. 사람들은 어떤 동물이 본능에 따라서 잔인하게 다른 동물을 잡아먹을지라도 이 지구상에 생존할 권리가 있다는 식으로 말하지 않는다. 그러기보다는 그런 동물을 착하고 상냥하고 재미있고 너그럽고 영리하고 침착한 존재로 만들어 존중을 받게 한다.

그러나 나그네쥐는 경솔하고 고양이는 게으르며, 여름날의 개는 침을 많이 흘리고 새끼 돼지는 냄새가 고약하며, 말은 흥분을 잘 하고 자벌레나방은 아둔하며, 달팽이는 끈적거리고 살모사는 독이 많으며, 개미는 상상력이 빈곤하고 밤꾀꼬리는 음악적으로 창의력이 부족하다. 그럼에도 우리는 그런 동물들을 있는 모습 그대로 사랑할 수 있어야 한다(사랑하는 게 정히 불가능하다면 존중은 할 수 있어야 한다). 옛날의 설화들은 성미가 고약한 커다란 늑대를 지나치게 많이 등장시켰는데, 요즈음 이야기들은 새끼 늑대를 지나치게 착한 존재로 만들어서 등장시킨다. 우리가 고래를 보호해야 하는 것은 고래가 착하기 때문이 아니다.

고래도 역시 자연환경에 속해 있고 생태계의 균형에 나름대로 이바지하기 때문이다. 그러나 우리 자녀들에 대한 교육은 말하는 돌고래와 프란체스코 수도회에 들어간 늑대, 그리고 무수히 많은 테디 베어[1]의 도움을 받아 이루어진다.

광고와 애니메이션과 만화에는 마음씨 곱고 법을 잘 지키고 상냥하고 남을 잘 돌봐 주는 곰들이 자주 나온다. 곰은 크고 뚱뚱하고 둔하고 어수룩하기 때문에 살 권리가 있다고 말하면 곰 자신이 모욕감을 느낄 지경이다. 이상과 같은 이유로 나는 센트럴 파크의 불쌍한 어린이들은 교육을 덜 받아서가 아니라 너무 많이 받아서 죽은 거라고 생각한다. 그 아이들은 우리의 떳떳하지 못한 마음에서 비롯한 그릇된 교육 때문에 희생된 것이다.

인간이 얼마나 못된 존재인지를 잊게 하기 위해서 곰이 착한 동물이라고 가르친 결과이다. 그 아이들에게 인간은 어떤 존재이고 곰은 어떤 존재인지를 정직하게 일러 주었더라면 그런 일은 없었으리라.

(1987)

---

1 장난감 곰. 루스벨트 대통령이 새끼 곰을 구해 주는 내용의 만화에서 힌트를 얻어 만들어졌음.

아이스크림을 먹는 방법

　내가 어렸을 때 아이스크림 장수들은 은색 뚜껑을 덮은 하얀 수레를 밀고 다니며 두 종류의 아이스크림을 팔았다. 하나는 2솔도짜리 콘이었고 다른 하나는 4솔도짜리 아이스크림 비스킷이었다. 2솔도짜리 콘은 아이의 손으로 잡기에 딱 좋을 만큼 크기가 작았다. 아이스크림 장수는 특별한 주걱으로 통 속의 아이스크림을 퍼서 콘에 담아 주었다. 할머니는 콘의 윗부분만 먹고 뾰족한 손잡이 부분은 버리라고 이르곤 하셨다. 아이스크림 장수의 손이 그 뾰족한 부분에 닿았다는 게 이유였다(하지만 나는 그 부분이 가장 맛있고 바삭바삭해서 할머니께는 버렸다고 말하고 몰래 먹곤 했다).

　4솔도짜리 아이스크림 비스킷은 은색의 특별한 기계로 만들었다. 원통형 아이스크림의 양 단면에 비스킷을 한 쪽씩 대고 누르는 기계였다. 그것을 먹을 때에는 우선 혀끝을 비스킷 사이의 틈새로 밀어 넣어 아이스크림을 빨아 먹은 다음 비스킷이 달콤한 음료에 적신 것처럼 말랑말랑해지면 본격적으로 베어 먹곤 했다. 할머니는 아이스크림 비스킷을 먹는 방법에 대해서는 아무것도 일러 주지 않으셨다. 이론적으로 보면 아이스크림 비스킷은 상인의 손을 거치지 않고 오로지 기계로만 만들어지지만, 실제로는 상인이 그것을 우리에게 건네줄 때 손으로 잡기 때문에 콘의 경우와 다를 게 없었다. 다만 상인의 손때가 묻은 자리를 분명하게 가려낼 수 없다는 점이 다르다면 달랐다.

내 또래의 아이들 중에는 4솔도짜리 비스킷 아이스크림 한 개를 사기보다 2솔도짜리 콘 두 개를 사는 아이들이 더러 있었다. 나는 그 아이들을 무척 부러워하면서 홀린 듯이 바라보곤 했다. 그 특별한 아이들은 자랑스럽게 아이스크림을 양손에 하나씩 들고 돌아다니며 머리를 능숙하게 움직여 좌우의 아이스크림을 번갈아 핥곤 했다. 내가 보기엔 너무나 호사스럽고 샘나는 의식이었다. 그래서 내게도 그런 의식을 거행할 권리를 달라고 틈만 나면 집안 어른들에게 졸랐으나 괜한 헛수고였다. 어른들의 태도는 완고하였다. 4솔도짜리 하나라면 사주겠지만 2솔도짜리 두 개는 절대로 안 된다는 거였다.

여러분의 판단은 어떠한가? 내가 보기에는 수학이든 경제학이든 영양학이든 어느 관점에서 보더라도 어른들의 거절은 정당화될 수 없었다. 위생학적인 관점에서 보아도 마찬가지였다. 내가 콘의 뾰족한 부분을 먹지 않고 버리기만 하면 전혀 문제될 게 없었다. 어른들이 내세운 이유는 이러했다. 두 손에 든 아이스크림을 번갈아 가며 핥느라고 정신을 팔다 보면 돌부리에 채이거나 도로의 울퉁불퉁한 곳에 발이 걸려 넘어질 염려가 있다는 거였다. 속이 너무 빤히 들여다보이는 거짓말이라서 오히려 어른들이 딱하게 느껴질 정도였다. 나는 뭔가 다른 이유가 있을 거라고 짐작했다. 막연하게나마 지극히 교육적인 어떤 동기가 있겠거니 하는 생각이 들었다. 하지만 어린 나로서는 그게 무엇인지 알 수 없었다.

그런데 이제 소비를 미덕으로 아는 사회의 구성원이자 희생자가 되고 보니, 지금은 고인이 된 집안 어른들의 태도가 옳았다는 생각이 든다. 4솔도짜리 아이스크림 하나 대신 2솔도짜리 두 개를 먹는 것은 경제학적인 관점에서는 낭비가 아니지만 상징적인 관점에서는 분명히 낭비다. 두 개의 아이스크림은 과잉을 의미한다. 바로 그 점 때문에 나는 그것들을 원했던 것이다. 또 두 개의 아이스크림을 동시에 먹는 것은 가난한 자들을 모독하고 거짓된 특권과 허구적인 부를 과시하는 염치없는 행동이다. 바로 그 점 때문에 어른들은 내 부탁을 거절했던 것이다. 결국 아이스크림을 두 손에 하나씩 들고 먹는 것은 버릇없는 아이들이나 하는 짓이었던 셈이다. 그런 아이들은 사과 껍질과 속을 대수롭게 여기지 않은 피노키오처럼 벌을 받아 마땅했다. 또 자식들에게 그런 졸부 근성을 키워 준 부모들은 어리석은 겉치레와 허세와 거드름을 가르침으로써 자식들을 오늘날 우리가 공항에서 보는 것처럼 리미니 해변의 행상에게서 산 가짜 구치 가방을 들고 이코노미 클래스의 화물 등록대 앞에 서 있는 자들로 키운 것이다.

오늘날 이런 식의 이야기는 사람들에게 교훈을 주지 못하고 오히려 고리타분한 훈계로 들릴지도 모른다. 합성 세제를 사면 끼워 주는 손목시계에서 주간지를 1년간 정기 구독하겠다고 신청하면 덤으로 주는 자명종 라디오에 이르기까지 늘 더 많은 것을 약속하면서 어른들마저 버릇없는 아이들로 만들어 버리는 세상이 아닌가. 어린 시절에 내가 그토록 부러워했던 양손잡이 먹보의 부모처럼 소비 사회는 더 많은 것을 주는 척하지만 실은 4솔도를 받고 4솔도 가치의 물건을 줄 뿐이다. 사람들은 오래된 트랜지스터라디오를 버리고 오토리버스와 같은 다양한 기능을 가진 카세트라디오를 새로 산다. 하지만, 영문을 알 수 없는 결함 때문에 그 경이로운 신제품은 1년을 가지 못한다. 또 당신의 새 자동차는 가죽 시트와 실내에서 조절할 수 있는 사이드 미러와 고급 목재로 된 계기판을 자랑하지만 그 수명은 그 이름도 찬란한 피아트 500에 훨씬 못 미친다. 피아트 500은 고장이 났을 경우에도 발로 냅다 걸어차면 다시 시동이 걸릴 만큼 수명이 길다.

옛날의 도덕은 우리 모두가 스파르타 사람이 되기를 원했지만, 오늘날의 도덕은 우리 모두가 시바리스[1] 사람이 되기를 바라고 있다.

(1989)

---

1 스파르타인은 근검과 절제로, 시바리스(이탈리아 남부에 있는 고대 그리스의 도시)인은 나태와 향락으로 유명했다.

책과 원고를 활용하기

과부를 경계하는 방법

　친애하는 작가들이여, 여러분은 후손이 별로 중요하지 않다고 말할지 모르지만 내 생각은 다르다. 사람은 누구나 자기가 남긴 것을 후손이 소중하게 다뤄 주기를 바란다. 살랑대는 숲을 보며 시를 끼적거리는 열여섯 살 소녀도, 〈오늘 치과에 갔다〉 하는 식의 짤막한 기록일지언정 하루도 거르지 않고 평생 일기를 써 온 노인도 그 점에 있어서는 차이가 없다. 또 설령 자기는 차라리 잊혔으면 좋겠다고 생각하는 작가가 있다 할지라도 출판사들이 그가 잊히도록 그냥 내버려 둘지는 알 수 없는 일이다. 오늘날의 출판사들은 보잘것없는 작가들을 재발굴하는 데 뛰어난 능력을 보이기 때문이다. 글다운 글은 한 줄도 쓴 적이 없는 작가들마저 망각 속에서 끌어내는 판국이니 말이다.

　모두가 알다시피 후손이란 식탐은 많으나 미식가는

못 되는 자들이다. 그저 흰 종이에 검은 글자만 있으면 다 작품이 되는 줄 안다. 그러니 작가들이여, 당신 사후에 후손들이 당신의 원고를 이용할 수도 있다는 사실을 명심하기 바란다.

당신의 원고가 이용되는 것을 경계하는 가장 이상적인 방법은 당신이 생전에 출간하기로 작정한 것만 남겨 놓고, 교정지를 포함해 여타의 것은 그날그날 태워 버리는 것이다. 하지만 작품을 쓰기 위해서는 메모가 반드시 필요하고 죽음은 예기치 않은 순간에 찾아오기 때문에 출간을 원하지 않는 글이 남겨질 가능성은 누구에게나 있다.

당신 사후의 첫째 위험은 미발표 원고가 출간됨으로써 당신이 완전히 바보였다는 사실이 드러나는 것이다. 가령 당신이 죽기 전날 밤에 수첩에 남긴 메모가 세상에 공개되기라도 하면 그에 따르는 위험은 아주 심각하다. 그런 메모는 문맥이 통하지 않는 것이기가 십상이기 때문이다.

두 번째 위험은 메모나 수첩을 남기지 않았을 경우에도 생길 수 있는 것으로, 당신의 시신이 싸늘해지기가 무섭게 당신의 작품에 관한 심포지엄이 열리는 것이다. 작가는 누구나 후세 사람들이 비평서나 학위 논문이나 주해서를 통해서 자기를 기려 주리라는 희망을 품고 있다. 하지만 그런 작업이 이루어지려면 시간과 노력이 필요하다. 작가가 죽자마자 열리는 심포지엄은 이런 효과를 가져온다. 우선 작가의 많은 친구들과 전문적인 연구자들과 명성을 갈구하는 풋내기들로 하여금 당신 작품을 난잡하게 재독한 결과물들을 마구 쏟아 내게 만든다. 그러다 보면 어쩔 수 없이 재탕삼탕이 나오게 되면서 작가에 대한 평가가 정형화된다. 그 결과 독자들은 작품 세계가 너무 뻔히 들여다보이는 그 작가에게 이내 싫증을 느끼게 된다.

세 번째 위험은 사적인 편지가 공개되는 것이다. 작가들은 포스콜로[1]처럼 역사에 길이 남을 서한문을 남길 생각이 아니라면 대개는 일반인들이 쓰는 것과 별로 다를 게 없는 편지를 쓴다. 그들이 〈내게 치질약 좀 보내 줘요〉라든가 〈널 미치도록 사랑해. 네가 이 세상에 존재한다는 게 고마워〉라고 쓰는 것은 지극히 당연한 일이다. 그럼에도 후손들이 무슨 보물이라도 찾듯이 작가의 편지를 뒤지는 걸 보면 비감이 든다. 그렇게 뒤지고 나서 얻을 수 있는 결론은 작가도 사람이라는

1 이탈리아의 작가(1778~1827). 말년에 영국에 망명해 있을 때 쓴 서한집 『야코포 오르티스의 마지막 편지』는 이탈리아 문학에서 가장 아름다운 서한문으로 꼽힌다.

사실뿐이다. 도대체 작가를 뭘로 생각했단 말인가? 한 마리 홍학이라도 되는 줄 알았단 말인가?

이런 위험들을 피하는 방법은 무엇일까? 우선 창작 메모와 관련해서 이렇게 권하고 싶다. 아무도 짐작할 수 없는 장소에다 그것들을 보관하고, 책상 서랍 속에는 그것들의 존재를 명시하는 일종의 보물 지도를 남겨 두되, 지도를 그릴 때는 방향 표시를 도저히 해독할 수 없게 해놓으라고. 그 방법은 일석이조의 결과를 가져올 것이다. 원고를 감출 수 있다는 것이 그 첫째요, 위에서 말한 지도의 불가해성에 관해서 많은 논문들이 쏟아져 나오게 할 수 있다는 것이 그 둘째다.

당신이 죽은 직후에 학술 대회가 열리는 것을 막기 위해서는 유언장에 그와 관련된 조항을 넣어 당신의 뜻을 분명히 밝히는 것도 하나의 방법이 될 수 있다. 예컨대 사후 10년 안에 열리는 모든 학술 대회의 주최자는 유니세프에 2천만 달러를 기부하라며 박애의 기치를 내걸고 요구하는 것이다. 아마 그 어떤 주최자도 그런 거금을 모으기는 쉽지 않을 것이다. 게다가 고인의 간곡한 유지를 거스르기란 여간 뻔뻔하지 않고서는 어려울 것이다.

연애편지의 문제는 조금 더 복잡하다. 앞으로 연애

편지를 쓸 경우에는 되도록 컴퓨터를 사용하라고 권하고 싶다. 그러면 필적 감정가들의 추적을 따돌릴 수 있다. 또 실명을 사용하기보다는 정감 있는 별명(예컨대 그대의 야옹이, 나의 꼬마 따위)을 상대에 따라 매번 다르게 사용하는 것이 좋다. 그러면 상대가 훗날 편지를 공개한다 할지라도 그것이 정말 당신이 보낸 편지인가 하는 의문이 들게 할 수 있다. 열렬한 마음을 담으면서도 상대로 하여금 거북함을 느끼게 하는 암시적인 구절(예컨대, 〈나는 당신의 모든 걸 사랑하오. 당신을 자주 괴롭히는 그 복부 팽만증까지도〉 하는 식으로)을 삽입하는 것도 좋을 것이다. 그런 구절들은 상대방으로 하여금 편지를 공개하겠다는 생각을 못하게 만든다.

하지만 주로 청소년기에 많이 부쳤을 이미 쓰인 편지는 고칠 수가 없다. 따라서 그 수신자들의 주소를 알아내어 과거의 만남을 담담하게 회고하는 편지를 보내면서 이런 내용을 덧붙이는 게 상책일 것이다. 과거의 그 만남은 영원히 잊을 수 없는 것이기에 죽은 뒤에도 그 추억이 스러지지 않도록 유령이 되어 그들을 찾아가겠노라고 말이다. 이런 방법이 매번 통하지는 않겠지만, 어쨌든 유령은 유령이다. 수신자들은 당신이 죽는 날부터 잠을 제대로 이루지 못하게 될 것이다.

허구적인 일기를 쓰는 것도 한 가지 방법이 될 수 있다. 이따금씩 일기에다 당신 친구들 중에 거짓말을 하거나 사실을 왜곡하는 자가 더러 있음을 암시하는 대목들을 삽입하라는 것이다. 〈아델라이데, 그녀는 정말 깜찍한 거짓말쟁이다〉라든가 〈구알티에로는 오늘 페소아가 보낸 것처럼 꾸민 가짜 편지를 내게 보여 주었다. 아무리 봐도 진짜 같아서 감탄사가 절로 나왔다〉 하는 식으로 말이다.

(1990)

서재에 장서가 많은 것을
정당화하는 방법

아주 어려서부터 나는 〈메아리〉라는 뜻의 이름 때문에 이런 식의 농담을 들으며 자랐다. 「넌 언제나 대답하는 사람이로구나.」 「네 소리가 산골짜기에 울려 퍼지고 있어.」 사람들은 누구나 생각할 수 있는 그 뻔한 농담만을 되풀이했다. 그래서 나는 내가 만나는 사람들은 어쩌면 이렇게 한결같이 멍청할까 하는 생각을 오래도록 버리지 못했다. 그러다가 나이가 들면서 나는 이런 확신에 도달하게 되었다. 누구에게든 예외 없이 적용되는 두 가지 법칙이 있으니, 첫째는 우리의 머릿속에 가장 먼저 떠오르는 생각은 가장 뻔한 생각이라는 것이고, 둘째 우리는 뻔한 생각을 가지고 있으면서도 우리보다 앞서 다른 사람들이 그런 생각을 했을 수도 있다는 사실을 받아들이지 않는다는 것이다.

나는 인도·유럽어족의 모든 언어로 출간된 내 비평

서들을 모아서 보관해 두고 있다. 그 책들의 제목은 『에코의 에코』에서 『에코를 만드는 책』[1]에 이르기까지 다양하다. 앞에서 말한 농담과 별로 다를 게 없는 이런 제목들은 대체 어떻게 만들어졌을까? 아마도 편집장의 머리에 가장 먼저 떠올랐던 아이디어는 아니었을 것이다. 내가 보기에는 이런 식으로 일이 진행되었을 것 같다. 편집부원들이 한데 모여 20개가량의 제목을 놓고 토론을 벌인다. 이윽고 편집장의 얼굴이 환하게 빛난다. 그가 소리친다. 「잠깐, 잠깐. 아주 멋진 아이디어가 있어.」 그가 막 떠올린 제목을 말해 주자 편집부원들이 맞장구를 친다. 「굉장한데요. 그런 생각이 대체 어디에서 나오는 거죠?」 「하늘이 주신 선물이지.」 편집장은 아마도 그렇게 대답했을 것이다.[2]

내 얘기를 오해하지 말기를 바란다. 내 책에 그런 제목을 붙인 사람들이 평범하다는 얘기를 하고 있는 게 아니다. 누구나 떠올릴 수 있는 뻔한 생각을 마치 신의 계시를 통해 섬광처럼 뇌리를 스친 아주 참신한 아이

---

1 영어나 프랑스어로는 에코Eco와 메아리*echo*의 철자가 다르지만 이탈리아어로는 철자도 발음도 똑같다.

2 이 단락에 숨겨진 농담은 에코ECO가 라틴어 *ex caelis oblatum*(하늘의 선물)의 약자라는 데 있다. 시청 직원이 에코의 할아버지에게 지어 준 성이라고 한다.

디어로 받아들이는 것, 그것은 정신의 풋풋함을 드러
내는 것이고 삶과 삶의 예측 불가능성에 대한 열정을
보여 주는 것이다. 또한 그것은 아주 하찮은 발상일지
라도 그것을 아끼고 사랑할 줄 아는 마음을 나타내는
것이기도 하다. 어빙 고프먼[3] 선생을 처음 만났을 때
의 일이 생각난다. 그는 사회적 행동의 아주 미묘한 뉘
앙스를 포착하고 설명할 줄 알고 사회 현상에서 이제
껏 아무도 감지하지 못한 미세한 흐름을 읽어 낼 수 있
는 이였다. 나는 그 천재성과 깊이와 능력 때문에 그를
찬탄하고 사랑했다. 그날 우리는 어떤 카페의 테라스
에 앉아 있었다. 자리에 앉자마자 그가 도로를 바라보
며 내게 말했다. 「이보게, 이젠 도시에 자동차가 너무
많은 것 같지 않은가?」 선생은 아마도 이전에는 그런
생각을 떠올린 적이 없는 모양이었다. 하긴 그보다 훨
씬 더 중요한 문제들에 몰두해 있었으니 그럴 법도 했
다. 그러다 문득 어떤 깨달음 같은 것이 뇌리를 스쳤을
것이고, 순수한 정신을 지녔기에 머리에 떠오른 생각
을 있는 그대로 말한 것이리라. 나처럼 약간의 속물근
성이 있고 니체의 『반시대적 고찰』에 오염된 자는 설
령 그런 생각을 했다 할지라도 입에 올리기를 주저했

3 캐나다 출신의 미국 사회 심리학자(1922~1982).

을 것이다.

　너무나 당연한 것을 보고 새로운 발견이라도 한 양 이야기하는 사람들 때문에 놀라움을 느끼게 되는 경우가 또 있다. 나처럼 어마어마하게 큰 서재를 갖고 있는 사람들이 이따금 겪게 되는 일이다. 우리 집에는 책이 많다. 집 안에 들어서면 책밖에 안 보인다. 하긴 가진 게 책밖에 없으니까 당연한 얘기다. 우리 집을 찾아오는 사람들 중에는 집 안에 들어서면서 이렇게 말하는 사람들이 더러 있다. 「와 책이 굉장히 많군요! 이 많은 걸 다 읽으셨어요?」 처음엔 그런 반응이 책을 별로 접하지 않은 사람들, 큰 책꽂이는 본 적이 없고 그저 추리 소설 너댓 권과 세 권짜리 어린이용 백과사전이 당당하게 자리를 차지하고 있는 작은 책꽂이만 보아 온 사람들의 특성이려니 하고 생각했다. 그런데 몇 차례의 경험을 통해서 전혀 그럴 것 같지 않은 사람들도 똑같은 방식으로 반응한다는 것을 알게 되었다. 독자들 중에는 내게 이렇게 말할 사람이 있을 것이다. 장서를 연구의 수단으로 여기지 않고 이미 읽은 책들을 모아 놓은 것으로 생각하는 사람들이라서 그런 반응을 보이는 것이라고. 하지만 그것만으로는 그들이 그렇게 반응하는 이유를 다 설명할 수 없다. 내가 생각하기에는 누구나 많은 책들을 마주하게 되면 지식에 대한 불안감에 사로잡히고 그래서 무심결에 그런 질문으로 자기 자신의 고뇌와 회한을 표현하는 게 아닌가 싶다.

문제는 그런 질문을 받게 되면 서두에서 말한 농담을 들었을 때와는 달리 반드시 대꾸를 해야 한다는 데에 있다. 〈에코, 넌 언제나 대답하는 사람이로구나〉라고 놀릴 때는 가볍게 미소를 짓거나 〈듣기 싫은 소리는 아니네요〉라는 식으로 대꾸함으로써 궁지를 벗어날 수 있지만, 〈이 많은 책을 다 읽으셨어요?〉라고 물어 올 때는 어떤 식으로든 대답을 해야 한다. 턱뼈가 뻣뻣해지고 등골에 식은땀이 흐르는 것을 느끼면서 말이다. 예전에 내가 선택한 대답은 상대를 경멸하는 듯한 어조로 이렇게 말하는 거였다. 「아니요. 저 가운데 읽은 책은 단 한 권도 없어요. 이미 읽은 책을 무엇하러 여기에 놔두겠어요?」 하지만 그런 식의 대답은 위험하다. 상대의 맹한 반응을 촉발시켜 하나 마나 한 소리를 또 지껄이게 만들기 때문이다. 「아 그러세요! 그럼 다 읽은 책은 어디에다 두세요?」 어쩌면 로베르토 레이디가 생각해 낸 대답이 최선책일지도 모르겠다. 「저는 이보다 훨씬 더 많은 책을 읽었지요. 여기 있

는 것보다 훨씬 더 많은 책들을 말입니다.」이런 대답
을 들으면 상대는 아연실색하며 경외의 눈초리로 당
신을 바라볼 것이다. 그렇지만 그런 무자비한 대답으
로 상대를 불안에 빠뜨리는 건 너무 심하다는 생각이
든다. 그래서 요즘에 나는 누가 〈이 많은 책을 다 읽으
셨어요?〉라고 물으면 이런 식으로 대답하고 만다. 「아
니요. 여기 있는 이 책들은 지금부터 다음 달까지 읽어
야 할 것들입니다. 다른 책들은 대학의 연구실에 놓아
두지요.」한편으로는 하나 마나 한 소리가 이어지는
것을 막기 위한 고도의 인간 공학적 전략을 담고 있고,
다른 한편으로는 방문객으로 하여금 작별을 서두르게
하는 효과를 지닌 대답이 아닐까?

(1990)

공공 도서관의 체계를 세우는 방법

1. 도서 목록은 최대한 세분화해야 한다. 일반도서 목록과 정기 간행물 목록을 따로 만들어야 하고, 주제별 목록도 별도로 만들어야 하며, 최근에 구입한 도서와 예전에 구입한 도서에 대해서도 각각의 목록을 만들어야 한다. 최근 구입 도서 목록과 기존 도서 목록에서는 되도록 철자를 다르게 써야 한다. 예를 들어, 레토리카[1]라는 단어의 경우에 최근 구입 도서 목록에서는 〈t〉를 하나 쓰고 기존 도서 목록에서는 중복해서 쓴다. 또 차이코프스키의 경우에는 최근 구입 도서 목록에서는 〈C〉로 적고 기존 도서 목록에서는 프랑스식으로 〈Tch〉로 적는다.

2. 도서를 주제별로 분류할 때 그 주제는 사서가 결정한다. 책의 카피라이트 페이지에는 그 책이 어느 주

---

1 *retorica.* 〈수사학〉의 뜻. t를 두 개 사용하는 것은 옛날 철자법.

제로 분류되어 있는지를 표시하지 않는다.

3. 도서 분류 번호는 되도록 길게 만들어서 옮겨 적기가 어렵게 해야 한다. 열람 신청자가 그 번호를 신청용지에 적을 때 자리가 모자라서 다 못 적을 정도로 길어야 한다. 그래야 사서가 그 불완전한 신청서를 회수하고 다시 작성할 것을 요구할 수 있을 것이다.

4. 열람을 신청해 놓고 책이 나올 때까지 기다리는 시간은 아주 길어야 한다.

5. 열람 신청은 1회에 1권으로 제한한다.

6. 신청서를 작성하여 열람을 신청한 뒤 사서가 서고에서 찾아다 준 책들은 참고 문헌실로 가지고 들어가지 못하게 해야 한다. 그럼으로써 도서관을 찾는 사람들의 시간을 독서 시간과 참고 시간으로 나누어야 한다. 여러 책을 펴놓고 번갈아 가며 읽다 보면 사팔뜨기가 될 염려가 있다. 따라서 도서관에서는 그런 독서 행위가 이루어지지 않도록 해야 한다.

7. 복사기는 되도록 비치하지 않는 게 좋다. 설령 비치되어 있다 할지라도, 사용 절차를 복잡하게 만들어 시간과 노력을 많이 들이게 해야 하고 문구점보다 복사비를 비싸게 받아야 하며 복사량을 두세 장으로 제한해야 한다.

8. 도서관 사서는 열람자를 적으로, 백수로(백수가 아니라면 그 시간에 일터에서 일을 하고 있어야 할 것이다), 언제든지 도둑질을 할 수 있는 자로 생각하여야 한다.

9. 도서 문의 사무실은 열람자들이 출입하지 못하게 해야 한다.

10. 열람자들이 도서를 대출할 엄두를 못 내도록 모든 조치가 강구되어야 한다.

11. 도서관 간의 연계 대출은 불가능하게 만들어야 한다. 설령 가능하더라도 신청한 책을 받는 데에 몇 달이 걸려야 할 것이다. 다른 도서관의 소장 도서는 열람자들이 알지 못하게 하는 편이 낫다.

12. 상기의 모든 조치를 통해서 도난은 오히려 아주 용이해져야 한다.

13. 개관 시간은 노동조합과의 사전 합의를 거친 뒤에 결정된 근로 시간과 일치해야 한다. 즉, 토요일과 일요일, 밤 시간과 식사 시간에는 완전히 문을 닫는다. 도서관의 가장 나쁜 적은 야간에 직장에 나가고 낮에는 온종일 도서관에서 죽치는 학생들이다. 도서관의 가장 좋은 친구는 메디치 가문의 사람들처럼 개인 도서관을 가지고 있어서 공공 도서관에 올 필요가 없는

사람이다.

14. 도서관 안에는 종류의 여하를 막론하고 음식을 먹을 수 있는 곳이 없어야 한다. 무엇인가를 먹기 위해 도서관을 벗어날 때에는 빌린 책을 모두 반납해야 한다. 커피 한 잔을 마시러 나가는 경우에도 책을 일단 반납했다가 돌아와서 다시 신청해야 한다.

15. 자기가 보던 책을 이튿날 계속 보기 위해 예약하는 행위는 허락하지 말아야 한다.

16. 자기가 보려는 책을 누가 빌려 갔을 경우 그게 누구인지를 알아내는 것이 불가능하게 해야 한다.

17. 가능하다면 화장실은 없는 게 좋다.

18. 이상적으로 말하자면, 모든 이용자에게 도서관 출입이 금지되어야 할 것이다. 설령 이용자가 도서관에 들어갈 수 있음을 인정한다 할지라도 — 이용자는 자기가 들어갈 수 없는 이유가 무엇인가 하고 불쾌하게 꼬치꼬치 따질 것이다. 1789년의 인권 선언에 바탕을 두고 있지만 여전히 집단적인 감수성에서는 낯선 어떤 기본권을 들먹이면서 말이다 — 참고 열람실을 빠르게 지나가는 것을 제외하고는 서가가 있는 성소에 접근하는 것을 허락하지 말아야 한다.

(1981)

전통을 이해하기

지적인 휴가를 보내는 방법

여름 휴가철이 다가오면 시사·문화 주간지들은 으레 〈지적인 휴가를 지적으로 보내기 위한 지적인 책들〉을 최소한 열 권 정도 추천한다. 나쁘지 않은 관행이다. 다만 이 주간지들이 독자를 멍청이로 여기는 고약한 버릇이 있다는 점에 문제가 있다. 결국 애를 먹는 것은 책의 추천을 맡은 작가들 — 때로는 저명한 작가들 — 이다. 평균적인 수준의 교양을 가진 사람이라면 누구나 고등학교 시절부터는 읽었음 직한 책들을 골라야 하기 때문이다. 따라서 『친화력』의 독일어 원서나 플레야드판 프루스트, 페트라르카의 라틴어 저작 따위를 추천함으로써 독자들을 모욕해서는 안 된다. 그런 태도는 독자들의 자존심을 해치거나 사기를 저하시킬 염려가 있다. 오래전부터 그런 식의 조언을 숱하게 접해 온 터라 독자들이 아주 까다로워졌다는 점을 고려해야 한다. 또한 비용이 많이 드는 바캉스를 떠날 여유가 없어서 어려우면서도 짜릿한 독서 체험을 감행하려는 사람들도 있다는 사실을 간과해서는 안 된다.

바닷가에서 오랜 시간을 보낼 준비를 하고 있는 사람들에게는 아타나시우스 키르허[1] 신부의 『빛과 그림자에 관한 위대한 이론』을 권하고 싶다. 적외선을 쐬며 빛과 거울의 경이로움에 대해 깊이 생각해 보고자 하는 이들에게 매력적인 책이다. 지금도 몇몇 고서적상에 가면 1645년의 로마판을 구할 수 있다. 물론 만만치 않은 비용이 들겠지만 마피아가 스위스 은행에 쌓아 둔 돈에 비하면 푼돈에 지나지 않는다고 생각하면 된다. 이 책을 도서관에서 빌리는 것은 말리고 싶다. 역사가 아주 오래된 도서관에나 가야 구할 수 있는데다, 그런 도서관의 사서들이 이 책을 찾으러 희귀본 서가에 사다리를 타고 올라가다가 떨어질 염려가 있기 때문이다. 너무 무겁다는 것도 이 책의 불편한 점이다. 또 책의 종이가 쉽게 부스러진다는 것도 문제점이다. 따라서 바람에 파라솔이 흔들릴 때에는 독서를 삼가야 한다.

1 독일의 예수회 수도사이자 학자(1601~1680).

유레일패스로 유럽 대륙을 돌아다닐 생각을 하고 있는 젊은이에게는 조반니 바티스타 라무조[2]의 『항해와 여행에 대해서』를 권하고 싶다. 모두 여섯 권으로 된 저서인데 그중 세 권 정도를 가져 가면 좋을 것이다. 승객들로 초만원을 이룬 2등칸의 통로에서 선 채로 책을 읽어야 하는 상황이라면 한 권은 손에 들고 다른 두 권은 각각 겨드랑이와 사타구니에 끼고 읽어도 될 것이다. 어쨌거나 여행 중에 여행 이야기를 읽는다는 건 아주 자극적이고 강렬한 경험이 아닐 수 없다.

정치적인 학생 운동에서 빠져나온(또는 실망한) 젊은이들 중에 그래도 제3세계 문제에는 여전히 관심을 갖고자 하는 사람들이 있다면, 그들을 위해 이슬람 철학의 결작 몇 권을 소개하고자 한다. 아델피 출판사에서 최근에 카이 카우스 이븐 이스칸다르의 『교훈서』를 출간했다. 그런데 이란어 원문이 수록되어 있지 않아 그 향취를 맛볼 수 없다는 점이 아쉽다. 그에 반해서 압둘 하산 알 아미리의 『키타브 알사다 왈리사드』는 아무런 주저 없이 권할 수 있는 매혹적인 책이다. 테헤란에 가면 1957년 교정판을 구할 수 있다.

2 이탈리아의 지리학자이자 정치가(1485~1557). 그의 저서 『항해와 여행에 대해서』에는 마르코 폴로의 여행에 관한 이야기와 아프리카에 관한 묘사 등이 들어 있다.

중동 지방의 언어에 능통하지 않고 자동차로 여행하기 때문에 짐이 많아도 상관없는 사람들이라면 미뉴[3] 신부가 간행한 불후의 대저작 『교부 신학 전집』을 가지고 가서 읽으면 좋을 것이다. 하지만 1440년 피렌체 공의회 이전의 그리스 교부들의 저서는 피하기 바란다. 그리스 라틴어 대조판 1백 60권과 라틴어판 81권을 가져가야 하기 때문이다. 이와 달리 1216년 이전의 라틴 교부들의 저서는 2백 18권으로 제한되어 있다. 이 중에는 서점에서 살 수 없는 것도 있을 터인데 그럴 때는 복사본을 구하면 될 것이다. 전문적인 주제에 대한 관심이 비교적 덜한 독자들에게는 유대교 신비주의의 경전들을(물론 원서로) 권하고 싶다(현대 철학을 이해하기 위해 꼭 필요한 책들이다). 많이는 필요 없고, 『조하르』[4]를 비롯하여 『세페르 예시라』,[5] 모제스 코드로베로와 이작 루리아의 저

3 프랑스의 성직자이자 출판인(1800~1875). 1836년에 복음서와 신학 이론과 강론 등을 모은 『성직자 총서』를 출간하기 시작했으며, 사전과 백과사전 및 총 1천 권이 넘는 『교부 신학 전집』을 간행하기도 했다.
4 원래의 제목은 〈세페르 하 조하르(빛의 책)〉. 유대인들에게 탈무드만큼이나 중대한 영향을 끼친 책으로 유대교 종교 사상의 신비주의적인 측면을 대변한다. 모세 5경의 주요한 대목들을 아람어로 해설한 것으로, 신비주의적인 해석과 수의 상징이 주조를 이루고 있다.
5 〈창조의 책〉이라는 뜻. 3세기에서 5세기경에 바빌론의 유대인 공동체 내에서 저술된 것으로 보이는 유대교 신비주의의 짧막한 경전. 원문은 히브리어로 되어 있고, 천지 창조를 히브리어 알파벳 22자와 열 개의 세

작 정도면 충분하다. 유대교 신비주의의 경전은 바캉
스 여행에 아주 제격이다. 가장 오래된 책들 중에는 아
직도 두루마리로 되어 있는 것들이 있어서 배낭에 집
어넣기가 쉽기 때문이다. 그런 점에서 자동차 편승 여
행을 하는 사람들에게도 편리하다. 그런가 하면 유대
교 신비주의의 경전은 〈클럽 메드〉[6]에서 활용하기에
도 알맞다. 클럽의 지도자들은 고객들을 두 팀으로 나
누어 가장 매력적인 골렘[7]을 만들기 위한 경연 대회
를 벌일 수 있을 것이다. 끝으로 히브리어에 능하지 않
은 독자들을 위해서는 라틴어로 된 『연금술 전집』과
그노시스파의 저술(발렌티누스[8]의 것이 가장 좋다.
바실리데스[9]의 것은 장황하고 짜증스러운 대목이 너
무 많다)이 준비되어 있다.

피로트(수 또는 빛살)에 해당하는 32가지의 〈길〉로 설명한다. 18세기까
지 유대교 신비주의에 지대한 영향을 미쳤다.
　6 1950년에 비영리 단체로 출범했다가 영리 법인이 된 프랑스의 유명
한 관광 여행사. 97개의 〈클럽 메드 빌리지〉를 비롯한 263개의 숙박 시설
과 두 척의 유람선 등을 갖추고 있다.
　7 유대인이 밀교 의식 때 사용하는 작은 인형. 유대 민담에 등장하는
프랑켄슈타인과 비슷한 인조 괴물이기도 하다.
　8 이집트 출신의 그노시스파 이단 신학자(161년경 사망). 열등한 조
물주에 의한 천지 창조, 대속자 예수에 의한 〈영성〉의 해방 등을 주장
했다.
　9 알렉산드리아의 그노시스파 신학자(2세기 전반부에 생존). 하느님
과 인간 사이에 365개의 하늘과 천사들의 품계가 있음을 주장했다.

이상에서 언급한 책들만 있으면 여러분이 지적인 휴가를 보내는 데에는 아무런 문제가 없을 것이다. 만일 위에서 소개한 책들이 마음에 들지 않거든 긴말할 것 없이 『그룬트리세』[10]나 『경외 성서』나 마이크로필름으로 된 퍼스의 미발표 저작을 가져가라. 시사·문화 주간지가 학교생활 정보지가 아닌 바에야 허구한 날 교과서에 나오는 책들만 추천할 수는 없지 않은가 말이다.

(1981)

---

10 『자본론』을 집필하기 전 카를 마르크스가 경제학 연구를 진행하면서 기록한 노트.

몰타 기사단의 기사가 되는 방법

뜻밖의 편지 한 통을 받았다. 편지지 상단에 찍힌 발신인은 예루살렘 성 요한 최고 십자군 수도회[1] —— 몰타 기사단 —— 빌디외 삼위일체 통합 수도회 —— 퀘벡 수도회로 되어 있었다. 나보고 몰타 기사단의 기사가 되라고 제안하는 편지였다. 차라리 샤를마뉴 대제가 직접 보낸 칙서를 받았으면 더 좋았겠다는 생각이 들었다.

[1] 본래 이름은 예루살렘 성 요한 자선 수도회. 1113년 제라크 탕크가 팔레스타인에 오는 순례자들을 보살피고 지켜 줄 목적으로 세웠다. 한 사람의 수장이 수도회를 이끌었고 수도사들은 정결·순종·청빈을 서원했다. 1140년경에는 십자군 수도회로 바뀌었으나 자선 수도회의 역할도 병행하였다. 1291년 성지를 잃은 뒤로 키프로스 섬에 자리를 잡았고, 1309년에는 로도스 섬을 정복했다(이 수도회를 〈로도스 기사단〉이라고도 부르는 이유가 여기에 있다). 1522년 로도스 섬을 터키에 빼앗긴 뒤에, 수장 비예 드 릴아당이 교황 클레멘트 5세에게 이 수도회를 위한 새로운 피난처를 요구하여, 1530년 독일 황제 카를 5세로부터 몰타 섬을 양도받았다. 〈몰타 기사단〉이라는 이름은 그때 생긴 것이다. 이 수도회는 1789년 나폴레옹이 몰타 섬을 점령할 때까지 줄곧 거기에 머물렀다. 현재는 로마에 본부를 두고 있지만 이제는 그저 명예 기사들의 모임일 뿐이다.

어쨌거나 나는 편지를 읽자마자 내 아이들에게 그 내용을 알려 주었다. 녀석들의 아버지가 아직 쓸모가 많다는 것을 보여 주기 위해서. 그런 다음 책장을 뒤져 샤파농 플라비니와 갈리마르 플라비니의 책을 찾아냈다. 1982년 파리에서 출간된 『기사 수도회와 사이비 기사 수도회』라는 책으로 사이비 몰타 기사단의 명단이 실려 있다. 이 책의 배포는 진짜 몰타 기사단 즉, 예루살렘 성 요한 자선 수도회와 로도스 기사단의 후신으로 로마에 본부를 두고 있는 몰타 기사단이 맡고 있다.

책에는 16개의 사이비 몰타 기사단 이름이 나와 있다. 조금씩 차이가 있긴 하지만 이름들이 거의 비슷하다. 모두가 서로의 존재를 인정하기도 하고 부정하기도 한다. 우선 1908년에 러시아인들이 미국에서 만든 기사단이 하나 있다. 최근 들어 이 기사단을 이끌고 있는 사람은 페르피냥의 공작이자 아라곤 왕실의 수장이며 아라곤과 발레아레스의 왕세자이자 파테르노 성 아가타 훈작 기사단과 발레아레스 왕관 기사단의 수장인 로베트로 파테르노 아예르베 아라고나 2세이다. 그런데 1934년에 이 기사단에서 떨어져 나온 한 덴마크인이 다른 기사단을 세우고 그리스와 덴마크의 왕자 페트라에게 수장 자리를 맡긴다.

1960년대에는 역시 러시아인들의 기사단에서 이탈한 폴 드 그라니에 드 카사냐크라는 자가 프랑스에 기사단을 세우고 유고슬라비아의 왕 페타르 2세를 수호자로 선택한다. 1965년에 페타르 2세는 카사냐크와 다투고 뉴욕에 다른 기사단을 세운다. 당시의 수장은 그리스와 덴마크의 왕자 페트라인데 그는 나중에 그 자리를 버리고 덴마크의 기사단으로 옮겨 간다. 1966년에는 로베르 바사라바라는 자가 수장이 되는데 그는 이 기사단에서 제명된 뒤에 초교파 몰타 기사 수도회를 세운다. 이 수도회의 수호자는 비잔티움의 왕세자이자 테살리의 왕자인 엔리코 3세이다. 그는 얼마 안 가서 또 다른 몰타 기사단인 아메리카 수도회를 세운다. 한편 위에서 말한 바사라바는 1975년에 빌디외 삼위 일체 수도회라는 자기의 기사단을 세우려 하지만 뜻을 이루지 못한다. 책에 나와 있는 그 밖의 사이비 몰타 기사단으로는 비잔틴의 보호를 받는 기사단, 카사냐크 파에서 이탈한 루마니아의 카롤 왕자가 세운 기사단, 토나 바르테트라는 자를 수장으로 하는 수도회, 페타르 2세가 세운 기사단의 전(前) 수장인 유고슬라비아 왕자 안드레아를 수장으로 하는 러시아 수도회(왕자가 물러난 뒤에 이 수도회는 몰타·유럽 왕립 대

수도회로 개칭된다), 비알리스토크의 대주교이자 동서 이산 민족의 총주교이며 단치히 공화국의 대통령이자 벨로루시 민주 공화국의 대통령이고 빅토르 티무르 2세라는 이름으로 타르타르와 몽고의 대원수이기도 한 비토리오 부사와 슈아베르 남작이 1970년대에 세운 기사단, 앞서 말한 로베르토 파테르노가 알라로 후작과 함께 1971년에 세운 국제 대수도회(1982년에는 콘스탄티노플 레오파르디 토마시니 파테르노 왕실의 수장이자 동로마 제국의 계승자이며 〈비잔틴 전례 정통 사도 가톨릭 교회〉의 합법적인 후계자이고 몬테아페르토의 후작이자 폴란드의 궁중 백작인 또 다른 파테르노가 이 기사단의 대수호자가 된다) 등이 있다.

내게 초청장을 보낸 기사단은 1971년에 몰타 섬에서 창설되었다. 앞에서 말한 바사라바의 기사단에서 떨어져 나온 것인데, 수호자는 라 샤스트르의 공작이자 데올스의 대공인 알레산드로 리카스트로 그리말디 라스카리스 코메노 벤티미야였다. 현재의 수장은 플라비니의 카를로 스티발라 후작이다. 그는 리카스트로가 사망하자 피에르 파슬로를 수호자로 맞아들인다. 피에르 파슬로에게는 전임자의 칭호 외에 벨기에 정통 가톨릭 교회 대주교, 예루살렘 최고 십자군 성당 기사단 수장, 전세계 멤피스·미스라임 고대 동방 전례 프리메이슨 기사단의 수장이라는 칭호가 더 붙어 있다.

나는 책을 덮었다. 그 책에 실린 정보가 모두 사실일 것 같지는 않았다. 하지만 나는 한 가지 사실을 분명히 깨달았다. 인간은 스스로를 쓸모없는 존재로 느끼지 않으려면 무언가에 소속되어야 한다는 것을 말이다. 그런데 이탈리아의 프리메이슨 지부 P2는 해체되었고, 오푸스 데이[2]는 비밀을 지켜 주지 않기 때문에 회원의 이름이 결국엔 모든 사람들의 입에 오르내리게 된다. 결국 내가 선택한 것은 이탈리아 리코더 협회이다. 이탈리아에 하나밖에 없고 사이비가 아니며 역사가 오래되고 모두에게 인정을 받고 있는 단체이기 때문이다.

(1986)

---

2 Opus Dei. 〈하느님의 일〉이라는 뜻을 가진 가톨릭 기구. 1928년 에스파냐의 고위 성직자 호세마리아 에스크리바가 설립. 비밀결사단이라는 음모론이 널리 퍼져 있다.

게농[1]의 미발표 저작에 관한
비평을 쓰는 방법

  총선을 앞두고 선거 운동의 열기가 한창 고조되고 있다. 우파 대연합의 재도래가 예상되는 가운데 세상 물색 모르는 순진한 사람들은 여전히 좌파 소연합의 연명을 점치고 있다. 이러한 때를 맞이하여 나는 고질처럼 되어 버린 내 오랜 버릇 중의 하나를 되살리기로 했다. 가공의 책에 대한 비평을 쓰는 것이 바로 그것이다(독자들과 출판인들은 예전에 그랬던 것처럼 책에 관한 상세한 정보를 요구하는 일이 이제는 없기를 바란다). 오늘 내가 언급하고자 하는 것은 르네 게농의 미발표 저작이다. 신비적인 사상과 우주적인 사유에 관한 위대한 저작들을 발굴하고 싶어 하는 출판인들이 관심을 가질 만한 원고이다.

  1 René Guénon(1886~1951). 프랑스의 철학자. 힌두교, 도교, 이슬람교 등의 신비주의적인 문헌들을 깊이 연구했다. 주요 저작으로 『동양의 형이상학』, 『입문 의식 개관』 등이 있다.

원고의 제목은 『좌약(坐藥)과 입문 의식』이며, 집필 시기는 게농이 보스포로스의 이슬람 신비주의 공동체에 머물던 때이다. 이 글이 쓰인 내력은 이러하다. 어느 날 게농이 독감에 걸렸다. 먼저 동양의 약제로 치료를 하려고 했으나 그것이 잘 듣지 않자, 그는 콘스탄티노플에 와 있던 프로테스탄트 선교회의 의사에게 진찰을 받기로 했다. 의사는 그에게 좌약을 삽입하라고 권하였다.

게농은 현대의 의술을 별로 신용하지 않았지만 관절통과 근육통에 시달리고 있던 터라 의사의 처방을 따르지 않을 수 없었다. 하지만 그는 그 약을 사용하는 것에 그치지 않고 그 약에 농축되어 있는 상징적인 의미들을 발견하고자 했다.

우선 좌약에는 바깥에서 안으로, 다시 말하면 표상의 세계에서 내면성의 세계로 향하는 인위적인 주향(走向)의 개념이 담겨 있다. 그런 점에서 좌약은 모든 입문 의식의 특성인 내향화라는 과정의 상징이 된다 (외향화의 특성을 보이는 입문 의식이 없는 것은 아니다. 이슬람 신비주의인 수피즘과 플라톤 철학에서 말하는 동굴의 신화가 그 전형적인 경우이다). 하지만 (무릇 진리란 모순 속에 있는 법), 좌약은 또한 천체들의 세계(하늘)와 감추어진 동굴이라는 심층 세계 사이에서 매개자로 나타나기도 한다.

르네 게농에 따르면 좌약이 오벨리스크의 형태를 취하고 있는 것은 우연이 아니다. 오벨리스크는 〈옹빌리크(배꼽)〉를 연상시킨다. 좌약은 구멍의 깊은 속을 여행하면서 하늘의 배꼽과 육체의 배꼽을 결합시킨다. 그 여행 동안에 좌약은 세척 기능을 수행한다. 세척이라는 말은 최초의 오벨리스크들이 세워진 곳이 룩소르라는 사실을 떠올리게 한다. 룩소르Luxor는 빛의 입구Lux+Os[2]인 동시에 금쪽Or[3] 같은 럭스Lux 비누이다. 비누를 생각하면 떠오르는 것이 있다. 전통적인 지혜의 단편들을 품고 있던 옛날의 어떤 광고가 주장한 것처럼, 스타 열 명 중에 아홉 명이 그 하얀 세척 도구를 사용했다는 신화 말이다(게농은 여담으로 〈열번째 스타〉에 대해서 언급하고 있다. 그것은 유명한 신비주의자 엘리파스 레비[4]에게 부여되었던 법명이다. 그는 비누를 일체 사용하지 않았던 사람이다).

또한 좌약은 로켓의 형태를 취하고 있기도 하다. 모

2 라틴어로 Lux는 빛, Os는 입을 뜻한다.
3 오르Or는 황금을 뜻하는 프랑스어.
4 프랑스의 작가(1810~1875). 신부이자 신학 교수였으나 신비주의에 경도되어 성직을 버리고 신비술과 강신술 연구에 몰두했다.

두가 알다시피 지구의 문명은 다른 행성으로부터 날아와 마추픽추 산꼭대기에 착륙한 〈세계의 지배자들〉에 의해 생겨난 것이다. 좌약을 삽입하는 의식은 〈세계의 왕〉이 땅에 내려온 것을 상기시키며 잃어버린 지식(아가르타 지하 동굴 속에서 잃어버린 지식)의 상징이 된다. 입문자는 바로 그 잃어버린 지식을 찾아야 한다(그러나 그것을 찾아내지는 못할 것이다. 그것은 이제 하일 강에 녹아 있거나 〈찾아낼 수 없는 물질〉이 되어 버렸기 때문이다).

어둠 속에서 실종된 빛의 상징이자 되찾을 수 없는 구원의 상징이고 내부에서 작용하지만 끝내 태초의 빛으로 돌려질 수 없는 힘의 상징인 좌약은 결국 불확실성과 탐구의 상징이 된다. 여러 언어에서 추측이나 의문을 나타내고자 할 때, 또는 확실치 않은 대답을 하고자 할 때 〈수폰고, 주 쉬포즈, 아이 서포즈……〉[5] 하는 식으로 말하는 것은 결코 우연이 아니다(독일어에서는 그 경우 〈이히 네머 안……〉이라고 하는데, 이것은 명백히 〈아누스(항문)〉를 상기시킨다).

5 좌약을 뜻하는 이탈리아어 *suppositorio*(프랑스어로는 *suppositoire*, 영어로는 *suppository*)가 추측하다라는 뜻의 동사 *supporre*(프랑스어 *supposer*, 영어 *suppose*)와 발음이 비슷하다는 점을 이용한 일종의 언어 유희.

르네 게농은 지하 세계와의 거래를 통해 확신의 빛을 얻었을 터인데도 의혹이나 비판의 여지를 남기면서 자기의 사유를 펼쳐 보이는 재주가 있다. 아닌 게 아니라 그의 이 빛나는 저작은 그가 대답을 찾지 못한 (또는 감히 찾으려고 하지 않은) 이런 질문으로 끝을 맺고 있다. 〈이집트의 과학과 켈트족 신관(神官)들의 연금술 사이에 깊은 관련이 있었음에도 어째서 오벨리스크 형태의 좌약은 있는데 고인돌 모양의 좌약은 없는 것일까?〉 게농은 이 문제의 해결을 미래의 입문자들에게 맡기고 있다.

(1992)

미래에 대처하기

미래로 되돌아가는 방법

　과학자들은 시간 속을 여행하는 것이 가능하다고 누차에 걸쳐 주장한 바 있다. 극복할 수 없는 기술적 어려움이 아직 장애가 되고 있긴 하지만 적어도 이론적으로는 가능하다는 것이다. 나는 그 분야에 문외한이라서 그런 주장에 대해 가타부타할 생각은 없다. 하지만 나는 비록 전문 지식은 없어도 이러저러한 책들에서 읽은 것이 있어서 그랬는지 그런 주장에 별로 놀라지 않았다. 예를 들어 한스 라이헨바흐는 1956년에 『시간의 방향』이라는 훌륭한 저서를 통해 아원자(亞原子) 수준에서 벡터 시간은 방향을 바꿀 수 있음을 보여 주는 연구에 대해서 언급한 바 있다. 물론 소립자가 시간 속에서 뒤로 또는 앞으로 움직일 수 있다 해서 우리 역시 그렇게 할 수 있을 거라는 보장은 없다. 하지만 소립자가 그렇게 움직일 수 있는 게 확실하다면 우리에게도 가능성이 전혀 없는 것은 아니라는 생각이 든다.

우리가 시간 속을 앞으로 또는 뒤로 이동할 수 있다는 것은 아주 중요한 의미를 지닌다. 서기 3천 년에 지구가 어떤 모습일까를 보러 가는 것(그때쯤이면 지구는 아주 처참한 상태가 되어 있을지도 모른다. 허버트 조지 웰스의 SF를 생각해 보라)도 중요하지만, 그보다는 시간을 거슬러 여행한다는 데에 더 큰 의미가 있다. 과거에 대한 향수 때문이 아니라, 시간을 거슬러 올라간다는 것은 우리의 죽음을 늦출 수 있으리라는 희망을 갖게 하기 때문이다. 그런데 시간을 거슬러 올라가는 여행을 할 때 우리의 나이는 어떻게 되는 걸까? 가능성은 다음 두 가지 중의 하나다. 첫째는 떠날 때의 우리 모습이 그대로 유지되고 나이도 달라지지 않는 경우이다. 이 경우에는 설령 시간을 거슬러 올라간다 해도 육체적인 노화를 피할 수 없다. 게다가 예전의 우리 자신을 맞닥뜨릴 가능성도 있는데, 그건 참으로 난처한 상황이 아닐 수 없을 것이다. 두 번째는 우리가 젊어지는 경우이다. 이 경우에는 우선 어디까지 젊어질 수 있는가 하는 문제가 생긴다. 아무리 젊어지는 게 좋다고 해도 증조부의 DNA 속에 있는 유전자가 되면 곤란하기 때문이다. 또 예컨대 내가 1940년까지 거슬러 올라간다고 하면 나는 소년 시절의 나를 되찾게 될 것이다. 그런데 내 정신도 그 시절의 정신이기 때문에 나는 그 이후의 삶에서 내가 얻은 경험을 활용할 수 없을 것이다. 뿐만 아니라 그 당시에는 시간 여행이 개발되지 않았던 터라 나는 더 이상 미래로 돌아갈 수도 없게 될 것이다(어쩌면 나는 아직 철이 없는 아이라서 내가 어디에서 왔는지도 모르고 내가 떠나온 그곳으로 돌아갈 생각조차 안 할지도 모른다). 결국 둘 중의 어느 경우이든 시간을 거슬러 올라가는 데에는 많은 문제가 따른다.

우리가 시간 속을 여행할 수 있는가 없는가 하는 문제를 쾌도난마식으로 해결하는 다음과 같은 추론을 어디선가 읽은 적이 있다. 〈오늘날 우리는 과거로 여행할 수 없다는 것을 확신하고 있다. 그렇다면 아주 먼 미래에는 과거로 여행하는 것이 가능해질까? 역시 그럴 수 없을 것이다. 그 이유는 이렇다. 만일 미래에 어떤 사람이 시간을 거슬러 여행할 수 있다면(아니 여행할 수 있었다면, 아니 여행할 수 있을 거라면, 아니 여행할 수 있었을 거라면 ─ 젠장, 동사의 시제마저도 뒤죽박죽이 된다), 우리는 그 사실을 알게 될 것이다.

그는 아직 여기에 있을 것이기 때문이다. 그런데 시간을 거슬러 온 여행자들을 우리는 아직 본 적이 없다.〉

물론 이 추론에는 반론의 여지가 많다. 우선 이런 반론이 제기될 수 있다. 서기 2만 년에 어떤 사람이 시간을 거슬러 여행할 수 있다고 할 때, 그가 단지 1천 년만 거슬러 올라간다고 하자. 그러면 그런 사실을 알 수 있는 사람들은 서기 1만 9천 년을 사는 사람들뿐일 것이다. 또 이런 가설을 세워 볼 수도 있다. 미래인들은 아주 오래전부터 과거로 여행하는 방법을 알고 있다. 사실 그들은 이미 네안데르탈인 시대부터 우리 속에 있어 왔다. 하지만 미래 당국의 법령이 금하고 있기 때문에 그들은 자기들이 누구라는 것(아니, 누가 될 거라는 것)을 밝히지 않고 있는 것이다. 그들은 이미 우리들 속에 있다. 단지 우리가 그 사실을 모르고 있을 뿐이다.

어떤 음모를 꾀하면서 신비스런 명분을 찾고 있는 정치가나 언론인들에게 그런 가정이 얼마나 많은 용기를 북돋워 줄지 상상해 보라. 우리의 모든 불행은 스스로를 미래에서 왔다고 여기는 그 은밀한 방문자들 때문에 생겨난다. 그런데 만일 부정과 비리를 일삼는 정치인들이 정말 그 방문자들의 일원이라면, 그들은 이미 미래의 신문에서 부정부패의 귀결이 교도소행이라는 것을 읽었어도 그런 짓을 할 수 있었을까? 혹시 그들은 미래가 아닌 과거에서 온 것이 아닐까? 미래를 점친다고 큰소리치는 여론 조사 전문가들은 어떤가? 빗나간 예측을 하기 일쑤인 그들을 미래에서 온 방문자로 볼 수 있을까? 미래에서 온 그 방문자들이 돌이킬 수 없는 잘못을 저지른다면 그들은 대단히 불쾌한 (우리에게가 아니라 그들에게) 미래(이것이 그들에겐 현재가 될 텐데)를 맞게 될 것이다. 따라서 그들은 언제나 인류의 행복을 위해서만 활동해야 마땅하리라.

미래에서 온 방문자라는 가설을 끝까지 밀고 나가면 이런 주장도 가능하다. 그들은 언제나 우리 속에 있었다. 당대에 지력이 가장 뛰어났던 사람들이 바로 그들이다. 돌도끼의 발명자, 소크라테스, 코페르니쿠스, 파스퇴르, 아인슈타인 등등. 물론 그들은 우리보다 똑똑했다. 지구가 태양의 둘레를 돈다라든가 $E=mc^2$ 같은 것을 그들은 이미 미래의 학교에서 어릴 때 배우고 왔기 때문이다. 멋진 가설이다! 그런 생각을 하면 천재에 대한 시샘이 조금은 누그러질 것이다.

하지만 한 가지 풀리지 않는 문제가 있다. 천재들이 모두 미래에서 오는 거라면 그들은 과거 속에 있는 셈인데, 만일 이 과거의 사람들이 모두 바보라서 아무도 그들에게 도움이 될 만한 경험을 전수해 줄 수 없다면, 그들은 도대체 어떻게 천재가 될까?

(1995)

시간을 사용하는 방법

만일 내가 진료 시간을 잡기 위해 치과 의사에게 전화를 걸었는데 그가 다음 주에는 단 한 시간도 비어 있지 않다고 말한다면 나는 그의 말을 믿을 것이다. 그는 건실한 직업인이니까 바쁜 게 당연하다고 생각하면서. 그런데 사람들이 나보고 학회나 토론회에 참석해 달라 하고 논문집을 감수해 달라 하고 글을 써달라 하고 학위 논문 심사 위원이 되어 달라고 할 때 내가 시간이 없다고 대답하면 아무도 내 말을 믿지 않는다. 그들은 내게 〈허어, 이 친구 보게. 자네 같은 사람이 왜 시간이 없어? 남아도는 게 시간 아니야?〉 하는 식으로 말한다. 이렇듯이 사람들은 우리 같은 인문주의자들을 건실한 직업인으로 여기지 않고 시간이 펑펑 남아도는 게으름뱅이로 여긴다.

그래서 나는 내가 사용하는 시간을 계산해 보았다.

내 동료들에게도 나처럼 한번 해보고 내 계산이 옳은
지 그른지 얘기해 달라고 부탁할 참이다. 윤년이 아닐
경우 1년은 8,760시간이다. 매일 잠을 자는 데에 8시
간, 기상과 용변과 세면에 1시간, 취침 전에 잠옷으로
갈아입고 침대 머리맡 탁자에 물 한 잔을 갖다 놓는 데
에 30분, 세 끼 식사에 적게 잡아 2시간, 이것을 모두
합하면 4,197시간 30분이다. 시내에서 이동하는 데
매일 2시간이 소요되므로 1년이면 730시간이 된다.

내가 대학에서 보내는 시간을 살펴보자. 강의가 진
행되는 기간을 20주로 잡을 때 1주일에 2시간짜리 강
좌가 세 개 있고 주중의 하루 오후는 학생들을 만나는
데 사용하므로 강의와 상담에 바치는 시간만 220시간
이다. 여기에다 시험 감독하느라 24시간, 채점하느라
12시간, 각종 회의와 위원회에 참석하느라 78시간을
더 사용해야 한다. 또 한 해에 350페이지짜리 학위 논
문을 다섯 편씩 심사하는데, 수정 전과 수정 후에 한
번씩 적어도 두 번은 읽어야 하고 페이지당 평균 3분
이 걸리므로 모두 175시간이 필요하다. 리포트에 대
한 평가는 주로 조교들이 담당하고 있으므로 내가 읽
어야 할 것은 시험 기간당 네 편뿐인데 한 편의 길이는
30페이지이고 한 페이지를 읽고 예비 토론을 하는 데

에 평균 5분이 걸리므로 모두 60시간이 필요하다. 나의 연구 활동에 소요되는 시간을 계산에 넣지 않아도 내가 대학에서 보내는 시간은 569시간에 달한다.

나는 기호학 잡지 『베르수스*VS*』의 편집을 맡고 있다. 이 학술지는 1년에 세 차례 발간되고 쪽수를 모두 합치면 300페이지에 달한다. 읽어 보기만 하고 채택하지 않는 원고 때문에 허비되는 시간을 계산에 넣지 않더라도 평가하고 고치고 다듬는 데에 페이지당 10분이 걸리므로 모두 50시간을 쓰는 셈이 된다. 나는 또 내 전공 분야와 관련된 학술 총서 두 종의 기획도 맡고 있다. 300페이지짜리 책을 1년에 6권씩 출간하는데, 한 페이지에 보통 10분 정도를 투자하므로 이 일에도 총 300시간을 할애하고 있는 셈이다. 논문, 책, 기사, 학회 보고서 등 내가 쓴 글의 번역물에 대해서 말하자면, 내가 구사할 수 있는 언어들로 번역된 것만 1년에 평균 1,500페이지 정도가 되는데, 이것을 읽고 원본과 대조하고 번역자와 토론(직접 만나서 또는 전화나 편지로)하는 데에 페이지당 20분을 잡으면 총 500시간이 된다. 여기에 원본을 집필하는 데 드는 시간이 추가된다. 저서는 한 권도 내지 않는다 하더라도 논문이나 강연 원고나 보고서나 강의록을 쓰는 데에만 300시간이 족히 걸린다. 『레스프레소』에 연재하는 「미네르바 성냥갑」이라는 칼럼을 위해서 주제를 찾고 메모를 하고 책들을 참조하고 초고를 쓰고 잡지사에서 요구하는 분량에 맞게 줄이고 완성된 원고를 불러 주거나 발송하는 데에 줄잡아 3시간이 걸리고 여기에 52주를 곱하면 총 156시간이 된다(비정기적으로 기고하는 여타의 글은 계산에 넣지 않았다). 편지를 쓰는 시간도 빼놓을 수 없다. 어쩔 수 없이 써야 하는 편지 때문에 매주 사흘에 걸쳐 오전 9시부터 오후 1시까지 4시간을 써야 하므로 1년을 놓고 보면 624시간을 쓰는 셈이다.

끝으로 이러저러한 모임에 참석하느라고 보내는 시간을 계산해 보았다. 1987년의 경우 나는 어떤 모임에 참석해 달라는 제의를 열 번에 한 번꼴로만 받아들였다. 내 전공 분야와 관련이 있는 학술 대회, 나의 동료들이나 나 자신이 주도한 연구를 발표하는 자리, 대학의 정례 행사나 관계 부처에서 소집한 회의처럼 직무상 어쩔 수 없이 얼굴을 비쳐야 하는 모임에만 나가고 나머지는 모두 사절했다. 그런데도 실제적으로 모임에 참석했던 시간만 372시간이 된다(모임을 전후해서 허비된 시간은 계산에 넣지 않더라도 말이다). 게다가 모임의 대부분이 외국에서 있었기 때문에 이동하는 데에만 323시간이 걸렸다. 그 시간의 산출 근거는 이러하다. 밀라노에서 로마까지 갈 때는 4시간이 걸린다. 택시를 타고 공항에 가는 시간, 탑승을 기다리는 시간, 비행시간, 로마까지 택시를 타고 가서 호텔을 잡고 회의 장소로 가는 시간을 모두 합친 게 4시간이라는 얘기다. 또 밀라노에서 뉴욕까지 가는 경우는 12시간이 소요되는 것으로 계산하였다.

이상에서 계산한 시간을 모두 합하면 8,121시간 30분이 된다. 1년은 총 8,760시간이므로 여기에서 위의 시간을 빼면 638시간 30분이 남는다. 즉 하루에 1시간 45분 정도가 남는 셈이다. 나는 이 시간을 섹스, 친구나 가족과의 대화, 장례식 참석, 병원 진료, 쇼핑, 스포츠, 공연 관람 등에 사용했다. 여러분도 보다시피 나는 인쇄물(책, 기사, 만화)을 읽는 시간을 계산에 넣지 않았다. 모임 장소로 이동하는 데에 걸리는 시간, 즉 323시간 동안 페이지당 5분꼴로 독서(페이지 여백에 간단한 주석을 다는 정도의 독서)를 했다면, 나는 3,876페이지를 읽을 수 있었을 것이다. 그래 봤자 이것은 300페이지짜리 책 12.92권에 해당될 뿐이다. 독서할 시간이 없다는 것도 문제지만 전혀 고려하지 않

은 것이 또 하나 있다. 담배 말이다. 하루에 60개비꼴
로 담배를 피우고, 매번 담뱃갑을 찾아 불을 붙이고 끄
는 데에 30초가 걸린다면 1년에 182시간이 필요하다.
내게는 그 시간이 없다. 아무래도 담배를 끊어야 할 모
양이다.

(1988)

죽음에 담담하게 대비하는 방법

　이런 주장이 나만의 독특한 생각인지 아닌지 확실치는 않지만, 죽음에 어떻게 맞설 것인가 하는 것은 인간의 주요한 문제들 가운데 하나이다. 신앙이 없는 사람들에게는 그 문제가 자기들을 기다리고 있는 무(無)에 어떻게 맞설 것인가 하는 식으로 제기된다. 참으로 어려운 문제가 아닐 수 없다. 그러나 여러 통계가 입증하듯이 죽음은 결코 비신앙인들만의 문제는 아니다. 많은 신앙인들 역시 죽음을 어떻게 대할 것인가 하는 문제 앞에서 어찌할 바를 모르기는 마찬가지다. 그들은 사후에도 삶이 계속된다는 것을 확신하면서도 죽기 전의 삶이 무척 마음에 들기 때문에 그것을 당장 놓아 버리는 것은 도저히 받아들일 수가 없다. 그들은 천사들이 있는 곳으로 가고 싶은 마음은 간절하지만 가능하면 나중에 가기를 바란다.

〈죽기 위해 산다〉는 것은 무엇인가? 이런 질문을 제기할 수 있으려면 우선 인간은 모두 죽게 마련이라는 사실을 아주 담담하게 받아들일 수 있어야 한다. 말하기는 쉽다. 죽는 게 내가 아니고 소크라테스라면. 그러나 바로 나 자신의 문제가 되면 사정은 전혀 달라진다. 지금은 내가 여기에 있지만 얼마 후에는 더 이상 여기에 존재하지 않게 되리라는 것을 알게 되는 순간, 우리는 아주 견디기 어려운 상황에 놓이게 된다.

최근에 크리톤[1]처럼 걱정 많은 제자 하나가 내게 이렇게 물었다. 「선생님, 죽음에 제대로 대비하려면 어떻게 해야 할까요?」 나의 대답은 이러하였다. 「방법은 하나뿐이야. 모든 사람들이 다 바보라는 것을 확신하는 것이지.」

크리톤을 닮은 그가 얼떨떨해하는 것을 보고, 나는 그가 말귀를 알아듣도록 이렇게 설명했다. 「생각해 보게. 만일 자네가 이승을 떠나려는 순간에, 젊고 매력적인 남녀들이 나이트클럽에서 미친 듯이 춤을 추며 즐기고, 지혜로운 과학자들이 우주의 마지막 신비를 밝

---

1 플라톤의 대화편 중에서 시민의 의무에 관한 것의 제목이 바로 「크리톤」이다. 이 대화에서 소크라테스의 제자 크리톤은 옥에 갇힌 스승을 찾아와 도망칠 것을 권하지만, 소크라테스는 법을 준수해야 할 필요가 있음을 증명하려고 한다.

혀내며, 청렴결백한 정치가들은 더 좋은 사회를 만들기 위해 헌신하고, 신문과 텔레비전은 유익한 정보 제공을 유일한 목적으로 삼고 있으며, 건전한 기업가들은 마셔도 좋을 만큼 맑은 시냇물과 푸르른 수풀이 우거진 산과 오존층의 보호를 받는 청명한 하늘과 단비를 뿌려 주는 솜털 구름으로 이루어진 자연을 우리에게 되돌려 주기 위해 갖은 노력을 다 기울이고 있다고 생각한다면, 자네가 아무리 신앙인이라 해도 어떻게 미련 없이 죽음을 향해 걸어갈 수 있겠는가? 자네가 이승을 떠나려는 참에, 그렇게 멋진 일들이 이루어진다고 생각하면, 정말 견딜 수 없는 노릇이 아니겠는가?

그러나 이런 경우를 한번 생각해 보게. 자네가 이 눈물의 골짜기를 곧 떠나게 되리라고 느낄 때, 인간 50억이 모여 사는 이 세상이 온통 바보들로 가득 차 있다고 확신하는 경우를 말일세. 즉, 나이트클럽에서 춤추는 연놈들도 바보고, 우주의 신비를 풀었다고 믿는 과학자들도 바보고, 우리 사회의 모든 질병을 치유할 만병통치약이 있다고 주장하는 정치가들도 바보고, 우리의 신문들을 쓸모없는 기사와 하찮은 가십으로 가득 채우는 기자들도 바보고, 지구를 파괴하는 탐

욕스러운 기업가들도 다 바보라고 말일세. 그렇다면 이승을 떠나는 그 순간이 얼마나 행복하겠는가? 자네는 매우 만족해서 마음 놓고 이 바보들의 골짜기를 떠날 수 있지 않겠는가?」

그러자 크리톤이 다시 물었다. 「그러면 선생님, 그런 생각은 언제쯤 하는 게 좋을까요?」

「너무 일찍 하면 안 되네. 스무 살이나 서른 살쯤에 세상 놈들이 모두 바보라고 생각하는 것은 오히려 바보나 하는 짓일세. 그래서는 절대로 지혜에 도달할 수가 없네. 서두르면 안 되지. 우선은 남들이 자기보다 낫다는 생각으로 시작하게. 그러다가 마흔 살쯤에 미심쩍다는 생각을 처음으로 품고, 쉰에서 예순 살 사이에 이제까지의 생각을 수정한 다음, 백 살에 이르러 하늘의 부름을 받고 떠날 때가 되었을 때, 그 확신에 도달하면 될걸세.

다만, 명심할 것이 있네. 우리 주위에 있는 50억의 사람들이 모두 바보라는 확신은 거저 얻어지는 것이 아니라 세심하고 사려 깊은 노력의 결과라는 것일세. 귀고리 코걸이 달고 찢어진 청바지 입고 껄렁대는 날라리들은 꿈도 못 꿀 일이지. 재능도 있어야 하고 땀도 흘려야 하는 거야. 모든 걸 한꺼번에 이루려고 하면 안 되네. 조급하게 굴지 말고 천천히 나아가야 해. 시간에 딱 맞추어 담담하게 죽을 수 있게 말일세. 하지만 죽기 전날까지는 이 세상에 바보가 아닌 존재, 우리의 사랑과 존경을 받는 존재가 하나쯤은 있다고 생각해야 하네. 그러다가 적절한 순간에 — 미리 하면 안 되고 — 그 사람 역시 바보임을 깨닫는 것이 바로 지혜일세. 그래야만 비로소 우리가 담담하게 죽을 수 있을 걸세.

그러한 지혜를 얻는 방법은 보편적인 사상을 조금씩 조금씩 공부해 가면서 세태의 변화를 세심하게 살피고, 미디어의 정보와 자신만만한 예술가들의 주장과 제멋에 취한 정치가들의 발언과 비평가들의 난해한 논증을 매일매일 분석하고, 카리스마적인 영웅들의 제안과 호소와 이미지와 외양을 연구하는 것일세. 그래야만 결국 그자들 모두가 바보라는 놀라운 계시를 얻게 될 테니까. 그러고 나면 죽음을 맞이할 준비가 되는 것이지…….

그러나 마지막 순간에 이르기 전까지는 그 견딜 수 없는 계시를 받아들이지 않도록 해야 하네. 다시 말하면, 사람들은 이치에 맞는 것을 더 좋아한다라든가, 어떤 책이 다른 책들보다 낫다라든가, 어떤 지도자는 진실로 공동선을 추구한다라는 식의 생각을 어떻게든 고집해야 하네. 남들은 하나같이 다 바보다라는 믿음을 거부하는 것은 아주 당연하고 인간적인 본성일세. 그렇지 않다면 인생을 살 필요가 무엇이 있겠는가?」

크리톤은 나를 물끄러미 바라보다가 이렇게 말했다. 「선생님, 성급한 판단을 내리고 싶지는 않습니다만, 선생님께서 혹시 바보가 아닐까 하는 생각이 드는군요.」 그 말에 나는 이렇게 대답했다. 「이런, 자네 벌써 죽을 때가 되어 가는구먼.」

(1997)

속편을 쓰는 방법

1991년에 이탈리아 작가 라우라 그리말디는 보바리 부인이 죽은 뒤에 그 남편에게 어떤 일이 벌어졌는가를 이야기하는 『보바리 씨』라는 소설을 썼다. 비슷한 시기에 리플리(십중팔구는 퍼트리샤 하이스미스의 작품에 나오는 한 인물[1]의 이름)라는 여자는 『바람과 함께 사라지다』의 속편인 『스칼렛』을 써서 떼돈을 벌었다. 이러한 속편의 전통은 『콜로누스의 오이디푸스』[2]에서 『20년 후』에 이르기까지 나름대로의 품격을 획득하면서 면면히 이어져 내려왔다.

『아시아 컴퓨터 사건』이라는 소설을 통해서 이미 이야기꾼의 자질을 유감없이 발휘한 적이 있는 잠파올로 프로니가 나더러 유명한 소설 몇 편을 골라 그것

1 『재주가 좋은 리플리 씨』의 주인공 톰 리플리.
2 소포클레스의 『오이디푸스 왕』 속편.

들의 속편을 써보라고 권했다.

『마르셀 아무개?』

프루스트 소설 『잃어버린 시간을 찾아서』의 화자는 시간의 봉인을 찍어 작품을 마무리한 뒤 천식에 지칠 대로 지쳐 남프랑스 지중해 연안의 유명한 알레르기 전문의에게 진찰을 받으러 가기로 결심한다. 자동차를 타고 가던 그는 운전이 미숙한 탓에 끔찍한 사고를 당해 뇌진탕을 일으키고 기억을 상실한다. 그의 치료를 맡은 알렉산드르 루리야[3]는 그에게 내면 독백 기술을 익혀 보라고 권한다. 그러나 화자는 기억이 전혀 남아 있지 않아 독백할 것이 없고 감각 기관을 통해 실제로 지각하는 것조차 제대로 분별하지 못한다. 그러자 루리야는 조이스의 『율리시스』에 나오는 내면 독백을 연습해 보라고 권한다.

화자는 그 난해한 소설을 겨우 읽어 가면서 허구적인 자아를 다시 세우고 할머니가 클론고스 우드 기숙학교[4]로 자기를 찾아왔던 때부터 기억을 되찾기 시작한다. 예민한 공감각적 능력이 되살아난다. 〈양치기

3 러시아 출신의 심리학자.
4 조이스의 『젊은 예술가의 초상』(1917)에서 스티븐 디덜러스가 다닌 학교.

파이)[5]의 양 기름 냄새를 맡은 것만으로도 피닉스 공원의 나무들과 차펠리조드[6] 교회의 종탑이 떠오른다. 결국 그는 알코올 중독자가 되어 기네스 맥주에 취한 채 이클리스 가의 어느 집 문 앞에서 죽음을 맞는다.

『몰리』

1904년 6월 17일 아침, 가위눌린 잠에서 깨어난 몰리 블룸[7]은 부엌으로 간다. 스티븐 디덜러스가 커피를 끓이고 있다. 레오폴드 블룸은 어떤 분명치 않은 용무 때문에 외출한 상태이다. 어쩌면 그들 두 사람이 함께 있게 하려고 일부러 자리를 비운 것인지도 모른다. 몰리는 잠기가 아직 가시지 않아 얼굴이 푸석푸석하다. 하지만 스티븐은 그녀를 고래 같은 여자로 여기며 즉시 그녀에게 매료된다. 그가 시시껄렁한 시 몇 편을 낭송해 주자 그녀는 이내 그의 품에 안긴다. 그들은 아스트리아 해안의 풀라로 달아난다. 그다음에는 트리에스테로 이동한다. 블룸은 레인코트 차림으로 내내

---

5 다진 고기와 양파와 감자를 이겨서 구운 파이의 일종.
6 조이스의 소설 『피네건의 경야』(1939)의 무대.
7 조이스의 『율리시스』(1922)의 주인공 레오폴드 블룸의 정숙하지 못한 아내.

그들 두 사람의 뒤를 쫓는다.

트리에스테에서 이탈로 스베보[8]가 스티븐에게 지금까지 살아온 얘기를 글로 남기라고 권한다. 몰리도 대단한 야심을 느끼며 스티븐을 격려한다. 스티븐은 몇 년에 걸쳐서 기념비적인 소설 『텔레마코스』[9]를 쓴다. 마지막 페이지를 쓰고 난 뒤에 스티븐은 원고를 놔둔 채 실비아 비치[10]와 눈이 맞아 달아난다. 몰리는 스티븐이 남겨 놓은 원고를 읽다가 거기에 완전히 빠져들어 자기의 출발점으로 다시 돌아와 있는 듯한 느낌을 갖는다. 1904년 6월 16일부터 17일 사이의 밤 그녀가 불안한 마음으로 전전반측하던 침대 위로.[11]

분노 때문에 미쳐 버릴 듯한 심정이 되어 몰리는 스티븐을 찾아서 파리로 간다. 그녀는 오데옹 거리의 셰익스피어 서점 문 앞에서 권총 세 발을 쏘아 그를 죽인다. 〈예스, 예스, 예스〉라고 소리치면서.[12] 몰리는 범죄 현장을 떠나 달아나다가 실수로 다니엘레 파네바

8 이탈리아의 소설가. 스베보는 연하의 조이스로부터 문학적인 격려를 받았다.

9 텔레마코스는 율리시스의 아들.

10 1920년대 파리의 영어 전문 서점 및 출판사인 〈셰익스피어 앤드 컴퍼니〉의 설립자. 『율리시스』와 『채털리 부인의 사랑』을 출판함.

11 『율리시스』의 마지막 부분은 잠 못 이루는 몰리의 끝없는 내적 독백으로 끝난다.

12 몰리의 내적 독백에서는 〈예스〉가 끝없이 되풀이된다.

르코의 만화 속으로 들어간다. 거기에서 그녀는 블룸이 침대에서 안나 리비아 플루라벨레,[13] 레닌, 샘 스페이드,[14] 코르토 말테세[15] 등과 동시에 정사를 나누는 장면을 목격한다. 몰리는 너무나 강한 충격을 받은 나머지 스스로 목숨을 끊는다.

『샘, 다시 해보게』[16]

1950년 빈. 20년의 세월이 흘렀지만 샘 스페이드는 여전히 몰타의 매[17]를 잡고야 말겠다는 생각을 버리지 않고 있다. 이제 그의 비밀 정보원은 해리 라임[18]이다. 두 사람은 거대한 회전 관람차 꼭대기에서 밀담을 나누고 있다. 라임이 말한다. 「단서를 찾았어요.」 두 사람은 관람차에서 내려 카페 〈모차르트〉로 간다. 카페의 한쪽 구석에서는 흑인 악사가 리라로 〈세월이 흘러가면 *As Time Goes By*〉을 연주하고 있다.[19] 안쪽

13 『피네건의 경야』의 여주인공.
14 대실 해밋(1894~1961)의 소설에 등장하는 탐정 이름.
15 이탈리아의 만화가 우고 프라트의 만화 주인공 이름.
16 이 제목은 영화 「카사블랑카」에서처럼 〈샘, 다시 연주해 줘〉라고 할 수도 있다.
17 대실 해밋의 소설(1930). 1940년 영화화. 험프리 보가트가 주인공 샘 스페이드 역을 맡음.
18 오손 웰스가 연기한 영화 『제3의 사나이』(1949)의 등장인물. 『제3의 사나이』는 빈을 무대로 함.
19 「제3의 사나이」에선 안톤 카라스가 치터로 주제곡을 연주하고, 「카

탁자에는 릭[20]이 입아귀에 담배를 문 채 씁쓸한 미소를 지으며 앉아 있다. 릭은 우가르테[21]가 보여 준 서류에서 하나의 단서를 찾아냈다. 그가 샘 스페이드에게 우가르테의 사진을 보여 준다. 사설 탐정 샘 스페이드가 중얼거린다. 「이자는 카이로야!」[22] 라임이 냉소를 머금으며 대꾸한다. 「나는 이자가 피터 로어라는 이름을 쓰고 있을 때 만났는데.」

릭이 이야기를 계속한다. 드골 장군을 따라 르노 대위[23]와 함께 의기양양하게 파리에 들어갔을 때 그는 상하이 부인[24]이라는 별명을 가진 미국의 여첩보원이 있다는 사실을 알게 되었다. 그 여자는 미국 정보부에서 매를 추적하는 임무를 맡기기 위해 샌퀸틴 교도소에서 가석방시킨 첩보 요원이었다. 그 당시 떠돌던 이야기에 따르면 그녀는 리스본에서 빅토르 라슬로[25]를 죽였다고 한다. 그녀는 지금 당장이라도 이 카페에 나타날 가능성이 있다. 그때 문이 열리면서 한 여자가 들

사블랑카」에서는 흑인 샘이 피아노를 치며 〈세월이 흘러가면〉을 연주한다.

20 릭은 험프리 보가트가 연기한 「카사블랑카」의 주인공.
21 피터 로어가 연기한 「카사블랑카」의 등장인물.
22 피터 로어는 「몰타의 매」에서는 조엘 카이로 역을 한다.
23 「카사블랑카」에 등장하는 프랑스인.
24 「상하이에서 온 여인」(1948)은 오손 웰스가 감독·주연한 영화.
25 「카사블랑카」에서 일자(잉그리드 버그먼 분)의 남편.

어선다. 릭이 소리친다. 「일자!」 그러자 샘 스페이드가 외친다. 「브리지드!」[26] 라임도 소리친다. 「안나 슈미트!」[27] 흑인 악사도 흑인들이 창백해지면 그렇듯이 검은 얼굴이 잿빛으로 변하면서 외친다. 「스칼렛 아가씨, 돌아오셨군요. 더 이상 우리 어른을 해치지 마세요.」 여자는 묘한 미소를 머금으며 대답한다. 「내가 누구인지를 알아맞히는 사람이 아무도 없는 거예요? 더블린에서 사람들이 나를 몰리라고 부르던 때에 나를 사귀지 않았던가요?」

샘 스페이드의 얼굴 윤곽이 한결 날카로워진다. 그가 이를 악물며 중얼거린다. 「빌어먹을! 또 속았어.」 해리 라임이 되받는다. 「망했어요. 매는 이제 실비아 비치의 수중에 있어요.」 안색이 창백해진 릭은 코냑한 잔을 더 주문한다.

그때 술집 안쪽에서 어떤 땅딸막한 남자의 실루엣이 불쑥 나타난다. 사내는 후줄근한 레인코트 차림에 펠트 모자를 쓰고 입에는 파이프를 물고 있다. 그가 여자에게 말한다. 「매그레[28] 경감 부인 말이 맞았군. 당

26 「몰타의 매」의 여주인공(메리 애스터 분).
27 「제3의 사나이」의 여주인공(알리다 발리 분). 해리 라임의 애인.
28 조르주 심농의 추리 소설들에 나오는 경감. 단, 매그레는 전혀 땅딸막하지 않고 거구의 사내이다.

신이 여기에 나타날 거라더니. 자, 갑시다, 테레즈 데케루,[29] 정보부 사람들이 콩브레[30]에서 우리를 기다리고 있소.」

(1982)

29 프랑수아 모리아크의 동명 소설에 나오는 여주인공. 남편을 독살하였으나 법정에서 면소 판결을 받음.
30 마르셀 프루스트의 소설 『잃어버린 시간을 찾아서』의 무대.

〈어떻게 지내십니까〉라는 질문에
대답하는 방법[1]

이카로스   한바탕 곤두박질을 치고 난 기분입니다.[2]

페르세포네   죽을 맛입니다.[3]

테세우스   실낱같은 희망이라도 있다면 인생은 살 만
한 거지요.[4]

1 본고는 〈어떻게 지내십니까?〉라는 물음에 각양각색의 인물들이 어
떻게 대답할 것인가를 상상해서 만든 것이다. 이 놀이는 많은 사람들의
참여 속에서 이루어졌다. 파올로 파브리, 니노 부티나, 장 프티토, 오마르
칼라브레제, 푸리오 콜롬보, 마르코 산탐브로조, 엔초 골리노, 마리오 안
드레오제, 엔리코 미스트레타, 조반니 마네티, 프란체스코 마르시아니,
코스탄티노 마르모, 안드레아 타바로니, 이자벨라 페치니, 다니엘레 바르
비에리, 로레타 솜마 등이 참여하였고, 비토리오 볼테라와 파우스토 쿠
리, 잠피에로 체루티, 살바토레 로마노 및 볼로냐의 존 홉킨스 대학 교수
들도 합류했다. 그들의 다양한 제안을 내 나름의 방식으로 재편집하여 여
기에 제시한다 — 원주.
2 이카로스는 그리스 신화에 나오는 인물. 깃털로 만들어 밀랍으로 고
정한 날개를 이용하여 아버지 다이달로스와 함께 미궁에서 탈출하였으
나, 태양의 열기에 밀랍이 녹는 바람에 바다에 떨어졌다.
3 페르세포네는 그리스 신화에 나오는 명계의 여신.
4 테세우스는 그리스 신화에 나오는 인물. 크노소스 미궁에 들어가 미
노타우로스를 죽이고, 미노스 왕의 딸 아리아드네가 준 실꾸러미를 이용
하여 미궁을 빠져나왔다.

오이디푸스 질문이 복합적이군요.[5]

다모클레스 언제 칼을 맞을지 모르는 처지올시다.[6]

프리아포스 거시기 덕에 삽니다.[7]

오디세우스 곧 돌아오겠소.[8]

호메로스 내 눈에는 인생이 검은빛으로 보이오.[9]

헤라클레이토스 잘 돌아갑니다. 잘 돌아가요…….[10]

파르메니데스 잘 돌아가지 않아요.[11]

탈레스 물 흐르듯 살고 있습니다.[12]

에피메니데스 내가 그걸 말한다면 거짓말을 하는 게

---

5 오이디푸스 하면 누구나 콤플렉스(복합)를 떠올릴 만큼 〈오이디푸스 콤플렉스〉라는 용어가 널리 쓰이고 있는 사정을 반영한 것이다.

6 다모클레스는 기원전 4세기 시라쿠사 왕 디오니시우스 1세의 조신(朝臣). 디오니시우스 왕은 그를 향연에 초대하여 그의 머리 위에 무거운 칼을 말총 한 올에 매달아 놓았다. 언제 위험이 닥칠지 모르는 상황에서 행복이란 얼마나 덧없는 것인가를 그에게 일깨워 주기 위해서였다. 이 고사에서 〈다모클레스의 검〉이라는 말이 나왔다.

7 프리아포스는 그리스 신화에 나오는 풍요의 신. 태어날 때부터 남근이 엄청나게 컸다고 전한다.

8 트로이 원정을 떠난 오디세우스가 집에 돌아오는 데는 10여 년이 걸렸다.

9 늙어서 눈이 먼 호메로스는 그리스 전역에서 모여든 청중 앞에서 자기의 서사시를 낭독했다. 또한 그의 이름 자체도 〈장님〉, 또는 〈볼모〉를 뜻한다.

10 이오니아파의 그리스 철학자 헤라클레이토스는 〈만물은 유전(流轉)한다〉라고 말했다.

11 엘레아학파의 그리스 철학자 파르메니데스는 이오니아학파의 유물론 철학을 공박하면서 운동, 즉 생성과 소멸과 변화를 부정했다.

12 그리스의 철학자인 탈레스는 물이 만물의 근원이라고 생각했다.

될 거요.[13]

고르기아스 글쎄요.[14]

데모스테네스 마…… 말하기가 어어렵—군—요.[15]

피타고라스 만사가 직각처럼 반듯합니다.

히포크라테스 뭐니뭐니해도건강한게 최고지요…….

소크라테스 모르겠소.[16]

디오게네스 개 같은 삶이외다.[17]

플라톤 이상적으로 지냅니다.[18]

아리스토텔레스 삶의 틀이 잘 잡혀 있지요.[19]

플로티노스 신의 가호로 아주 잘 지냅니다.[20]

---

13 에피메니데스는 기원전 6세기에 살았던 고대 크레타의 신관. 러셀의 패러독스의 일례인 〈크레타 사람 에피메니데스는 크레타 사람은 모두 거짓말쟁이다라고 말했다〉로 잘 알려져 있다.

14 고르기아스는 고대 그리스의 대표적인 소피스트. 『비유(非有)에 관하여』라는 저서에서 〈아무것도 존재하지 않는다. 존재한다 해도 이해되지 않는다. 이해된다 해도 남에게 전할 수가 없다〉는 것을 논증하려 했다.

15 데모스테네스는 아테네의 웅변가이자 정치가. 전설에 따르면 그는 발성이 시원스럽지 않아 애를 먹었으나 자갈을 입에 물고 말하는 고된 훈련을 통해서 그 어려움을 극복했다고 한다.

16 〈너 자신을 알라〉고 갈파한 철학자의 겸손.

17 디오게네스는 부와 사회 관습을 자유에 대한 속박으로 여기고 경멸했던 견유(犬儒)학파의 철학자.

18 이데아(이념, 이상)는 플라톤 철학의 핵심 개념.

19 형상, 형식은 아리스토텔레스 철학의 핵심 개념.

20 플로티노스는 알렉산드리아의 철학자. 그의 신플라톤 철학은 가톨릭 교회의 교부들에게 영향을 미쳤다.

카틸리나 이번 일만 잘 되면······.[21]

무키우스 스카이볼라 손을 좀 빌렸으면 싶은데······.[22]

마르쿠스 아틸리우스 레굴루스 초개 같은 내 목숨, 아무래도 상관없소.[23]

쿠인투스 파비우스 막시무스 잠깐만요······.[24]

율리우스 카이사르 내 안색이 루비쿤두스 빛으로 변한걸 보시오.[25]

루시퍼 내가 어떻게 지내는지는 하느님이 아실 거요.[26]

욥 난 불평할 게 없어요.

---

21 카틸리나는 고대 로마 공화정 말기의 정치가. 여러 차례 집정관에 입후보하였으나 거듭 낙선하자 반란 음모를 꾸미다가 발각되었다.

22 무키우스 스카이볼라는 기원전 6세기 말, 로마의 전설적인 영웅. 포르세나 왕을 죽이기 위해 야음을 틈타 에트루리아의 진영에 잠입하였다가 발각되자, 자기의 실패를 스스로 벌하기 위해 벌건 잉걸불에 손을 집어 넣었다고 한다.

23 마르쿠스 아틸리우스 레굴루스는 기원전 3세기 로마의 장군. 카르타고 군에 잡혔다가 포로 교환을 협상하기 위해 로마에 보내졌으나 로마 원로원으로 하여금 카르타고의 조건을 받아들이지 않도록 설득한 사실이 알려져 카르타고에 돌아오자마자 처형되었다.

24 쿠인투스 파비우스 막시무스는 기원전 3세기 로마의 정치가. 카르타고의 한니발 장군을 상대로 지리한 소모전을 전개한 것 때문에 〈콘크타토로〉, 즉 〈때를 기다리며 시간을 끄는 자〉라는 별명을 얻었다.

25 라틴어의 루비콘과 루비쿤두스가 유사하다는 점을 이용한 언어유희. 루비콘은 카이사르가 〈주사위는 던져졌다〉라고 외치면서 건넜다는 강 이름이고 루비쿤두스는 붉은빛을 뜻한다.

26 루시퍼는 사탄의 다른 이름. 하느님에게 반항했다가 쫓겨난 빛의 천사.

예레미야   애가를 부르고 싶은 심정입니다.[27]

노아   재해 보험 좋은 게 하나 있는데, 알고 계세요?

오난   나는 별 게 없어도 만족하며 삽니다.[28]

모세   수염이 석 자면 뭐 하겠소?

성 안토니우스   환상(幻像)이 자꾸 보입니다.[29]

케옵스   마음에 늘 태양이 가득하지요.[30]

셰에라자드   제가 어떻게 지내는지에 대해 간단히 말씀드릴게요……[31]

보이티우스   누구나 제 깜냥대로 스스로를 위로하며 사는 거지요.[32]

---

27 구약 성서의 「예레미야」 다음에 나오는 다섯 편의 시, 즉 「애가」는 불가타 역(譯) 이후로 지은이가 예레미야로 간주되고 있다.

28 오난은 구약 성서 「창세기」에 나오는 인물. 유다의 둘째 아들로 형 에르가 죽자 수혼제(嫂婚制)의 율법에 따라 형수에게 장가를 들었으나, 〈잠자리에 들었을 때 정액을 바닥에 흘려 후손을 남기지 않은 죄〉로 야훼의 눈 밖에 나서 죽었다. 그의 이름을 딴 오나니즘은 수음(手淫)을 뜻한다.

29 기독교적인 은둔 수도의 창시자(251~356). 성 아타나시우스는 『성 안토니우스의 생애』라는 전기에서 그의 환시(幻視)에 대해 묘사하고 있다.

30 케옵스는 기제의 대피라미드를 건설한 이집트의 파라오, 곧 〈태양의 아들〉.

31 셰에라자드의 이야기는 결코 간단하지 않을 것이다. 페르샤의 왕 샤리야르를 천일야(千一夜) 동안 꼼짝 못하게 했던 천부적인 이야기꾼이 아니던가.

32 보이티우스는 로마의 철학자이자 시인. 『철학의 위안』이라는 저서가 있다.

샤를마뉴 솔직히 말하자면 잘 지냅니다.[33]

단테 천국에 온 기분입니다.

아베로에스 잘 지내면서 잘못 지냅니다.[34]

아벨라르 자르지 마세요![35]

잔 다르크 아, 너무 뜨거워요![36]

성 토마스 아퀴나스 대체적으로 보아 잘 지냅니다.[37]

윌리엄 오브 오컴 잘 지냅니다. 그렇게 느껴집니다.[38]

노스트라다무스 언제 말입니까?

에라스뮈스 미친 듯이 잘 지냅니다.[39]

---

33 샤를마뉴는 프랑크 왕국의 왕. 프랑스어의 프랑*franc*은 〈프랑크 사람〉이라는 뜻과 〈솔직하다〉는 뜻을 아울러 지니고 있다.

34 아랍의 철학자(1126~1198). 아랍 이름은 이븐 루슈드. 아리스토텔레스의 저작에 대한 주석을 통해 그 철학의 물질주의적이고 합리주의적인 측면을 발전시켰고, 〈이중 진리〉의 교설을 주창했다.

35 아벨라르는 제자 엘로이즈와의 비극적인 사랑으로 잘 알려진 프랑스의 철학자이자 신학자(1079~1142). 아벨라르가 엘로이즈를 유혹하여 몰래 혼인을 하자, 엘로이즈의 삼촌인 퓔베르는 아벨라르로 하여금 궁형(宮刑), 즉 생식 기능을 제거하는 형벌을 받게 했다.

36 잔 다르크는 화형을 당했다.

37 중세의 대철학자 토마스 아퀴나스(1225?~1274)의 대표적 저서는 『신학 대전』과 『대(對)이교도 대전』이다. 이 저서들의 제목에 나오는 〈대전〉이라는 말은 라틴어의 〈*summa*〉를 옮긴 것으로 〈정점(頂點), 대강(大綱), 개요, 전체〉 등의 뜻을 담고 있다.

38 영국의 스콜라 철학자인 오컴(1285?~1349)은 내외적인 직관만을 인식의 원천으로 인정함으로써 근세의 경험론을 예고했다.

39 네덜란드 출신의 인문주의자 에라스뮈스(1466?~1536)가 토머스 모어에게 바친 저서 『광기예찬』(우신예찬이라고도 한다)을 연상한 것이다.

크리스토퍼 콜럼버스 더 이상 닿을 뭍이 보이지 않는군요.

알베르티 전망이 밝습니다.[40]

코페르니쿠스 잘 지냅니다. 모두 하늘이 도와주신 덕이지요.

루크레치아 보르자 마실 것 좀 드릴까요?[41]

조르다노 브루노 무한히 잘 지냅니다.[42]

로렌초 메디치 화려하게 지냅니다.[43]

데카르트 잘 지냅니다. 나는 그렇게 생각합니다.[44]

버클리 잘 지냅니다. 나는 그렇게 느낍니다.[45]

흄 잘 지냅니다. 나는 그렇게 믿습니다.[46]

---

40 이탈리아의 인문주의자이자 건축가인 알베르티(1404~1472)는 『회화론』이라는 저서에서 기하학적인 원근법 이론을 전개한 바 있다. 원근법을 뜻하는 이탈리아어 *prospettiva*는 〈전망〉이라는 뜻도 아울러 지니고 있다.

41 루크레치아 보르자는 이탈리아의 유명한 가문 보르자의 여인(1480~1519). 독약을 사용했다는 전설이 있다.

42 이탈리아의 철학자 브루노(1548~1600)는 우주의 무한성과 세계의 복수성을 주장하다가 종교 재판을 받고 화형을 당했다. 대표적인 저서로 『우주와 세계의 무한성에 대하여』가 있다.

43 로렌초 메디치(1449~1492)는 이탈리아의 정치가, 학자, 시인이며 미술과 문학의 후원자.

44 데카르트는 〈나는 생각한다. 고로 나는 존재한다〉라고 말한 철학자.

45 버클리는 지식이 감각에 토대를 두고 있다고 주장.

46 흄은 우리의 지식에 대한 확신은 지식에 관여한 심리 작용의 불변성에서 비롯된다고 주장했다.

파스칼 늘 생각이 많습니다.[47]

헨리 8세 저는 잘 지냅니다만, 제 아내는…….[48]

갈릴레이 잘 돌아갑니다.

토리첼리 저기압과 고기압이 갈마듭니다.[49]

폰토르모 잘 지냅니다. 어떤 방식으로든.[50]

데스데모나 너무 숨 막히지 않아요?[51]

비발디 계절에 따라 다르지요.

엘 그레코 모든 게 비뚤비뚤하게 되어 가요.[52]

뉴턴 제때에 맞아떨어지는 질문을 하시는군요.

라이프니츠 이보다 더 잘 지낼 수는 없을 것 같군요.[53]

스피노자 잘 지냅니다. 실질적으로 그렇습니다.[54]

47 프랑스의 철학자 파스칼의 유고집 『팡세』는 〈생각, 사색〉의 뜻.

48 영국 왕 헨리 8세는 여섯 번 결혼했고, 그중 두 명의 왕비가 처형되었다.

49 토리첼리는 이탈리아의 물리학자이자 수학자(1608~1647). 기압의 효과, 에너지 보존의 법칙을 발견하였고 사이클로이드의 면적을 계산했다.

50 폰토르모는 이탈리아의 화가(1494~1557) 미켈란젤로 및 뒤러의 영향을 받았다. 기이한 효과를 내는, 대조가 강한 기법을 사용했다. 이탈리아어 *maniera*는 〈방식, 기법, 작품〉의 뜻.

51 셰익스피어의 비극 『오셀로』의 여주인공으로 남편 오셀로에게 교살당한다.

52 엘 그레코의 후기 화풍은 형체의 왜곡을 특징으로 한다.

53 독일 철학자 라이프니츠(1646~1716)의 『변신론(辯神論)』에 나오는 낙천주의적 경구 〈만물은 최선의 세계에서 최선의 상태로 존재한다〉를 염두에 둔 것.

54 네덜란드 철학자 스피노자(1633~1677)의 범신론은 무한한 실질(실체)의 통일성을 주장한 것이다.

셰익스피어 당신 뜻대로 생각하세요.[55]

홉스 굶주린 늑대처럼 배가 고파요.[56]

퐁트넬 세상엔 잘 지내는 사람들도 있고 잘 지내지 못하는 사람들도 있지요.[57]

비코 나에겐 그게 순환적이지요.[58]

파팽 전속력으로 나아가는 기분입니다.[59]

몽골피에 빵빵하게 잘 나갑니다.[60]

프랭클린 벼락 맞은 것처럼 짜릿합니다.[61]

로베스피에르 정신 차려요, 목 잘리기 전에.[62]

---

55 셰익스피어의 희극 중에 「뜻대로 하세요」라는 작품이 있다.

56 홉스(1588~1679)는 인간을 욕망과 공포에 자연적으로 이끌리는 존재로 규정하면서, 〈인간은 인간에 대해서 늑대이다〉라고 주장하였다.

57 프랑스의 작가 퐁트넬(1657~1757)은 코르네이유의 조카로서 재치 있는 화술로 명성을 날렸고 과학을 대중화하기 위한 저술로 성공을 거두었다. 만물의 상대성을 주장한 『세계의 복수성에 관한 대화』라는 저서가 있다.

58 이탈리아의 역사학자이자 철학자인 비코(1668~1744)는 『역사 철학의 원리』라는 저서를 통해 각 민족의 순환적인 역사에서 세 시대, 즉 신의 시대, 영웅의 시대, 인간의 시대를 구분했다.

59 파팽(1647~1712?)은 프랑스의 발명가. 피스톤 증기 기관의 원형을 발명했다.

60 몽골피에(1740~1810)는 프랑스의 발명가. 열기구(몽골피에)와 양수기를 발명했다.

61 프랭클린(1706~1790)은 미국의 정치가이자 물리학자. 피뢰침을 발명했다.

62 프랑스의 혁명가 로베스피에르(1758~1794)는 산악당의 거두로 공포 정치를 추진하였으나 테르미도르의 반동으로 실각하고 단두대에서 처형되었다.

마라   향유 속에서 목욕하는 것처럼 기분 좋습니다.[63]

카사노바   모든 쾌락이 다 나를 위한 것이지요.

슐리만   깊이 파고 들어가 보면 만사형통입니다.[64]

괴테   빛이 조금 보입니다.[65]

베토벤   소리를 죽이고 지냅니다.

슈베르트   송어를 좋아하세요?

노발리스   한바탕의 꿈입니다.[66]

레오파르디   더할 나위 없이 잘못 지냅니다.[67]

포스콜로   나의 마지막 편지를 쓰고 있습니다.[68]

만초니   하느님 덕분에 잘 지냅니다.[69]

---

63 프랑스의 혁명가 마라(1743~1793)는 욕조에서 샤를로트 코르데에게 암살당했다.

64 독일의 고고학자 슐리만(1822~1890)은 미케네 문명과 트로이 문명의 유적을 발견했다.

65 독일의 대문호 괴테(1749~1832)는 광학 연구의 결정인 『색채론』이라는 저서를 낸 바 있다. 그의 마지막 말은 〈좀 더 빛을……〉이었다 한다.

66 독일 전기 낭만파의 대표적인 시인이자 소설가인 노발리스(1772~1801)의 미완의 장편 『하인리히 폰 오프터딩겐』에 나오는 〈푸른 꽃〉은 낭만적 동경을 상징하는 말로 널리 알려져 있다.

67 레오파르디(1798~1837)는 이탈리아의 작가. 지독한 염세주의로 유명하다.

68 포스콜로(1778~1827)는 이탈리아의 작가. 『야코포 오르티스의 마지막 편지』의 저자.

69 만초니(1785~1873)는 이탈리아의 작가. 이탈리아 낭만주의의 한 모범이 된 역사 소설 『약혼자』의 저자. 가톨릭으로 개종한 이래 기독교적 낙원의 이상에 자유·평등·박애의 정신을 결부시킨 작품을 잇달아 발표했다.

자허 마조흐 하느님 덕분에 잘 지내지 못합니다.[70]

사드 좆나게 잘 지냅니다.[71]

달랑베르와 디드로 한두 마디로 대답하기가 불가능하군요.[72]

칸트 비판적인 질문이군요.

헤겔 총체적으로 보아 잘 지냅니다.

쇼펜하우어 잘 지내려는 의지는 부족하지 않습니다.

캉브론 당신의 질문에 다섯 글자로 대답하겠소…….[73]

마르크스 내일은 더 잘 지내게 될 거요.

파가니니 알레그로 마 논 트로포.

가리발디 천 배나 더 잘 지냅니다.[74]

다윈 사람은 적응하게 마련이지요…….

70 마조흐(1836~1895)는 오스트리아의 작가. 『모피를 입은 비너스』 등의 소설에서 고통의 관능에 지배되는 에로티시즘(마조히즘)을 표현하였다.

71 사드(1740~1814)는 프랑스의 작가. 새디즘의 이론이자 예증인 그의 작품은 계몽주의 시대의 자연주의적이고 자유주의적인 철학의 병적인 복제품이다.

72 그들은 백과사전을 만들었다.

73 캉브론(1770~1842)은 프랑스의 장군. 워털루 전투에서 근위대 제1엽기병들을 지휘하다 부상당하였는데, 적군의 항복 명령에 다음과 같은 유명한 말로 대답했다. 〈그대의 질문에 다섯 글자로 대답하겠다. M, E, R, D, E.〉 프랑스어의 〈메르드〉는 똥이라는 뜻으로 프랑스인들이 가장 흔히 사용하는 욕설이다.

74 가리발디(1807~1882)는 이탈리아의 애국자. 이탈리아의 통일을 위하여 오스트리아, 양 시칠리아 왕국(천의 원정, 1860) 및 교황령에 맞서 싸웠다.

리빙스턴   제 생각엔 괜찮은 것 같습니다.[75]

니체   잘 지내고 못 지내고를 초월해 있습니다, 고맙습니다.

프루스트   시간에 시간을 줍시다.

헨리 제임스   관점에 따라 다르지요.[76]

카프카   벌레가 된 기분입니다.

무질   완전히 혼란에 빠져 있습니다.[77]

조이스   파인, 예스 예스 예스.[78]

노벨   터져 버릴 것 같아요.

라루스   백 마디로 할 것을 한마디로 말하자면, 못 지내요.[79]

마리 퀴리   라듐처럼 빛나는 삶이에요.

드라큘라   피 봤습니다.

불   잘 지내거나 아니면 잘못 지냅니다.[80]

75 영국의 선교사이자 탐험가인 리빙스턴(1813~1873)을 아프리카에서 찾아냈을 때 헨리 스탠리는 이렇게 말했다고 한다. 「제 생각에 리빙스턴 박사님이신 것 같군요 *Dr. Livingstone, I presume.*」

76 미국의 소설가 헨리 제임스(1843~1916)는 소설에서 시점이 중요하다는 것을 인정한 최초의 소설 이론가이기도 하다.

77 무질(1880~1942)은 오스트리아의 작가. 유럽 문명의 정신적이고 사회적인 위기를 분석했다(『퇴를레스 학생의 혼란』).

78 〈파인〉은 조이스의 소설 제목 『피네건의 경야』에서, 〈예스, 예스 예스〉는 『율리시스』의 인물 몰리 블룸의 내면 독백에서 따온 것.

79 라루스는 프랑스의 문법학자이자 사전 편찬자(1817~1875).

80 영국의 수학자 불(1815~1864)은 AND, OR, NOT으로 이루어진

비트겐슈타인 그것에 대해서는 말하지 않는 게 낫겠군요.[81]

칸토어 전체적으로 보아 잘 지냅니다.[82]

피카소 시기에 따라 다르지요.[83]

레닌 4월에 무엇을 할까 고민중입니다.[84]

히틀러 내가 해결책을 찾아낸 듯합니다. 모든 답은 내게 있습니다.

소더비 잘 지냅니다. 이보다 더 잘 지낸다고 말할 사람 있소?[85]

에른스트 블로흐 잘 지내기를 희망합니다.[86]

갤럽 깊이를 헤아릴 수 없는 질문이군요.

프로이트 당신은요?[87]

컴퓨터 논리 체계의 창시자이다.

81 비트겐슈타인(1889~1951)의 『논리철학 논고』의 마지막 문장은 〈말할 수 없는 것에 대해서는 침묵해야 한다〉이다.

82 칸토어(1845~1918)는 독일의 수학자로 데데킨트와 함께 집합 이론을 창시했다.

83 〈청색 시기〉, 〈장미 시기〉 등 피카소의 작품이 시기별로 급격히 변화한 것을 가리킨다.

84 레닌의 유명한 4월 테제를 염두에 둔 것.

85 소더비는 1733년 예술 작품을 전문으로 하는 세계적 경매 회사를 설립했다.

86 블로흐(1880~1959)는 독일의 철학자. 대표적인 저서로 『희망의 원리』가 있다.

87 정신분석가는 환자의 질문에 대답하기보다는 그 질문을 그대로 환자에게 돌려주기 마련이다.

단눈치오 쾌감에 젖어 지냅니다.[88]

포퍼 내가 잘 지내지 못한다는 것을 증명해 보시오.[89]

라캉 거시기*id* 괜찮아요.[90]

웅가레티 잘 지냅니다. (줄 바꿔서) 고맙습니다.[91]

페르미 저는 분열 단계에 있습니다.[92]

푸코 누구 말씀이죠?[93]

스필버그 ET, 잘 지내니?

크노 잘 지냅니다, 고맙습니다. 고맙습니다, 잘 지냅니다. 잘 고맙습니다, 지냅니다. 잘 지맙습니다, 고냅니다. 다니냅지 잘, 다니습맙고.[94]

카뮈 부조리한 질문이군요.

---

88 단눈치오(1863~1938)는 이탈리아의 시인, 극작가, 소설가. 카르두치를 계승한 아름다움에 대한 숭배와 예술 작품뿐만 아니라 삶에까지 적용한 상징주의적 기교를 혼합했다. 대표작 『관능의 아이』(1889)가 있다.

89 포퍼(1902~1994)는 오스트리아 출신의 영국 철학자. 과학적 가설의 요건으로 반증 가능성을 내세움.

90 라캉(1901~1981)은 프랑스의 정신분석학자. 프로이트로 돌아갈 것을 주장하면서, 언어학과 구조주의 인류학을 참조하여 정신분석의 영역을 확장했다. 그에 따르면 무의식은 언어로 해석된다.

91 웅가레티(1888~1970)는 이탈리아의 시인, 시행이 짧기로 유명.

92 페르미(1901~1954)는 원자 핵물리학자.

93 프랑스의 철학자 미셸 푸코(1926~1984)는 『고전 시대 광기의 역사』라는 저서를 통해 광기의 개념을 수정하고, 어떤 문화에든 문화를 한정하는 것과 그 밖에 있는 것을 규정하려는 요구가 있음을 고찰했다.

94 프랑스의 작가 크노(1903~1976)는 구어와 속어로 구조가 혁신된 새로운 프랑스어를 옹호하였고 언어유희에 남다른 애착을 보였다.

미시마 유키오 내 배가 텅 비어 있습니다.[95]

아이히만 비용을 다시 읽고 있습니다.[96]

피테칸트로푸스 에렉투스 숨.[97]

므두셀라 나이는 어쩔 수가 없어.[98]

미트리다테스 사람은 무엇에든 익숙해지게 마련이지요.[99]

크리시포스 날이 밝으면 잘 지낼 것입니다. 그런데 날이 밝았으니 잘 지내지요.[100]

아풀레이우스 히힝.[101]

세례 요한 잘 되어 갈 거요. 그 점에 대해서 내 목을

---

95 일본 작가 미시마 유키오(1925~1970)는 자위대의 각성과 궐기를 촉구하며 할복자살하는 이른바 〈미시마 사건〉으로 국내외에 충격을 주었다.

96 아이히만(1906~1962)은 나치 당원으로 1938년부터 유대인의 강제 수용과 학살에서 주요 역할을 했다. 전후에 아르헨티나로 도망갔다가 1960년 이스라엘에 의해 납치되어 사형 선고를 받고 처형되었다. 비용은 절도 등의 범죄 때문에 여러 차례 투옥되었다가 석방된 프랑스 중세 말기 시인.

97 〈나는 직립한다〉는 뜻의 라틴어.

98 구약 성서에 나오는 인물. 아담의 자손 에녹의 아들, 라멕의 아버지이며 노아의 할아버지이다. 인간으로서는 최고령인 969년을 살았다고 한다.

99 미트리다테스(B.C. 132경~B.C. 63)는 폰트 왕국의 마지막 왕. 독약에 대한 면역성으로 유명하다.

100 크리시포스(B.C. 281~B.C. 205)는 그리스의 철학자이자 논리학자. 스토아학파에 속한다.

101 아풀레이우스(124?~170?)는 라틴 작가. 대표작으로 『황금 당나귀』가 있다.

걸겠소.

클레오파트라 독사의 고기라도 기꺼이 다시 먹겠어요.

예수 다시 살아났습니다.

라자로 걸어 다닐 만합니다.

유다 입맞춤 한번 해도 될까요?

빌라도 내 손 닦는 수건이 어디에 있지?

성 베드로 내 열쇠를 잃어버렸어요.

성 요한 묵시록 같은 상황입니다.

네로 몸과 마음이 온통 불타는 듯하오.

필리피데스 숨 막힐 지경입니다.[102]

성 라우렌티우스 벌겋게 단 숯불에 놓여 있는 기분입니다.[103]

콘스탄티누스 모든 걸 주님의 뜻에 맡겼소.

마호메트 험난한 나날입니다. 이제 나 산으로 갑니다.

붉은 수염 프리드리히 1세 나는 다이어트 중이오.[104]

사보나롤라 나는 연기를 너무 많이 피웁니다.[105]

102 아테네의 군인. 페르시아 전쟁 발발 전 스파르타의 도움을 구하기 위해 이틀 동안 240킬로미터를 뛰어갔다고 한다.

103 성 라우렌티우스(210경~258)는 순교자. 로마의 부사제로 있으면서 교회의 재산을 정부에 넘겨주기보다 가난한 사람들에게 나누어 주었다는 이유로 벌겋게 단 철망 위에서 화형을 당했다.

104 프리드리히 1세(1122?~1190)는 독일의 황제. 제3차 십자군 원정 중에 강을 건너다가 갑옷의 무게 때문에 익사했다고 전한다.

105 사보나롤라(1452~1498)는 이탈리아의 도미니크회 수도사. 피렌

히에로니무스 보스 온갖 마귀가 들끓어도 잘 지냅니다.[106]

시라노 코앞에 닥친 일만 생각하며 지냅니다.[107]

볼타 플러스 아니면 마이너스지요⋯⋯.[108]

자카르 베틀의 북처럼 왔다 갔다 하며 지냅니다.[109]

포 폭삭 망했습니다.[110]

맬서스 인구에 회자되지 않도록 조심하시오.

빙켈만 고전적인 질문이군요.[111]

나폴레옹 유배된 느낌입니다.

디킨스 어려운 시절이지만 나는 큰 희망을 품고 있습니다.[112]

체에서 메디치의 통치를 전복시키고 일종의 공화정을 수립했으나 교수 당한 뒤 화형되었다. 외설적인 그림들을 불태운 것으로도 유명하다.

106 보스(1450~1516경)는 벨기에 브라반트 출신의 화가. 기이한 상징주의적 기법과 독특한 상상력으로 지옥과 마귀의 풍경을 즐겨 그렸다.

107 시라노는 에드몽 로스탕의 5막 희극 「시라노 드 베르주라크」의 주인공. 코가 너무 크다는 신체적 약점을 지니고 있다.

108 볼타(1745~1827)는 이탈리아의 물리학자. 유디오미터(측기관)와 전지를 발명했다.

109 자카르(1752~1834)는 프랑스의 발명가. 구멍 뚫린 판지에 입력된 프로그램에 따라 날실의 선별을 가능케 하는 기계 장치를 갖춘 방적기를 발명했다.

110 미국 작가 에드거 앨런 포(1809~1849)의 단편 소설 「어셔가의 몰락」을 연상한 듯하다.

111 빙켈만(1717~1768)은 독일의 미술사학자이자 고고학자. 신고전주의 미술의 주창자 가운데 하나이다.

112 영국의 소설가 디킨스(1812~1870)는 공장 노동자들의 파업을 다룬 『어려운 시절』이라는 작품을 썼다.

벨리니 정상적으로 지냅니다.[113]

다게르 한창 발전하는 중입니다.[114]

뤼미에르 열차를 조심하세요![115]

애거서 크리스티 맞혀 보세요.

아인슈타인 상대적으로 잘 지냅니다.

버지니아 울프 내일은 날씨가 좋기를 바라요.

매클루언 미디엄(보통)[116]입니다.

엘리엇 내 마음은 황무지입니다.

하이데거 바스 하이스트 게엔?[117]

오스틴 잘 지냅니다. 장담합니다.

설 그거 질문인가요?[118]

바너드 심장이 작은 사람들은 도저히 할 수 없는 일

---

113 벨리니(1801~1835)는 이탈리아의 작곡가로, 그의 작품 중에 「노르마Norma」가 있다. 노르마는 〈규범, 표준, 정상〉의 뜻.

114 다게르(1787~1851)는 프랑스의 발명가. 1822년에 디오라마(투시화)를 구상했고, 사진의 발명을 완전하게 했다. 사진 용어 〈현상〉은 유럽어에서 〈발전〉과 같은 단어이다.

115 뤼미에르 형제는 영화의 발명자. 달려오는 열차를 정면에서 찍은 「라 시오타 역의 열차 도착」을 보고 당시 많은 관객들이 혼비백산하여 극장에서 도망쳤다.

116 매클루언(1911~1980)은 캐나다의 사회학자. 현대의 시청각적인 커뮤니케이션 수단들은 활자 문화의 지배를 무너뜨린다고 주장했다. 〈미디어는 메시지다〉라는 명제를 내세웠다. 미디어는 미디엄의 복수형.

117 *Was heisst gehen?* 〈지낸다 함은 무엇을 이름인가?〉 정도의 뜻. 낱말 하나하나의 근원적인 의미를 사고하려는 전형적인 하이데거 스타일.

118 설(1932~)은 미국의 철학자로, 담화의 의도를 밝히는 이론을 주창했다. 『언어의 행위』(1969)라는 저서가 있다.

을 하며 지냅니다.[119]

루비아   신체적으로는 잘 지냅니다.[120]

마지막으로 등장한 레오나르도 다빈치, 그는 같은 질문에 그저 뜻이 분명치 않은 묘한 미소를 지을 뿐이다.

119 바너드(1922~2001)는 남아프리카 공화국의 외과 의사. 1967년에 최초로 심장 이식 수술에 성공했다.

120 루비아(1934~)는 이탈리아의 물리학자. 중간 보손*intermediate boson* W 입자와 Z 입자를 최초로 발견했다. 이탈리아어의 〈코메 피지코〉는 〈물리적으로〉라는 뜻도 되고 〈신체적으로〉라는 뜻도 됨.

2부

성조기

전보

발신: 태양계 3번 행성, 몬테카를로 카지노,
    은하계 군단 총사령부

수신: 천왕성, 제4지구 사령부

본 총사령부는 천왕성 제1전투 부대 〈부스〉에 대한 조사를 벌이고 나서 파렴치한 동성애가 실제로 행해지고 있음을 확인했다. 관련자 전원을 색출하고 엄격한 제재 조치를 신속하게 강구하기 바란다.

총사령관 페르쿠오코 장군

전보

발신: 천왕성, 제4지구 사령부

수신: 태양계 3번 행성, 몬테카를로 카지노

은하계 군단 총사령부

　　총사령부에 다음과 같은 사실을 알리고자 합니다. 천왕성 〈부스〉 부대는 양성구유의 종족(은하 종족 등록 번호 30015)으로 구성되어 있으며, 이른바 동성애로 잘못 알려진 사례들은 천왕성의 법률과 은하 헌법이 허용한 정상적인 성행위의 실례일 뿐입니다.

　　　　출산 휴가 중인 아구르스 사령관을 대리하여

　　　　　　　　　　　　　　　즈브즈 트스그 대령

전보

발신: 태양계 3번 행성, 몬테카를로 카지노

　　　은하계 군단 총사령부

수신: 명왕성, 제5지구 사령부

　　본 총사령부는 명왕성 채굴 부대 안에서 공공연하게 자행되는 파렴치한 자위 행위 사례를 확인하였다. 사건에 직접 관련된 자들과 군기 문란에 책임이 있는 장교들을 엄벌에 처하기 바란다.

　　　　　　　　　　　　　　총사령관 페르쿠오코 장군

전보

발신: 명왕성, 제5지구 사령부

수신: 태양계 3번 행성, 몬테카를로 카지노

　　　은하계 군단 총사령부

보내 주신 전보에 대하여 다음과 같이 회신을 보냅니다. 문제의 명왕성 채굴 부대원들은 연충 모양의 종족입니다(명왕성 지역의 지질학적 탐사를 위한 능숙한 굴착 기술과 탁월한 암석 채취 능력은 바로 그 생김새에서 비롯됩니다). 이들은 단성 생식을 통해 번식하며, 자기 몸의 앞쪽 끝으로 뒤쪽 끝을 빼는 이들의 행태는 분열 과정에서 나타나는 자연스런 현상으로서 명왕성 군 법규에서는 이것을 정상적인 행위로 인정하고 있습니다. 게다가 이 행위가 없다면 정례적인 신병 징집에 막대한 차질이 빚어지리라는 점도 간과할 수 없습니다.

　　　　　　　부사메트 장군과 부사메트 장군

　(최근에 사령부 수뇌부에 단성 생식에 의한 분열이 이루어진바, 지휘권의 소재를 확정해 주시기 바랍니다.)

전보

발신: 태양계 3번 행성, 몬테카를로 카지노

　　　은하계 군단 총사령부

수신: 천왕성, 제4지구 사령부

　　　명왕성, 제5지구 사령부

　본 총사령부는 귀측의 자유 방임적인 변호와 기만적인 논거를 거부한다. 문제의 부대들에서 벌어지는 행태는 도덕적인 전통을 심각하게 침해하고 은하 군단의 명민한 정신과 위생 관념에 어긋하며 사르데냐 척탄병과 근위 기병과 알프스 보병의 자랑스러운 전통을 욕되게 하는 것이다. 회신에 서명한 자들의 지휘권을 박탈하고 해당 부대 병사들의 외출을 금한다.

총사령관 페르쿠오코 장군

탄원서

　남어궁(南魚宮) 포말하우트, 소수 종족 보호 위원회로부터

　대통령 각하, 동봉한 문서에 언급된 사건들과 관련하여 감히 몇 말씀 드리고자 합니다. 이 문서에서 분명

히 드러나는 것은 페르쿠오코 장군이 은하군을 통솔함에 있어 아주 낡아빠진 사고방식을 적용하고 있다는 사실입니다. 이런 단언이 외람되다 하실지 모르지만, 장군의 관점은 적어도 플라나간 대통령 시대 이래로는 더 이상 통용될 수 없는 시대착오적인 것입니다. 잘 아시다시피 플라나간 대통령은 소수 종족이 모든 권리를 완전히 평등하게 누릴 자격이 있음을 옹호하다가 아프리카의 한 광신자의 손에 암살되는 비운을 맞은 바 있습니다. 플라나간 독트린은 〈모든 은하의 모든 존재가 생김새, 또는 비늘이나 팔의 수에 상관없이, 심지어는 물리적인 존재 상태가 고체냐 액체냐 기체냐에 상관없이 위대한 자궁 앞에서 평등하다〉고 밝히고 있습니다. 은하 연방 정부가 〈문화적 · 생물학적 상대성 판정 위원회〉를 설치한 데에는 그만한 이유가 있습니다. 이 위원회는 은하 종족 등록부를 관리하고 있고, 지구의 문명이 우주의 구석구석으로 퍼져 나가는 상황에 조응하여 종족 차별 철폐와 은하 법의 개정을 헌법 재판소에 제안하고 있습니다.

거대한 핵 제국들(구 소련과 미국)이 몰락한 후 지중해 연안의 민족들이 레몬의 구연산을 에너지원으로 활용하는 방법을 발견한 덕분에 처음에는 지구를, 나아가서는 우주 전체를 지배하게 되었습니다. 그들은 어느 시인이 〈햇빛 찬란한 황금 나팔〉이라고 노래한 레몬에서 에너지를 얻어 그것을 동력으로 삼는 우주 선을 타고 전 우주를 누비고 다녔습니다. 그렇게 우주의 지배권이 한때 자기들의 행성에서 혹독한 인종 차별을 겪은 바 있는 민족들에게 넘어갔을 때, 모두가 그것을 좋은 조짐으로 생각했습니다.

그리고 각하께서는 헤프너[1] 법에 대한 열렬한 환호를 기억하실 것입니다. 그 법은 지구의 여성과 목성의 음경 다섯 달린 남성 사이의 교접을 허용했습니다. 물론 그 교접에는 많은 무리가 따랐습니다. 질이 하나뿐인 지구의 여자를 상대로 너무나 정력적인 목성의 남자들이 동시에 흥분한 다섯 성기를 한꺼번에 만족시키기란 여간 어려운 일이 아니기 때문입니다. 비록 그 불행한 선구자적 실험이 피의 대가를 치르긴 했지만, 그것은 의심할 바 없는 개방의 실험이었으며 은하 법률의 토대가 되었고 오늘날에도 여전히 우리 연방의 자랑거리가 되고 있습니다.

또한 우리는 은하군의 법규가 종족 통합 원칙에 부합되도록 제정되어 있고 그 법규에 따라 군 복무는 자

1 휴 헤프너는 『플레이보이』를 창간한 인물.

기 출생지가 아닌 행성에서 행하도록 되어 있다는 점을 기쁘게 생각하고 있습니다. 따라서 우리는 오래전부터 그 법규가 침해되어 왔다는 사실을 확인하고 크나큰 실망을 느끼지 않을 수 없습니다. 명왕성의 채굴 부대원들과 천왕성의 전투 부대원들이 자기들의 행성에서만 복무를 하고 있다는 사실이 바로 그 침해의 증거입니다. 사정이 그러하기 때문에 우리는 페르쿠오코 장군이 군사적이고 행정적인 면에서 부인할 수 없는 능력을 지니고 있음에도 아직 그 부대원들의 해부학적인 특성과 번식 방식을 모르고 있는 까닭을 이해할 수 있습니다. 하지만 이 사건이 야기한 외교적인 마찰이 얼마나 심각한지는 각하께서도 이미 짐작하셨을 것으로 생각됩니다. 문제의 두 행성에서 벌어지는 폭동들이 텔레비전을 통해 널리 보도되고 있는 상황이니까요.

이와 같은 이유로 저는 각하께서 은하 대통합 원칙이 실제적으로 힘을 발휘할 수 있도록 적절한 조치를 취해 주시기를 요청합니다. 그리고 지중해의 매혹적인 풍광이 내려다보이는 찬란한 무아엔 코르니슈 언덕과 라 튀르비 대통령궁으로부터 신속하고도 엄한 경고가 몬테카를로의 옛 카지노에서 〈싸움 잔치〉라는 전쟁놀이를 지휘하고 있는 은하 군단 총사령부에 하달되기를 바랍니다.

심심한 존경의 뜻을 전하며 우주 대통합의 위대한 자궁에 대한 저의 존경에 찬 헌신의 표현을 받아 주시기를 제 서른 개의 무릎을 꿇고 간청합니다.

아브람 분드 스스브브

회신

남어궁 포말하우트의 고명한 다지(多肢)족 은하민 아브람 분드 스스브브 귀하

남십자성의 이름으로 귀하의 평안을 빕니다. 우리의 존경하는 범(汎)은하 대통령을 대신하여 공보 담당 보좌관으로서 귀하의 편지에 답하여 위대한 자궁에 비추어 합당하다고 생각되는 해결책을 제시함으로써 귀하의 뜻을 충족시키고자 합니다.

대통령께서는 은하 대통합의 책임자로서 맡고 있는 의무를 늘 잊지 않고 계십니다. 그러나 대통령께서는 은하군의 통수권자로서 지고 있는 의무 또한 소홀히 하실 수가 없습니다.

예로부터 군대를 통솔하는 것은 어려운 일이었습니

다. 오죽하면 고대 히브리인들은 그 임무를 만군의 주에게 맡겼겠습니까? 오늘날처럼 은하에 평화가 지속되는 상황에서는 군대를 통솔한다는 것이 불가능하지는 않더라도 예전과는 비교할 수 없을 만큼 어렵습니다. 아시다시피 서기 22세기부터 위대한 정치가들은 평화적인 과도기에 수십만 병력의 군대가 얼마나 위험한지를 잘 알고 있었습니다. 또한 20세기의 대정변들은 다름이 아니라 바로 평화가 과도했던 데에 그 원인이 있었습니다[그래서 고(故) 플라나간 대통령도 전쟁만이 민주주의의 요람이라고 설파했던 것입니다]. 그러니 평화가 항구적으로 지속되고 수호해야 할 국경도 위협적인 적도 없는 상황에서 다양한 종족 출신의 수십억 병사들로 이루어진 은하의 군대를 통솔한다는 것이 얼마나 힘든 일인지를 상상해 보십시오. 이런 조건에서는 군대를 유지하는 데에 비용이 더 많이 듭니다. 그럼에도 유명한 파킨슨 법칙에 따라 병력의 수는 증가하는 경향을 보입니다. 그 결과로 어떤 어려움이 생겨날지는 능히 짐작하실 수 있을 것입니다.

　명왕성의 채굴 부대와 천왕성의 〈부스〉 부대의 경우를 봅시다. 애초에 우리는 그들을 달의 혼합 부대에 통합시킬 생각이었습니다. 이 부대는 법규에 따라서 두 지구인(이탈리아의 저격병 하나와 캐나다의 기마 경관 하나)과 두 외계인이 한 조를 이룬 트랙터 기동 순찰대로 구성되어 있습니다. 그런데 트랙터 앞부분의 산소가 공급되는 공간이 협소하기 때문에 둘 다 테가 넓은 모자를 쓰고 있는 두 지구인을 나란히 앉히기가 불가능했습니다. 게다가 이탈리아 저격병의 모자에 달린 깃털에는 말들이 아주 민감한 반응을 보이는 알레르기 유발 물질이 들어 있는데, 잘 아시다시피 캐나다의 기마 경관은 말에 대한 애착이 너무나 대단해서 트랙터에 타면서도 말과 떨어지려고 하지 않습니다(영국 군인을 자전거에 태우려던 시도는 참담한 실패로 끝났습니다. 각각의 군대가 지니고 있는 전통을 존중하지 않는 것은 바람직하지 않습니다). 하지만 이런 문제는 명왕성의 병사와 천왕성의 병사를 트랙터의 뒷부분에 배치함으로써 생겨난 문제에 비하면 아무것도 아니었습니다. 우선 천왕성 전투 부대원들에게는 잘 알려진 대로 긴 꼬리가 달려 있는데, 이 꼬리가 트랙터 밖으로 빠져나와 땅에 질질 끌리기 때문에 상처가 아물 날이 없습니다. 또한 천왕성의 병사들은 인화성 가스로 이루어진 대기 속에서 생활하는 반면에 명왕성의 병사들은 화씨 2천 도의 기온에서만 살아

갈 수 있기 때문에 아무리 완벽하게 밀폐된 칸막이를 치더라도 서로를 충분히 격리시키기가 불가능합니다. 문제는 거기에서 끝나지 않습니다. 정작 심각한 문제는 명왕성의 채굴 부대원들이 지질 조사용 암석을 채취한답시고 한사코 땅속으로 파고 들어가려 한다는 데에 있습니다. 명왕성에서는 그곳 토양의 재생 능력 때문에 그런 행동이 돌이킬 수 없는 결과를 야기하지 않지만, 달에서는 이내 중대한 환경 변화를 일으켰습니다. 달의 중력을 불안정하게 만들 위험까지 있는 그 변화에 전문가들은 〈그뤼예르[2] 치즈 만들기〉라는 이름을 붙였습니다. 아주 생생한 이미지를 불러일으키는 이름이지요. 요컨대 이상에서 말한 문제들 때문에 우리는 통합 계획을 포기해야만 했고, 오늘날 달의 트랙터 기동 순찰대는 오로지 뱅골 정글의 반다르 소인족으로만 구성되어 있습니다. 이 소인족은 그 임무에 아주 적합한 자들입니다. 결국 통합이라는 측면보다 기능적인 측면이 중시된 셈입니다. 하지만 이런 해결책은 일반적인 법규에 어긋나는 예외적인 것이며 임시 법령에 토대를 둔 일시적인 조치임에 유의해야 합니다.

2 구멍이 숭숭 뚫린 스위스 치즈.

이상의 설명을 통해 귀하는 중앙 당국이 마주하고 있는 문제들이 어떠한 것인지를 이해하셨을 것입니다. 그리고 솔직히 말씀드려 위에서 언급한 해결책은 은하군 최고 사령부와 대립하는 가운데에 취해진 것입니다. 모든 사령관이 은하군을 통솔하는 과정에서 제기되는 무수한 문제들에 대처할 능력이 있는 건 아니라는 것 또한 사실입니다.

어쨌든 여기에서 검토된 문제와 관련하여 대통령께서는 이번 정기 인사에서 최고 사령부를 교체할 계획임을 귀하에게 전하라고 하셨습니다. 페르쿠오코 장군은 내일 당장 베텔게우스3의 보급 기지로 파견될 것이고, 은하계 군단의 지휘권은 노바라 창기병 부대의 탁월한 사령관이었던 코르베타 장군이 맡게 될 것입니다. 또 은하군 합동 참모 본부 의장은 전 정보부장 잔사베리오 레바우덴고 장군이 맡게 될 것입니다. 그는 피에몬테 군의 빛나는 전통을 계승한 장교로서 갖가지 막중한 임무를 수행하기에 충분한 자질을 갖추고 있습니다.

우리는 이 조치가 소수 종족 보호 위원회의 요구를 충족시키는 것이 되기를 바랍니다. 우리는 그토록 까다로운 임무를 수행할 지휘관으로 아프리카나 시칠리아나 브레시아처럼 전통적으로 인종 차별이 심했던 지역 출신의 장교를 선택하지 않도록 각별한 주의를 기울였습니다. 대통령께서는 이제 최고 사령부를 언제나 지중해 연안 출신의 군인에게 맡기는 전통을 깰 때가 되었다고 생각하고 계십니다. 레몬 문명이 여전히 막대한 특권을 누리고 있다는 것은 귀하도 잘 아실 것입니다. 우리는 모두 구연산의 테크놀로지에서 태어난 자식들입니다. 우리가 어떻게 그 사실을 잊을 수 있겠습니까?

변함없는 존경의 뜻을 전하며 이만 마칩니다.

은하 연방 대통령 공보 담당 보좌관

조반니 파우타소

보고서

발신: 로마 합동 정보부

수신: 은하 연방 대통령

저희 합동 정보부는 요원 우우우스프 그그그르스의 정체를 규명하라는 대통령 각하의 명령을 수행했습니다. 다른 비밀 정보기관들의 활동을 통괄하는 책임을 지고 있는 저희 합동 정보부의 존재 조건은 저희가 가진 정보에 대해 절대적으로 비밀을 유지하는 것이기에, 각하의 명령을 수행함에 있어 약간의 주저가 있을 수밖에 없었습니다. 저희는 이 원칙을 아주 철저하게 지킵니다. 그래서 대개는 정보가 누출되는 것을 막기 위해 저희가 통괄하는 다른 정보기관들의 활동을 파악하지 않습니다. 어쩌다가 어떤 사건에 대해서 알게 되는 경우가 있긴 하지만, 그것은 단지 저희의 2만 6천 명에 달하는 요원들을 훈련시키기 위한 것에 지나지 않습니다. 은하 연합군의 존재 근거가 되고 있는 〈공전(空轉)의 제도화〉 이론에 따라서 저희도 〈헛돌기〉에 해당하는 활동을 해야만 존재할 수 있으니까요.

카시오페이아자리 출신의 소형 쌍각류 종족에 속하는 우우우스프 그그그르스 요원의 위치를 이해하기 위해서는 우선 은하 연방의 37개 비밀 정보기관들이 어떤 상황에 놓여 있는지를 알아야 합니다. 그 상황을 설명하기에 앞서 한 가지 원칙을 각하께 분명히 말씀드리고자 합니다. 만일 위에서 말한 정보기관들이 제대로 기능하고 저희 합동 정보부가 정보 조작의 의무를 충실히 이행했다면 정부는 정보기관의 활동에 대해서 전혀 몰라야 한다는 것이 바로 그 원칙입니다.

각하께서도 잘 알고 계시듯이 은하 연방은 국경도

없고 따라서 적도 없는 하나의 국체라는 사실 때문에 항구적인 평화가 지속될 수밖에 없고 그래서 여러 가지 문제를 겪고 있습니다. 이런 상황은 당연히 군의 입장을 난처하게 만듭니다. 그렇다고 은하 연방이 군대를 포기할 수는 없는 노릇입니다. 군대를 보유하는 것은 주권 국가의 핵심적인 특권 중의 하나이기 때문입니다. 따라서 해결책은 〈공전의 제도화〉라는 이론에 의지하는 방법밖에 없습니다. 이 이론은 상상할 수 없을 정도로 규모가 큰 군대가 오로지 스스로를 유지하는 일에만 전념하는 것을 정당화해 줍니다. 이 이론에 따라서 우리 군대는 〈싸움 잔치〉라는 전쟁놀이를 통해 혁신의 욕구를 가라앉힐 수 있습니다.

이런 해결책을 실행에 옮기는 것은 어렵지 않았습니다. 이미 오래전부터(지중해 연안 국가들이 지배하던 평화 시대와 은하의 통일 이전부터) 이른바 〈범속한 시대〉의 군대들은 오로지 스스로를 유지하는 데에만 관심을 가져 왔으니까 말입니다. 하지만 그 군대들은 두 가지 중요한 안전판을 지니고 있었습니다. 첫째는 경제적인 권력 중심의 압력에 굴복하여 수익성이 대단히 높은 전시 경제를 보전하기 위해 일련의 국지전을 일으키는 것이었고, 둘째는 국가 상호 간에 첩보 활동을 벌임으로써 긴장을 유지하고 쿠데타와 냉전 따위를 야기하는 것이었습니다.

각하께서도 잘 알고 계시는 바와 같이, 구연산이라는 에너지원의 발견은 은하의 지배권을 저개발 상태의 레몬 생산국들에 넘어가게 했을 뿐만 아니라 경제 법칙을 근본적으로 변화시키고 공업 기술과 소비의 시대가 막을 내리게 했습니다. 그 결과 국지전의 가능성이 완전히 사라진 것은 아니지만 국지전을 일으키는 것의 경제적인 이익이 사라졌습니다. 그리고 전투가 더 이상 벌어지지 않게 되자 군의 내부 기능과 관련된 두 가지 중요한 문제, 즉 병력의 교체와 공훈에 바탕을 둔 장교들의 승진이라는 문제가 악화되었습니다. 이 심각한 난제를 〈싸움 잔치〉라는 전쟁놀이가 일시적으로 해결해 주었습니다. 그리하여 오늘날 우리의 우주 경기장에서는 일요일마다 영예로운 우리 군의 부대들이 모여서 우정과 협동 정신과 모험심을 바탕으로 능력과 용기를 겨루는 유혈의 만남이 벌어지고 있습니다. 온갖 종족 온갖 사회적 조건의 젊은이들이 〈적〉에 대해 증오의 말 한마디 하지 않고 입가에 미소를 머금은 채 죽어 가는 이런 일은 일찍이 역사에 없었습니다. 이 전쟁놀이에서 적은 진짜 적이 아니라 단지 제비뽑기에 의해 상대편 진영에서 싸우도록 정해진 자일 뿐입니다. 이 대목에서 저는 지난 일요일 남십자성의 더비 경주에서 카멜레온자리의 제4〈열광〉사단이 보여 준 영웅적인 행동을 상기시켜 드리고자 합니다. 이 사단은 뱀자리의 〈사자〉 부대에 밀려 천반구의 끝으로 몰리는 상황이 되자 혹시라도 포말하우트에 마련된 정부의 특별관람석 위에서 궤멸당하는 불상사를 피하기 위해 알파성에 가서 부서졌습니다. 그 바람에 주민 5만 명이 죽임을 당함으로써 〈싸움 잔치〉가 한결 흐드러진 잔치판이 되었지요. 그렇게 교전 중에 비당사자들이 희생되는 일은 먼 옛날 미국이라는 나라의 군대가 네이팜탄을 사용했던 시대 이래로 더 이상 벌어지지 않았던 사건입니다.

각설하고 본래의 사안으로 다시 돌아가겠습니다. 〈싸움 잔치〉라는 전쟁놀이는 병력 교체의 문제와 무훈에 따른 승진의 문제는 해결했지만, 첩보 활동의 문제를 해결하지는 못했습니다. 물론 어떤 부대가 〈싸움 잔치〉에서 만나게 될 부대를 상대로 첩보 활동을 벌이는 것은 부질없는 짓이 될 것입니다. 행사에 참가하는 부대들의 전력은 여러 군사 스포츠 잡지를 통해 쉽게 알아낼 수 있을 만큼 널리 공개되어 있기 때문입니다.

게다가 외부적인 적이 존재하지 않는 상황은 정보부를 무의미하게 만들 염려가 있습니다. 그럼에도 군대 없이는 국가가 존속할 수 없는 것처럼 비밀 정보기관이 없이는 군대가 존속할 수 없습니다. 홍키헹키 독트린이 시사하듯이, 최고 지휘관으로 승진할 수 없을 남아도는 장성들을 밀어내기 위해서라도 정보기관은 군에 생물학적으로 필요합니다. 따라서 정보기관은 반드시 존재해야 하고 중대한 활동을 전개해야 하지만, 그 활동은 국가가 스스로의 힘으로 존속해 나가는 데에 전혀 도움이 되지 않고 오히려 해가 되어야 합니다. 국가를 위해 존재하되, 완벽하게 비효율적인 기관이 된다는 것은 참으로 풀기 어려운 난제가 아닐 수 없습니다.

그런데 홍키헹키 독트린이 고맙게도 이른바 〈범속한 시대〉의 20세기 말에 현재의 에노트리아(옛날의 이탈리아)가 보여 주었던 귀중한 본보기를 되살려 냈습니다. 국가 기관들 간의 상호적인 첩보 활동이 바로 그 본보기입니다.

국가 기관들이 서로를 상대로 첩보 활동을 할 수 있으려면 다음의 두 가지 조건이 필요합니다. 각각의 국가 기관은 다른 기관들이 궁금하게 여길 만한 중대하고도 비밀스런 활동을 전개해 나가야 한다는 것이 첫 째 조건이고, 첩보 요원들이 쉽게 정보에 접근할 수 있어야 한다는 것이 두 번째 조건입니다. 두 번째 조건은 단일한 첩보 요원에 의한 다중적인 첩보 활동이 가능해야 충족됩니다. 동시에 여러 국가 기관을 위해서 첩보 활동을 하는 다중 플레이의 달인이라야 언제나 새로운 정보와 확실한 정보원을 손에 넣을 수 있지 않겠습니까?

그런데 국가 기관들은 〈공전의 제도화〉라는 원칙에 따라 공개적이든 비공개적이든 하는 일이 아무것도 없습니다. 그래서 누구든 첩보 요원으로 고용되려면 첩보 활동의 세 번째 조건을 충족시켜야 합니다. 조작된 정보를 수집하고 제공할 수 있어야 한다는 것이 바로 그 조건입니다. 그렇게 되면 첩보 요원은 정보의 매개자에 그치지 않고 정보의 출처가 되기도 하는 셈입니다. 어떤 의미에서는 국가 기관이 첩보 요원을 만들어 내는 것이 아니라 첩보 요원이 국가 기관을 만들어 내는 것이라고 할 수도 있습니다.

그런 관점에서 우우우스프 그그그르스는 가장 훌륭한 첩보 요원감으로 보였습니다. 그것도 여러 가지 이유에서 그러했습니다. 우선 그는 카시오페이아자리의 쌍각류에 속하는 자입니다. 이 종족은 다의적인 논리를 바탕으로 언제나 지시 대상이 대단히 불투명한 문장을 사용하여 사고를 합니다. 그 두 가지 특성이 절묘하게 결합되어 이 쌍각류는 거짓말과 철저한 자기모순, 신속한 동의어 조작, 상호 독립적인 개념들의 궤변적인 결합(예컨대, 〈만일 툴리우스가 키케로라면, 툴리우스는 네 개의 음절로 이루어진 낱말이므로 키케로도 네 개의 음절로 이루어진 단어이다〉라는 식입니다. 이런 식의 추론은 우리 장교들이 높은 수준의 논리적 형식화에 도달해 있는 탓인지 은하 변두리의 외딴 부대에서까지 대단한 인기를 누리고 있는 듯합니다)에 아주 뛰어난 능력을 발휘합니다.

다음으로, 우우우스프 그그그르스는 앞서 말했듯이 소형 쌍각류에 속해 있기 때문에(카시오페이아자리 원주민의 대다수가 그러하듯이), 도저히 잠입할 수 없을 것으로 보이는 장소에도 어렵지 않게 침투할 수 있습니다. 그는 담뱃갑이나 콤팩트로 변장한 채 중개 요원들의 호주머니나 가방 속에 들어감으로써 이동의 어려움을 극복합니다. 그 중개의 임무는 대개 아무런 통제도 받지 않고 이 기관 저 기관을 왔다 갔다 하는 각 정부 기관의 침투자들에게 맡겨집니다.

우우우스프 그그그르스 요원이 적어도 세 곳의 군 부대에 고용되었던 이유를 설명했으므로, 이제 각하 께서 하달하신 명령과 관련된 사건에 대해 해명하는 일이 남아 있습니다.

문제의 요원은 염소자리 최고 사령부와 안타레스[3] 의 보안대와 큰곰자리의 군부에 매수되었습니다. 그 런데 그는 음모를 좋아하는 타고난 기질 때문인지, 안 타레스와 큰곰자리에 대한 첩보 활동의 대가로 염소 자리로부터, 큰곰자리와 염소자리를 염탐하는 대가로 안타레스로부터, 안타레스와 염소자리를 염탐하는 대 가로 큰곰자리로부터 돈을 받는 대신에 — 그렇게 했 더라면 보수를 6중으로 받았을 텐데도 — 안타레스를 염탐하는 대가로 안타레스로부터, 큰곰자리를 염탐하 는 대가로 큰곰자리로부터, 염소자리를 염탐하는 대 가로 염소자리로부터 돈을 받았습니다. 각각의 국가 기관이 자체에 대한 정보를 얻기 위해 막대한 비용을 지출하는 건 옳지 않은 행동이라 아니할 수 없습니다. 여기에서 유의하실 것은 이 요원이 제공하는 정보들 이 거짓이었기 때문에 그런 사기 행각이 전혀 드러나 지 않을 수도 있었다는 사실입니다. 각 부대의 책임자

3 전갈자리의 알파성.

는 언제나 자기가 아직 모르고 있는 정보들을 받았기 때문에, 그 정보들이 자기 부대와 관련된 것인 줄은 모르고 다른 기관에 관한 정보라고만 생각했으니까요.

비밀이 밝혀진 것은 염소자리의 최고 사령관 프로아잠 장군이 자기 휘하에 있는 부사령관에 관한 극비 정보를 얻기 위해 우우우스프 그그그르스를 고용하기로 결심하고 코폴라 대위를 불러들였을 때였습니다. 코폴라 대위는 그 요원에게 보수를 직접 가져다주기 위해 매달 명왕성에 다녀오곤 했습니다(말이 나온 김에 한 가지 더 알려 드리자면, 그 무렵에 염소자리의 다른 기관에서는 몇 가지 경범죄 때문에 그 요원을 찾고 있었습니다). 코폴라 대위와 이야기를 나누던 중에 장군은 뭔가 모호한 상황이 벌어지고 있음을 알아차렸고 염소자리의 정보기관 내에서 부정행위가 저질러지고 있는 게 아닌가 하는 의심을 품었습니다. 그래서 장군은 합동 정보부에 문의를 했고, 합동 정보부는 본연의 의무를 저버리지 않고 전혀 아는 바가 없다고 대답했습니다. 하지만 장군은 오히려 그것만으로도 자기의 의심이 근거가 있는 것이라고 믿게 되었습니다. 잘 아시다시피 염소자리의 주민들은 텔레파시의 능력을 지니고 있으므로, 프로아잠 장군의 의혹이 새로운 스캔들 기사를 애타게 기다리던 『프로키온』 신문의 텔레파시 부에 포착되는 것은 피할 수 없는 일이었습니다. 그렇게 해서 마침내 이 사건이 세상에 알려지게 되었습니다.

그 결과로 저희는 각하께 다음과 같은 사실을 분명히 알려 드릴 수 있습니다. 범죄 사실이 드러난 문제의 요원은 더 이상 첩보 활동을 하지 못하도록 〈정보기관들의 도덕성 제고를 위한 범은하 위원회〉의 사무국장에 임명되었습니다. 프로아잠 장군은 베텔게우스의 〈유사(流砂)〉 부대 사령부에서 새로운 자리를 맡았는데, 바로 오늘 아침에 그쪽에서 보낸 소식에 따르면 제26호 늪을 조사하던 중 사고를 당해 죽었다고 합니다. 또 『프로키온』 신문은 구연산 최고 사령부가 인수하였는데, 사령부는 이 신문이 자유와 민주주의의 대변자로서 존속하게 될 것임을 천명했습니다.

각하께 경의에 찬 충성의 뜻을 전하면서 보고를 마칩니다.

합동 정보부장
(성명은 극비 사항이므로 생략함.)

추신: 합동 정보부의 내규에 따라 본 보고서에 담긴

정보는 군의 보안을 위해 날조된 것이라는 점에 유의
하시기 바랍니다.

취임 인사

발신: 몬테카를로 카지노, 은하군 합동 참모 본부,
　　　잔사베리오 레바우덴고 장군

수신: 은하의 모든 부대

　장교, 하사관, 사병 여러분.

　본인은 오늘 영광스러운 우리 군의 최고 지휘권을
맡았습니다. 산페리노와 솔페리노, 피아베와 바인시
자의 영웅적인 전사들에 대한 기억이 미래에 우리가
거둘 승리들의 전조가 되기를 기원합니다.

　우주 만세!

　추신: 6월 2일 은하계의 날을 경축하고자, 다음 주
일요일에 쌍둥이자리에서 대대적인 〈싸움 잔치〉가 있
을 예정입니다. 시리우스의 제3막시류 파견대와 직녀
성의 천둥 부대 간의 대결이 벌어질 것입니다.

잔사베리오 레베우덴고

긴급 전보

발신: 시리우스 사령부

수신: 몬테카를로 카지노, 은하군 합동 참모 본부

존경의 뜻을 담아 참모 본부에 다음과 같은 사실을 상기시켜 드리고자 합니다. 시리우스의 막시류는 길이 6밀리미터에 허리둘레가 2밀리미터밖에 되지 않습니다. 그에 반해서 직녀성 천둥 부대의 병사들은 몸무게가 8톤이나 되는 후피류에 딸린 가라만티 종입니다. 게다가 시리우스는 인구 밀도가 낮아서 제3막시류 파견대의 단위 부대는 5백 개뿐입니다. 그에 반해서 직녀성 천둥 부대에는 2만 5천 개의 단위 부대가 있습니다. 이와 같은 사정 때문에 두 부대를 대결시키는 것은 비현실적인 일이 아닌가 사료됩니다.

베에 장군

전보

발신: 몬테카를로 카지노, 은하군 합동 참모 본부

수신: 시리우스 사령부

은하군 병사의 사전에 불가능이라는 말은 없다. 명령한 대로 실행하라.

잔사베리오 레바우덴고 장군

친전(親展) 메모

잔사베리오 레바우덴고 장군께

실례를 무릅쓰고 장군께 다음과 같은 사실을 지적하고자 합니다. 은하군 부대들이 연방 대통령 경호를 위해 순번에 따라 임무를 교대하는 과정에서 이 달에는 페가수스자리의 기수 부대가 그 임무를 맡았습니다. 정부는 그 선진 부대의 병사들이 훌륭한 군사 교육을 받았다는 사실을 잘 알고 있습니다. 하지만 페가수스의 주민들은 평균 신장이 18미터에 달하고 발은 길이 3미터에 너비가 2미터나 된다는 사실을 지적하지 않을 수 없습니다. 게다가 그들은 다리가 하나뿐이라서 앞으로 나아가기 위해서는 도약을 할 수밖에 없다는 사실이 상황을 더욱 우려스럽게 만들고 있습니다. 지난주에 바리에서 거행된 동방 무역 박람회의 개막식 중에 대통령의 경호원 하나가 부주의로 아풀리아의 대주교를 발로 밟는 일이 벌어졌습니다. 따라서 우리는 장군께 부대들의 교대를 앞당기기 위한 조치를 취해 주시고, 지구인의 체형에 비해 지나치게 체구가 큰 종족의 병사들은 경호대 복무에서 제외시켜 주실 것을 부탁드립니다.

　그리고 연방 대통령께서는 오리온자리의 주금류(走禽類) 부대원들은 〈싸움 잔치〉에 참여시키지 말 것을 권하고 계십니다. 오리온자리의 주민들은 영혼의 전생(轉生)을 통한 윤회를 믿고 있는 터라 너무나 태연 자약하게 죽음을 맞이합니다. 그래서 그들이 〈싸움 잔치〉에 참여하게 되면, 스포츠다운 맛이 전혀 나지 않는 시시한 대결이 되기가 십상입니다. 만일 그들을 꼭 참여시키고자 한다면, 바티칸의 스위스 위병이나 아일랜드의 보병, 에스파냐의 파쇼 군대, 일본의 가미가제 특공대처럼 사후의 생존에 대한 의식이 발달되어 있는 다른 부대들을 상대로 싸우게 하시는 게 좋을 듯합니다.

　　　　　　　　　라 튀르비 대통령궁 비서실에서

답변

발신: 은하군 합동 참모 본부
수신: 은하 연방 대통령

대통령 각하
각하께서 비서실을 통해 내려 주신 권고를 어떻게

참작해야 할지 난감합니다. 이곳 사령부에서 볼 때에는 은하군의 병사들은 모두 평등합니다. 저는 어떤 종류의 편파적인 대우나 차별을 용납할 수 없습니다. 자랑스러운 군인의 길을 걸어온 기나긴 세월 동안 저는 단 한 번도 부자와 빈자, 칼라브리아 사람과 베네치아 사람, 키 큰 사람과 작은 사람 사이에 차별을 두어 본 적이 없습니다. 지금으로부터 아주 오래전인 2482년에 경건주의적이고 은근히 종족 차별주의적인 경향을 보이던 어떤 언론의 압력에 저항하여 저는 에스키모 제4작살 부대원들을 사하라 순찰대에 보낸 적이 있습니다. 그 장한 병사들은 임무를 수행하던 중에 모두 죽었습니다. 어떤 병사든 제복을 입고 있다면, 저는 그의 체구나 체중 따위를 염두에 두지 않습니다. 고 아풀리아 대주교에게 일어난 불상사에 대해서는 심히 유감스럽게 생각하지만 군대는 자기 원칙에서 벗어날 수 없습니다. 아주 먼 옛날인 20세기에 이탈리아의 병사 수십만 명이 운동화를 신은 채 러시아의 전장에 파견된 적이 있었습니다. 그 일로 해서 이탈리아 군 최고 사령부의 위신이 깎였다고는 생각지 않습니다. 사령부의 단호한 결정은 병사들의 영웅적인 행동을 만들어 냅니다. 우주 만세!

전보

발신: 은하군 합동 참모 본부

수신: 베텔게우스 보급 기지

본 합동 참모 본부는 병사 1인당 1일 배급량이 일정치 않음에 놀라움을 금할 수 없고 우리 자랑스러운 군대의 규율 바른 전통을 왜곡시키는 무절제한 식량 보급 행태를 우려하지 않을 수 없다. 금일부터 은하 연방의 모든 군인들을 위한 1일 식량 배급량을 다음과 같은 표준형에 맞추어 통일시킬 것을 명령한다. 즉 무게는 5백 그램으로 하되, 그 구성은 둥글납작한 빵 한 개, 냉동육 통조림 한 통, 초콜릿 네 개, 브랜디 10분의 1리터로 한다.

잔사베리오 레바우덴고 장군

전보

발신: 베텔게우스 보급 기지

수신: 은하군 합동 참모 본부

합동 참모 본부에 다음과 같은 사실을 알리고자 합

니다. 은하군 부대들은 생물학적인 다양성을 지니고 있습니다. 예컨대 견우성 병사들은 통상적으로 매일 360킬로그램의 견우성 영양(羚羊) 고기를 먹습니다. 마차꾼자리의 액체 공병들은 에틸알코올로만 구성되어 있기 때문에 그들에게 브랜디를 배급하는 것은 동족을 잡아먹게 하는 도발 행위나 다름없습니다. 또 벨라트릭스5의 〈후크〉 부대 병사들은 완전한 채식주의자들입니다. 그런가 하면 머리털자리의 〈헤어 헌터〉 부대 병사들은 현지의 털 없는 이지류(二肢類)를 먹고 사는데, 그 사냥감의 생김새가 지구인과 비슷해서 아주 유감스런 오해도 빚어졌습니다. 종족 대통합 정책의 일환으로 그곳에 파견된 알프스의 엽보병들을 보급 식량으로 잘못 알고 잡아먹는 일이 벌어졌으니까요.

이 기회를 빌어 제복의 규격화 문제도 다시 제기하고자 합니다. 벨트로 졸라매는 짧은 상의는 신장 8미터에 팔이 다섯 개나 달린 병사들에게는 적합하지 않습니다. 또 제복의 바지는 연충 모양의 병사들에게는 전혀 어울리지 않습니다. 다양한 생물학적 요구를 융통성 있게 수용하는 신속한 조치를 취해 주시기를 부탁드립니다.

전보

발신: 은하군 합동 참모 본부

수신: 베텔게우스 보급 기지, 페르쿠오코 장군

귀관이 어떻게든 잘 알아서 해나가기 바란다.

잔사베리오 레바우덴고 장군

비밀 보고서

수신: 유럽 발라돌리드 수송 부대 사령부

참조: 태양계 3번 행성, 은하계 군단 사령부

은하군 재정 본부는 발라돌리드 수송 부대의 운전병들이 가솔린 교환권을 위조하여 군에서 절취한 연료를 은하의 암시장에 내다 팔고 있다는 정보를 입수했습니다. 본 사령부가 소집한 규율 위원회는 8년에 걸쳐 발라돌리드 수송 부대에 관한 사령부의 모든 행정 문서와 적재·하역 전표를 조사한 바, 그 명세서에 따르면 금일까지 가솔린 아홉 드럼이 사라진 것으로 되어 있습니다. 그 조사 작업은 목동자리의 꼼꼼한 컴

퓨터 전문가들이 수행해 왔는데, 그들은 방사성 동위
원소 스트론튬 90에 의해 유지되는 감압실에서 줄곧
지내야 합니다. 그러다 보니 조사비용이 지금까지 은
하 통화로 8만, 옛 캐나다 화폐로는 3백만 달러나 들
었습니다. 이제 우리는 이 조사를 중단하고자 합니다.
관련 사령부가 조사를 계속 진행해서 책임자를 색출
해 주시기 바랍니다.

목동자리 아르크투루스
은하군 재정 본부

비밀 보고서

수신: 목동자리 아르크투루스, 은하군 재정 본부

발라돌리드 수송 부대 사령부의 요청에 따라 가솔
린 아홉 드럼의 소실에 관해 엄정한 조사를 수행하고
나서 본인은 다음과 같은 결론에 도달하였습니다. 문
제의 가솔린은 빌바오에서 토성의 밀수입자들에 의해
로켓 비행기에 적재된 뒤에 페르세우스자리의 알골로
옮겨졌습니다. 알골에서는 가솔린이 알코올 도수가
높은(즉 옥탄가가 높은) 음료로 간주되고 있습니다.
지구에서 페르세우스자리에 이르는 밀수 경로를 추적

하고자 했으나 관할권의 다툼이 생기는 바람에 뜻을 이룰 수 없었습니다. 태양계 3번 행성에서는 이 문제가 수송국 소관으로 되어 있지만 페르세우스자리에서는 보급국의 관할로 되어 있습니다. 따라서 본 사건을 프로키온에 본부를 둔 우주 군사 운송청에 통지하는 것이 바람직하리라고 생각합니다. 본 사건의 분류 번호는 367/00/C112, 분류 항목은 〈내부 밀수〉입니다.

라돌리드 수송 부대 사령부

구아르디아 시빌

전보

발신: 우주 군사 운송청

수신: 목동자리 아르크투루스, 은하군 재정 본부

　사건 분류 번호 367/00/C112 문서를 통해 통지된 가솔린 드럼 사건은 본 운송청의 소관 사항이 아닙니다. 발바오발(發) 프로키온행(行) 로켓 비행기는 초공간에서 상대성 이론에 따라 움직이므로 출발하기 3백 년 전에 목적지에 다다릅니다. 따라서 본 사건은 벨레트리 군 역사 기록 보관소의 소관입니다. 분류 번호 50/SS/99/P로 상기 기관에 조회하시기 바랍니다.

우주 군사 운송청

전보

발신: 벨레트리 군 역사 기록 보관소

수신: 목동자리 아르크투루스, 은하군 재정 본부

귀 본부에서 분류 번호 50/SS/99/P 문서로 조회한 사건에 대하여 회답을 보내기가 불가능합니다. 군 역사 기록 보관소는 장비가 충분치 않은 탓에 아직도 레판토 전투에서 제1차 세계 대전에 이르는 시기의 사건들을 분류하는 일에 매달려 있습니다.

군 역사 기록 보관소

메모

발신: 잔사베리오 레바우덴고 장군

수신: 목동자리 아르크투루스, 은하군 재정 본부

가솔린 드럼 사건이라니 그게 대체 무슨 얘기인가? 가솔린은 이른바 〈범속한 시대〉에 속하는 1999년부터는 더 이상 군에서 사용되지 않고 있다. 그리고 발라돌리드에 무슨 수송 부대 사령부가 있단 말인가?

잔사베리오 레바우덴고 장군

회답

발신: 목동자리 아르크투루스, 은하군 재정 본부

수신: 잔사베리오 레바우덴고 장군

저희는 장군께서 놀라시는 까닭을 이해할 수 있습니다. 하지만 저희 본부는 은하 재정 담당 기관들의 〈한번 붙잡으면 절대 손을 놓지 말라〉라는 표어에 걸맞게 옛 군 행정 기관들의 뒤를 이어 목동자리 기록 보관소에 이송된 서류들을 계속 처리해야 합니다.

문제의 사건은 수백 년 전에 벌어진 일입니다. 그럼에도 우리는 발라돌리드에 수송 부대 사령부가 정말로 존재한다고 증언할 수 있습니다. 이 수송 부대 사령부가 차량을 관장하지 않는다는 것은 저희의 소관 사항이 아닙니다. 하지만, 에노트리아에는 여전히 석유 공사가 존재하고 있고 거기에서 일부러 이 수송 부대를 위해 가솔린을 생산하고 있습니다. 아직 폐지되지 않은 옛날 법령의 규정에 의거해서 말입니다. 아직도 석유 공사가 존재하는 까닭이 무엇인지는 알 수 없지만, 어쨌거나 그것은 존재하고 있고 로마에 사무실을 두고 있습니다. 그 사무실은 식민지 거류민 퇴직 연금 결제국과 제3차 독립 전쟁 전몰장병 서훈 위원회가 들어 있는 바로 그 건물 안에 있습니다.

목동자리 아르크투루스

아르크투루스 아르크투루스 사령관

친전 메모

발신: 몬테카를로 카지노, 은하군 합동 참모 본부

수신: 은하군 재정 본부

발라돌리드, 구아르디아 시빌

벨레트리 군 역사 기록 보관소

우주 군사 운송청

태양계 3번 행성, 은하계 군단 사령부

본인이 몸담았던 연대의 표어인 〈조용히 있는 것을 동요시키지 말고, 동요하는 것을 조용하게 하라*Quieta non movere, mota quietare*〉에 충실하게 본인은 앞선 서신과 전보에서 언급된 사건을 종결지을 것을 권고한다. 우리 영광스러운 군을 지탱해 주는 힘은 전통을 존중하는 데에서 나온다. 따라서 본인은 영예로운 발라돌리드 수송 부대의 역사적 기능과 적법성을 의심하는 것은 무례하고 온당치 못하다고 생각한다. 그 수송 부대도 어느 때 어느 곳에선가는 영광스럽게 자기 과업을 수행했을 것임에 틀림없다. 만일 군이 국가의 지도부와 여론의 신뢰를 받지 못하고 어떤 부대의 기능에 의혹이 제기된다면, 그것의 필연적인 결과로 군의 의무감과 희생정신과 민첩성과 사기를 떨어뜨리는 심리적인 문제를 야기하게 될 것이다.

요컨대 본 사건은 종결되었다.

잔사베리오 레바우덴고 장군

건의서

발신: 켄타우루스자리 알파성, 종족 상대성 연구소
수신: 잔사베리오 레바우덴고 장군

존경하는 레바우덴고 장군께

저희는 알골에서 고급 알코올 음료로 소비된 〈발라돌리드 가솔린〉 건에 관해서 우연히 알게 되어 실례를 무릅쓰고 감히 다음과 같은 사실을 지적하고자 합니다.

그런 종류의 사건은 은하의 다른 곳에서도 얼마든지 일어날 수 있습니다. 은하군 내에 엄연히 존재하는 관례와 풍습의 상대성 때문에 어려운 문제가 야기될 수 있다는 사실을 잊으시면 안 될 것입니다. 예를 들어

레굴루스[4]의 〈브리아레오스〉[5] 부대에 결막염이 돌고 있다는 소식을 접하자 베텔게우스의 보급 기지 사령부에서는 치료를 위해 그곳에 붕산수 1백만 리터를 보냈습니다. 그 행성에서는 붕산이 마약으로 사용된다(물론 불법적으로)는 사실을 모른 채 말입니다. 이런 사정 때문에 군에서 관리하는 갖가지 물질은 상대적인 용도에 따라서 분류되어야 할 것입니다. 그것과 관련해서 저희는 8300010개의 다양한 조합을 가능하게 할 쾨니히 슈툼프의 기준에 따른 분류를 채택할 것을 권합니다.

종족 상대성 연구소장 말리노프스키 박사

건의서

발신: 켄타우루스자리 알파성, 종족 상대성 연구소
수신: 잔사베리오 레바우덴고 장군

존경하는 레바우덴고 장군께

저희의 건의를 따라 주신 것에 대해 감사드립니다. 다만 실례를 무릅쓰고 감히 다음과 같은 사실을 상기

---

4 사자자리의 알파성.
5 그리스 신화에 나오는 거인. 손이 1백 개, 머리가 50개 달렸다고 전함.

시켜 드리고자 합니다.

쾨니히 슈툼프의 기준에 따른 분류표를 작성하는 일을 견우성의 정보 처리 센터에 맡기는 것은 경솔한 행위가 아닌가 싶습니다. 그 분류표는 리만 계열의 비유클리드 기하학과 양식 논리학을 전제하고 있습니다. 그런데 견우성 원주민들은 〈어떤 사물은 존재하거나 존재한다〉라는 식의 일가(一價)적인 논리로 사고하고, 차아(次亞) 유클리드 기하학이나 단 하나의 차원만을 상정하는 아보트 기하학에 따라 공간을 측량합니다. 게다가 견우성의 주민들은 한 가지 색깔밖에 알아보지 못합니다. 여러 부대를 구별하기 위해 휘장을 도입했을 때 견우성에서 어떤 일이 벌어졌는지를 상기하시기 바랍니다. 솔직히 말씀드려서 저희는 견우성 주민들이 3차원의 물건을 지각할 수 없는데, 그곳에 어떻게 정보 처리 센터가 존재할 수 있는지 궁금하지 않을 수 없습니다. 의혹이 짙어질 때면 견우성에 어떤 사물이 존재한다는 것 자체가 가능할까 하는 생각마저 듭니다. 그 별에 어떤 형태의 생명체가 존재한다는 증거는 이제껏 윌슨 산의 〈초감각적 지각 연구소〉가 제공한 것밖에 없습니다. 그 연구소는 견우성의 원주민들과 텔레파시로 의사소통을 하고 있다고 스스로 주장하고 있습니다.

다시 한 번 존경의 뜻을 전하며 건의를 마칩니다.

종족 상대성 연구소 말리노프스키 박사

전보

발신: 은하군 합동 참모 본부

수신: 켄타우루스자리, 보안 사령부

　　　태양계 제3행성, 행성 보안 사령부

　견우성 군의 명예를 훼손한 혐의로 말리노프스키 박사를 즉시 체포할 것을 명령한다. 또한 윌슨 산의 〈초감각적 지각 연구소〉를 폐쇄할 것을 명령한다. 군 연구소의 연구원들이 생각만 하면서 소일하는 것은 용납될 수 없다. 군에서는 어떠한 종류의 임무 태만도 용서받지 못한다. 문제의 연구소는 텔레파시 대화를 두 부씩 문서로 기록하는 것이 가능해지면 다시 문을 열게 될 것이다.

잔사베리오 레바우덴고 장군

전보

발신: 소마젤란 성운 전진 기지

수신: 몬테카를로 카지노, 은하군 합동 참모 본부

라 튀르비, 은하 연방 대통령궁

우주의 극한으로부터 미확인 비행 물체가 전진해 오고 있습니다. 카노푸스의 비행 순찰대는 침입자들의 공격을 받고 전멸했습니다. 침입자들은 다른 차원의 우주에서 온 것으로 추측됩니다. 미지의 에너지에 바탕을 둔 그들의 파괴력이 은하 연방의 생존을 위협하고 있습니다. 신속한 지시를 내려 주시기를……(메시지 중단).

전보

발신: 은하 연방 대통령궁

수신: 은하군 합동 참모 본부

우리 연방은 역사상 처음으로 외부의 적에 맞서 싸우게 되었습니다. 즉시 방어 태세를 갖추십시오. 이 비극적이고도 역사적인 상황에 대처하여 우리 군의 빛나는 전통과 지휘관들의 심오한 경륜에 신뢰를 보냅니다. 레바우덴고 장군이 작전 지휘권을 직접 맡아 주시기 바랍니다.

대통령 라 베르베라

전보

발신: 몬테카를로 카지노, 은하군 합동 참모 본부

수신: 우주의 전 작전 부대

은하군의 장교, 하사관, 사병들이여!

운명의 시간이 은하 연방의 문을 두드리고 있다. 우리의 신속한 대응, 우리의 희생정신, 우리 전략 전술의 효율성에 우리 연방의 운명이 달려 있다.

장병들이여!

각자 자기 자리를 굳게 지키라. 본인은 대통령 각하로부터 작전 지휘권을 부여받고 다음과 같이 명령한다. 태양계의 이동 가능한 모든 부대는 구아달라자라와 다뉴브강 사이에 포진하라. 목동자리에 주둔한 제4군단은 바스토뉴와 말메디와 카생산과 롱스보를 맡으라. 황소자리의 제5군단과 뱀자리의 팔각류(八脚類) 전투 부대는 피아베강과 탈리아멘토강을 따라 이동하며 선교를 만들라. 마차꾼자리의 액체 기갑병 부대는 그라파산 진지를 사수하라(118고지에 감압실과 응고실을 준비하라). 알골의 〈죽음의 유성군(流星群)〉 부대는 마른강 좌안에 포진하고, 발라돌리드 수송 부대 사령부는 자동차를 누구나 필요에 따라 이용할 수 있게 준비해 놓으라. 바티칸의 스위스 위병 부대는 라 로셸의 농성을 지원할 채비를 갖추라. 명왕성의 채굴 부대는 즉시 몰타로 가서 그곳을 사수하라. 기타 다른 부대는 워털루 평원에 집결하여 다음 명령을 기다 리라.

우리는 반드시 적의 침입을 막아 낼 것이고, 거만한 자신감을 가지고 초공간의 심연에서 내려온 침략자들 은 그 심연 속으로 다시 올라가게 될 것이다. 우리 은 하군의 위대한 전통은 결코 사라지지 않을 것이다. 역 사가 우리에게 선사한 이 위대한 기회를 놓치지 말고, 적절하고 효과적이고 단호하게, 그리고 영웅적으로 역사의 부름에 응답하자!

장병들이여! 트리에스테와 메스와 툴과 베르됭의 전통은 영원할 것이고, 우리는 반드시 승리할 것이다. 은하군 만세, 은하 연방 만만세![6]

(1976)

[6] 이 마지막 전보에 나오는 역사적인 지명은 이탈리아어판과 영어판, 프랑스어판 사이에 많은 차이가 있다. 프랑스어판의 역자는 지명을 선택 함에 있어 원작보다 더 많은 함의를 담으려고 애쓴 듯하다. 그래서 이 대 목의 번역은 전적으로 프랑스어판을 따랐다.

3부
카코페디아 발췌 항목
안젤로 파브리에게

카코페디아에 대하여

1980년대 초 모두가 대학교수인 우리 몇 사람이 볼로냐의 피자 식당에 모여 이야기를 나누는 동안 한 가지 거창한 계획이 무르익어 갔다. 카코페디아[1]를 편찬하자는 것이 바로 그 계획이었다. 일이 진행되는 동안 이 분야에 일가견이 있는 다른 동료들과 학생들이 우리 서클에 합류하였다. 그렇게 해서 집필된 최초의 카코페디아 원고가 1982년 『알파베타』지 38~39호, 『트로이의 목마』지 3호에 발표되었다.

카코페디아(이 말의 뿌리는 분명히 드러나 있다. 그 어원으로만 보면 이 말은 순환적이고 조화로운 교육에 반하는 〈사악하고 비정상적인 교육〉을 가리킨다)는 지식의 부정적인 집대성 또는 부정적인 지식의 집

---

1 그리스어의 〈카코(나쁘다는 뜻)〉와 〈페디아(교육이라는 뜻)〉를 합쳐 만든 것으로 〈나쁜 백과사전〉, 〈반지식 백과사전〉 등으로 옮겨질 수 있는 말이다.

대성 — 이 두 표현 중에서 어느 쪽이 기성의 지식 체계를 교란하려는 우리 계획의 목적을 더 잘 드러낼지 우리는 도저히 가늠할 수 없었다 — 이라는 형태로 제시될 예정이었다. 요컨대 카코페디아는 온갖 분야를 총망라한 반(反)지식의 보고가 될 것을 자임했다.

카코페디아의 항목이 될 수 있는 반지식은 다음과 같은 기준에 부합되는 것이라야 했다.

a) 기존 지식 체계의 전도(顚倒)를 나타내는 표제어로 시작하되, 가능하면 정상적인 백과사전의 항목과 대칭을 이룰 것.

b) 거짓 추리를 바탕으로 하여 올바른 전제에서 그릇된 결론을 이끌어 내거나, 삼단 논법을 바탕으로 하여 그릇된 전제에서 반박할 수 없는 결론을 이끌어 낼 것.

c) 종국적으로 이 항목들이 하나의 체계, 또는 반체계를 이루도록 할 것.

d) 적어도 향후 10년간은 테러도 불사하겠다는 협박과 강압을 통해 이 항목들이 이른바 〈진지한〉 과학 이론을 낳을 소지가 없어야 할 것이다. 다시 말하면, 아무도 카코페디아의 주제를 발전시켜 신뢰할 만한

이론으로 제시하지 않도록 경계해야 한다는 것이다. 이 마지막 기준은 우리 사업의 윤리적이고 우생학적인 목적을 강조하고 있다.

우리의 계획은 결국 실패로 돌아갔다. 그 이유는 여러 가지였다. 막상 계획을 진척시켜 가다 보니, 카코페디아가 존재하지 않아도 이미 지식의 여러 분야에서 카코페디아적인 전도가 잉태되고 있음을 깨닫게 되었다는 것도 그 이유 중의 하나였다. 예컨대 이런 개념들을 한번 생각해 보라. 장기(臟器) 없는 신체, 해석이라는 이름의 오해, 마르크스주의적인 신자유주의 또는 자유주의적인 신마르크스주의 등등.

여기에 본보기로 소개되는 카코페디아의 항목들은 내가 직접 작성한 것들이다(내가 썼다고 해서 나만의 것은 아니다. 언제나 다른 카코페디아 편찬자들과 풍부한 토론을 거쳐 작성된 것이기 때문이다). 이미 발표된 것도 있고 이 책을 통해 처음으로 공개되는 것들도 있다. 소개에 앞서 내 동료들이 작성했거나 작성할 계획이었던 항목들의 해제를 간단히 제시하고자 한다.

안젤로 파브리, 「도치 이론」(『알파베타』, 전게서 참조): 순대, 콘돔, 마카로니, 토끼 귀, 여과기 형태의 도치들을 수학적인 엄밀성으로 묘사함으로써 도치 이론을 말랑말랑한 형태들에 관한 이론으로 제시.

레나토 조바놀리, 「유산(流産) 문법」(『알파베타』, 전게서 참조): 침묵의 연쇄를 생성할 수 있는 촘스키적인 방식과 〈개가 집배원을 잡아먹는다〉라는 발화에 관한 경탄할 만한 예증.

레나토 조바놀리, 미발표 타자 원고, 「넓은 내포의 논리」(이 논리는 전건이 참이고 후건이 거짓일 때에만 적용되는 것이 원칙이지만 다른 경우에도 적용될 수 있다).

레나토 조바놀리, 미발표 타자 원고, 「모두스 인톨레란스와 모두스 쿠오드 리베탈리스와 모두스 인디포넨스」.

오마르 칼라브레제, 「카타모르포지Catamorfosi」[2]: 미술 사학자들이 소홀히 하기 십상인, 반사경을 이용한 미술 창작 기법에 관한 연구. 양철면(兩凸面)의 구형 렌즈가 있고, 곡률이 다른 두 표면이 동심원의 호를 그리며 이 렌즈를 앞뒤에서 감싸고 있다. 곡률이 더 큰 쪽의

---

2 반(反)을 뜻하는 *cata*와 형태를 뜻하는 *morfo*를 합쳐 만든 말.

표면을 통과한 입사 광선은 렌즈에 의해 굴절된 뒤 은도금을 한 다른 쪽 표면에 반사되어 원래의 표면으로 정확하게 되돌아온다. 만일 관찰자가 반사경 밖에 있다면 원래의 상(像)과 반사경의 상을 구별하기가 불가능하다. 하지만 만일 관찰자가 반사경 내부로 들어가는 것이 가능하다면 각각의 상이 곡면상의 특이점으로 보일 것이다.

작자 미상, 미발표 타자 원고, 「영론(零論)」: 오로지 0에 바탕을 둔 완전한 논리 계산. 가감승제는 물론 진리표도 있음. 이 영론은 메타언어들의 한없이 계속되는 역진(逆進)의 모순을 해결하자는 데에 그 목적이 있다. 오로지 0만을 기본 개념으로 삼고 있는 논리적인 언어는 스스로에 대해 말하는 데에 아무런 문제가 없기 때문이다.

작자 미상, 미발표 타자 원고, 「평화 게임 이론」: 평화 게임은 전쟁 게임보다 훨씬 어려운 놀이다. 최선의 결과가 장기의 빅장과 비슷하기 때문이다. 이 항목에서는 〈유엔 조약〉, 〈파페로네와 노동조합〉, 〈제3세계를 이용하는 방법〉, 〈뇌물 수수자 체포하기〉 같은 게임들의 상업화도 예고하고 있다.

조르조 산드리스, 「망각의 이론 Ars Oblivionalis」

(실현되지 않음).

툴리오 데 마우로, 내유(內諭, 모든 비유를 침묵으로 환원하는 비유법)에 관한 연구와 이해되지 않는 것을 유일한 목적으로 삼는 학문 체계에 관한 연구를 비롯한 여러 가지 초안이 있었음.

파울로 파브리는 슬리포지치오네[3]를 바탕으로 50여 편의 보로로 인디언 신화를 구상하고 싶어 했다. 슬리포지치오네란 체계 속에서 점진적인 변화를 겪은 이항 선언 명제이다. 그는 자연 대 마찰음, 수컷 대 성인, 날것 대 왼쪽, 생명 대 치음, 건물 대 자연, 아날로그 대 홀수, 근친 대 사냥꾼, 하인 대 폐쇄음의 슬리포지치오네를 찾아냈다.

위에서 말한 『알파베타』지에는 독립적으로 활동한 두 카코페디아 편찬자의 글도 게재되었다. 그 두 사람은 작가로서 칼로페디아[4]의 몇 가지 요소를 제시하였다. 안토니오 포르타는 이디오트리스미[5]에 관한

3 이탈리아어 *slittare*(미끄러지다)와 *posizione*(위치)의 합성어.
4 그리스어 *kalos*는 〈좋다〉, 〈아름답다〉의 뜻. 따라서 칼로페디아는 카코페디아의 반대가 되는 개념이다.
5 이탈리아어 *idiozia*(백치), *truismi*(자명한 이치), *aforismi*(경구)의 합성어.

글을 썼다. 이디오트리스미란 〈나는 꿈을 꾼다. 고로 나는 잠을 잔다*sogno dunque sonno*〉[6]나 〈한 난쟁이가 다른 난쟁이를 씻긴다*un nano lava l'altro*〉[7] 하는 식의 새로운 경구를 말한다. 루이지 말레르바는 소리와 빛의 속도의 기원을 설명하겠다는 구실을 대고 어둠의 속도에 관한 고무적인 연구 결과를 내놓았다. 그 밖에 구상 단계에 머물렀던 계획으로 다음과 같은 것들이 있었다. 〈안티이오카스테〉[8]의 작성, 서술적인 역기능에 관한 이론, 텍스트의 불쾌[9]에 관한 평론, 하베아스 아니맘[10]의 법률적인 귀결, 장애 인체학, 인공 저능,[11] 결혼한 기계, 반(反)잉여 가치 경제학, 〈물 타체(他體)〉[12]의 형이상학, 비민사 소송법 등.

6 〈잠〉이라는 뜻의 명사 *sonno*를 동사가 들어갈 자리에 사용함으로써 〈나는 꿈을 꾼다. 고로 나는 잠을 잔다〉라는 뜻으로 느껴지게 만든 것. 데 카르트의 유명한 명제 〈나는 생각한다. 고로 나는 존재한다〉의 이탈리아 어 〈*penso dunque sono*〉를 패러디한 것으로 볼 수 있다.

7 상부상조를 뜻하는 이탈리아 속담 〈한 손이 다른 손을 씻긴다*una mano lava l'altro*〉의 *mano*(손)를 *nano*(난쟁이)로 바꾼 것.

8 이오카스테는 오이디푸스의 어머니. 따라서 안티이오카스테는 안티오이디푸스의 패러디.

9 롤랑 바르트의 『텍스트의 쾌락』을 뒤집은 것.

10 영국에서 1679년에 공포된 인신 보호령을 라틴어로는 하베아스 코르푸스*habeas corpus*라고 한다. 이 말에서 *corpus*(신체)를 *anima*(영혼, *animam*은 목적격)로 바꾼 것.

11 인공 지능이 아니라 인공 저능(低能)이다.

12 이탈리아어 *cosa fuori di se*를 옮긴 것. 〈물 자체〉를 뜻하는 *cosa in se*에서 〈안에〉라는 뜻의 *in* 대신 〈밖에〉라는 뜻의 *fuori di*를 넣은 것.

카코페디아는 끝내 빛을 보지 못했다. 혹자가 주장하듯이, 카코페디아는 본래 〈역행의 작업〉이고 편찬자들은 새로운 항목들을 작성함으로써 이미 쓰인 것들을 자꾸 소멸시켜야 했기 때문이다. 그럼에도 그 항목들의 몇 편이 발표되었다는 것은 우리 카코페디아 편찬자들의 허영심이 얼마나 무한하고 우리의 학문 윤리가 얼마나 허약했는지를 입증하고 있다.

　그러나 우리의 계획을 포기하게 된 결정적인 이유는 우리 모임에 가장 발랄한 활기를 불어넣어 주던 사람 중의 하나인 안젤로 파브리가 비극적으로 세상을 떠난 것이었다. 우리의 단골 피자집 식탁에서 안젤로 파브리가 사라지자, 아무도 더 이상 작업을 계속하고 싶어 하지 않았다.

　내가 안젤로 파브리와 함께 구상하고 집필한 두 항목을 여기에 발표하는 것은 내 나름대로 그를 기리고 싶기 때문이다.

제국의 현척(現尺) 지도를
만드는 것의 불가능성에 대하여

……이 제국에서는 지도 제작 기술이 완벽에 가까운 수준으로 발달하여 일개 지방의 지도를 펼치면 한 도시 전체를 덮고 제국의 지도는 한 지방을 다 덮어 버릴 정도였다. 세월이 흐름에 따라 그렇게 어마어마하게 큰 지도들마저도 성에 차지 않게 되자, 지도 제작 동업자 조합은 제국과 지점 하나하나에서 완전히 일치하는 현척 지도를 만들었다. 그러나 지도 제작 연구에 관심이 덜했던 다음 세대들은 그렇게 터무니없이 큰 지도는 아무 쓸모가 없다고 생각하고 무엄하게도 그 지도를 염천과 엄동의 무자비함 속에 방치해 버렸다. 아주 볼품없이 훼손된 그 지도의 잔해는 서부의 사막에 남아 있고, 짐승과 걸인들이 그 잔해 위에 살고 있다. 이제 이 나라 어느 곳에서도 지리학 연구의 흔적을 찾아볼 수가 없다.

— 수아레스 미란다,『조심성 많은 남자의 여행』제
4권 14장, 1658; 호르헤 루이스 보르헤스, 「불한당들
의 세계사」,『엣세테라』, 부에노스아이레스, 1935에서
재인용.

1. 일대일 지도의 필요조건

여기에서는 다음과 같은 전제들에서 출발하여 제국
의 일대일 지도를 만드는 것의 이론적인 가능성을 검
토해 보기로 한다.

1. 이 지도는 척도가 일대일이므로 제국의 영토와
동일한 외연을 가져야 한다.

2. 이것은 모사도가 아니라 지도이다. 따라서 지형
의 아주 작은 기복까지 그대로 모사해 내도록 전연성
(展延性) 있는 물질로 제국의 표면을 뒤덮을 수 있다
는 것은 고려하지 않는다. 그렇게 제국을 뒤덮을 경우
에는 지도 제작이라는 말을 해선 안 되고 도배 또는 포
장(鋪裝)이라고 불러야 하며, 법률로 제국 자체를 지
도라고 선포하고 그에 따르는 모든 기호학적 역설을
받아들이는 게 좋을 것이다.

3. 우리가 말하는 제국 X보다 영토가 더 큰 제국이
있다는 것은 생각할 수 없다. 따라서 이 지도를 X보다

더 큰 제국 X2의 사막 같은 곳에 펼쳐 놓고 제작하는 것(모나코 공국의 일대일 지도를 사하라 사막에 펼쳐 놓는 식으로 말이다)은 불가능하다. 그 가능성을 고려한다면, 이 문제의 이론적인 흥미가 완전히 사라지고 말 것이다.

4. 이 지도는 충실하다. 따라서 제국의 천연적인 기복은 물론이고 인공 구조물과 국민 전체를 나타내야 한다(국민 전체를 나타내는 것은 빈약한 지도에는 적용될 수 없는 최고의 조건이다).

5. 이것은 지도이지 여러 장의 부분 지도로 이루어진 지도책이 아니다. 영토의 부분적인 지역들을 참조하기 위해 사용하는 일련의 낱장 지도들을 만드는 것은 시간이 적당히 주어진다면 이론적으로는 얼마든지 가능한 일이다. 문제의 지도 역시 낱장에 따로따로 제작될 수는 있다. 그러나 그 낱장들을 붙여서 전 제국의 영토를 나타내는 전도(全圖)를 구성한다는 조건에서만 그러하다.

6. 끝으로 이 지도는 기호학적인 도구가 되어야 한다. 다시 말해서 이 지도는 제국을 의미할 수 있거나, 달리 제국을 인지할 수 없을 때 제국을 지시할 수 있어야 한다는 것이다. 이 마지막 조건은 영토의 기복이 낱

낱이 투사되도록 영토 위에 투명판을 펼쳐 놓고 그것을 지도라고 주장할 가능성을 배제한다. 지도가 그런 투명판이라면 지도 위에서 행해지는 외삽(外揷)이 아래에 있는 영토에서도 동시에 행해질 것이고, 지도는 최고의 실존적인 도표 기능을 상실하게 될 것이다.

따라서 이 지도는 (a) 투명하지 않거나, (b) 영토 위에 놓여 있지 않거나, (c) 지도의 지점들이 영토의 해당 지점이 아닌 곳에 놓이도록 방향을 돌릴 수 있는 것이라야 한다.

이제부터는 위의 세 가지 방안에 실제적인 어려움과 극복할 수 없는 이론적인 모순이 따른다는 것을 증명해 보이겠다.

2. 지도 제작 방법

2·1 영토 위에 펼쳐 놓은 불투명 지도

이 지도는 불투명하기 때문에 아래에 있는 영토가 비쳐 보이는 일 없이 지각될 수 있을 것이다. 하지만 이 지도는 태양 광선이나 강수(降水)가 영토에 다다르는 것을 막기 때문에 영토의 생태학적인 균형을 무너뜨릴 것이다. 그렇게 되면 지도는 영토를 실제의 모습과 다르게 표현하게 될 것이다. 현수(懸垂) 지도(2·2

참조)의 경우에는 지도의 지속적인 수정이 이론적으로 가능하지만 이 지도의 경우에는 그것이 불가능하다. 지도가 불투명해서 영토의 변화를 지각할 수 없기 때문이다. 따라서 주민들이 이 지도를 보는 것은 부정확한 지도를 가지고 미지의 영토에 관해서 추론하는 꼴이 된다. 또 지도가 영토의 거주자들까지 나타내야 한다고 하면, 이 지도가 부정확하다는 점이 다시 한 번 드러나게 될 것이다. 이 지도는 제국의 영토가 아니라 지도 위에 살고 있는 신민들을 나타내는 셈이 될 것이기 때문이다.

2·2 현수(懸垂) 지도

영토의 가장 높은 지점들을 골라 똑같은 높이로 말뚝을 박는다. 그런 다음 말뚝들의 꼭대기에 종이나 천을 걸쳐 놓고 아래에서 영토의 지점들을 투사시킨다. 이 지도는 영토의 해당 지점에서 시선을 돌려 위를 향하게 하면 볼 수 있으므로 영토의 기호로 사용될 수 있을 것이다. 하지만 지도의 특정한 지점을 살펴보려면 영토의 해당 지점에 자리 잡고 있어야만 한다(이것은 영토에 펼쳐 놓은 불투명 지도에도 똑같이 해당되는 조건이다. 부인할 수 없는 어떤 다른 이유로 영토의 해당 지점에 자리 잡는 것 자체가 불가능해지지 않는다면 말이다). 그래서 이 지도를 통해서는 자기가 자리 잡고 있는 지점에 관한 정보만 얻을 수 있을 뿐 영토의 다른 부분에 관한 정보는 얻을 수 없게 될 것이다.

이런 자가당착을 극복할 수 있는 방법이 없는 것은 아니다. 지도 위를 날면서 보는 방법이 있을 테니까 말이다. 하지만 (a) 종이나 천으로 완전히 덮여 있는 영토 밖으로 연이나 기구(氣球)를 타고 빠져 나가는 일의 어려움과 (b) 지도를 위와 아래에서 다 볼 수 있게 만드는 문제, (c) 지도 없이 영토의 상공을 날다 보면 어디가 어딘지 모르는 똑같은 인지적 결과에 봉착할 수도 있다는 사실은 차치하더라도, 지도 위를 나는 모든 국민은 영토를 이탈함으로써 결국 지도를 부정확하게 만드는 셈이 된다. 지도를 참고할 때마다 지도상에는 영토의 인구가 실제 거주자 수보다 적어도 한 사람이 많게 표시될 것이기 때문이다. 따라서 지도 위를 나는 방법은 국민을 제대로 표시하지 않는 빈약한 지도의 경우에만 사용될 수 있을 것이다.

또 만일 현수 지도가 불투명하다면, 영토 위에 펼쳐 놓은 지도에서 살펴본 문제가 이 지도에도 똑같이 해당된다. 즉, 불투명한 현수 지도는 태양 광선과 강수가 영토에 다다를 수 없게 하기 때문에 영토의 생태학적인 균형을 무너뜨리고 나아가 영토를 부정확하게 나타내게 될 것이다.

국민들은 그런 폐단을 다음의 두 가지 방법으로 시정할 수 있을 것이다. 우선 말뚝을 다 박은 뒤에 영토의 각 지점에서 일순간에 지도의 각 부분을 제작하는 방법이 있다. 그렇게 하면 그 지도는 적어도 완성되는 순간만큼은 정확한 것이 된다. 아니면 영토의 변화에 맞추어서 끊임없이 지도를 수정하는 방법이 있을 것이다.

하지만 이 두 번째 방법의 경우에는 수정 작업을 하느라고 국민들이 지도에 표시되지 않은 이동을 해야 하기 때문에 지도가 또다시 부정확해질 것이다. 게다가 국민들이 지도 수정에 골몰하여 영토가 생태학적으로 파괴되는 것을 더 이상 통제할 수 없을 것이다. 그리하여 지도 수정 활동은 모든 국민과 제국 자체가 소멸하는 사태로 이어질 수도 있다.

현수 지도가 투명하고 투과성이 있는 재료로 되어 있을 때도 사정은 마찬가지일 것이다. 이런 지도는 태양 광선의 눈부심 때문에 낮에는 참고할 수가 없을 것이고, 채색된 지역은 태양의 눈부심을 감소시키는 대신 영토에 미치는 태양의 영향력도 감소시킴으로써 규모는 덜하나마 생태계의 변화를 야기할 것이고 지도의 정확성에 이론적으로 동일한 영향을 미치게 될 것이다.

끝으로 방향을 돌려 가며 접었다 폈다 할 수 있는 현수 지도를 생각해 볼 수 있다. 이런 지도라면 위에서 말한 여러 가지 문제들을 해결할 수 있을지도 모른다. 그러나 비록 세 번째 유형의 접는 지도와는 기술적으로 차이가 있지만 이 방법은 적용하기가 물리적으로 더 어려울 것이고, 세 번째 유형의 지도가 제기하는 접는 작업의 모순에 봉착할 것이므로 동일한 반론이 이 현수 지도에 대해서도 제기될 것이다.

2·3 투명하고 투과성이 있으며 방향을 바꾸어서 펼칠 수 있는 지도

투명하고 투과성이 있는 재료(예컨대 가제 같은 얇은 천)에 그려진 이 지도는 영토 위에 펼쳐져 있고 방향을 틀 수 있어야 한다.

그런데 이런 지도를 그려서 펼쳐 놓고 나면 국민들은 지도 아래의 영토에 머물러 있거나 지도 위에 올라가 있게 된다. 만일 국민들이 자기들 머리 위에서 이 지도를 제작했다면, 그들은 움직일 수가 없었을 것이

다. 작은 움직임 하나하나가 지도가 표시하는 국민들의 위치를 변화시켰을 것이기 때문이다(빈약한 지도를 만드는 경우가 아니라면 말이다). 만일 국민들이 움직였다면 그들의 머리 위에 있는 아주 얇은 가제의 올이 얽혀서 심각한 곤란을 야기하고 지도를 부정확하게 만들었을 것이다. 지도가 영토의 평면 측량과 일치하지 않는 사고 지대를 표시함으로써 지형을 실제와 다르게 나타냈을 것이기 때문이다. 따라서 국민들은 지도 위에 올라서서 그것을 만들고 펼쳤다는 가정이 성립된다.

그렇다면 이미 앞의 두 지도를 놓고 검토했던 여러 가지 모순이 재차 제기된다. 즉, 이 지도가 나타내고 있는 영토의 국민들은 실제로는 지도 위에 살고 있는 셈이 될 것이고, 국민들은 각자가 자리 잡고 있는 지점만을 지도에서 참고할 수 있을 것이며, 지도의 투명성은 지시 대상의 면전에서만 지도가 기호로서 기능하게 함으로써 지도의 기호학적 기능을 앗아 갈 것이고, 국민들이 지도 위에 머무는 탓에 파괴되어 가는 영토를 돌볼 수 없어서 지도를 부정확하게 만들 것이다……

따라서 이 지도는 방향을 돌려 가며 접었다 폈다 할

수 있어야 한다. 그렇게 되면 영토의 지점 Y를 나타내는 지도의 지점 X가 영토의 또 다른 지점 Z에 놓임으로써 Z 지점의 국민들이 지도의 X 지점을 참고할 수 있게 된다. 또 지도를 접었다 폈다 할 수 있으면 오랫동안 지도를 보지 않아도 되고 영토를 온통 지도로 뒤덮지 않아도 된다. 그럼으로써 영토를 경작할 수 있고, 실제의 지형과 지도상의 지형과 일치하도록 영토를 같은 상태로 유지할 수 있게 된다.

2·4 지도 접기와 펴기

지도를 접었다 폈다 할 수 있으려면 다음과 같은 몇 가지 전제 조건이 충족되어야 한다.

(a) 영토의 기복 때문에 지도 접는 일을 맡은 국민들의 움직임이 제약되어서는 안 된다.

(b) 영토의 중앙에 지도를 놓아둘 수도 있고 지도를 돌려 다른 방향으로 펼칠 수도 있는 광대한 사막 같은 곳이 있어야 한다.

(c) 영토는 원형이거나 정다각형이어야 한다. 어떤 방향으로 지도를 펼치더라도 지도가 영토의 경계선을 넘어가서는 안 되기 때문이다(이탈리아의 일대일 지도를 90도 각도로 돌리면 지도의 상당 부분이 지중해

에 빠지게 될 것이다).

(d) 언제나 지도의 중심점이 있어야 하고, 그 중심점은 언제나 영토의 해당 지점에 놓여 있어야 한다.

이상의 조건이 충족되었다면 국민들은 일제히 제국의 변경 쪽으로 이동하여야 한다. 안에 국민이 들어 있는 채로 지도를 접을 수는 없는 노릇이기 때문이다. 모든 국민이 지도의(그리고 제국의) 가장자리에 늘어서는 데에 따르는 문제를 해결하기 위해서는 국민의 수가 지도의 둘레를 나타내는 계량 단위의 수를 초과해서는 안 된다고 전제하여야 한다. 둘레의 계량 단위는 한 국민이 서 있을 때 차지하는 공간에 해당한다.

이제 국민 각자가 지도의 한 가장자리를 잡고 뒷걸음질을 치면서 서서히 지도를 접어 나간다고 가정해 보자. 그렇게 지도를 접어 나가다 보면 마침내 국민 전체가 접힌 가장자리를 머리 위에 들고 영토의 중앙, 아니 지도의 중심점에 밀집하는 순간이 올 것이다. 제국의 국민 모두가 투명한 주머니 속에 갇히는 이른바 〈주머니 속의 파국〉이라고 불릴 만한 상황이다. 이론적으로는 체스의 빅장에 해당하는 상황이고, 육체적으로나 정신적으로나 심각한 불편을 겪어야 하는 상황이다. 따라서 국민들은 지도를 접어 나가다가 어느 시점에서 지도를 벗어나 영토로 뛰어내린 다음 지도 바깥쪽에서 계속 접어 나가야 할 것이다. 마침내 단 한 사람도 주머니 속에 남아 있지 않고 지도 접기가 완전히 끝날 때까지.

그런데 이 방법은 다음과 같은 문제를 야기하게 될 것이다. 즉 지도 접기가 끝나면 영토는 본래의 땅과 중앙에 접힌 채 놓여 있는 거대한 지도로 이루어져 있는 셈이 된다. 따라서 접힌 지도는 비록 그것을 볼 수는 없다 할지라도 부정확하다는 것이 자명해진다. 영토의 중앙에 접힌 채 놓여 있는 지도가 그려져 있지 않다는 게 분명하기 때문이다. 어떤 지도가 부정확하다는 것을 미리 알고 있다면 우리는 굳이 그것을 보려고 펼칠 이유가 없다. 그렇다고 영토의 중앙에 접힌 채 놓여 있는 지도를 지도에 그려 넣는다면, 이 지도는 펼쳐 볼 때마다 부정확한 것으로 변해 버릴 것이다.

지도가 미확정성의 원리를 따른다는 점을 받아들인다면, 접혀 있을 때는 부정확한 지도가 그것을 펼치는 행위에 의해서 정확해지는 상황을 받아들일 수 있을 것이다. 그렇게 되면 지도를 정확하게 만들고 싶을 때마다 그것을 펼쳐 볼 수 있게 될 것이다.

이제 남은 문제는 지도를 다른 방향으로 펼쳐 놓을

때 국민들이 어떤 위치에 있어야 되느냐 하는 것이다(국민들의 위치를 나타내지 않는 빈약한 지도가 아닐 경우에 말이다). 지도가 정확한 것이 되기 위해서는 국민들은 지도를 펼친 뒤에 각자 제작 당시에 있었던 위치로 되돌아가야 할 것이다. 그런 대가를 치르기만 한다면, 지도의 지점 X2가 놓여 있는 영토의 지점 Z에 거주하는 국민은 영토의 지점 Y에 우연히 놓여 있는 지도의 지점 X1에 나타나게 될 것이다. 그럼으로써 모든 국민이 지도를 통해서 자기가 있는 곳이 아닌 영토의 다른 지점에 관한 정보와 자기가 아닌 다른 국민에 관한 정보를 얻을 수 있게 될 것이다.

실현 가능성이 매우 희박하기는 하지만, 이와 같은 방법을 사용한다면 투명하고 투과성이 있으며 방향을 돌려서 펼칠 수 있는 지도는 가장 훌륭한 지도로 꼽힐 수 있을 것이다. 다만 이 지도 역시 앞의 두 지도와 마찬가지로 〈표준 지도〉의 모순을 피할 수는 없다.

3. 표준 지도의 모순

영토 위에 펼친 지도이건 현수 지도이건 간에 지도가 전 영토를 덮는 순간부터 제국의 영토는 하나의 지도에 완전히 뒤덮인 영토라는 특징을 갖게 된다. 그런데 이 지도에는 그 특징이 나타나 있지 않다. 그렇다면 영토와 이 지도를 함께 나타낸 또 다른 지도가 필요하다. 하지만 이런 과정은 무한히 되풀이될 것이다(〈제3의 사람〉 논증처럼). 어쨌거나 이런 과정이 중단된다면 마지막으로 만들어진 지도는 영토와 그 지도 사이에 놓인 모든 지도들을 나타내지만 저 자신을 나타내지는 못한다. 이런 지도를 표준 지도라고 부르기로 하자.

표준 지도는 러셀·프레게 역설을 피할 수 없다. 영토와 최종적인 지도는 하나의 표준 집합을 나타내고, 이 집합에서 영토의 일부가 아니다. 그런데 이 경우에서처럼 하나의 원소를 가진 집합들의 집합들을 고려한다 할지라도 표준 집합들의 집합을 생각할 수는 없다(따라서 지도들을 가진 영토의 지도는 생각할 수 없다). 표준 집합들의 집합은 비표준 집합으로 간주되어야 한다. 따라서 지도들의 지도는 지도에 그려진 영토의 일부가 되어야 하는데 그것은 불가능하다.

이상에서 다음과 같은 파생 명제가 나온다.

1. 일대일 지도는 언제나 영토를 부정확하게 재현한다.

2. 제국의 일대일 지도가 만들어지는 순간, 제국은

지도로 나타낼 수 없게 된다.

두 번째 파생 명제만 놓고 보면 제국은 적국(敵國)에 지각되지 않게 됨으로써 가장 황당한 꿈을 실현하는 것처럼 보일지도 모른다. 하지만 첫 번째 파생 명제에 따라 제국은 스스로에게도 지각될 수 없는 존재가 될 것이다. 따라서 일종의 초월적인 지각으로 스스로에 대한 인식을 획득하는 제국을 가정해야만 할 것이다. 하지만 그런 가정은 자기 인식 능력을 가진 지도의 존재를 요구한다. 그런 단계에 오른 지도는 제국 그 자체가 될 것이고, 제국은 자기의 권력을 지도에 넘겨주게 될 것이다.

3. 제국의 일대일 지도는 제국 그 자체의 종말을 인정한다. 따라서 그것은 제국이 아닌 어떤 영토의 지도이다.

아놉티콘[1]

아놉티콘은 육각형의 다른 건물 다섯 동을 안에 지니고 있는 육각형 건물이다. 육각형으로 나 있는 다섯 통로와 중앙에 자리한 육각형의 닫힌 방만이 다섯 건물의 벽 사이에서 협소한 주거 공간을 이루고 있다. 아놉티콘은 〈아무도 보지 못하면서 모두에게 보일 수 있음〉의 원리를 실현하고 있다. 아놉티콘의 주체는 중앙의 폐쇄된 육각형 방 안에 있는 간수이다. 이 방을 밝히는 것은 원뿔대 모양으로 난 두세 개의 채광창인데, 이 채광창은 위에서 빛이 들어오게 해주지만 간수가 이 채광창을 통해서 볼 수 있는 것은 아주 작은 동그란

---

1 모든 감방을 한눈에 감시할 수 있는 원형 감옥, 곧 파놉티콘 *panopticon*의 *pan-*(모든)을 〈부정〉을 뜻하는 *an-*으로 대체해서 만든 말. 제러미 벤섬이 이상적인 감옥으로 고안했으나 그의 캠페인에도 불구하고 실현되지 못한 파놉티콘은 미셸 푸코가 『감시와 처벌』에서 중요한 논거로 언급하고 있다.

하늘 조각뿐이다. 간수는 수감자들이 자유롭게 살고 있는 육각형의 다섯 통로에서 무슨 일이 벌어지는지 전혀 모른다.

수감자들은 통로로부터 역시 원뿔대 모양으로 난 채광창을 통해 간수를 감시할 수 있다. 감시를 당하는 간수는 자기가 감시를 당하고 있다는 사실도, 누구 언제 자기를 감시하는지도 전혀 알 수 없게 되어 있다. 아놉티콘은 간수로 하여금 감옥의 나머지 부분에 대해 어떠한 통제도 할 수 없게 한다. 그는 수감자를 감시할 수도 없고 탈옥을 막을 수도 없으며 수감자들이 아직 있는지 누가 자기를 관찰하고 있는지조차 알지 못한다. 설령 누가 간수를 관찰하고 있다고 해도, 그는 그 사람이 수감자인지 이 자유 방임 기구(「혼인한 기계들」, 「일곱의 다른 남편들이 옷을 입혀 준 동정녀」 참조)의 임시 방문자인지 알 수가 없다.

아놉티콘은 간수의 완전한 책임 면제라는 이상을 실현하며 다음과 같은 영원한 질문에 답하고 있다. 〈누가 간수를 감시하는가 *Quis custodiet custodes?*〉

무입력 기계와 무출력 기계

1. 입력으로 X 값을 받아 출력으로 Y 값(여기에서 X≠Y)을 되돌려 주는 모든 블랙박스를 기계로 정의한다.

1-1. 입력으로 X 값을 받아 출력으로 X 값을 되돌려 주는 블랙박스는 기계가 아니라 중간 경로이다.

1-2. 어떤 기계가 완전한 자동 장치(외부의 조작자없이 영구적인 운동에 따라 움직이는)인가 아니면 외부에 힘에 의해서 움직이는 장치인가 하는 점은 무시해도 좋다.

1-3. 따라서 어떤 기계가 열역학 제2법칙을 따르는가 아니면 그것과 반대되는 법칙을 따르는가 하는 점역시 무시해도 좋다(아주 낮은 입력을 받아 아주 높은 출력을 되돌려 주는 기계를 구상하는 것은 가능하다. 이 출력은 피드백을 통해 점점 더 큰 입력을 만들어 내

며 이 과정은 무한히 되풀이된다).

1-4. 입력의 출발점과 출력의 도달점을 아는 것은 무시해도 좋다(이미 무시해도 좋은 것으로 규정한 1-3의 경우를 제외하고).

따라서 기계는 언제나 다음과 같은 방식으로 나타낼 수 있다.

2. 이제 웜*Wim*과 웜*Wom*, 즉 무입력 기계*Without input machine*와 무출력 기계*Without output machine*를 생각하고/생각하거나 만들어 낼 수 있는가 하는 문제가 제기된다.

3. 원칙적으로 무입력 기계는 생각될 수 있다. 이미 생각된 바 있다는 의미에서 그러하다. 무입력 기계를 신화학적인 용어로 표현하면 신이 될 것이다.

m

플로티노스가 세운 신의 모델을 생각해 보자. 도저히 이해할 수 없고 무어라 규정할 수 없는 유일자의 개념은 적어도 이론적으로는 입력의 문제를 제거한다. 이런 기계는 오로지 부정적인 말로만 정의할 수 있는 전형적인 블랙박스이다. 우리는 이것의 출력밖에 알지 못한다.

그와 마찬가지로 가톨릭 신학의 신은 영원하고 스스로 존재하며 어떠한 입력도 없이 시간을 초월하여 출력을 이론적으로 무한히 만들어 낼 수 있다(시간은 신의 활동에서 생겨나는 부산물이다. 신의 활동은 시간의 종말을 넘어 지복직관[1]과 생각을 계속 만들어 낸다). 이 블랙박스는 스스로를 〈생각하는 블랙박스〉로 여기고 있으며, 그 〈누스*noûs*〉[2]의 산출이 어떤 형태의 행위를 나타내는 출력이 된다.

1 선택받은 사람이 묵상을 통해 하느님을 직접 보는 것.
2 〈정신〉을 뜻하는 그리스어.

한편 자기 자신을 생각하는 행위는 끊임없이 삼위일체의 발현을 만들어 낸다. 따라서 삼위일체의 발현은 자기 자신의 산물을 자기 안으로 다시 끌어들이는 기계의 지속적인 출력인 셈이다. 하나이면서 삼위인 신은 자기 안에 출력을 만들어 낸다. 하지만 신은 모종의 방식으로 자기의 외부까지 끌어들인다. 출력은 행위를 나타내고 블랙박스는 그 행위를 통해 스스로를 규정하는 것이다. 신이라는 블랙박스는 비존재, 이를테면 지옥이 폐지된다고 가정해도 오열과 절치(切齒)의 신음은 여전히 남아 있게 될 무(無)의 상태와 비교해서 스스로를 규정한다.

결국 무입력 기계의 출력은 스스로를 부양하는 행위이며, 그런 의미에서 이 기계는 능동적이다. 하긴 이런 형태의 출력마저 없다면 신이라는 블랙박스는 기계가 아닐 것이고(1의 정의에 비추어 볼 때 말이다), 그런 비기계의 문제는 기계에 관한 이 글과는 무관할 것이다.

무입력 기계는 제작될 수는 없을지라도 생각될 수는 있다. 성 안셀무스가 증언했듯이, 우리는 〈그보다 더 큰 것은 생각할 수 없는 존재esse cuius nihil maius cogitari possit〉를 생각할 수 있다. 그런 존재를 생각할 수 있다는 것 자체가 그 존재의 증거인가 아닌가 하는 점은 이 글의 목적과는 상관없는 문제이다.

4. 이제 무출력 기계, 즉 〈그보다 더 작은 것은 생각할 수 없는 존재*esse cuius nihil minus cogitari possit*〉를 생각하는 것은 불가능하다는 점을 주장하고자 한다. 무출력 기계를 설계하려면 물론 입력을 받고 출력을 내놓지 않는 블랙박스를 생각해야 한다. 다시 말하면, 입력은 지각되지만 〈물건〉이라는 의미에서의 산출물이나 열이나 촉지할 수 있는 느낌 따위를 전혀 내놓지 않는 사각의 블랙박스를 구상해야 할 것이다. 무출력 기계는 지각의 가능성조차도 산출하지 않는다. 따라서 이 기계는 지각될 수 없을 것이다. 어떤 다른 존재에 지각될 수 있는 무출력 기계는 자극들의 장(場)을 산출하는 셈이고, 이렇게 자극장을 산출한다는 것은 이 기계가 자기 자신의 환경을 지각할 수 있음을 시사하는 것이다. 따라서 이 기계는 어떤 형태로든 활동을 하고 있다는 얘기가 된다. 완전한 무출력 기계는 출력의 가능성을 자멸에 이를 때까지 감소시켜야 할 것이다. 하지만 입력을 받는 이 블랙박스가 사라진다면, 무출력 기계는 1의 정의에 비추어 더 이상 기계일 수가

없게 될 것이다. 그런 점에서 무출력 기계라는 개념은 자가당착적이다.

블랙홀을 무출력 기계로 규정할 수 없음은 명백하다. 첫째는 블랙홀이 지각될 수 있기 때문이고(비록 감각에 의해서가 아니라 대단히 미세한 실험 정보들의 추론을 통해서 지각되는 것이라 할지라도), 둘째는 블랙홀이 끊임없이 새로운 물질을 끌어들이는 능력을 출력으로 보여 주고 있기 때문이며, 마지막으로는 블랙홀이 증발하고 있다는 가정이 사실이라면 증발은 그것이 행해지고 있는 한 기계의 한 활동(출력)이며 증발이 완전히 끝나고 나면 더 이상 기계는 없는 것이 되기 때문이다.

5. 이상에서 다음과 같은 잠정적인 결론이 나온다. 무출력 기계는 생각될 수 없기 때문에 우리는 그것의 존재를 증명할 수 없고(설령 부정 존재론적인 논증에 바탕을 둔다 할지라도), 그것의 부재도 증명할 수 없다. 하지만 사유 발전의 현단계에서는 그것의 사유 불가능성조차도 증명할 수 없다. 무출력 기계를 생각할 수 없음을 증명하는 데에는 부정이나 비존재를 생각할 수 없음이나 생각할 수 있음에 관한 모든 논증이 적

용되기 때문이다.

　무출력 기계에 관해서 우리는 그것이 생각될 수 없다고 생각하지 않을 수 없다. 그런데 부정의 소멸 법칙에 따라서 우리는 (a)그것이 생각될 수 없다고 생각할 수 있고, (b)그것이 생각될 수 있다고 생각할 수 없으며, (c)그것이 생각될 수 있다고 생각하지 않을 수 있다. 하지만 우리는 그것이 생각될 수 있음을 생각할 수 있다고는 말할 수 없다.

　6. 위의 사실은 서양 형이상학의 발전이 나태한 행위에 토대를 두고 있다는 생각을 갖게 한다. 서양의 형이상학은 출발점에서 이미 해결된 문제인 기원의 문제(즉, 무입력 기계의 문제)를 끊임없이 스스로에게 제기하고 있지만, 관심을 가질 만한 유일한 문제인 종말의 문제(즉, 무출력 기계의 문제)는 결코 제기하지 않는다. 이 나태함은 아마도 생각하는 동물의 생물학적 구조에서 말미암은 것이리라. 생각하는 동물은 어떤 의미에서 자기 자신의 시작에 관한 경험을 갖고 있기 때문에 시작이 있다는 것을 확신하고 있지만, 자기 자신의 종말은 아주 짧은 순간밖에 경험할 수 없기 때문에 그것에 대해 말할 겨를조차 없다(『마틴 이든』[3]

의 〈그는 그것을 알게 되자마자 알기를 중단했다〉 참조). 법률 용어로 말하자면, 시작이나 영원한 시작에 관해서는 신빙성 있는 증언들이 있지만, 종말에 관해서는 신빙성 있는 증언이 전혀 없다(〈나는 존재하지 않습니다〉라든가 〈나는 더 이상 존재하지 않는 사람입니다〉라는 식으로 말하는 사람은 종교의 역사에서조차 찾아볼 수 없다). 모든 입력의 부재를 직접 경험한 사람은 있었지만, 모든 출력의 부재를 직접 경험할 수 있는 사람은 아직 나타난 적이 없다(만일 그런 사람이 존재하다면 그는 무출력 기계가 될 것이다. 하지만 무출력 기계는 본래 스스로에 대한 정의를 내릴 수 없다. 정의를 내리는 것 자체가 출력이며, 그런 활동으로 말미암아 무출력 기계로서의 자신을 스스로 파괴하게 될 것이기 때문이다).

7. 무출력 기계에 대한 사유는 사고 행위의 새로운 원리를 보여 주는 하나의 본보기이다. 무출력 기계에 대해 직접 생각할 수 없기에 우리는 무출력 기계적인 것의 불완전한 예로부터 시작할 수밖에 없다. 이것이 바로 카코페디아의 목표이다. 카코페디아는 파타피지

3 *Martin Eden*. 잭 런던의 소설.

크*pataphysique*[4]의 최종적인 완성으로서 상상적인 해결책의 학문으로부터 상상할 수 없는 해결책의 학문으로 변화해야 할 것이다.

4 프랑스의 작가 알프레드 자리가 창안한 〈상상적인 해결책의 학문〉. 알프레드 자리는 〈파타피지크〉라는 제목으로 잡지에 시평을 연재하기도 했고(그의 사후에 『초록빛 양초』라는 제목의 책으로 한데 묶여 출간되었음), 『파타피지크 학자 파우스트롤 박사의 언행』이라는 작품을 남기기도 했다.

브라샤무탄다의 사상[1]

  스와미 브라샤무탄다(1818년 보라보라에서 출생하여 1919년 바덴바덴에서 사망)는 동어 반복 학파의 창시자이다. 이 학파의 근본 원리는 그의 저서 『나는 내가 말하는 것을 말한다』에 규정되어 있듯이, 존재는 존재이고 삶은 삶이며 사랑은 사랑이고 좋은 것은 좋은 것이며 할 수 있는 자는 할 수 있고 무(無)는 무화시킨다라는 식이다. 브라샤무탄다는 자기의 가르침에서 일탈하는 제자들에게 완고하고 혹독한 태도를 보였다(혹자는 교조적이었다고 말하기도 한다). 그는 자기 생각을 엄격하게 실체론적으로 진술할 것을 주장

  1 후기 카코페디아 계통의 텍스트. 힌두의 철학자 브라샤무탄다의 생애와 저작에 관한 푸리오 콜롬보의 예리한 직관에서 비롯되어, 1989년 9월에 하버드 스퀘어의 한 피자 식당에서 미국과 이탈리아의 사상가들 가운데 선발된 필진에 의해 작성되었다. 장황함을 피하기 위해 그중의 몇 사람만 소개하자면, 파올로 파브리, 오마르 칼라브레제, 잠파올로 프로니, 산드라 카비키올리 등이 그들이다 — 원주.

하였다. 그 주장에 따르면 〈여자는 여자다〉라고 말하는 것은 명명백백한 진리를 표현하는 것이지만, 혹자들이 그러듯이 〈여자는 여성이다〉라고 말하는 것은 회의적인 상대주의의 뉘앙스를 풍기기 때문에 위험한 타락이 될 수도 있다는 것이다. 제자들에 대한 그의 태도와 관련해서 우리는 그의 충실한 제자였던 구루구루의 사건을 기억하고 있다. 구루구루는 〈장사는 장사다〉라고 하는 대신 〈장사는 장사답게 해야 한다〉라고 주장한 뒤에 공동체의 금고를 들고 달아났다.

브라샤무탄다는 의연하게 그 충격을 견뎌 내려고 애썼다. 하지만 그 사건으로 말미암아 그의 종말이 시작되었다. 몇몇 학설사가들이 말하는 것처럼, 그는 자기도 모르게 〈주는 대로 받는다〉라는 말을 내뱉었다. 그런데 이 말은 명백히 그가 주창한 동어 반복 논리의 본질적인 원리와 상충하는 것이었다.

그 사건[문학사에서는 그것을 전환점 또는 브라샤무탄다의 전회(轉回, Kehre)라고 부른다]을 빌미로 변증법적인 역전이 벌어지면서 모순 어법 학파가 생겨날 수밖에 없었다. 이 학파의 창시자는 1881년 베르크탈[2]에서 태어난 야나인[3] 슈바르첸바이스[4] 교수였다. 그는 『나는 남이다』와 『전미래(前未來)』라는 제목으로 두 권의 모순 어법적인 저서를 낸 바 있었다. 독자들도 이미 짐작하겠지만, 슈바르첸바이스는 존재는 무(無)이다, 변화하는 것은 움직이지 않는다, 정신은 물질이다, 물질은 정신이다, 의식은 무의식이다, 운동은 부동이다 하는 식으로 주장하였다. 심지어 〈철학은 전(前)소크라테스 학파와 더불어 끝났다〉라는 말을 궁극적인 원리로 내세우기까지 했다. 이 학파는 경제주의적인 편향(〈싼 것은 비싸다〉라는 식의)을 겪었고, 이종(異種) 실용주의 학파가 자기네와 근친 관계에 있음을 상기시키는 것도 잊지 않았다(〈떠나는 것은 조금 죽는 것이다〉, 〈침묵은 동의이다〉, 〈최선은 선의 적이다〉라는 식의 주장들을 통해서 말이다. 이런 주장들에는 슈바르첸바이스가 경고했듯이 브라샤무탄다의 위협적인 그림자가 드리워져 있음을 볼 수 있다).

모순 어법 학파는 동어 반복 학파가 〈토라토라토라〉, 〈뉴욕 뉴욕〉, 〈노노 나네트〉, 〈케 세라 세라〉 같은 보잘것없는 예술 작품들에만 영향을 끼쳤다고 비난하면서, 자기네는 『전쟁과 평화』, 『적과 흑』 같은 걸작들에 영향력을 행사했노라고 자랑했다. 그에 대해 브라

2 독일어의 *Berg*(산)와 *Tal*(골짜기)을 합친 것.
3 독일어의 *ja*(예)와 *nein*(아니오)을 합친 것.
4 독일어의 *schwarz*(검다)와 *weiss*(희다)를 합친 것.

샤무탄다의 제자들은 그런 걸작들은 모순 어법 학파의 영향을 전혀 받지 않았다고 반박했다. 그 작품들은 대립이 아니라 논리적인 결합에 바탕을 두고 있다는 거였다. 동어 반복 학파는 모순 어법 학파의 영향을 받았다고 볼 수 있는 것은 〈블랙 앤 화이트〉라는 위스키 정도일 거라고 단언했다.

모순 어법 학파가 『알파 오메가』라는 잡지의 기고를 통해 햄릿의 유명한 대사 〈사느냐 죽느냐, 그것이 문제로다〉를 자기네 것으로 삼으려고 했을 때, 동어 반복 학파는 그 독백의 근저에는 〈존재는 존재이거나 비존재는 비존재이다〉라는 브라샤무탄다의 원리가 있다고 주장하면서 모순 어법 학파를 조롱하였다. 동어 반복 학파의 대가인 장 장장은 〈친애하는 햄릿, 이것이 아니면 저것이다〉라고 빈정대면서 스승 브라샤무탄다의 명철한 경구 가운데 하나인 〈너무한 것은 너무한 것이다〉를 인용하면서 반론을 끝맺었다.

하지만 그 논쟁에서 너무나 많은 힘을 소모한 나머지 두 학파는 〈탈구(脫臼)된 사상〉이라 불릴 만한 새로운 사조에 밀려났다. 〈뜨거운 물에 덴 고양이는 악마의 꼬리를 보고 놀란다〉라는 일견 모호해 보이는 주장에서 출발하여, 이 신사조의 추종자들은 물질주의적인 함축을 지닌 유명한 역설들에서 정당성을 찾았다. 그들의 주장에 따르면, 〈만일 내가 내 고양이라면 내 고양이는 내가 아니다〉는 어떤 세상에서도 참인 명제이다.

헤라클레이토스의 주장에 반박하는 방법
안젤로 파브리와 공동 집필

이 글은 헤라클레이토스의 유명한 명제 〈만물은 유전한다〉가 거짓임을 증명하려는 것이 아니라, 그 명제를 보완하는 것으로 보이는 명제, 즉 〈같은 강물에 두 번 몸을 담그지 못한다〉가 거짓임을 증명하려는 것이다. 모든 것이 흐른다 할지라도 언제나 같은 강물에 몸을 담그는 이상적인 조건이 존재한다면 증명이 이루어지는 셈일 것이다. 연어를 가지고 이것을 증명할 수 있다면 그보다 더 확실한 것이 없을 것이다. 누구나 알다시피 연어는 강물을 거슬러 올라가면서 헤엄을 치기 때문이다.

강물과 연어의 상호적인 속도가 어떠하든 간에, 강의 한 부분을 열 개의 최소 구간으로 나누어 각각 $X_1 \cdots\cdots X_{10}$로 나타내고, 강은 X_1에서 X_{10}으로 흐르는 반면 연어는 X_9에서 X_1로 거슬러 올라간다고 하자

(X_1은 상류 쪽이고 X_{10}은 하류쪽). 그리고 연어가 X_9에서 X_8로 거슬러 올라가기 시작할 때, 강(말라붙어 있다가 다시 흐르기 시작한 강)의 물머리는 X_1에서 X_9에 이르는 구간을 흘러 내려왔다고 하자. 그러면 연어가 T_1의 시간을 들여 X_8에 도달한 순간에, 강물의 유속에 상관없이 이미 X_9에서 X_{10}의 구간을 흐르고 있는 물머리와는 다른 부분의 강물이 X_8–X_9 구간으로 밀려들게 된다.

제논의 역설[1]을 받아들인다 해도 사정은 달라지지 않는다. 연어는 X_9에서 X_8에 이르는 공간을 거슬러 올라가기 위해 아킬레우스처럼 무한한 시간을 들여야 하는데, 그러는 사이에 강물은 연어 쪽으로 흘러 내려올 것이다(다시 말하면, 설령 제자리에 앉은 채로 강물에 발을 담근다 할지라도 같은 강물에 두 번 몸을 담그지는 못한다는 것이다). 만일 제논의 역설이 강물에

---

1 고대 그리스의 철학자 제논은 다원성과 운동을 인정하지 않는 파르메니데스의 설을 옹호하여, 그것을 인정할 경우 어떠한 자가당착이 일어나는지를 역설적인 논법으로 증명했다. 운동에 관한 역설로는 〈날아가는 화살은 날지 않는다〉와 〈아킬레우스는 거북을 앞지르지 못한다〉 등이 있다. 그의 논법에 따르면 아킬레우스가 거북을 앞지르지 못하는 이유는 이러하다. 우선 아킬레우스는 거북이 출발한 지점에 도달하여야 한다. 그러나 거북은 그때 이미 제2의 지점으로 전진하였고, 아킬레우스가 그 지점에 도달하면 거북은 이미 제3의 점에 도달해 있다. 이 과정은 무한히 되풀이된다. 따라서 아킬레우스는 거북을 앞지르지 못한다.

도 적용된다면 사정이 달라질 것이다. 강물도 움직이지 않고 연어도 움직이지 않는 상황이 벌어지는 셈이니까 말이다. 하지만 이 경우에 강물은 X_1에서 X_2 사이의 구간을 영원히 흐르게 되고, 연어는 X_9에서 꼼짝 않고 있게 될 것이다. 제논의 역설에 따라서 그렇다는 것이 아니라 연어는 거슬러 올라갈 강물을 영원히 기다리고 있을 것이기 때문에 그렇다는 것이다.

그렇다면 〈연어는 같은 강물에 절대로 몸을 담그지 못한다〉와 〈연어는 언제나 같은 강물에 몸을 담근다〉라는 명제는 둘 다 진리치를 잃게 될 것이다. 〈강물〉이라는 말이 지시적인 가치를 전혀 갖지 못하게 될 것이기 때문이다. 그렇게 되면 연어는 불가피하게 지상 동물이 되어야 한다(진화의 과정에서 추진 기능을 가진 말단 기관과 포유류의 허파를 발달시켜야 한다는 얘기다). 한편, 제논의 역설이 타당하다면, 강물은 존재할 수 없을 것이고 그저 빙설 같은 것만이 있을 것이다. 그 빙설은 녹는 데에 무한한 시간을 들이느라 결코 흐르는 물로 변화하지 않는다.

이상에서 보았듯이, 강물 속에서 움직이지 않고 있는 자는 같은 강물에 몸을 담그지 못한다. 그는 연못 속에 있는 것이 아니라 강물 속에 있는 것이고, 강물은 흐르기 때문이다. 헤라클레이토스는 같은 연못 속에 두 번 몸을 담그지 못한다고 주장한 적이 없다.

이제 강물 속에 들어가 계속 같은 물에서 헤엄치고 싶어 하는 사람이 있다고 가정해 보자. 그는 자기가 원하는 것을 실현하려면 물속에서 강물과 똑같은 속도로 나아가야 할 것이다. 그런데, 이 경우에 우리는 섣불리 직감적인 논증에 빠질 염려가 있다. 예컨대, 〈그런 방식을 이용하면 언제나 같은 물속에서 헤엄칠 수 있다〉라는 식의 논증은 직감적이다. 또, 강물의 속도를 V_y라 할 때 V_j의 속도($V_j < V_y$)로 헤엄치는 사람은 같은 강물에 몸을 담그지 못하게 될 것이다라는 생각 역시 직감적이다.

따라서 문제는 (a) 강물의 속도를 측정하는 방법과 (b) 사람의 속도를 강물의 속도에 맞추기 위해 다음과 같은 공식을 이용하여 사람의 움직임을 계산하는 것이다.

$$m\vec{a} = \vec{F} - K\eta\vec{v}$$

여기에서 m은 사람의 질량, $\vec{a}$는 가속도, $\vec{F}$는 사람의 헤엄치는 힘, K는 신체의 형태에 따라 달라지는 계수, η는 강물의 물리적인 특성(밀도, 온도 등)에 따라 달라지는 점성 계수, $\vec{v}$는 사람의 속도이다.

힘 $\vec{F}$가 일정하다고 가정하면 가속도 때문에 사람의 속도가 강물의 속도보다 높아지게 될 것이다. 그렇게 되면 사람은 언제나 다른 물에서 헤엄을 치게 된다. 한편, 만일 이 가속도를 억제하기 위해 강물의 흐름을 거슬러 헤엄을 친다면, 그는 위에서 검토한 연어의 상황에 처할 염려가 있다.

또한 속도의 지속적인 증가는 물과의 마찰력을 증가시키기 때문에 어느 순간에는 $\vec{F} - K\eta\vec{v}$의 값이 0이 된다. 그러면 가속도 역시 0이 되어 더 이상 속도가 증가하지 않는다. 물과의 마찰력과 몸에 가해진 힘이 완전히 상쇄되는 것이다.

결국 방법은 헤엄치는 속도를 강물의 속도에 맞추기 위해 다음 공식에 따라 필요한 만큼만 헤엄치는 것이다.

$$\vec{V}_L = \frac{\vec{F}}{K\eta}$$

여기에서 $\vec{V}_L$ =정격 속도=강물의 속도.

8백 가지 색깔의 정리(定理)

안젤로 파브리와 공동 집필

　1970년대 초에 색채 위상 기하학과 관련된 대단히 흥미로운 문제 하나가 제기되어 전 세계 논리학자들의 명석함이 시험대에 오른 적이 있다. 〈8백 가지 색깔 지도의 정리〉라는 이름으로 알려진 이 문제는 다음과 같은 질문에 대한 답을 내놓으라는 것이었다. 〈독립국들로 세분된 유럽의 지도를 나라마다 각기 다른 색깔로 칠하고 인접한 두 나라가 같은 색으로 표시되지 않도록 8백 가지 색깔을 이용해서 제작하는 것이 가능한가?〉

　수학자들은 가능하다고 생각은 했지만 그것을 확신하지는 않았다. 그들은 자기들의 생각을 공리화하기가 대단히 어려웠기 때문에 그런 지도를 실제로 만들어 보기로 했다. 하지만 파스텔이든 수성 펜이든 8백 종의 서로 다른 색깔을 구하기가 너무 어려워서 뜻을 이룰 수가 없었다.

1974년에 니콜라 부르바키[1] 교수의 동료인 마틴 렌드라그[2]는 색깔에 번호를 매기는 훌륭한 방법을 생각해 내고 그 문제를 이런 식으로 다시 정식화하자고 제안했다. 〈독립국들로 세분된 유럽의 지도를 나라마다 각기 다른 번호가 매겨지고 인접한 두 나라가 동일한 번호를 갖지 않도록 1부터 800까지 번호를 매겨서 제작하는 것이 가능한가?〉 이 새로운 정식화는 채색의 난점을 해결하지 못하고 그 작업을 나중으로 미루었을 뿐이다. 하지만 그것이 이 문제를 합리적으로 해결하기 위한 훌륭한 발판을 마련해 준 것은 분명하다.

그럼에도 불구하고 지도와 색연필을 직접 손에 들고 이 문제를 해결한 수학자는 전혀 없었다. 그러던 중 1979년에 MIT의 괴테 교수가 이끄는 한 연구 팀이 렌드라그의 재정식화에 근거하여 부분적이고 이론적인 해결책을 제시했다. 괴테 교수는 이 문제의 논리적 조건이 충족되도록 스타티 피니티에 있는 관광 클럽의 한 기계를 프로그래밍해서 유럽을 번호를 매길 수 있

[1] 부르바키는 실명이 아니라 수학자 집단의 명칭이다.
[2] 국내에서도 『이야기 파라독스』로 유명한 마틴 가드너Martin Gardner의 성을 거꾸로 읽은 것.

는 8백 개의 나라로 나누는 데에 성공했다. 그 결과를 얻기 위해서는 프랑스의 모든 도(道)와 스위스의 모든 주(州), 이탈리아의 포르데노네·이세르니아·오리스타노 같은 지방, 심지어는 파에르 외르·안구일라·람페두사 같은 섬까지 독립국으로 간주해야 했다.

이 단계에 이르자 문제는 아주 간단해졌다. 각 번호에 한 가지 색깔을 부여하는 일만 남은 것이다. 그러나 그것을 실행에 옮기는 데에는 많은 어려움이 따를 것이 분명했다. 일단 10여 종의 서로 확연하게 구분되는 색깔을 열거하고 나면, 나머지 색깔들을 식별하고 이름을 붙이는 문제가 제기된다.

엄격하게 자연주의적인 방식을 고수하여 명칭의 문제를 해결하려는 시도가 있긴 했다. 레몬 노랑, 호랑이 노랑, 카나리아 노랑, 완두 녹색, 용 녹색, 에메랄드 녹색, 사과 녹색, 담배 녹색, 일각수 흰색 하는 식으로 색을 식별하는 방법 말이다. 그러나 다음과 같은 근본적인 사실을 깨닫게 되면서 이 실험이 실패로 끝나리라는 것을 인정하지 않을 수 없었다. 즉, 레몬은 예측할 수 없는 경우가 종종 있는 무수한 요인들 — 기후, 위도, 해발 고도, 기압, 성숙 정도, 보관 상태, 방부제 사용 여부 등등 — 때문에 채도가 다양하다. 따라서 레몬 노랑은 결코 한 가지 색이라고 말할 수가 없다.

게다가 시칠리아의 어떤 레몬은 포르투갈의 카나리아와 빛깔이 아주 똑같기 때문에 자연주의적인 색깔 분류법은 과학적으로 타당하다는 보장이 전혀 없다.

또한 색맹인 사람들과 특별한 구조의 시각 기관을 지닌 여러 속과 종의 동물들(특히 우리가 여행하는 데에 도움이 되는 당나귀나 노새 같은 말과의 동물들)은 이런 지도를 볼 수 없다는 사실도 염두에 두어야 한다.

자연주의적인 색채 분류의 한계가 드러나면서 일광 스펙트럼의 파장에 바탕을 둔 색채 분류법이 제안되었다. 각각의 색깔이 다른 색깔과 혼동되는 일 없이 파장에 따라 정확하게 식별되는 그 방법을 채택하게 되면, 지도의 8백 개 번호를 각각 새로운 색깔 분류 번호로 교체하고 동일한 번호가 없다는 것을 확인하는 일만 남게 될 것이다.

하지만 그 경우에도 경험적인 시도를 행하는 것은 금물이다. 8백 개의 번호를 일일이 다른 것들과 비교하는 것은 결코 쉬운 일이 아니기 때문이다. 현재로서는 아무도 8백 가지 색깔의 정리를 완전하고 철저하게 증명해 내지 못했다. 애석하게도 이 문제는 여전히 미해결 상태로 남아 있다.

비교 잡학 대학교 설립안

오시모리카 *ossimorica*[1] 학과

집시 도시 계획학

이슬람 포도주 양조학

무성 영화 음성학

점자(點字) 도상 해석학

혁명 제도

프랑코게르만어

우랄멜라네시아어

우그로로망어

달나라 수리학

파르메니데스 역학

헤라클레이토스 정역학

티벳 해양학

1 〈모순 어법〉을 뜻하는 *oxymoron*에서 나온 말.

우주 현미경 검사

위장 안과학

스위스 비잔틴 문화 연구

탈선 규범

대중 귀족 정치 제도

민중 과두 정치 제도

혁신적인 전통의 역사

동어 반복 변증법

불 *Boole* 대수 논쟁술

아디나타 *adynata* (또는 임포시빌리아 *impossibilia*)[2] 학과

중세 에트루리아어의 운명

모르스부호의 형태소

남극 농업사

헬레니즘 시대의 미국 역사

파스쿠아 섬의 회화사

수메리아 현대 문학

몬테소리 시험 제도 연구

사하라 사막에서의 군중 심리학

---

2 그리스어 *a-*와 *dynata*를 합친 말. *a-*는 부정의 뜻을 나타내고 *dynata*
는 〈가능하다〉는 뜻이다.

신도네의 색가(色價) 현상학

구석기 시대 회화사

쥐라기 농업사

성당 기사단 가족 제도사

아프리카 호랑이 해부학

아시리아 바빌로니아 우표 연구

아스테크 경마

콜롬비아의 아메리카 대륙 발견 이전 제국들의 바퀴 기술

교수(絞首)에 의한 연기증(嚥氣症) 치료

직장음(直腸音)의 관여적 특성

복명음(腹鳴音)의 구문론

침묵의 음운론

순계류 치과술의 역사

비잔틴 문명 연구 학과

수압을 이용한 뇌 절개

덴마크식 오럴 섹스에서 성문(聲門)의 기능에 관한 현상학

불가식별 소립자의 현미경 검사

비표준 집합의 심리 치료

별거자 이론(집합 이론에 대한 보완으로)

동결 건조 계산(적분에 대한 보완으로)

체르멜로식 명증(明證)의 역사

배중술(排中術)

비형식 논리학

망각술

선(先) 선소크라테스 시대 철학사

고고학 연구소들에 관한 고고학

바티칸 지리학

모나코 공국의 식민지 역사

테트라필록토미아[3] 학과

이드로그라마톨로지아

포치오세치오네

피로피지아

페를로쿠토리아 델라 스카토테크니카

3 대단히 전문적인 명칭임에도 불구하고(그 난해성은 무엇보다 품위와 절제에서 비롯된 것이다), 능력 있는 어원학자들은 아래에 나오는 학문 이름들의 의미를 짐작해 낼 수 있을 것이다. 그 의미를 차례대로 밝히면 다음과 같다. 수면*Idro* 문자학*grammatologie*, 남의 엉덩이*pigia*에 불*piro*을 붙이는 기술, 〈꺼져라〉같은 상투적인 표현들의 분석, 고환*mentulopensili*을 때리는*soluzione* 기술, 항문 삽입*sodomo-* 리듬*cinesica* 연구. 학과 이름인 테트라필록토미아는 물론 머리카락*pilo*을 넷*tetra*으로 자를*tomia* 수 있게 하는 학문을 뜻한다 ― 원주.

테크니카 델레 솔루치오니 멘톨로펜실리
소도모치네지카

   이 대학교에서 비교 잡학 학사 학위를 얻고자 하는
학생들은 서로 아무런 관련이 없는 18개 과목의 시험
을 치러야 한다. 시험에 대비해서 읽어야 할 책들은 각
과목 별로 60권에 달한다. 책의 제목은 텍스트와 일치
할 필요가 없고 만일 텍스트가 있다면 그것이 제목과
일치할 필요도 없다. 참고 도서 목록은 할리퀸 출판사
의 편집 기준에 따라 작성될 것이다.

양자(量子) 비평의 기본 원리

베스트셀러를 둘러싼 모든 논쟁은 문학 사회학의 한계를 드러낸다. 문학 사회학은 작가와 출판사의 관계(책 발간 이전), 상품과 시장의 관계(책 발간 이후)는 연구하지만 작품의 내적인 구조라는 중요한 측면을 소홀히 한다. 여기서 작품의 내적인 구조라 함은 문학의 질이라는 아주 평범한 의미에서가 아니라(그런 문제는 일체의 과학적인 검증에서 벗어나 있다), 서사 텍스트의 내부 사회 경제학이라는 훨씬 더 유물론적이고 변증법적인 의미에서 하는 말이다.

각각의 소설에 대해서 우리는 작가가 소설 속의 체험을 구상하기 위해 투자한 비용을 계산할 수 있어야 한다. 일인칭 시점의 소설이라면 그 계산이 별로 어렵지 않겠지만(이 경우에 비용을 지출하는 것은 화자이다), 모든 등장인물들이 전지적인 시점을 공유하는 경우에는 계산이 복잡해진다.

먼저 헤밍웨이의 『누구를 위하여 좋은 울리나』를 예로 들어 보자. 이 소설 속의 체험은 거의 돈이 들지 않는 것들이다. 화물 열차를 타고 에스파냐까지 몰래 여행하는 것이 그렇고, 공화파가 제공하는 침식이며 침낭 속의 여인, 싸구려 여인숙 등이 그러하다. 해리스 바에서 마티니를 마셔야 하는 『강 건너 숲 속으로』와의 차이를 생각해 보라.

파피용은 자기의 『회고록』을 전적으로 정부의 비용으로 쓴 셈이고, 뷔토르는 『변경(變更)』을 쓰기 위해 기차표 한 장 밖에 지출하지 않았다. 그에 반해서 『내 침실 주위를 도는 여행』을 위해 드 메스트르는 몇 달 치 집세에다 부엌과 화장실과 욕실이 딸린 60m²짜리 아파트 구입비를 지출했다.

발자크의 『인간 희극』 전체를 놓고 생각하면 계산이 대단히 복잡해진다. 누가 무엇에 돈을 쓰는지 더 이상 분간이 되지 않는다. 발자크는 그 분야의 달인인지라 위조지폐, 라스티냐크가 파리의 사교계에 갖다 바친 돈, 부채, 어음, 노름에서 잃은 돈, 영향력 남용, 위장 도산 등 온갖 것을 동원하여 분명한 계산이 불가능하게 만든 것임에 틀림없다.

그에 반해서 파베제는 돈의 흐름이 거의 투명하게 드러나는 상황을 제공한다. 『여성 전용』에 술집과 레스토랑의 계산서가 나오는 것을 제외하면 언덕에서 마시는 포도주 한 잔 값으로 몇 리라를 쓰는 게 고작이기 때문이다. 진짜 돈이 안 드는 소설은 대니얼 디포의 『로빈슨 크루소』 같은 작품이다. 처음의 뱃삯 말고는 돈 들 것이 없다. 섬에서는 난파선에서 회수한 물건을 가지고 모든 것을 해결하기 때문이다. 그런데, 겉으로 보기에는 돈을 거의 안 들인 것 같은데 따지고 보면 아주 비싼 대가를 치른 소설들도 있다. 예를 들어 제임스 조이스의 『젊은 예술가의 초상』에서는 예수회 학교에서 벨버디어의 클론고스 우드를 거쳐 유니버시티 칼리지에 이르기까지 최소한 11년간의 기숙사 비용을 계산해야 하고, 거기에 책값이 추가된다. 그런가 하면 비용이 많이 들었음을 공공연하게 드러내는 소설들도 있다. 위스망스의 『역로(逆路)』를 예로 들어 보자. 건축가, 실내 장식가, 금은 세공사, 보석상, 재단사, 이국적인 동물 상점, 고서, 동양 융단, 값비싼 향유, 금실로 수놓은 화려한 비단 등등 위스망스가 투자한 비용은 화폐 가치의 변화도 있고 해서 계산하기가 정말 어렵다. 확실한 건 그 액수가 천문학적이라는 것이다. 프루스트의 『잃어버린 시간을 찾아서』도 전체적으로 볼 때 비용이 많이 든 소설이다. 게르망트 씨네 사람들과 교제하는 돈이 솔찬히 든다. 연미복을 빌려 입는다는 건 말도 안 되는 일이며 꽃이나 선물 따위를 소홀히 해서도 안 된다. 게다가 엘리베이터가 있는 발베크의 호텔, 할머니의 마차, 알베르틴과 생루를 만나러 가는 데에 필요한 자전거 등의 비용도 계산에 넣어야 한다. 그 시절에 자전거가 얼마나 비쌌을지는 생각해 볼 엄두조차 나지 않는다. 테니스 라켓이나 새 폴로셔츠 등 그 밖의 비용은 손님 접대를 좋아하는 그 명가문에서 대준다.

토마스 만의 『마(魔)의 산』 역시 작품 속의 체험을 실제로 재현하자면 막대한 비용이 드는 소설이다. 요양소에 머무는 데에 드는 비용은 말할 것도 없고, 모피와 털모자, 한스 카스토르프의 놓쳐 버린 돈벌이도 고려해야 하기 때문이다. 그러면 역시 토마스 만의 작품인 「베네치아에서의 죽음」은 어떨까? 리도 호텔의 욕실 딸린 객실만 생각하더라도 결코 적지 않은 비용이 든 소설이다. 게다가 주인공 아셴바흐 같은 신사라면 당시에 상류 사회의 예절이 그러했기 때문에 팁과 곤돌라만으로도 솔찬한 돈을 썼을 것이다.

카코페디아 편찬자들의 모임이 계속되던 기간 동안 행해진 나중의 연구들은 다른 중요한 문제들을 규명할 수 있게 해주었다. 예컨대 콘래드와 쥘 베른의 지상과 해상의 모험을 비교해 보는 것도 그중의 하나였다. 콘래드는 원양 선박 선장 자격증에 투자하고 난 뒤에는 모험에 필요한 모든 장비들을 공짜로 얻는다. 게다가 그는 돈까지 받아 가면서 항해를 한다. 쥘 베른의 상황은 아주 다르다. 우리가 알다시피, 그는 별로 여행을 해본 적이 없다. 그래서 소설 속에 국립 도서관을 만들어 넣어야 하고 숱한 소도구를 일부러 만들어야 한다. 그런 소도구들을 새로 만들려면 터무니없이 많은 비용이 들어간다. 『80일간의 세계 일주』 하나만 놓고 보더라도 그가 지출한 비용은 엄청나다. 오늘날 싱가포르의 괜찮은 호텔에서 하룻밤을 자는 데에 1인당 20만 원이 든다고 계산하면, 객실을 두 개 얻을 경우 40만 원이 된다. 그것만으로도 벌써 적지 않은 돈이다. 거기에다 이러저러한 교통수단을 전세 내는 데에 매일 약 40만 원이 든다고 하면, 기본적으로 드는 비용만 매일 80만 원 정도가 되는 셈이다. 따라서 이 금액을 80으로 곱하면 자그마치 6천4백만 원이 된다. 쥘 베른의 시대에 그게 얼마나 큰돈이었을지를 한번 상상해 보라.

콘래드와 쥘 베른의 비교는 또 다른 비교를 떠올리게 한다. 스탕달의 『파르마 수도원』과 위고의 『레 미제라블』에 나오는 워털루 전투가 바로 그것이다. 스탕달은 분명히 진짜 전투를 소설에 그리고 있다. 그런데 파브리스가 전투의 상황을 전혀 이해하고 있지 못하다는 사실은 전투가 철저하게 재현되지 않았다는 것의 반박할 수 없는 증거이다. 그와 반대로 위고는 군중의 거대한 움직임과 항공사진과도 같은 장면, 다리가 절단된 말들, 때로는 요란한 소리를 내며 천지를 진동시키지만 그루시의 귀에는 언제나 멀리에서 들려오는 포격 등을 동원하여 그 전투를 새롭게 재구성한다. 그 어마어마한 〈리메이크〉에서 유일하게 똥값인 것은 캉브론 장군의 유명한 욕설 〈메르드(똥)〉[1]이다.

끝으로 다음과 같은 두 종류의 소설을 비교해 보고자 한다. 먼저 만초니의 『약혼자』처럼 경제적으로 수익성이 대단히 높은 작품이 있다. 이 소설은 당대 이탈리아인들의 정서에 맞도록 단어 하나하나에 정성을 들인 수준 높은 베스트셀러의 훌륭한 본보기이다. 만

---

1 이 책 「〈어떻게 지내십니까〉라는 질문에 대답하는 방법」 중 캉브론 장군에 대한 각주 참조.

초니는 언덕 위의 성관부터 포르타 렌차 및 코모 호수에 이르기까지 모든 것을 자기 마음대로 활용할 수 있었다. 뿐만 아니라 그는 소설 속에 폭동을 넣을 필요가 있을 때는 없는 것을 일부러 지어내기보다 문서 속에 잠들어 있는 폭동을 불러내는 노련함도 지니고 있었다. 그는 문서를 그대로 제시하면서 자기는 상상력을 토대로 재현하는 것이 아니라 누구나 도서관에서 구할 수 있는 것을 주는 거라고 아주 정직하게 밝힌다. 없는 것을 일부러 만들어 낸 것은 익명의 원고뿐이다. 하지만 무명씨의 원고 하나를 만들어 내는 데에는 그다지 많은 비용이 들지 않았을 것이다. 당시에 밀라노에는 고서점들이 있었을 것이다. 오늘날 바로셀로나의 바리오 고티코에 아직 고서점들이 존재하는 것처럼 말이다. 이 고서점들은 돈 몇 푼만 주면 가짜 양피지를 만들어 준다.

만초니의 『약혼자』와 정반대가 되는 것으로 『일 트로바토레』 같은 가짜 역사 소설을 비롯한 많은 역사 소설들과 사드의 모든 소설, 그리고 추리 소설이 있다. 윌리엄 벡퍼드가 『바테크』라는 소설을 위해서 얼마나 심하게 사치를 부렸는가에 대해서는 말하지 않겠다. 이 소설의 비용은 그저 허울을 번드르르하게 만들기 위한 상징적인 낭비였기 때문이다. 그러나 분명히 말하지만 앤 래드클리프나 매슈 루이스나 호러스 월폴의 성관과 수도원과 지하 납골당은 결코 헐값에 구할 수 있는 것들이 아니다. 그들의 소설은 설령 베스트셀러가 되었다 해도 투자한 금액을 회수할 수 없었을 만큼 아주 비용이 많이 들어간 작품이다. 그나마 다행인 것은 그들이 부유한 귀족이었다는 점이다. 그렇지 않았다면 그들의 상속자들은 그들이 물려준 빚 때문에 아직까지 고생을 하고 있었을지도 모른다. 대단히 작위적인 소설들이 모인 이 호사스런 그룹에 라블레의 『가르강튀아와 팡타그뤼엘』은 당연히 들어가야 할 것이다. 그리고 엄정하게 따져 보면 단테의 『신곡』도 여기에 포함시킬 수 있을 것이다.

위에서 말한 두 종류의 중간쯤에 있는 소설이 하나 있다. 『돈키호테』가 바로 그것이다. 사실 라 만차의 기사는 있는 그대로의 세계, 이미 풍차들이 존재하고 있는 세계를 주유한다. 하지만 도서관은 값이 아주 비싸게 먹혔을 것임에 틀림없다. 도서관의 그 모든 기사 소설들은 원본이 아니라 피에르 메나르라는 사람에 의해서 다시 필사된 것이기 때문이다.

이상의 고찰은 우리로 하여금 두 가지 서사 형식 사

이의 차이를 이해할 수 있게 해 준다. 이탈리아어에는 이 두 가지 서사 형식을 구별하는 용어, 즉 영어의 〈노블*novel*〉과 〈로맨스*romance*〉에 해당하는 말이 없다. 노블은 사실적이고 시민 계급적이고 근대적이며 작가가 무상의 경험을 사용해서 만들기 때문에 비용이 적게 든다. 그에 반해서 로맨스는 환상적이고 귀족적이며 지나치게 사실적이고 지나치게 비용이 많이 든다. 로맨스에서는 모든 것이 재건되고 재현된다. 그리고 재건을 하려면 어쩔 수 없이 이미 존재하는 설비와 물자를 사용해야 한다. 이것이 바로 〈대화술*dialogismo*〉과 〈상호 텍스트성*intertestualità*〉이라는 난해한 용어들의 진정한 의미이다. 다만 무조건 비용을 많이 쓰고 재건된 것들을 많이 모은다 해서 작품이 성공하는 것은 아니라는 점을 알아야 한다. 또 독자들이 그 점을 알고 있다는 것도 알아야 하고, 따라서 그 점에 관해서 짐짓 모르는 체하고 조롱하는 태도를 보여야 한다.

비스콘티의 「루트비히」와 파졸리니의 「살로」는 보는 이의 마음을 슬프게 한다. 작가들이 자기들의 게임을 너무 진지하게 받아들이고 있기 때문이다. 아마도 자기들이 투자한 비용을 회수하겠다고 그러는 것일 거다. 하지만 돈은 고딕의 거장들처럼 장자풍도(長者

風度)를 지니고 처신할 때 들어오는 법이다. 그 거장들이 우리를 매혹시키고, 레슬리 피들러의 말마따나 포스트모던 문학의 전범이 되어 우리에게 기쁨을 주는 이유가 바로 거기에 있다.

우리는 독자가 운명이 기구하게 교차하는 허구적인 성곽을 구경하도록 초대받았을 때 이따금 그 문학 게임을 받아들이고 거기에서 기쁨을 얻는 이유가 무엇인지를 알아볼 수도 있을 것이다. 문학 작품에 어떤 경제 논리를 체계적으로 적용하기 위해서는 그런 작업이 선행되어야 할지도 모른다. 어쨌거나 분명한 것은 독자들로부터 좋은 평판을 얻고자 하는 작가라면 돈 쓰기를 주저하면 안 된다는 것이다.

4부

내 고향 알렉산드리아

미개인들

단테는 내 고향인 피에몬테 지방의 알레산드리아에 대해서 애정 어린 태도를 보이지 않았다. 그는 저서 『속어론』을 통해 이탈리아의 여러 방언을 하나하나 검토하는 가운데에, 우리 고장 사람들이 내는 거친 소리는 이탈리아 방언이 아니라고 주장하면서 이 소리는 언어라고 보기 어렵다는 뜻을 내비쳤다. 그래 좋다. 우리는 미개인이다. 하지만 그것도 하나의 본분이라면 본분이다.

우리는 라틴계 이탈리아인도 아니고 켈트족도 아니다. 우리는 투박하고 털 많은 리구리아족의 후예이다. 1856년에 카를로 아발레는 『피에몬테 지방의 역사』라는 저서의 서두에서 베르길리우스가 서사시 『아이네아스』 제9권에서 선(先)로마 시대의 리구리아족에 관해 다음과 같이 노래한 것을 상기시켰다.

이곳에서 어떤 사람들을 만나게 되리라고 생각했는가?

향수를 뿌리고 다니는 아트리우스의 후손들을?

아니면 달변가 율리시스를?

당신이 만난 우리는 본바탕이 거칠고 굳센 종족이다.

우리는 아이들이 태어나자마자 먼저 강가로 데려가

물과 살을 에는 얼음으로 아이들을 단련시킨다.

아이들은 사냥에 나가 불침번을 서고

사냥감을 몰기 위해 숲을 휘젓고 다닌다.

말을 길들이고 활을 쏘는 것이 바로 아이들의 놀이다.

아발레는 또 이런 얘기도 하고 있다. 〈그들은 중간 정도의 체격에 몸이 날씬했으며 살갗은 부드럽고 눈은 작았다. 또 머리숱은 적었고 눈빛에는 자신감이 가득했으며 목소리는 거칠고 우렁찼다. 얼핏 보기에는 그다지 건장하다는 느낌이 들지 않는 모습이었다……〉

리구리아족의 한 어머니에 관한 이야기로 이런 게 있다. 〈여인은 일을 하던 중에 진통을 느끼자 아무런 내색도 하지 않고 가시덤불 뒤로 가서 몸을 숨겼다. 그곳에서 아기를 낳은 뒤에 여인은 아기를 나뭇잎으로 덮고 다시 일을 하러 돌아왔다. 그녀가 아기를 낳았다는 걸 알아챈 사람은 아무도 없었다. 그런데 갓난아기가 울음을 터뜨리는 바람에 비밀이 탄로 났다. 여인은 일을 그만두고 쉬라는 친구들과 동료들의 권유를 들은 척도 하지 않고 일을 계속하겠다고 고집을 부렸다. 보다 못한 주인은 여인에게 품삯을 제대로 쳐주고 일을 중단하게 했다. 이 여인의 일화가 널리 알려지면서 역사가들은 이런 말을 하게 되었다. 리구리아족 여인들은 남자들처럼 강하며, 남자들은 맹수처럼 강하다라고.〉 이것은 디오도로스 시켈로스[1]가 한 이야기다.

마렝고 들판에서

알레산드리아에는 전설적인 영웅 갈리아우도가 있다. 때는 1168년, 알레산드리아가 다른 이름으로 존재하던 시절의 이야기다. 큰 마을들이 모여 하나의 읍을 형성하고 있다. 읍의 한복판에는 아마도 성이 있었을 것이다. 주민 중에는 농부도 있고 상인도 있다. 카르두치가 말하듯이 이 상인들은 독일의 봉건 영주들이 보

1 기원전 1세기경의 그리스 역사가.

기에는 용납하기 어려운 적이다. 〈어제까지만 해도 자기들의 기름진 배를 기사의 갑옷으로 두르고 있던 자들〉이니까 말이다. 이탈리아의 도시들은 붉은 수염 프리드리히 1세에 맞서 롬바르디아 연맹을 결성하고, 타나로강과 보르미다강이 합류하는 곳에 침입자의 진격을 막기 위해 새로운 도시를 건설하기로 한다.

알레산드리아의 주민들은 그 제안을 받아들인다. 그러는 것이 자기들에게 유익하리라고 생각했기 때문일 것이다. 그들은 오로지 자기들의 이익만 고려하는 것처럼 보인다. 그런데 붉은 수염 프리드리히 1세가 다다랐을 때 그들은 완강하게 저항하여 황제의 군대가 더 이상 나아가지 못하게 한다. 때는 1174년, 게르만 군은 알레산드리아를 포위한다. 알레산드리아의 주민들은 기아에 허덕인다. 전설은 바로 그때 우리의 영웅 갈리아우도가 나섰다고 전한다. 그는 아주 꾀 많은 농부이다. 그는 도시의 귀족들에게 밀을 조금씩 갹출하게 하여 상당한 양을 모은 다음 그것을 자기 암소 로지나에게 먹인다. 그러고 나서 암소를 성벽 앞으로 데리고 나가 풀을 뜯긴다. 황제의 병사들이 암소를 사로잡았음은 물론이다. 그들은 암소의 배를 갈라 보고 암소가 밀을 잔뜩 먹었다는 사실에 놀란다. 갈리아우도는 아주 그럴듯하게 바보 흉내를 내면서 프리드리히 1세에게 알레산드리아에는 밀이 남아돌아서 사료로 사용하지 않으면 안 될 형편이라고 말한다. 이 대목에서 잠시 카르두치의 이야기로 돌아가 그 무렵 프리드리히 1세의 군대가 어떤 상황에 놓여 있었는지 살펴보자. 몽상적인 병사들은 밤마다 눈물을 흘리고, 스피로 주교는 자기 대성당의 아름다운 종탑을 꿈꾼다. 그런가 하면 금발의 미남인 궁중 백작 디트폴도는 자기의 약혼녀를 다시는 못 보게 될 것에 절망하고, 〈상인들의 손에 죽게 되리라〉라는 생각에 상심하여 대단히 의기소침해 있는 형편이다. 결국 황제의 군대는 포위를 풀고 떠나가 버린다.

전설의 내용은 그와 같다. 사실 게르만 군대의 포위 공격은 그보다 훨씬 더 참혹했고 알레산드리아의 의병들은 용감하고 명예롭게 싸웠다고 한다. 그럼에도 알레산드리아 사람들은 그 꾀바르고 비폭력적인 농부를 영웅으로 삼는 쪽을 선택했다. 싸움을 하는 데에는 별로 재주가 없지만, 다른 사람들 모두가 자기보다 더 어리석다는 슬기로운 확신에 따라 행동했던 그 농부를 말이다.

포 평원의 현현(顯現)

나는 알레산드리아 사람다운 정신을 가지고 내 고향에 얽힌 추억들을 이야기하고 있음을 느낀다. 나는 이보다 더 거창한 소개를 생각할 수가 없다. 오히려 알레산드리아 같은 〈이렇다 할 특징이 없는〉 도시를 소개하는 데에는 거창한 방식이 어울리지 않는다고 생각한다. 나는 현현에 관해서 이야기하는 겸허한 방식을 선택하고자 한다. 제임스 조이스에 따르면, 현현이란 추억으로 간직될 만한 어떤 것이 말이나 몸짓이나 생각 속에 갑작스럽게 발현하는 정신적인 현상이다. 어떤 대화, 저녁 안개를 뚫고 홀연히 나타나는 시계탑, 썩은 양배추 냄새, 갑자기 두드러져 보이는 어떤 하찮은 물건, 조이스는 안개 낀 더블린에서 그런 현현들을 마음에 간직하였다. 그러고 보면 알레산드리아는 콘스탄티노플보다는 더블린을 닮았다.

1943년 어느 봄날 아침의 일이다. 우리 가족은 심사숙고 끝에 전화를 피해 다른 곳으로 이주하기로 결정하고, 알레산드리아를 떠나려던 참이었다. 부연하자면, 우리 가족이 피난처로 정한 곳은 아스티 근처의 니자 몬페라토였다. 그곳에 가면 물론 폭격을 피할 수 있을 것이므로 거기로 피난을 가겠다는 것은 훌륭한 생각이라고 볼 수 있었다. 하지만 몇 달 뒤에 빨치산과 파시스트들이 번갈아 쏘아 대는 십자 포화의 와중에서 나는 기관총 소사(掃射)를 피해 참호에 뛰어 들어가는 법을 배워야 했다. 알레산드리아를 떠나던 그날, 우리는 이른 아침에 온 가족이 전세 마차에 올라탄 채역으로 가고 있었다. 첸토 칸노니 산책로가 발프레 병영 쪽으로 넓게 벌어지는 곳에 다다랐을 때, 그 시간이면 사람들의 발길이 뜸한 그 휑한 곳에서 나의 초등학교 급우인 로시니가 멀리에 보이는 듯했다. 나는 마차가 기우뚱해지도록 벌떡 일어나서 큰 소리로 로시니를 불렀다. 그러나 그가 아니었다. 아버지가 버럭 화를 내셨다. 아버지는 내가 경솔하게 행동한다고 나무라시면서 그렇게 미친 사람처럼 〈베르디니!〉 하고 소리치면 안 된다고 이르셨다. 〈베르디니가 아니라 로시니를 불렀는데요〉라고 내가 정정해 드리자, 아버지는 〈로시니든 비안키니든 마찬가지야〉라고 퉁을 놓으셨다. 몇 달 후, 알레산드리아에 최초의 폭격이 있은 뒤에, 나는 로시니가 자기 어머니와 함께 폭격에 무너져 내리는 건물에 깔려 죽었다는 사실을 알게 되었다.

현현은 말로 설명할 수 있는 성질의 것이 아니므로 그것을 설명하기 위해서 하는 얘기는 아니지만, 위의 회상에는 적어도 세 가지의 현현이 들어 있다. 첫째는 내가 너무 극성스럽게 굴다가 아버지께 꾸지람을 들었다는 것이고, 둘째는 내가 어떤 이름을 경솔하게 불렀다는 것이다. 알레산드리아에서는 해마다 성탄절이 되면 〈젤린도〉라는 목가적인 우화극을 상연한다. 이야기가 전개되는 곳은 베들레헴이지만, 양치기들은 모두 알레산드리아 방언을 쓰고 로마의 백부장들과 성 요셉과 동방 박사들만 이탈리아어를 쓴다(그래서 이탈리아어를 쓰는 이 인물들이 우스꽝스럽게 느껴진다). 그 연극의 한 대목에서 젤린도의 하인 가운데 하나인 메도로가 동방 박사들을 만나 경솔하게 주인의 이름을 발설한다. 젤린도는 그 사실을 알고 격분하여 메도로를 꾸짖는다. 사람은 아무에게나 자기 자신의 이름을 말해서도 안 되고, 거리에서 모든 사람이 듣도록 남의 이름을 소리쳐 불러서도 안 된다는 것이다. 이름이란 소중하게 간직하고 조심스럽게 다루어야 하는 재산과도 같은 것이다. 어떤 미국인이 당신과 이야기를 나눈다면, 문장마다 당신의 이름을 집어넣을 것이고 당신이 똑같은 방식으로 그를 대해 주는 것을 고맙게 생각할 것이다. 그러나 알레산드리아 사람은 당신의 이름을 한 번도 부르지 않고 온종일 당신과 이야기를 나눌 수 있다. 당신에게 인사를 건넬 때조차도 당신 이름을 부르지 않는다. 그들은 〈안녕〉, 혹은 〈또 보세〉 하는 식으로 인사를 하지 〈안녕하세요, 주세페〉 하는 식으로 말하지는 않는다.

세 번째 현현은 그다지 분명한 것은 아니다. 내가 기억 속에 간직하고 있는 것은 마치 아버지가 아들에게 물려준 재킷처럼 너무 넓다는 느낌을 주던 휑한 공간과 거기에서 뚜렷이 부각되던 작은 실루엣, 그리고 다시는 만날 수 없게 될 어떤 친구를 언뜻 본 것 같은 확실치 않은 느낌이다. 알레산드리아는 지나치게 넓고 평평하다. 그 공간의 한복판에 있으면 어디로 가야 할지 갈피를 잡기 어려울 때가 있다. 거리에 행인의 발길이 뜸해지는 새벽녘이나 한밤중, 또는 일요일의 한낮이나 몽소승천 대축일 같은 때에는 이 작은 도시에 한 지점에서 다른 지점으로 가기 위한 길이 너무나 많다는 느낌이 든다. 게다가 거리에 엄폐물이 없어서 누구든 길모퉁이에 숨거나 자동차를 타고 지나가면서 나를 보고 나의 내밀한 속을 꿰뚫어 보고 내 이름을 부르고 나로 하여금 영원히 길을 잃게 만들 수도 있겠다는 생각이 든다. 인적이 끊긴 알레산드리아는 사하라보다 광막하다.

알레산드리아 사람들이 말수가 적고 간단한 몸짓으로 인사를 건네고 길을 자주 잃는 이유가 거기에 있다. 이것은 인간관계에도, 사랑과 증오에도 영향을 미친다. 도시 계획학적인 관점에서 알레산드리아에는 결집의 중심은 없고(있다 해도 레가 광장 정도가 고작이다), 〈분산의 중심〉들만 있다. 그래서 사람들은 누가 알레산드리아에 있고 없는지를 전혀 알지 못한다.

알레산드리아에서 벌어진 일은 아니지만 이곳에서도 얼마든지 있음 직한 이야기 하나가 떠오른다. 살바토레는 스무 살에 고향을 떠나 호주에 이민을 가서 40년 동안 살았다. 그러다가 환갑이 되어 저축한 돈을 다 챙겨 고향으로 돌아온다. 고향 역으로 가는 기차 안에서 살바토레는 이런 생각을 한다. 옛 친구들을 다시 만나게 될까? 그들은 나를 알아볼까? 그들은 나를 위해 잔치를 벌이고 호기심에 가득 찬 눈을 빛내며 내 모험담을 듣고 싶어 할까? 그리고 그 여자는 어떻게 되었을까? 그 골목의 식료품 가게는 그대로 있을까? 등등.

기차가 고향역에 도착한다. 역 안은 텅 비어 있다. 살바토레는 기차에서 내린다. 정오의 따가운 햇살이 그를 짓누른다. 허리가 구부정한 작은 남자가 멀찍이 보인다. 철도원이다. 살바토레는 그를 살펴본다. 어깨는 아래로 축 처지고 얼굴에 깊은 주름이 패긴 했지만 옛 급우인 조반니가 틀림없다. 살바토레는 그를 향해 손을 흔들고 가슴을 두근거리며 그에게 다가가서 마치 〈내가 누군지 알겠어?〉라고 묻는 것처럼 떨리는 손으로 자기 자신의 얼굴을 가리킨다. 조반니가 그를 바라본다. 그를 알아보지 못하는 눈치다. 그러다가 조반니는 인사의 뜻으로 턱을 들어올리며 이렇게 말한다. 「어이, 살바토레! 여기서 뭐 하는 거야? 어디 가나 보지?」

알레산드리아라는 거대한 사막에서는 열에 들뜬 청소년기가 속절없이 소모된다. 1942년 7월의 어느 날 오후 2시에서 5시 사이에 나는 자전거를 타고 돌아다녔다. 무언가를 찾는 중이었다. 나는 성채를 지나 경기장 쪽으로, 그다음에는 경기장에서 공원 쪽으로, 그다음에는 공원에서 역 쪽으로 가다가 가리발디 광장을 가로지른 다음 교도소를 한 바퀴 돌아 도심을 거쳐 다시 강 쪽으로 내려간다. 거리에는 고양이 한 마리 보이지 않는다. 나에게는 일관된 목표가 있다. 기차역의 신문 판매대가 바로 그것이다. 나는 거기에서 책 한 권을 보았다. 10년쯤 전에 손초뇨라는 출판사에서 나온 것으로 프랑스어에서 이탈리아어로 번역된 이야기가 들어 있는 책이다. 내가 보기에는 그 이야기가 아주 재미있을 것 같다. 책 값은 1리라인데, 내 수중에 있는 돈도 1리라뿐이다. 이걸 사야 하나 말아야 하나? 다른 가게들은 문을 닫았거나 닫은 것처럼 보인다. 내 친구들은 바캉스를 떠나고 없다. 알레산드리아에는 텅 빈 공간과 태양과 자전거 전용 도로와 타이어에 구멍이 난 내 자전거밖에 없다. 역의 신문 판매대에 있는 그 책은 내 삶에 서사성과 현실성을 부여해 줄 수 있는 유일한 것이다. 그로부터 여러 해가 지나서 나는 현재의 이미지와 과거의 이미지 사이에서 일종의 심장 발작이나 단락(短絡) 같은 것을 경험한 적이 있다. 심하게 요동치는 비행기를 탄 채 브라질 한복판의 산 제수스 다 라파에 착륙하던 때의 일이다. 비행기가 착륙을 시도하다 말고 다시 공중으로 올라가고 있었다. 개 두 마리가 시멘트 활주로 한복판에 누워서 자고 있기 때문에 착륙을 할 수 없게 된 거였다. 그 개들은 비행기 소리에 아랑곳하지 않고 자리를 지키고 있었다. 이 얘기가 알레산드리아의 추억과 무슨 관련이 있는 것일까? 아무 관련도 없다. 현현이란 본래 이런 식으로 갑자기 머릿속에 떠오르는 것이 아니던가.

어쨌거나 그날, 책과 나 사이, 나와 책 사이, 내 욕구와 알레산드리아라는 공간의 질식할 것 같은 저항 사이에서 장시간 실랑이가 벌어졌던 그 유혹의 여름날 — 어쩌면 책은 육체와 잠들어 있는 상상력을 뒤흔드는 다른 감동들의 차폐물이거나 보호 마스크일지도 모른다 — 여름의 텅 빈 공간에서 벌인 그 긴 사랑의 경주, 그 중심을 향한 탈주는 리구리아족의 자부심으로 가득 찬 감미로운 추억으로 내 마음속에 깊이 아로새겨져 있다. 알레산드리아를 닮은 우리는 그런 사람들이다. 이 이야기의 결말을 밝히자면, 나는 결국 그 책을 사기로 결심했다. 내 기억이 맞는다면 그 책은 피에르 브누아의 『아틀란티스』에 쥘 베른의 소설에서 발췌한 것을 가미하여 개작한 것이었다. 그날 해 질 무렵에 나는 집에 틀어박혀서 그 책을 읽는 데에 몰두하였다. 나는 이미 알레산드리아를 떠나 침묵의 바다 속을 탐험하고 다른 석양과 다른 수평선을 보고 있었다. 퇴근하여 귀가하신 아버지는 책에 푹 빠져 있는 나를 보시더니 어머니에게 말씀하셨다. 내가 책을 너무 많이 읽는다고, 내가 밖에 나가 노는 시간이 더 많아야 할 거라고. 그러나 나는 오히려 너무 많은 공간에 중독된 나 자신을 치료하고 있는 중이었다.

과장은 금물이다

토리노 대학에 들어갔을 때 나는 충격을 받았다. 토리노 사람들은 우리 같은 리구리아족 미개인들이 아니라 프랑스인들이다. 나의 새 친구들은 아침마다 멋있는 셔츠에 멋있는 넥타이 차림으로 등교하고는 했다. 그들은 내게 미소를 지으며 다가와 손을 내밀면서 〈안녕! 어떻게 지내니?〉 하고 인사말을 건넸다. 전에는 그런 식의 인사를 받아 본 적이 없었다. 알레산드리아의 내 친구들은 벽에 기댄 채 반쯤 감은 눈으로 나를 바라보면서 〈야, 바보, 잘 지내냐?〉라고 그들 나름의 투박한 방식으로 우정을 표시하곤 했다. 80킬로미터를 사이에 두고 또 다른 문화가 있었던 셈이다. 나는 아직 그 문화의 영향에서 벗어나지 못한 탓인지 그 문화가 더 우월하다는 생각을 고집하고 있다. 여기 우리 고장에서는 거짓말을 하지 않는다.

톨리아티[2]가 권부에서 밀려나던 날, 알레산드리아는 흥분의 도가니였다. 알레산드리아 사람들도 이따

---

2 이탈리아의 정치가(1893~1964). 이탈리아 공산당의 창립자 중의 한 사람으로 파시스트들이 권력을 장악한 뒤에 러시아로 망명하여 코민테른의 서기를 지냈으며, 1944년에 이탈리아로 돌아와 여러 정부에서 장관 직을 맡았으나 1947년에 다른 공산주의자들과 함께 권력에서 배제되었다.

금 화를 낸다. 전에는 〈라타지〉라고 불렸던 〈자유〉 광장에 그들이 모여 있을 때, 갑자기 라디오에서 이탈리아 선수 바르탈리가 프랑스 일주 자전거 경주 대회에서 우승했다는 소식이 흘러나왔다. 이탈리아 전 국민의 관심을 딴 곳으로 돌리려는 미디어의 멋진 작전이었다. 그러나 알레산드리아에서는 그 작전이 잘 통하지 않았다. 우리는 바보가 아니다. 이탈리아 선수가 프랑스 일주 자전거 대회에서 우승했다 해서 톨리아티를 잊을 수는 없다. 그랬는데 돌연 시청 상공에 비행기 한 대가 나타났다. 선전용 비행기가 알레산드리아 상공을 지나가는 것은 아마도 그때가 처음이었을 것이다. 그 비행기가 선전하던 것이 무엇이었는지는 기억나지 않지만, 어쨌거나 그 시간에 비행기가 우리 위로 지나간 것은 사악한 계획에서 나온 것이 아니라 순전한 우연이었다. 알레산드리아 사람들은 사악한 계획에 대해서는 불신하는 태도를 보이지만 우연히 생긴 일에 대해서는 대단히 관대하다. 광장에 모인 군중은 일제히 비행기를 올려다보면서 그 기발한 선전 방식에 대해 해설을 달았다(괜찮은 생각이군, 조금 특별하긴 해. 하지만 저런 생각이 어디에서 나오는 거지? 저 사람들 정말 별생각을 다 하는군 하는 식으로). 저마

미개인들 **505**

다 담담하게 자기 의견을 피력했는데 그 의견들에는 이런 확신이 섞여 있었다. 어쨌거나 그런 비행기가 날아간다 해서 전반적인 엔트로피 곡선이 달라지거나 우주가 열에 의해서 소멸하는 일은 생기지 않으리라는 확신 말이다 — 그들이 꼭 그런 말로 자기들의 의견을 표명한 건 아니지만 알레산드리아 사람들이 완곡어법으로 하는 말 속에는 그런 생각이 늘 함축되어 있다. 그 비행기를 보고 난 뒤에 사람들은 모두 집으로 돌아갔다. 그날의 깜짝 놀랄 일은 그것으로 충분했기 때문이었다. 결국 톨리아티는 자기 문제를 혼자 알아서 해결해야 했다.

알레산드리아가 아닌 다른 곳에서는 이런 이야기들이 듣는 사람들의 신경을 거스를 수도 있겠다는 생각이 든다. 하지만 나는 이 이야기들에서 어떤 숭고함을 느낀다. 그런 숭고함은 알레산드리아의 역사가 우리에게 들려주는 다른 이야기들 속에서도 찾아볼 수 있다. 알레산드리아는 교황과 롬바르디아 동맹의 도움으로 건설되어, 붉은 수염 프리드리히 1세에 맞서 완강하게 저항했으면서도 레냐노 전투에는 참여하지 않은 도시이다. 이 도시의 전설은 이런 이야기를 전하고 있다. 독일에서 알레산드리아를 포위 공격하러 온 페도카라는 여왕이 알레산드리아에 도착하자마자 포도 나무를 심고는 그 나무에 열린 포도로 담근 술을 마시기 전에는 철수하지 않겠다고 다짐한다. 포위 공격은 7년 동안 계속되었다. 이 전설의 결말은 이러하다. 알레산드리아 사람들에게 패한 여왕은 환각에 빠진 채 술통에 담긴 포도주를 메마른 땅에 쏟아 부음으로써 대대적이고 야만적인 피의 희생을 연상시키는 분노와 파멸의 의식을 거행한다. 괴팍하고 시인의 기질을 지니고 있던 여왕은 스스로를 벌하기 위해 포도주를 맛보는 즐거움을 포기하고 비록 상징적인 것에 지나지 않을지언정 대량 학살의 이미지에 취하고 싶었던 것이다……. 알레산드리아 사람들은 그 광경을 유심히 바라보고 나서 이런 결론을 내린다. 앞으로는 누군가의 어리석은 언행을 가리켜 이야기할 때 〈페도카처럼 미련하다〉라고 말해야 하리라고.

성 프란체스코는 구비오에서 그랬듯이 알레산드리아를 지나가던 중에 늑대 한 마리를 개종시킨다. 그런데 구비오 사람들은 그 일에 대해서 두고두고 떠들어 댔지만 알레산드리아 사람들은 곧 그 일을 잊어버린다. 성인이 늑대를 개종시키지 않으면 할 일이 뭐가 있겠느냐고 생각했기 때문이다. 게다가 약간 과장적이고 신경질적인 데다가 일을 하러 갈 생각을 안 하고 그저 작은 새들에게 말을 건네며 소일하는 그 움브리아 사람을 알레산드리아 사람들이 어떻게 이해할 수 있었겠는가?

알레산드리아 사람들은 무역과 관련해서 전쟁을 벌이고 분쟁을 일으킬 줄 안다. 1282년에 그들은 파비아 다리의 쇠사슬을 빼앗아서 두오모 성당에 전리품으로 놓아둔다. 그런데 얼마 후에 성당 관리인이 그것을 가져다가 자기 집 부엌의 벽난로에 걸어 놓았지만 아무도 그것을 알아차리지 못한다. 알레산드리아 사람들은 카잘레 몬페라토를 약탈하면서 대성당 첨탑 꼭대기에 있던 천사 상을 훔쳐 온다. 그런데 어찌된 일인지 그것을 잃어버리고 만다.

『전설적이고, 신비롭고, 기괴하고 환상적인 이탈리아에 관한 안내서』(수가르 출판사 간행)라는 책의 첫머리에는 환상적인 존재들이 북부 이탈리아에 어떻게 분포하는지를 보여 주는 여러 장의 지도가 나온다. 그 지도들을 보면 알레산드리아 지방은 그런 존재들이 전혀 없다는 점에서 눈길을 끈다. 다시 말해 알레산드리아에는 마녀, 악마, 요정, 도깨비, 마법사, 유령, 동굴, 미궁, 감춰진 보물 따위가 없다. 〈이상한 건물〉이

하나 있다는 것으로 겨우 체면은 유지하고 있지만, 그게 별것이 아니라는 것은 여러분도 인정할 것이다.

신비에 대한 불신, 본체*noumeno*에 대한 의심. 이상과 열정이 없는 도시. 친족 등용이 미덕으로 여겨지던 시대에 알레산드리아 출신이었던 피우스 5세는 자기의 친척들을 로마에서 몰아냈다. 그들더러 각자 알아서 살아가라고 이르면서 말이다. 알레산드리아에는 수 세기 동안 부유한 유대인들이 공동체를 이루어 살았다. 알레산드리아 사람들은 반유대주의자가 될 도덕적인 이유를 찾지 못했기 때문에 종교 재판소의 명령을 따르지 않았다. 그들은 영웅적인 행동을 촉구하는 자들에 대해 열광한 적이 없다. 그자들이 인종과 종교가 다른 자들을 추방해야 한다고 역설할 때도 마찬가지이다. 알레산드리아는 무기를 들이대면서 하느님 말씀을 받아들이게 할 필요를 느낀 적이 없다. 라디오 아나운서들에게 표준으로 삼을 만한 언어를 제공한 적도 없고, 기부금을 끌어들일 만한 기적 같은 예술 작품들을 만들어 내지도 못했다. 알레산드리아는 다른 고장 사람들에게 가르칠 만한 것을 가져 본 적이 없고 특별히 자랑할 만한 것도 없다. 하긴 자부심을 가질 만한 것이 없다는 사실에 대해 신경을 써본 일도 없다.

하지만 우리가 어떤 수사(修辭)나 신화, 어떠한 사명이나 진리도 없는 도시의 자녀라는 사실을 깨닫고 우리 스스로를 얼마나 자랑스러워하는지 여러분은 모를 것이다.

안개를 이해하기

알레산드리아는 휑하고 활기가 없는 커다란 공간들로 이루어진 도시이다. 하지만 어떤 가을 저녁이나 겨울 저녁, 도시가 자욱한 안개에 휩싸이면 텅 빈 공간들이 사라지고 예기치 않던 벽면과 모서리와 모퉁이가 가로등 불빛을 받으며 우윳빛의 단조로운 배경으로부터 갑자기 나타난다. 마치 갓 그려진 형태들이 무(無)에서 튀어나온 느낌이다. 그러면 알레산드리아는 〈아름다운〉 도시로 변한다. 알레산드리아는 자기를 감추려고 애쓰면서 어둑어둑해져야 비로소 모습을 드러내는 도시이다. 이 도시의 진면목은 햇빛이 아니라 안개 속에서 찾아야 한다. 안개 속에서는 누구나 천천히 걷는다. 방향을 잃고 헤매지 않으려면 길을 잘 알아야 한다. 그래도 마침내 어딘가에는 다다르게 마련이다.

안개는 저를 잘 알고 저를 사랑하는 사람들에게는 충실하게 보답을 한다. 안개 속을 걷는 것은 눈 위를 걷는 것보다 더 아름답다. 안개는 아래쪽뿐 아니라 위쪽에서도 위안을 주기 때문이다. 또 안개는 사람이 지나간다고 해서 더럽혀지지도 않고 스러지지도 않으며, 우리 주위에서 살며시 흩어졌다가 우리가 지나가면 본래의 모습을 되찾는다. 안개는 질 좋은 담배처럼 우리의 허파를 채운다. 안개에서는 진하고 싱싱한 냄새가 난다. 안개는 우리의 뺨을 어루만지고 옷깃과 턱 사이로 스며들어 목을 간질인다. 때로는 안개 속에서 유령이 홀연 나타났다가 우리가 다가가면 증기처럼 사라지기도 하고, 허깨비 같은 실루엣이 코앞에 느닷없이 나타났다가 우리를 피해 자취를 감추기도 한다. 애석하게도 안개가 저의 가장 멋진 모습을 보여 주는 건 등화관제가 있는 전쟁 때이다. 그렇다고 안개 때문에 늘 전쟁이 있기를 바랄 수는 없는 노릇이다. 원하는 대로 모든 걸 다 가질 수는 없다. 안개 속으로 들어가면 외부 세계를 피하여 자기의 내면과 마주할 수 있다. 〈안개가 낀다. 고로 나는 생각한다 *Nebulat ergo cogito*〉인 셈이다.

다행히도 알레산드리아 평원에 안개가 끼지 않는 아침 무렵에는 우리가 〈스카르네비아〉라고 부르는 는개가 내린다. 부연 이슬과도 같은 이 는개는 초원을 환하게 만들어 주기보다는 하늘과 땅의 경계를 없애면서 우리의 뺨을 가볍게 적셔 준다. 안개가 끼었을 때와는 달리 시야는 지나칠 정도로 훤하지만, 풍경은 충분히 단조롭고 모든 것이 미묘한 잿빛을 띠기 때문에 눈을 어지럽히는 것은 아무것도 없다. 그런 시간이면 자전거를 타고 도시를 빠져나가 지방 도로 혹은 운하를 따라 곧게 뻗은 오솔길을 달려야 한다. 스카프는 두르지 말아야 하고, 재킷 속에는 가슴이 젖지 않도록 신문지를 찔러 넣는 것이 좋다. 달빛에 젖은 마렝고의 들판, 보르미다 강과 타나로 강 사이에서 거뭇한 숲이 살랑대는 곳, 오래전 알레산드리아 사람들이 두 차례 (1174년과 1800년) 승리를 거두었던 곳. 이곳에서는 기후가 우리의 원기를 북돋운다.

성 바우돌리노

알레산드리아의 수호성인은 바우돌리노이다(우리는 〈성 바우돌리노시여, 하늘 높은 곳에서 우리 교구와 신자들을 보호해 주소서〉라고 기도한다). 이 성인에 대해서 파울루스 디아코누스는 이런 얘기를 하고 있다.

리우트프란드 왕 때에 타나로 근처의 포로라는 곳
에는 놀라운 성덕을 지닌 사람이 살고 있었다. 그는 예
수님의 은총에 힘입어 수많은 기적을 행하였고 종종
미래를 예언하였으며 먼 훗날의 일을 마치 현재의 일
처럼 알려 주곤 했다. 어느 날 리우트프란드 왕이 오르
바 숲으로 사냥을 나갔는데, 한 신하가 사슴을 겨냥하
고 쏜 화살이 왕의 조카를 다치게 하는 일이 벌어졌다.
그 아이를 대단히 사랑했던 왕은 슬픔을 못 이겨 눈물
을 흘렸고, 자기의 기사 하나를 즉시 바우돌리노에게
보내 그 불쌍한 아이의 목숨을 구하기 위해 예수님께
기도를 올려 달라고 간청하였다.

이 대목에서 잠시 인용을 중단하겠다. 이 다음에 벌
어질 일을 독자들이 한번 예상해 보게 하기 위해서 말
이다. 알레산드리아의 성인이 아닌 보통의 성인이었
다면 이런 상황에서 어떻게 했을까? 다시 파울루스 디
아코누스의 이야기로 돌아가자.

아이는 기사가 바우돌리노를 만나러 가는 동안에
죽었다. 예언자는 기사가 다가오는 것을 보고 그에게
이렇게 말했다. 「나는 그대가 나를 찾아온 이유를 알

고 있다. 그러나 그대가 나에게 부탁하려는 것은 들어 줄 수가 없다. 아이가 이미 죽었기 때문이다.」그 소식을 전해 들은 왕은 비록 예언자가 올리는 기도의 효과를 얻지 못해서 마음이 아팠지만 바우돌리노가 예언자의 정신을 지닌 성인임을 공개적으로 인정했다.

나는 리우트프란드 왕이 바르게 처신했으며 그 위대한 성인의 가르침을 잘 이해했다고 생각한다. 바우돌리노의 가르침은 이런 것이다. 실제의 삶에서는 어느 누구도 매일같이 기적을 행할 수는 없다. 슬기로운 사람은 아무 때나 기적을 행하는 사람이 아니라 어떤 계제에 꼭 필요한 것이 무엇인지를 아는 사람이다. 바우돌리노는 순진한 리우트프란드 왕으로 하여금 기적은 아주 드물게만 일어난다는 사실을 인정하게 만들었다. 그것도 기적이라면 기적이다.

옮긴이의 말

이 책은 움베르토 에코의 『디아리오 미니모 제2권 *Il secondo diario minimo*』(봄피아니, 1992)과 그것의 프랑스어판인 『연어와 여행하는 방법 *Comment voyager avec un saumon*』(그라세, 1997)에 새롭게 추가된 글들을 옮긴 것입니다. 『디아리오 미니모 제2권』의 한국어판은 영어판을 따라 『연어와 여행하는 방법』이라는 제목으로 이미 1994년에 출간된 바 있고 현재는 절판 상태에 있습니다. 이미 나온 책에 새로운 내용을 보태어 다시 번역할 때는 그것을 정당화할 만한 충분한 이유가 있어야 할 것입니다. 우리가 생각하는 그 이유는 이러합니다.

『연어와 여행하는 방법』의 개역 증보판을 만들자는 생각은 프랑스어판에 대한 시새움에서 비롯되었습니다. 영어판보다 4년 늦게, 한국어판보다 3년 늦게 나온 프랑스어판은 〈느림〉의 미덕을 아주 잘 보여 주고 있습니다. 우선 작가와 번역가 사이의 행복한 협력 속에서 이루어진 충실한 번역이 돋보이고 오랜 숙고의 결실로 보이는 정연한 편집이 눈길을 끕니다. 게다가 이탈리아어판이 나온 이후로 작가가 새롭게 쓴 글들이 여러 편 추가됨으로써 내용이 한결 풍부해졌다는 점도 자랑할 만합니다. 우리가 무엇보다 눈독을 들였던 것은 프랑스어판에만 있는 그 새로운 글들과 독자의 접근을 한결 용이하게 만든 체계적이고 깔끔한 편집입니다.

그런데 우리가 단순히 증보하는 것으로 만족하지 않고 번역을 완전히 다시 하기로 결정한 것은 1994년에 나온 우리말 판의 번역에 문제가 있어서라기보다 그것의 번역 대본으로 삼았던 영어판 자체에 많은 결함이 있다고 보았기 때문입니다. 우선 영어판 번역자의 지나치게 편의주의적이고 실용주의적인 작업 태도 때문에(우리말을 몰라서 이 글을 읽지 못할 외국의 동료를 이런 식으로 비판하는 것이 페어플레이가 아니라는 느낌은 들지만) 작가의 의도가 훼손되고 글의 미묘한 맛이 사라진 대목이 자주 눈에 띄었고, 〈대중성〉의 이름으로 너무 쉽게 뭉개지거나 잘려 나간 부분들이 많은 아쉬움을 느끼게 했습니다. 또한 번역가의 모국어 중심주의가 원어에 노예적으로 집착하는 변경 콤플렉스보다 낫다는 점은 기꺼이 인정한다 할지라도, 작가의 의도를 해치면서까지 이탈리아 것을 미국 것으로 선뜻선뜻 갈아치운 영어판 번역자의 태도는 〈팍스 아메리카나〉에 대한 지나친 믿음에서 나온 게 아닌가 하는 의심을 갖게 했습니다(프랑스어판의 번역자도 바꿔치기를 자주 한 건 사실이지만, 그래도 그녀의 선택에는 에코의 뜻을 더 잘 살리려 했던 고민의 흔적이 많이 보입니다). 이러한 사정에서 우리는 이탈리아어판과 프랑스어판을 가지고 처음부터 다시 번역하자는 결정을 하게 되었습니다.

그러나 『연어와 여행하는 방법』이 절판된 뒤에 이 책을 찾는 독자들이 계속 나타나지 않았다면 우리의 결정이 그다지 쉽게 이루어지지는 않았을 것입니다. 따라서 이 개역 증보판은 그 독자들의 요구에 가장 적극적인 방식으로 부응한 결과라고 볼 수 있겠습니다. 에코는 자기 글이 어렵다고 말하는 독자들을 오히려 〈매스미디어의 《계시》에 힘입어 너무 쉽게 생각하는 것에 길들어 있는 사람들〉[1]로 여깁니다. 그런 점에서

---

1 에코와 마르티니, 『세상 사람들에게 보내는 편지』, 이세욱 옮김(열린책들, 2009).

보면 우리가 역자 주석을 많이 붙인 것은 에코의 뜻에 반하는 것일 수도 있습니다. 하지만 우리는 주석을 붙이는 것이 이 개역 증보판의 의미에 더 부합한다고 판단했습니다.

1999년 9월

이세욱

옮긴이 **이세욱** 1962년에 태어나 서울대학교 불어교육과를 졸업하였으며, 현재 전문 번역가로 활동하고 있다. 옮긴 책으로 베르나르 베르베르의 『제3인류』(공역), 『웃음』, 『신』(공역), 『인간』, 『나무』, 『상대적이며 절대적인 지식의 백과사전』, 『베르나르 베르베르의 상상력 사전』(공역), 『뇌』, 『타나토노트』, 『개미』, 『아버지들의 아버지』, 『천사들의 제국』, 『여행의 책』, 움베르토 에코의 『제0호』, 『프라하의 묘지』, 『로아나 여왕의 신비한 불꽃』, 『세상 사람들에게 보내는 편지』(카를로 마리아 마르티니 공저), 장클로드 카리에르의 『바야돌리드 논쟁』, 미셸 우엘벡의 『소립자』, 미셸 투르니에의 『황금구슬』, 카롤린 봉그랑의 『밑줄 긋는 남자』, 브램 스토커의 『드라큘라』, 파트리크 모디아노의 『우리 아빠는 엉뚱해』, 장자크 상페의 『속 깊은 이성 친구』, 에리크 오르세나의 『오래오래』, 『두 해 여름』, 마르셀 에메의 『벽으로 드나드는 남자』, 장크리스토프 그랑제의 『늑대의 제국』, 『검은 선』, 『미세레레』, 드니 게즈의 『머리털자리』 등이 있다.

세상의 바보들에게 웃으면서 화내는 방법

발행일	1995년 4월 25일	초판 1쇄
	1997년 8월 25일	초판 7쇄
	1999년 10월 10일	2판 1쇄
	2002년 11월 20일	2판 24쇄
	2003년 3월 25일	3판 1쇄
	2009년 4월 5일	3판 23쇄
	2009년 10월 30일	4판 1쇄
	2020년 6월 10일	4판 17쇄
	2019년 11월 20일	특별판 1쇄
	2021년 1월 30일	세트판 1쇄
	2021년 3월 25일	7판 1쇄
	2023년 9월 20일	7판 2쇄

지은이 움베르토 에코
옮긴이 이세욱
발행인 홍예빈 · 홍유진
발행처 주식회사 열린책들

경기도 파주시 문발로 253 파주출판도시
전화 031-955-4000 팩스 031-955-4004
홈페이지 www.openbooks.co.kr 이메일 humanity@openbooks.co.kr